Hier legt die Elite an

Für meine Schwester Silke

Zum Gelingen dieses Buches haben beigetragen:

Karin Ebeling
Norbert Eierdanz
Irene Langmann
Günter Marburge
und, nicht zuletzt
Doris und Jörn Schimmelmann.

Volker Mittelmann

Hier legt die Elite an

Bibliografische Information der Deutschen Nationalbibliothek:
Die Deutsche Nationalbibliothek verzeichnet diese Publikation in der Deutschen Nationalbibliografie; detaillierte bibliografische Daten sind im Internet über http://dnb.d-nb.de abrufbar.
© 2016 Volker Mittelmann
Cover: Irene Langmann
Layout: Jörn Schimmelmann

Herstellung und Verlag: BoD – Books on Demand, Norderstedt
ISBN: 9783743103696

1

Vor einiger Zeit war Hagen Herwig der Gedanke gekommen, dass er ein Leben unter seinen intellektuellen Möglichkeiten führte. Seitdem hatte sich Unbehagen bei ihm breit gemacht.

An jenem Morgen vor dem Treffen mit Miller hatte er den feuchten Finger in die Luft gehalten, um festzustellen, woher der Wind wehte. Das hätte einen ersten Hinweis auf den Ausgang des Gesprächs erbracht, glaubte er. Aber es wehte überhaupt kein Wind. Nicht mal ein Lüftchen.

Einige Tage zuvor erst war er auf die Annonce gestoßen, die für ihn maßgeschneidert schien. Er hatte die angegebene Nummer angerufen und sich dann mit diesem Finanzmakler zu einem ersten Gespräch in einem Schwabinger Lokal verabredet.

Man sähe ihm den Mann nicht an, der so lange auf dem Bau gearbeitet hätte, sagte Miller. Und so war das Gespräch an diesem Abend sofort in das richtige Fahrwasser geraten.

Bier um Bier war man sich näher gekommen. Und ein paar Gläser später stieß man bereits auf seine vielversprechende Zukunft an.

Zugleich war man zum vertraulichen „Du" übergegangen.

Er, Christoph, sei langsam in die Jahre gekommen und suche eine „rechte Hand." Eine Persönlichkeit, die ihn unterstützte, ihm eigenständig zuarbeitete und eines Tages seine Nachfolge antreten würde.

Es war ein glücklicher Umstand, ja eine Fügung, diesem Mann begegnet zu sein, dachte Hagen. Und als dieser behauptete, er, Hagen Herwig, besäße

Charme und Charisma, exakt die Eigenschaften, um an das Geld anderer Leute zu gelangen, waren die Würfel gefallen.
Christoph selber wollte sein Mentor bleiben, jedenfalls so lange, wie es nötig wäre. Nach Kräften wolle er ihn bei seinen ersten Gehversuchen auf bis dahin unbekanntem Terrain unterstützen. Zu beider Vorteil, eine typische „Win-Win-Situation.
Als er nach Hause eilte und die kühle Nachtluft genoss, fing er zu pfeifen an. Der Frust der vergangenen Jahre war mit einem Mal von ihm abgefallen.
Der Handelnde muss bedenkenlos sein, hatte Christoph beteuert.
Offenbar sein Credo, denn er hatte es einige Male wiederholt. Dieser Satz, ein Goethe-Zitat, hatte sich hartnäckig in sein Hirn gebohrt. Seine Auslegung aber war ein klassisches Missverständnis. Doch das hätte den weiteren Lauf der Dinge nicht beeinflusst.

2

Einige Tage später waren sie wieder zusammen gekommen. Man hatte sich gerade auf eine Vorgehensweise verständigt, als ein Mann mittleren Alters eingetreten war und sich suchend im Lokal umblickte. Unsicher streifte sein Blick die Anwesenden und blieb einen Moment lang an Christoph hängen. Er stutzte unmerklich, ging ein paar Schritte vor, blieb unentschlossen stehen, um schließlich auf ihren Tisch zuzustolpern.
„Vorsicht," raunte Hagen, „der will etwas von dir."
„Kennen wir uns nicht?" fragte der Mann und stützte sich mit beiden Händen auf den Tisch. Mit

einem lauernden Ausdruck blickte er Christoph aus stark geröteten Augen an. Eine Wolke aus Alkohol schlug diesem entgegen.
„Muss ich Sie denn kennen?" Christoph wandte sich umständlich dem Fragenden zu. „Wohl besser nicht, oder?"
Hagen hielt die Luft an. Gerade lernte er eine neue Seite des noblen Freundes kennen, nicht ohne Bewunderung für dessen Kaltschnäuzigkeit.
„Sie haben es doch nicht wirklich vergessen... Rudi Pape ist mein Name!
Seinerzeit haben Sie mir dieses sogenannte Spezialpapier angedreht. Genau an diesem Tisch, jawohl! Hier durfte ich Ihnen mein Geld hinblättern... es war alles, was ich hatte."
„Ja und?" Christoph Miller machte eine wegwerfende Geste. „Man muss immer damit rechnen, dass nicht alle Blütenträume reifen."
„Und dann waren Sie weg, verschwunden auf Nimmerwiedersehen. Warte mal, ich komme gleich auf deinen Namen..."
„Bemüh´ dich nicht, hau einfach ab! Lass uns in Ruhe! Du siehst doch, dass du störst."
Miller hatte gewiss mit irgendeiner Reaktion gerechnet, aber nicht so plötzlich. Der andere hatte ansatzlos zugeschlagen, und Christoph hielt sich die blutende Nase. Als der Mann ein zweites Mal hinlangen wollte, war Hagen schon auf den Beinen und fing die geballte Faust ab. Dann drehte er, der den anderen um Kopfeslänge überragte, dessen Arm auf den Rücken, schleppte ihn zum Ausgang und warf ihn kurzerhand hinaus.
Das geschah innerhalb weniger Sekunden. Zu diesem Zeitpunkt waren kaum noch Gäste im Lokal. Außer dem Barkeeper hatten vielleicht ein bis zwei

Leute die Szene beobachtet, dann aber keine weitere Notiz genommen. Offensichtlich kein außergewöhnliches Ereignis in diesen Räumlichkeiten.
Der Barkeeper reichte Christoph eine Serviette, um das Blut zu stillen, das aus der Nase tropfte. Dann sagte er, als sei nichts geschehen, dass er jetzt Feierabend habe und schließen möchte. Christoph beglich die Rechnung, bestellte eine Taxe und ging erhobenen Hauptes zur Tür hinaus. Hagen folgte ihm auf den Fersen. Sie verabredeten sich noch ein weiteres Mal für den neuen Tag, der längst begonnen hatte.
„Dumm gelaufen," hatte Christoph noch im Weggehen gemurmelt.
„Sowas darf sich nicht wiederholen."

3

Hagen Herwig hatte sich noch in einer Beziehung befunden, als er auf seine spätere Partnerin traf. Ein Sohn und ein Posten in seinen Kontoauszügen erinnerten noch regelmäßig an diesen „Sündenfall."
Vera betrieb in Schwabing ein Schönheitsstudio für Männer, was ihm ungewöhnlich erschien. Er hatte ein Faible für originelle Geschäftsideen, so dass er sich automatisch zu der Betreiberin dieses maskulinen Verschönerungtempels hingezogen fühlte. Vera hatte sich die Ausbeutung männlicher Eitelkeiten auf die Fahnen geschrieben.
Zu ihrem Glück war sie auf einem Niveau angelangt, das ihr die Niederungen des Tätowierungs--Handwerks und des sogenannten Piercings als obsolet erscheinen ließ. Als sie auf Herwig traf, entdeckte sie schon bei seiner ersten Sitzung eine Ni-

sche, die sie mit perfektem Minimalismus zu nutzen verstand. Mit seiner Duldung schuf sie ein Alleinstellungsmerkmal, das ihn optisch vom Gros aller Haut-und Haarfetischisten abhob. Von nun an lief er, ein Triumph ihrer Schaffenskraft, mit Glatze und charakteristischen Strichbärtchen unter der Nase herum, sein noch lange gültiges Markenzeichen unter Eingeweihten. Und nach diesem erfolgreich ausgeführten Eingriff hatten sie ihr erstes Date. Was Herwig dabei übersah... es nahm ihm die in seinem neuen Geschäftsfeld so wichtige Seriosität. Doch niemand in seinem Umfeld traute sich, ihn auf diesen Widerspruch hinzuweisen. Und eher instinktiv, gewiss nicht aus Bescheidenheit, verstand es Herwig stets, im Hintergrund zu bleiben. Manche seiner Opfer stellten denn auch später fest, dass sie niemals bei duma 25 investiert haben würden, hätten sie Herwigs Konterfei vorher zu Gesicht bekommen.

4

Eigentlich hatte Rudi nur seinen alten Kumpel Max treffen wollen, war aber dann in einer anderen Kneipe hängen geblieben. Zum wiederholten Male hatte sich ein Thekennachbar geduldig die larmoyante Schilderung seiner Biographie angehört. Rudi war selber immer wieder fasziniert von der eigenen Vergangenheit. Max hatte noch eine Weile über die vereinbarte Zeit hinaus an seinem Platz gewartet, sich aber dann davon getrollt, bevor sein alter Freund seinen gewalttätigen Auftritt hatte.
Rudi hatte sich nicht eben mit Ruhm bekleckert. Der Abgang war auch nicht nach seinem Geschmack.

Immerhin aber hatte er es diesem arroganten Pinsel gezeigt und ihm eins auf die „Zwölf" gekloppt. Er würde sich nicht wundern, wenn dieser jetzt ein neues Nasenbein brauchte. Später war ihm der Namen wieder eingefallen... Bergmann hatte er geheißen. Gut, dass Max schon fort und nicht Zeuge dieser Peinlichkeit geworden war.
Rudi war erst vor fünf Jahren nach München gekommen. Bis dahin hatte er irgendwo im Norden eine Tankstelle betrieben. Wenn er gefragt wurde, wem die Tankstelle gehöre, antwortete er auffallend offen: „Mir und der Sparkasse."
Tatsächlich hätte die Reihenfolge anders herum lauten müssen. Und das ließ ihn die Bank in regelmäßigen Abständen spüren.
Da machte ihm eines Tages ein Mitbewerber ein Kaufangebot, das er nicht ausschlagen konnte. Danach hätte er seine Bankschulden problemlos ablösen können.
Da aber die vertragliche Laufzeit des Kredits noch nicht beendet war, hätte er jetzt Vorfälligkeitszinsen zahlen sollen. Also bunkerte er den Gegenwert zunächst auf einem Festgeldkonto und sah sich nach einer lukrativen Anlage um.
Währenddessen hatte in München schon ein gut dotierter Job auf ihn gewartet. Leichten Fußes kehrte er seiner Heimatstadt den Rücken und begann am neuen Ort bei einem Autozulieferer. Mit dem Vorbehalt im Hinterkopf, eines Tages wieder zurückzukehren.
Schon zu Beginn seiner Münchner Zeit lernte er in einem Lokal einen gewissen Herrn Bergmann kennen, gleich ihm ein Zugereister. Unschwer konnte man an seinem angelsächsischen Akzent ausmachen, dass dieser nicht aus Bayern stammte.

Bergmann war zu dieser Zeit noch in Sachen Versicherungen und Finanzierungen unterwegs. Es war nicht so, dass er sich jeden Abend nur in dieser einen Kneipe aufhielt. Aber grundsätzlich hatte er Lokale, wo Einheimische und Zugereiste miteinander verkehrten, als ein Terrain erkannt, das seinem Geschäft sehr zuträglich war. Schnell und unkompliziert kam er dort mit potentiellen Kunden ins Gespräch.

Und so bot er Rudi eines Abends Schiffspapiere an, die dieser versuchsweise für 20.000 Euro zeichnete. Das Geld zwackte er von dem Festgeldkonto ab, wo er den bis dahin unangetasteten Verkaufserlös für die Tankstelle zwischengelagert hatte.

Eines Tages traf Rudi wiederum auf Bergmann, der diesmal mit einem ungewöhnlichen Angebot aufwartete. Er überraschte ihn mit einer Spezialanleihe, wie sie angeblich nur zwischen Banken üblich war. Er versprach ihm jährliche Zinsen in der unglaublichen Höhe von 18 % ! Bei nur 5-jähriger Laufzeit.

Eigentlich hätten jetzt die Alarmglocken läuten müssen. Da aber die Sache mit den Schiffspapieren problemlos verlief und die Auszahlungen pünktlich in voller Höhe überwiesen worden waren, plagten Rudi diesmal keine Zweifel. Angeblich hatte Bergmann sich an diesem Abend ausschließlich an ihn gewandt, weil er Rudis Durchblick und seine Kompetenz in Wirtschaftsfragen zu schätzen wüsste. Zudem nannte Bergmann einhunderttausend Euro als Mindesteinsatz, eine gigantische Herausforderung!

Aber natürlich schmeichelte es Rudi, dass Bergmann in ihm den potenten Investor sah. Und er bediente sich prompt wieder von dem Konto, auf dem sein und das Geld der Bank gebunkert waren. Das

Geschäft habe natürlich Eile, denn es seien nur noch begrenzt Zeichnungen möglich, so Bergmann.

Tatsächlich erhielt Rudi pünktlich nach zwölf Monaten die ersten achtzehntausend Euro vermeintlicher Zinsen ausgezahlt, allerdings in bar und ohne Quittung. Auch das war ihm recht, da diese Einnahme bei der nächsten Steuererklärung nicht unbedingt erwähnt werden müsste. Denn Rudi gehörte zu jenen Menschen, die in einem derartigen „Steuersparmodell" nur einen vernachlässigbaren Kavaliersdelikt sahen.

In den folgenden Monaten lief er wie auf Wolken, gab gerne einen aus, auch mal zwei. Und an schlechten Tagen trug ihn die Aussicht auf weitere Zinserträge wieder nach oben. Kumuliert würde die Summe unglaubliche neunzigtausend Euro betragen. Entsprach dies doch beinahe einer Verdoppelung des eingesetzten Kapitals!

Doch schon der zweite Zinstermin brachte Ernüchterung. Nachdem er voller Ungeduld zwölf lange Monate auf die nächste Auszahlung gewartet hatte, fand diese plötzlich nicht mehr statt.

Nach einem Jahr ohne Tiefen musste er feststellen, dass er diese sorgenfreie Zeit zu teuer erkauft hatte. Bergmann selbst war verschwunden und blieb auch telefonisch unerreichbar.

Zunächst konnte er es nicht fassen, aber die einhunderttausend Euro waren futsch! Noch schlimmer... sie blieben es.

Viel später erst kam ihm etwas von einem Zivilprozess zu Ohren. Ein Anwalt aus Düsseldorf hatte angerufen, aber lediglich eine Bestätigung des Sachverhalts verlangt. Womöglich würde er als Zeuge gebraucht.

Auf Rudis Frage, ob er sich an den Prozess noch anhängen dürfe, hatte der Anwalt mit einem klaren „Nein" geantwortet. Das Boot sei leider voll. Und Rudis Schaden im Vergleich zu den Verlusten anderer nur „Peanuts".

Ein anderes Mal hatte er erfahren, dass die beiden „Weggefährten" dieses Herrn Bergmann zu mehreren Jahren Knast verurteilt worden seien. Doch konnten keine nennenswerte Beträge bei ihnen sichergestellt werden. Bergmann selber sei zwar ebenfalls zu einer hohen Freiheitsstrafe verurteilt worden, aber leider nur in Abwesenheit. Das Geld selbst befand sich nach Aussage der beiden Delinquenten zusammen mit Bergmann auf der Flucht.

In jener Nacht also war er ihm zum erstenmal wieder begegnet, leider völlig unvorbereitet. Und zu allem Überfluss in einem desolaten Zustand. Oder anders ausgedrückt: Er war schlicht besoffen.

Jetzt saß Rudi in seinem VW-Bus und überlegte, was zu tun sei. Nach dem Rauswurf aus der Kneipe war er schlagartig nüchtern geworden. Doch nicht nüchtern genug, um eine Meldung auf der nächsten Polizeiwache zu machen, ohne seinen Führerschein zu riskieren.

Den VW-Bus hatte er anschaffen müssen, weil er seit geraumer Zeit darin Obst und Gemüse zu seiner „Grünkram-Boutique" am Viktualienmarkt-Markt transportierte. Das war die mittelbare Folge des Finanz-Desasters, das ihn dem Allzeit-Tröster „König Alkohol" in die Arme getrieben hatte. Frei nach Wilhelm Busch, „wer Sorgen hat, hat auch Likör," hatte er das Trinken angefangen. Es blieb nicht verborgen, war bald auch den Vorgesetzten zu Ohren gekommen. Schließlich hatte er nach halbherzigen Belehrungen und den obligatorischen Abmahnungen die fristlose Kündigung erhalten.

Den Absturz verdankte er diesem Bergmann, wie er glaubte. Und entsprechend war jetzt sein Motivation, den Kerl irgendwie in den Griff zu kriegen, was man durchaus wörtlich nehmen konnte. Für Bergmann wäre es dann um Leben oder Tod gegangen.
Während er noch unschlüssig aus seinem VW-Bus nach draußen starrte, fiel ihm ein Taxi auf, das schon eine Weile vor dem Lokal gewartet hatte. In diesem Augenblick traten Bergmann nebst Begleiter heraus. Während sich dieser verabschiedete und davoneilte, stieg Bergmann ins Auto und fuhr in Richtung Innenstadt.
Rudi nahm die Verfolgung auf. Doch schon nach zwei Ampeln bog das Taxi in die Lindwurmstraße ein und stoppte vor einem kleinen Hotel.
Rudi lenkte sein Fahrzeug auf den Bürgersteig und hielt nun ebenfalls an. Er beobachtete, wie Bergmann im Gebäude verschwand.
Zufall oder nicht- der kleine, unauffällige Betrieb gehörte seinem Freund und Landsmann Max, den er an diesem Abend verpasst hatte. Max war das Hotel von einem Onkel vererbt worden. Was zur Folge hatte, dass er nun ebenfalls in den Freistaat gezogen war.
Seit diesem Zeitpunkt war Max mit der Sanierung des Gebäudes beschäftigt, wenn ihm das laufende Geschäft die Zeit dafür ließ. Die Bausubstanz hatte sich als ziemlich marode erwiesen. Die sanitären Installationen etwa stellten sich als antiquiert oder total versifft dar. Allein die veraltete Anordnung der Bäder auf den Fluren war eine finanziell kaum zu stemmende Herausforderung. Der verstorbene Onkel hatte irgendwann aufgehört zu investieren, was aber angesichts der allgemeinen Entwicklung unumgänglich gewesen wäre. Nur die günstige Lage

inmitten der Stadt hatte ein vorzeitiges Desaster verhindert.

Durch die große Glastür sah Rudi, dass sich Max noch höchst persönlich an der Rezeption befand. Er war gerade dabei, Bergmann ein Papier zu überreichen. Eine Rechnungsübergabe mitten in der Nacht? Das sah nach überstürzter Abreise aus. Dazu würde aber das Taxi passen, das noch vor dem Hotel wartete.

Für einen Augenblick verschwand Bergmann aus seinem Blickfeld, erschien aber kurz darauf mit einem Koffer vor dem Ausgang.

Sofort zog sich Rudi in den Schatten eines Mauervorsprungs zurück. Der Taxifahrer eilte zur Glastür, um Bergmann den Koffer abzunehmen. Bergmann selber verschwand im Fond des Wagens, der sich darauf in Bewegung setzte.

Erst jetzt realisierte Rudi, dass er zu lange gewartet hatte. Er lief zurück zu seinem Bus, um wieder die Verfolgung aufzunehmen. Als der alte Karren nach einigen heiseren Tönen endlich ansprang, war das Taxi bereits außer Sichtweite. Er wendete das Fahrzeug und fuhr mit quietschenden Reifen in die Richtung, in welcher das Taxi verschwunden war. Zunächst entlang der Lindwurmstraße bis zu einer roten Ampel, die ihn abrupt ausbremste. Ihm dämmerte, dass er Bergmanns Spur verloren hatte. Abermals war ihm dieser „durch die Lappen gegangen".

Er hatte seine Chance gehabt, aber leider nicht genutzt. Er hatte ihm bis zu einer neuen Adresse folgen wollen, um von dort die Kripo zu alarmieren. Minuten später wäre dann die Falle zugeschnappt.

Resigniert trat er die Heimfahrt an. Von der Lindwurmstrasse bis zur Aidenbachstraße war es nicht weit, aber auch nicht nah genug, um nicht doch in eine Kontrolle zu geraten. Erst jetzt wurde er sich des Risikos bewusst. Der Führerschein war Grundlage seiner Existenz. Er fuhr auf einen freien Parkplatz und winkte die nächste Taxe heran.

5

Der Flug nach Bali mit Zwischenstopp in Kuala Lumpur gelang ohne Zwischenfälle. Britta hatte auf dem Rest des Fluges ihre nervigen Fragen eingestellt und geschwiegen. Warum nicht gleich so, dachte Florian. Er hatte genug mit seinen eigenen Zweifeln zu tun und ließ jetzt seinen Gedanken freien Lauf.

Albrecht, ein befreundeter Chemiker vom BKA, hatte sich kundig gemacht und ihnen einen Tipp gegeben, nur einen vorsichtigen Hinweis, für dessen Richtigkeit er sich nicht verbürgen wollte. Bergmann solle sich nach neuester Einschätzung auf Bali aufhalten.

Die junge Dame im Reisebüro empfahl ihnen das „Bakung Beach Resort", ein 3 Sterne Hotel im Osten der Halbinsel Badung. Es sei preiswert und komfortabel. Da hatte es eine erstaunliche Auswahl gegeben.

„Glück gehabt," sagte Florian und blickte Britta müde lächelnd an. Sie befanden sich an der Rezeption, wo zwei mandeläugige Grazien ihre Daten aufnahmen.

„Abwarten und Tee trinken," antwortete sie. Vorschußlorbeeren zu verteilen, war nicht ihre Art. Obwohl früher Lehrerin, hatte sie selber von der „Pädagogik des Lobes" nicht viel verinnerlicht.

Als Florian sah, wie Britta sich mit einem Tuch die Schweißperlen abtupfte, sagte er:
„Ich schaue mal, ob ich etwas Trinkbares finde," und eilte davon.
Den Begrüßungsaperitif hätte ihnen eigentlich Bergmann servieren sollen, dachte er voll bitterer Selbstironie.
Als er kurz darauf mit Mineralwasser zurückkehrte, war er völlig verschwitzt.
„Dieses Land ist eine einzige Sauna. Am liebsten würde ich sofort schwimmen gehen." Er sah sie fragend an. „Kommst du mit? Wir könnten das mit einem Spaziergang zu Bergmanns Hotel verbinden."
„Nein, gewiss nicht. Ich will zu allererst das Zimmer sehen. Da wird es wohl eine kalte Dusche geben."
„Okay. Aber du verstehst... ich möchte keine Zeit verlieren. Es soll sich bei Bergmanns Immobilie um ein Resort der Spitzenklasse handeln. Also, bis dann, mein Schatz."
„Ja, Moment mal... soll ich denn allein unsere Koffer ins Zimmer schleppen? Mein Gott, hast du es eilig!"
„Schau mal hinter dich. Da steht schon einer, der ganz wild auf unsere Koffer ist. Falls du dir Gedanken um meine fehlende Badehose machst... ich schwimme nackt oder leihe mir von Bergmann einen Lendenschurz." Florian spürte, dass sein Witz nicht zündete.
„Du musst nicht immer seinen Namen erwähnen," flüsterte sie , während sie skeptisch die jungen Malaiinen hinter dem Empfangstresen musterte. „Hast du keine Angst, dass er dich am Ende schon erwartet?"
Florian schüttelte den Kopf.

„Nein, das denke ich nicht. Wir sollten nicht gleich zu ängstlich werden und glauben, dass sein Einfluss allgegenwärtig ist."

6

Eine Stunde später stand Florian vor dem „Bali Matahari Resort". Auf dem Wege dahin hatte er ein kurzes Bad genommen. Die Stelle war durch Mangroven vor Blicken geschützt, so dass er sich eigentlich sicher war, keine Schamgefühle verletzt zu haben.
Dann war er an einigen Hotels vorbeigekommen, aber weder Name noch Ausstrahlung passten zu der Beschreibung, die er von dem Bekannten erhalten hatte. Irgendwann fing er zu joggen an. Die wenigen Fußgänger auf dem sauber angelegten Weg hatten sich umgedreht und ihm nachgeblickt. Ein kleiner Junge ließ seinen Ball fallen und rief etwas auf balinesisch. Dann war er ihm nachgerannt und nach wenigen Metern wieder umgekehrt. Einige Male hatte er Passanten das Foto von Bergmann, das ihm der Bekannte vom BKA überlassen hatte, unter die Nase gehalten.
Und tatsächlich, einige der Befragten erinnerten sich an das markante Konterfei. Nur mit dem Namen hatten sie nichts anfangen können. Ihre Hinweise auf balinesisch verstand er nicht, ausgenommen das Wort „Hotel", aber sie wiesen stets mit der Hand in die vorgegebene Richtung.
Der Weg beschrieb im letzten Drittel einen weiten Bogen. Einmal musste er auf die Bankette ausweichen, weil ein Shuttle-Bus mit Hotelgästen an ihm vorbei preschte.

Im Vertrauen auf seine Intuition war er immer weiter gelaufen, bis der Weg abrupt in einem weitläufigen Wendehammer mit integrierten Parkplätzen endete.

Er schaute sich um. Hier war offenbar Ende. Abgesehen von einem Privatweg, der zu einer mit exotischen Figuren gesäumten Einfahrt abbog. Dahinter entdeckte er ein Gebäude, das wie ein verzaubertes Schloss aus Rhododendron-Büschen und Azaleen hervorlugte.

Das war es also, was die Menschen gemeint hatten. Und tatsächlich, an der Einfahrt stand der Name "Bali-Matahari-Resort".

Mit seinem geschwungenen, reetgedecktem Dach unter Dattel-und Kokospalmen mitten in einem Blütenmeer aus exotischer Flora, wirkte es wie ein Traum aus „Tausend und einer Nacht".

Florian blieb stehen und blickte fassungslos auf die Prachtentfaltung vor seinen Augen, staunend und unfähig zu einem klaren Gedanken. Es war offensichtlich - hier hatte sich jemand seinen kühnsten Traum erfüllt, konsequent und rücksichtslos.

Als er näher trat, unterschied er nach und nach einzelne Bungalows, hinter denen sich kleinere Häuser verbargen. Alle waren harmonisch miteinander verknüpft und in einem überreichlichen Tropengarten angesiedelt. Und dahinter lockte ein mit Sonnenschirmen dekorierter Strand vor einem gleißenden Meer mit schaukelnden Booten.

Mit jedem weiteren Meter offenbarte sich ein neues Highlight. Er schritt auf Ornamentsteinen an Swimmingpools mit integrierten Komfortzonen, wie zufällig angeordnet, vorbei. Wer sich hier niederließ, erlebte die Illusion ineinander fließender Wasserflächen und das barrierefreie Verschmelzen mit dem

dahinter liegenden Meer. Und über all der exotischen Vielfalt spannte sich das satte Grün eines uralten Baumbestandes.
Florian hätte schreien können. Denn in dem Maße, wie er Bergmanns Werk bewunderte, überkam ihn ein Gefühl ohnmächtigen Zorns. Da also war sein Erspartes nebst der aufgenommenen Kredite versenkt worden! Sein lächerliches Geld, nur Peanuts im Verhältnis zum Ganzen, zur großen Sinfonie... Eine Selbstverwirklichung, die teuer erkauft worden war mit den Albträumen der vielen Opfer, die er verhext hatte. Menschen, die nicht begriffen, was mit ihnen passiert war und nun am Rande ihrer Existenz vegetierten.
Die „Metamorphose" des Geldes... Nach einer scheinbar langen Wanderung erlangte es hier im Paradies der Götter und ihrer Tempel seine wahre Verheißung.
Darüber konnte man glücklich sein, oder weinen. Weinen über sich selbst und diese steinernen Götter, die überall ihre mitleidlose Präsenz zeigten. Dieser Ort suggerierte geradezu eine demütige Zurückhaltung.
Zweifellos war hier ein lukratives Unternehmen entstanden, ein großartiges Resort, das seine Rendite abwarf. Aber es war Bergmanns Rendite, eine Wertschöpfung, die nur ihm zugute kam.
Was Florian betraf, so hatte seine dem Leben zugewandte Haltung einen Knacks bekommen. Monate lang war er den Menschen aus dem Weg gegangen, hatte seine freien Stunden auf die Nacht verlegt und war bei Dunkelheit umhergeirrt.
Als einziger Aktivposten war das Geschäft geblieben. Aber die Möbelkonjunktur hatte nachgegeben, das Geschäft lief nicht mehr so reibungslos wie ehe-

dem. Auch der Bankkredit, den er ohne Brittas Wissen zum Zwecke der Geldvermehrung aufgenommen hatte, saß ihm im Genick. Nun zollte das Ereignis seinen Tribut und zwang sie, sich einzuschränken.

Wohl hatte man zwei der insgesamt drei Betrüger gefasst und einsperren können. Bergmann aber war und blieb bis heute verschwunden... vom Geld keine Spur.

Es ging das Gerücht, Bergmann sei gelegentlich in München gesichtet worden. Man hatte ihn bereits als „das Phantom" bezeichnet. Denn jeder beabsichtigte Zugriff war ins Leere gegangen.

Die mit diesem Fall befassten Stellen sahen den Flüchtigen auf einer Insel in der Karibik residieren. Sie schienen taub für andere Hinweise. Er wollte aber nicht soweit gehen und behaupten, hier sei Korruption im Spiel. Wieso war er sich im Moment so sicher, Bergmann tatsächlich in diesem Resort zu begegnen? Noch hatte sich der Gesuchte nicht blicken lassen. War der Wunsch wieder einmal Vater des Gedankens?

Aber da war das Foto... Es konnten doch nicht alle irren, die ihn erkannt haben wollten. Es waren freundliche, zuvorkommende Menschen gewesen, die er gefragt hatte. Sie hatten aufgeregt genickt und immer das Gleiche geantwortet.

Seine Zunge klebte am Gaumen. Vielleicht sollte er sich zum Strand begeben, um noch einmal schnell ins Wasser zu tauchen. Ein kurzes Bad und ein kühler Kopf wären die beste Vorbereitung auf ein Treffen mit Bergmann.

Er brauchte ein Ergebnis, etwas Vorzeigbares. Er durfte Britta nicht wieder enttäuschen. Die Angst, eines Tages vielleicht allein zu sein, machte ihm zu schaffen. Denn wer respektierte schon auf Dauer einen Partner, den offenbar das Glück verlassen hatte...

Doch was würde er Bergmann eigentlich sagen wollen?

Noch zuhause hatte er eine wohl gesetzte Ansprache formuliert, sie ausprobiert und dann wieder verworfen. Im Flieger wollte ihm nichts rechtes mehr einfallen. Das Problem war, dass er nicht wusste, welche Sprache dieser Mann verstand.

Natürlich hatte er ihm sagen wollen, dass er sein Geld zurückverlange. Wenn dies nicht möglich wäre, müsste man über angemessene Ersatzleistungen reden. Warum nicht über eine Beteiligung an dieser Liegenschaft? Ein plausibler Gedanke, fand Florian. Oder doch nur ein Hirngespinnst, dem Jetlack geschuldet?

Während er unentschlossen im Eingangsbereich herumging, beobachtete er die Gäste, die ankamen oder das Haus in Richtung Flugplatz verließen. Manchmal spuckte ein hoteleigenes Shuttle gleich mehrere Paare auf einmal aus. Einmal wurde er gebeten, Fotos von einer Gruppe aus Melbourne zu schießen. Mit dem Traumhotel im Hintergrund, versteht sich. Auch die üppig blühenden Bougainvillee und Azaleen vor dem Portal mussten mit aufs Foto.

Als er sich gerade von einem Paar aus Singapoore verabschiedete, kamen mehrere Personen aus dem Empfangsgebäude, von denen eine Bergmann ähnlich sah. Dahinter lief ein junger Balinese mit Koffern, die dieser sogleich in einem Shuttle-Bus verstaute, der kurz zuvor auf dem Vorplatz eingetroffen war.

Also, keine Frage, mein Geld arbeitet, dachte Florian in einem Anflug von Galgenhumor. Doch sollte

sich Bergmann mit der Idee anfreunden und ihn tatsächlich beteiligen, so würde er eigene Ideen einbringen wollen. Obwohl...das Konzept schien eigentlich perfekt zu sein.
Aber so etwas ließ sich immer optimieren. Spontan kam ihm die Idee, dass man etwa Trauungen und ganze Hochzeiten im hoteleigenen Park arrangieren könnte. Nicht sonderlich originell, doch das würde gewiss für zusätzlichen Umsatz sorgen. Aber vielleicht gab es das bereits. Dann hätte er sicherlich bald eine andere Idee. In seiner kreativen Art begann er, sich Bergmanns Kopf zu zerbrechen...
Er zog eine Baseballkappe aus der Hosentasche, glättete sie und setzte sie auf, um sich schließlich mit Sonnenbrille und 3-Tagebart der Gruppe bis auf wenige Schritte zu nähern. Hier verharrte er und wartete geduldig, bis sich das letzte Paar verabschiedet und der Kleinbus in Bewegung gesetzt hatten.
Der Mann in heller Hose und weißem Hemd drehte sich zu ihm um.
Florian zuckte zusammen, als sich ihre Blicke trafen. Nur Bruchteile von Sekunden betrachtete jeder sein Gegenüber. Dann kam Bergmann auf ihn zu. Er wirkte gealtert und schmaler, als er ihn in Erinnerung hatte. Viel zu weite Jeans flatterten um seine dünnen Beine. Dann blieb er stehen und blickte Florian nachdenklich an. Es war nicht zu übersehen, dass er in seinem Gedächtnis kramte.
„Kann ich etwas für Sie tun?" fragte er schließlich.
„Sie sehen so aus, als suchten Sie vielleicht eine Unterkunft?" Er strich zerstreut über sein dünnes Haar.
„Wir, meine Frau und ich haben bereits eingecheckt," antwortete Florian. „Leider!"

„Ja, dann ist das so. Es gibt viele schöne Orte auf dieser Insel."
„Ich überlege aber gerade, ob wir nicht wechseln sollten," fuhr Florian fort. „Was meinen Sie, ist vielleicht noch etwas in Ihrer wundervollen Residenz frei?"
„Für sympathische Leute ist immer noch etwas frei. Wenn Sie wollen, kann ich Ihnen sofort einen anderen Bungalow zeigen." Mit der Hand wies er einladend auf einen der Bungalows. „Kommen Sie, ich zeige Ihnen eine andere Art der Unterbringung."
Miller hatte den anderen längst erkannt, aber er ließ es sich nicht anmerken. Er erinnerte sich sogar noch an ihr Gespräch und die Geldübergabe in diesem kleinen Möbelladen am Stadtrand von München. Das war eine Weile her. Er glaubte aber nicht, dass Florian zu einer ernsten Bedrohung werden könnte. Dennoch, er hatte gelernt, jederzeit auf der Hut zu sein.
Bergmann zeigte auf eine finster blickende Statue am Eingang zur überdachten Terrasse.
„Bei dieser Figur," erklärte er, „handelt es sich um eine sogenannte Patong Statue. Es ist eine zu Stein gewordene Gottheit. Sie soll vor unerwünschten Eindringlingen schützen und den Frieden bewahren helfen."
Florian lächelte mild. Die Gottheit beeindruckte ihn nicht, und Bergmanns Erklärung hielt er für zufällig. Er nickte und blickte zu der jetzt ins Blickfeld geratenen Terrasse.
Bergmann war seinem Blick gefolgt.
„Diese Daybeds dort auf der Terrasse sind eine äußerst angenehme Einrichtung. Sie können hier spontan ausruhen oder in heißen Nächten darauf schlafen," erklärte er mit der Gestik eines Schlossführers,

der eine auswendig gelernte Lektion herunter leiert. Einen Augenblick lang überlegte Florian, ob diese Daybeds nicht auch etwas für seine Möbelausstellung wären. Aber da folgte schon die nächste Verlautbarung.

„Achten Sie mal auf diese Paneelen! Man sieht es nicht gleich, aber sie sind schwenkbar, so dass wir auf eine Klimaanlage verzichten konnten." Er demonstrierte stolz das praktische Highlight, indem er ein hochstehendes Holzelement von innen nach außen und wieder zurück drehte. „Statt der Klimaanlagen haben wir im Innern Ventilatoren installiert."

Bergmann hätte vielleicht noch eine Weile so weiter doziert, wenn nicht in diesem Augenblick eine junge Balinesin zu ihm herangetreten wäre. Sie flüsterte diesem etwas ins Ohr, um gleich darauf auf leisen Sohlen wieder zu verschwinden. Bergmann nahm den Faden wieder auf.

„Es sind Orte zum Entspannen, zur inneren Erneuerung und Inspiration..." Er rang nach Atem und schaute sein Gegenüber auf seine irritierende Art an. „Solche kleinen Paradiese anzubieten ist meine Mission."

Plötzlich schien er es eilig zu haben..

„Sie müssen mich jetzt entschuldigen", sagte er. „Aber ich habe einen wichtigen Termin vergessen. Sind Sie noch interessiert?"

„Selbstverständlich! Ich bin beeindruckt. Doch meine Frau trifft die Entscheidungen. Würde es passen, wenn ich morgen zusammen mit ihr erscheinen würde? Seliger ist übrigens mein Name..."

„Sind Sie sicher?"

„Verzeihung, was meinen Sie mit sicher?"

„Sind Sie sicher, dass Sie morgen wiederkommen

werden? Also, ich würde Ihre Buchung solange in der Schwebe halten. Mir fällt ein, ich habe mich noch nicht vorgestellt…mein Name ist Miller, Christoph Miller. Das Hotel gehört mir."
„Da kann man Sie nur beglückwünschen," sagte Florian.
Anstatt sich jetzt zu offenbaren und Bergmann den Marsch zu blasen, knickte er nun ein weiteres Mal ein vor der sichtbaren Allmacht Bergmanns und seines Mammons. Und absurderweise hatte sein eigenes Scherflein zu diesem Form und Materie gewordenen Sinnesrausch beigetragen, wenn auch nur im Promille-Bereich.
„Natürlich werden wir morgen kommen…ich kann mir nicht vorstellen, dass es meiner Frau hier nicht gefallen würde."
Er ließ den Blick noch einmal respektvoll über das vermeintliche „Joint Venture" gleiten und verabschiedete sich scheinbar gelassen, obwohl es in ihm heftig brodelte. Er spürte Millers Blick im Rücken, bis er hinter dichten Stauden verschwunden war. Also Bergmann hieß jetzt „Miller". Er musste achtgeben, dass er die beiden Namen beim morgigen Treffen nicht verwechselte. Er konnte nicht ahnen, dass Miller alias Bergmann durch ähnliche Besuche längst vorgewarnt war und nicht im entferntesten daran dachte, „feindliche Übernahmen", auch nicht im Promille-Bereich, zu irgendeiner Zeit zuzulassen.

7

Florian traf Britta im Hotelzimmer an, wo sie auf ihn gewartet hatte. Sie schien bereit fürs Abendessen, das auf einer kleinen Veranda mit Blick aufs Meer stattfinden sollte. Das hatte sie bereits herausgefunden.

„Na, was hat unser Sherlok Holmes denn heute zustande gebracht?" Sie lächelte ironisch in ihren Handspiegel, mit welchem sie ihre Kurzhaarfrisur einer letzten Prüfung unterzog.

„Er ist es, heißt aber jetzt Miller," platzte Florian heraus. „Du wirst es kaum glauben, aber er besitzt ein Paradies! Das schönste Resort auf ganz Bali. Keine Übertreibung!"

„Ach was!" Sie stand auf und legte Spiegel nebst Bürste auf einem bizarr geformten Sims ab.

„Du musst mir alles haarklein berichten, gleich beim Essen. Ich gehe schon mal, um uns einen Tisch zu sichern."

Florian nickte stumm und ging ins Bad. Als er wenig später bei ihr auf der Terrasse auftauchte, wurde bereits die Vorspeise gereicht.

„Mann o Mann," bemerkte sie zwischen zwei Happen, „allein das Dinner ist die Reise wert."

Britta war so sehr mit ihrem Essen beschäftigt, dass sie offenbar gar nicht auf das Ergebnis seiner Recherchen neugierig schien. Erst beim Dessert durfte Florian berichten. Diesmal unterbrach ihn Britta nicht.

Später in der Nacht berührte sie seinen Arm. „Du schläfst noch nicht? Dann erzähl mir doch bitte…wie willst du Bergmann denn nach Deutschland schaffen? Soweit ich weiß, gibt es kein Auslieferungsabkommen mit Bali, also mit Indonesien…"

„Das ist der Casus Knacktus."

„Ja und dann? Etwa im gelben Sack?"

„Ehrlich gesagt, ich weiß es nicht. Wir müssen vernünftig mit ihm reden, an sein Gewissen appellieren…"

„An sein Gewissen? Hat der nicht! Da muss uns schon mehr einfallen."

„Er machte auf mich den Eindruck eines altersmilden Mannes. Bis morgen fällt uns bestimmt noch etwas ein."

„Altersmilde? Dass ich nicht lache! Vielleicht können wir ihn ja dazu überreden, sein Testament zu unseren Gunsten abzufassen. Also wirklich!"
Sie kicherte. Doch dann streichelte sie versöhnlich seinen Arm, weil sie seine Verzweiflung spürte.

„Ach komm, gib mir einen Gute-Nacht-Kuss und versuch zu schlafen. Morgen ist wieder ein Tag, und da müssen wir fit sein."

„Bist du denn fest entschlossen, mitzukommen? Du musst nicht."

„Ich kann dich doch nicht alleine in die Höhle des Löwen gehen lassen… Du weißt doch, hinter jedem erfolgreichen Mann steht eine starke Frau. Das wird Eindruck machen, wenn ich in deiner Begleitung erscheine," sagte sie. Ihr Sarkasmus machte vor ihr selbst nicht halt.

„So, nun kuschle noch mit mir, oder sing ein Gute-Nachtlied, bis ich eingeschlafen bin. Such´s dir aus!"

8

Nachdem Florian aus einem Koma ähnlichen Schlaf aufgewacht war, fand er sich auf dem verdreckten Boden einer Holzhütte liegen. Wie aus der Ferne hatte er schon eine Weile Brittas Aufforderungen vernommen. Als er jetzt die Augen aufschlug, saß sie rittlings auf ihm und versuchte, ihn wachzurütteln.

„Was ist passiert?" fragte er benommen und noch nicht Herr seiner Sinne.
„Nun komm schon, mein Ritter," stöhnte Britta. „Komm endlich zu dir. Eigentlich wollte ich in einer Traumvilla aufwachen, nicht in diesem Albtraum! Mann o Mann, wenn mein Kopf doch nicht so brummen würde!"
Sie löste sich von Florian und half ihm auf die Beine.
„Sieht aus, als hätte hier jemand Schweinezucht betrieben."
Er deutete auf die grob gezimmerten Nischen. Plötzlich fiel ihm der Abend wieder ein.
„Diese Halunken haben uns K.O.-Tropfen ins Getränk gemischt. Ich kann noch gar nicht richtig denken."
„Macht das einen Unterschied zu vorher..."
Florian überhörte geflissentlich ihren bösen Einwurf.
„Es waren doch Mixgetränke, oder? Ich mochte diese noch nie leiden."
Er machte einige Dehnübungen. Die Beine zeigten nur eingeschränkte Funktion. Vor allem schmerzte der Rücken, dem harten Boden geschuldet.
„Du weißt, wie wir hierher gekommen sind?"
„Nein, das weiß ich nicht mehr," stöhnte er. Es gab anscheinend keine Stelle am Körper, die nicht wehtat.
„Wie sind wir denn hierher geraten? Das kann dieser Hering doch nicht allein geschafft haben."
"Das waren seine mandeläugigen Bodygards. Warum haben sie uns nicht gleich die Kehle durchgeschnitten..."
„Bergmann alias Miller muss sich auf seiner Insel sicher fühlen. Er wusste aber gleich, woher er mich

kannte..."

„Dein Bart war wohl keine wirksame Tarnung... hätte ich Dir gleich sagen können. Und über Dein Angebot wollte sich der „altersmilde Mann" vor Lachen ausschütten...."

„Filmriss... weiß ich auch nicht mehr. Aber lass uns doch einmal schauen, wo wir hier überhaupt sind."
Er stieß eine Tür auf und trat ins Freie.
„Nein, wirklich, das muss man nicht glauben!"
Er starrte auf ein mit Maschendraht eingezäuntes Areal, dahinter ein dichter Mangroven-Gürtel. Der Zaun reichte einige Meter über die Uferlinie ins Wasser hinaus. Dahinter lag das Meer. Trockenen Fußes konnte man hier nicht entkommen.
Britta war ihm gefolgt.
„Als Kind habe ich immer vom großen Abenteuer geträumt. Jetzt brauche ich das eigentlich nicht mehr."
Florian schwieg schuldbewusst. Wieder einmal war er auf Bergmann reingefallen, diesmal mit unabsehbaren Folgen für Leib und Leben. Insbesondere für Brittas Leben. Noch schien sie nicht wirklich beunruhigt. Ihr Ton war wie immer von leichtem Sarkasmus durchsetzt.
„Wir stehen erst am Anfang unseres Urlaubs," stellte sie fest. „Ab jetzt kann es eigentlich nur besser werden."
Sie ging zum Ufer und bog die Zweige eines Busches beiseite.
„Florian, komm mal her!" rief sie aufgeregt. „Hier liegt ein dicker Äppelkahn. Hat sogar einen Außenborder."
Tatsächlich lag da ein altes Fischerboot auf dem zugewucherten Uferstreifen, aber bis zum Rand mit Wasser gefüllt. Und zu schwer, um es mit dem

Wasser umzukippen.
Florian nahm eine Handvoll und schlürfte.
„Kein Salzwasser... Regenwasser!" stellte er beruhigt fest. „Es könnte also dicht sein."
„Es könnte also dicht sein," äffte sie ihn nach. „Ist das alles, was dir dazu einfällt?"
Florian öffnete den Tankdeckel des Außenborders und blickte in den Tank.
„Da ist genügend Sprit drin, um von hier wegzukommen," stellte er fest.
„Du willst doch wohl nicht diesem Äppelkahn unser Leben anvertrauen! Ebenso gut könntest du zu Fuß übers Wasser laufen wollen. Lass es uns irgendwie anders versuchen."
„Was glaubst du, warum die uns hierher gebracht haben!?
Ohne Buschmesser kommen wir hier nicht raus. Schau Dich doch um... nichts als Mangroven und Sumpf. Und sicherlich auch Schlangen. Und wir haben nur die dämlichen Sandalen an den Füßen!"
Er musste aufpassen, dass die Stimmung nicht kippte. Jetzt muste jeder Schritt genauestens geplant werden. Jeder Fehler könnte tödlich enden.
Wie dämlich waren sie doch in die Falle getappt! Und als er seinen Vorschlag hinsichtlich einer Beteiligung machte, hatte Bergmann einen Lachkrampf bekommen. Es war, wie Britta vorausgesagt hatte, eine einzige Demütigung.
Aber hätte er sie nicht auch umbringen und verschwinden lassen können? Kein Hahn hätte nach ihnen gekräht. Niemand wäre auf die Idee verfallen, sie als vermisst zu melden.
Bestenfalls eine Schlagzeile mit dem Text "Verschollen auf Bali", hätte in einem Boulevard-Blatt an sie erinnert und für eine befristete Aufmerksamkeit ge-

sorgt.
Britta hatte zu ihrem Pragmatismus zurückgefunden. Mit einem großen Yoghurtbecher hatte sie begonnen, das Wasser aus dem Kahn zu schöpfen. Dann hatte sie ihre Hände genommen, als sie merkte, das dies effektiver war.
„Hier schwimmt ein Zettel in der Brühe," rief sie plötzlich. „Mit einer Nachricht für uns."
Die Schrift war verwaschen, aber lesbar. Sie reichte Florian vorsichtig das feuchte Blatt. Er las:

Werte Herr und Frau Seliger,
wenn Sie losfahren, werden Sie feststellen, dass Sie sich auf einem Eiland befunden haben. Halten sie immer nach Westen, dann kommen sie irgendwann irgendwo an, sofern der Sprit reicht. Wenn nicht, dann nehmen sie das Hilfssegel, das in der Hütte liegt. Wenn sie keine nautischen Erfahrungen haben, dann gnade Ihnen Gott.
Mein Ratschlag: Sollten Sie entgegen jeglicher Logik doch überleben, dann kommen Sie besser nie wieder nach Bali!
Christoph Miller alias Bergmann

9

Vera Lange war keine Frau, die jemals „die Katze im Sack" gekauft hätte. Verliebtsein etwa bewirkte bei ihr nicht, dass sie sich unkontrolliert in eine komplexe Beziehungsstruktur begeben hätte. Hier scheute sie das Risiko wie der Teufel das Weihwasser.
Nein, ihre Gefühle waren wohl dosiert und steuerbar. Und so ließ sie ihre Aufmerksamkeit zu gleichen Teilen dem neuen Partner als auch seinem Ent-

wicklungspotential zuteil werden. Im Zweifel konnten dessen über Creditreform abgerufenen Geldströme als geeignetes Indiz gewichtet werden. Denn alles war messbar und Männer austauschbar, glaubte sie.

Ihre Freundin Uta schwamm auf gleicher Welle. Als kritische Journalistin war sie es aber gewohnt, noch genauer hinzuschauen als Vera. Deshalb verfolgte sie interessiert die Karriere des neuen Galans ihrer Freundin in den Fachblättern, soweit ihr diese zur Verfügung standen. Mit Genugtuung nahm sie erste Achtungserfolge von Hagen zur Kenntnis. Versteht sich, dass sie solche Meldungen zeitnah an die Freundin weiterreichte. Dabei vergaß sie nie, ihre eigene Bewertung mit einfließen zu lassen.

Denn manche Kommentare in der Presse schienen ihr zu euphorisch, andere sprachen neidvoll von Anfängerglück. Ganz böse Zungen behaupteten sogar, es handelte sich um manipulierte Artikel, lanciert durch Strohmänner des Auftraggebers Hagen Herwig. Tatsächlich konnten in „Börse und Aktionär", ein führendes Fachblatt, solche Manipulationen nachgewiesen werden. Doch das ging unter im allgemeinen „Blätterrauschen," und plötzlich hörte man nichts mehr davon.

Die Fälle waren wohl zu komplex und zeitraubend, und die Materie schwierig. Es folgten keine strafrechtlichen Konsequenzen, schnell war es „Schnee von gestern".

Aber auch solche Meldungen unterschlug die Freundin nicht.

„Solltest du ihn tatsächlich ehelichen, dann schließ mal gleich eine Lebensversicherung ab," schlug sie vor. „Ist nicht teuer, aber könnte sich eines Tages lohnen." Sie lachte und zwinkerte mit den Augen.

„Ich meine es total ernst," ergänzte sie dann.
Vera verstand nicht gleich. Uta erinnerte sie daher an einen kürzlichen Fall von Anlagenbetrug, wo der Verantwortliche zunächst verschwand, dann aber posthum in einem Baggersee als Wasserleiche wieder auftauchte... ein verstörender Anblick!
Angesichts solcher Negativmeldungen blieb Vera merkwürdig desinteressiert. Nach anfänglicher Vorsicht ließ Ihr Filter nur die positiven Nachrichten durch. Subversive Statements, wie sie es nannte, wurden in Gesprächen zwischen Herwig und ihr nie thematisiert. Sie erwähnte sie erst gar nicht. Schon bald nahm er sie auf eine Reise nach Mali mit. Dem Beispiel des Ökonomen Muhammad Yunusin folgend, der in 2006 für seine beispielhafte Idee den Friedensnobelpreis erhalten hatte, verteilte Herwig publikumswirksam eine Million Euro an Bedürftige vor Ort. Die zwischengeschaltete Bank verlieh das Geld zu Niedrigzinsen an sogenannte „Kleinstunternehmer", ohne irgendwelche Sicherheiten zu fordern.
Dieser Coup zu Lasten der „weichen Kosten" erzeugte die erwartete Aufmerksamkeit. Zugleich einen solchen Schub, dass von einem aufgehenden Star am Himmel des grauen Finanzmarktes die Rede war. Schon sah Vera sich zusammen mit Herwig als neues Traumpaar der Münchener Society.
Als Herwig in der Folge damit begann, seine wachsenden Geschäftsfelder zu einem unüberschaubaren Firmengeflecht zu verschachteln, wurden zunächst nur die notorischen Zweifler mißtrauisch. Auch manchen Fachleuten schien es wie ein bewusst herbeigeführtes Anlage-Chaos, aus dem immer wieder neue „Produkte" wie aus dem Nichts an die Oberfläche drangen. Investitionsschwerpunkte waren

dabei angebliche Öl- und Gasfelder in Übersee. Hinzu kamen Beteiligungen an Infrastrukturmaßnahmen in Nah-und Fernost, Zementherstellung in Abu Dhabi - angeblich privilegiert durch persönliche Präferenzen des jeweiligen Potentaten. Und mit Dreifach-A-Noten in den internationalen Rankings bewertet.

„Na, wie findest du das?" fragte Vera voller Genugtuung eines Nachmittags ihre Freundin. „Bist du immer noch skeptisch?"

„Ehrlich gesagt, ich finde diesen gigantischen Erfolg ein bisschen unheimlich. Da staunt der Fachmann, und der Laie wundert sich."

„Er sammelt aber waschkörbeweise das Geld der Investoren ein…"

Für Vera gab es kein überzeugenderes Argument.

„Glaubst du, das geht alles mit rechten Dingen zu? Hast du noch nie von einem sogenannten Schneeballsystem gehört?"

„Das interessiert mich nicht die Bohne. Wichtig ist doch nur der Erfolg!"

10

Anfang Juni erhielt eine Frau Lilli Seefelder folgendes, in verkürzter Form wiedergegebenes Schreiben von Hagen Herwig:

Sehr geehrte Frau Seefelder,
in meiner Funktion als langjähriger Finanzmarktspezialist wurde ich gebeten, die Geschäftsführung der MNC-Gesellschaften zu übernehmen, um die vorliegenden Informationen zu den Öl-und Gasinvestitionen auszuwerten, um auf dieser Basis eine Strategie für einen optima-

len Verlauf ihrer Beteiligung zu strukturieren.
Auch wenn meine Le b e n s planung eigentlich eine ganz andere war, stelle ich mich dieser wichtigen Herausforderung.
Ich habe bereits eine Task Force gebildet, bestehend aus ebenso erfahrenen Beratern, die mich bei meiner Arbeit unterstützen werden... bla-bla-bla...

Obwohl in Eile - sie durfte ihren Zug nach Berlin nicht verpassen - wählte sie die Nummer von Max. Der meldete sich sofort.
„Ich dachte, Du bist schon unterwegs," sagte er.
„Nur ganz schnell - ich habe gerade ein Schreiben von MNC geöffnet... hast Du es auch bekommen?"
„Allerdings," lachte Max gequält.
„Mir ist noch schlecht von dieser salbungsvollen Ausdrucksweise. Klingt nicht gut, ist nicht gut. Aber bis Montag weiß ich mehr, dann unterhalten wir uns, okay?"
„Ja, gern. Ich muss auch dringend los, sonst kann ich die ganze Strecke mit dem Auto fahren!"
Hastig beendete sie das Telefonat. Max wusste, dass Lilli die lange Fahrt per Auto als Höchststrafe empfand.

11

„Also, was sagt man dazu..." Tonio zupfte nachdenklich an seinem Schnäuzer und legte das Schreiben auf den Tisch. Sie frühstückten wie immer um diese Zeit im noch geschlossenen „Da Tonio", eine schicke Pizzeria und zugleich ein rundum bekanntes Feinschmecker-Lokal.
Früher waren immer noch die Kinder, Marcello und

Renata, beim Frühstück anwesend, inzwischen aber erwachsen und in alle Richtungen davongeflogen.
„Da schreibt doch dieser Hagen Herwig etwas von Lebensplanung… dass er sich diese anders vorgestellt habe. Wollte dieser junge Schnösel denn jetzt schon aufhören zu arbeiten? Dio mio…"
Er schob das Schreiben seiner Frau Anna hin. „Da, lies mal, und sag mir, was davon zu halten ist."
„Nicht viel," meldet sich Anna nach kurzem Studium. „Aber vielleicht habe ich es nicht richtig verstanden. Was meinst du, wie steht es jetzt um unsere Anlage?"
Tonio zupfte zerstreut an seinem Schnäuzer und schaute durch den Schlitz neben der Gardine, die er gleich nach dem Frühstück zurückziehen würde.
„Ich weiß es nicht… Caramba, das hat uns gerade noch gefehlt! Bitte, schließ die Tür auf, Lena muss gleich kommen. Wir sind spät dran. Du weißt, sie war schon auf dem Markt und bringt die Einkäufe fürs Wochenende."
Mit hängenden Schultern schlurfte Anna zur Tür und öffnete sie. Dann ging sie zum hinteren Saal und stellte die Stühle von den Tischen auf den Boden. Das machte sie jeden Tag, und das seit gefühlten hundert Jahren.
„Wir müssen zwei Stühle austauschen," sagte sie. „Sonst bricht sich noch jemand den Hals. Aber das muss wohl erst passieren, eh du etwas unternimmst."
Seine scheinbar ewig vitale Anna schien plötzlich alt geworden. Man sieht ihr langsam die vielen Jahre an, die sie an seiner Seite verbracht hat, zog es Tonio flüchtig durchs Hirn, als er ihr mit seinem zerstreuten Kontrollblick folgte. Ohne Zweifel war diese Nachricht auch ein Schock für sie. Vielleicht

hätte er ihr den Brief unterschlagen sollen.
Was meinte dieser Hurensohn mit *„um die vorliegenden Informationen zu den Öl-und Gasinvestitionen auszuwerten, weitere zu beschaffen und…eine Strategie für den optimalen Verlauf ihrer Beteiligung zu strukturieren…"*
Er, Tonio, hatte sich gewiss nicht über die Höhe der Rendite beklagt. Im Gegenteil, er war mit den 8-12% pro Jahr mehr als einverstanden. Er hätte auch weniger akzeptiert, wenn es nur der Sicherheit der Anlage gedient hätte. Noch 3-4 Jahre, und er wäre aus dem Gröbsten raus gewesen, die langfristigen Kredite wären abbezahlt. Dann könnte man - die Kinder waren an einer Weiterführung nicht interessiert - verpachten oder sogar verkaufen, um sich in die alte Heimat zurückzuziehen. So waren ursprünglich ihre Pläne.
Also, was wollte dieser Bastard eigentlich sagen? Sollte man auf harte Fakten vorbereitet werden? Wenn in Kürze wieder so ein Schreiben auftauchte, dann, caramba, wäre es wohl soweit …Schon jetzt musste man sich ernste Sorgen machen.
Natürlich tat ihm Anna leid. Sie hatte sich seinerzeit auf ihn eingelassen. Nach einer sentimentalen und zugleich heftigen Liaison mit ihrem Grafen, diesem Conte Mazotta di Venetia. Jaja, eine traurige Geschichte, man kennt so was aus den kitschigen Romanen der alten Capricci…
Eine heimliche, leidenschaftliche Liebe... Die alte, argwöhnische Gräfin und Mutter des Conte hatte mit Enterbung gedroht.
Folglich war der Conte bemüht, nichts nach außen dringen zu lassen. Er hielt seine Amouren streng unter Verschluss. Bevor er sich mit ihr eingelassen hatte, war sie bereits viele Jahre als Verwalterin auf

seinem Gut bei Tenalia tätig. Wenn er Gäste geladen hatte, und das war nicht selten der Fall, führte er sie in der Rolle der arrivierten Protegé vor.

So waren Jahre vergangen. Als sich eines Tages ihre Wege kreuzten, wollte Antonio nicht an einen Zufall glauben.

Für ihn war es, als habe ihn der Blitz getroffen. So nannte man das in seiner Heimat. Aber schmerzlich musste er bald einsehen, dass er gegenüber dem Conte keine Chance besaß. Dieser hielt eifersüchtig seine Hand über sie. Und zugleich war auch sie ihm verfallen. Bis heute war es ihm nicht leicht gefallen, sich diese Wahrheit einzugestehen

Aber dann geschah etwas, was die Situation radikal änderte und die Karten neu mischte. Der Graf fiel eines Nachts die Treppe zu seinem Weinkeller hinunter und brach sich das Genick. Als dies passierte, war niemand anwesend. Aber ausgerechnet Anna hatte ihn am nächsten Morgen tot auf der steinernen Treppe gefunden. Er hatte merkwürdig verkrümmt auf den Stufen gelegen.

Die alte Gräfin hatte Anna insgeheim im Verdacht, in irgendeiner Weise an diesem Unglück beteiligt zu sein.

Borniterweise hielt sie Anna für eine Art Unglückssengel und kündigte ihr die Stellung, noch bevor ihr hochwohlgeborener Sohn unter der Erde lag. Schon lange war sie ihr ein Dorn im Auge, so dass jetzt ein ebenso trauriger wie willkommener Anlass dafür sorgte, sie loszuwerden und „in die Wüste" zu schicken.

Sie verließ das Gut still und ohne jedes Aufsehen. Wortlos nahm sie das Werben von Antonio an und folgte ihm nach Deutschland. Sie warnte ihn, sie würde nach diesem Ereignis niemals wieder einen

Mann lieben können. Doch Antonio zeigte viel Verständnis. Und Geduld. Doch manchmal wurde er schmerzhaft daran erinnert, dass noch immer ein Toter allgegenwärtig war. Er rechnete nach... das war vor 22 Jahren.
Aber dann hatte sie doch noch seine beiden Kinder geboren. Und danach war sie erfolgreich bemüht, die Familie auf einen grünen Zweig zu bringen. Sie blieb ihm gegenüber loyal, was er von sich nicht immer behaupten konnte. Ihm war schon bewusst, welche Bereicherung sein Leben durch sie erfahren hatte. Aber im Gegensatz zu ihr blieben für ihn Freiräume, die er auf seine Weise zu nutzen verstand. All das durfte jetzt nicht in einem Fiasko enden. Die Signallampen waren angegangen. Er war in höchstem Maße alarmiert.

12

Britta hatte der rechte Arm geschmerzt und Florian gebeten, ihr beim Ausschöpfen des Bootes zu helfen. Warum war er nicht von selbst darauf gekommen!
„Was meinst du, müssen wir da wirklich raus? Du weißt, ich bin nicht ängstlich, aber mit diesem Seelenverkäufer..."
Sie blickte auf die leicht gekräuselte Wasserfläche, die sich hinter der kleinen Lagune zu einem scheinbar unendlichen Meer ausdehnte. Bis hin zum Horizont war kein Land in Sicht.
„ Vielleicht sollten wir noch mal überlegen, ob es nicht eine andere Möglichkeit gibt?"
Jetzt ging das schon wieder los! Doch im Grunde konnte er nachvollziehen, dass Britta diesem „See-

lenverkäufer", diesem grob zusammen gefügten „Äppelkahn", kein Vertrauen schenken konnte.

Florian schaute auf seine Uhr, als wenn von dort die rettende Idee kommen könnte. Dann blickte er nach oben, als wolle er den Beistand des Himmels erbitten. Er sah aber nur eine milchig weiße Sonnenscheibe.

„Was meinst du wohl, wo wir sind? Ich meine in Bezug auf Bali?"

Britta kräuselte die Stirn. „Na, wenn der schreibt, wir sollten immer nach Westen fahren, dann müssten wir uns doch irgendwo östlich von Bali befinden."

„Traust du diesem Halunken?"

„In diesem Falle ja. Ich glaube nicht, dass er uns umbringen wollte. Das hätte er einfacher haben können.

Ich denke, der wollte uns tatsächlich nur einen Denkzettel verpassen."

„Dann lass uns doch mal gemeinsam überlegen… Die Sonne steht beinahe direkt über uns, also fast im Zenit, und wir haben gleich Mittag, 11Uhr 45 nach Ortszeit."

„Ja und? Wir haben keine Nautischen Tafeln, wo wir nachschlagen könnten…"

„Denk doch mal nach! Bekanntlich befinden wir uns jetzt auf der Südhalbkugel."

„Was du nicht sagst…"

„Wir wissen, dass der Wendekreis der Sonne 23 Grad nach Süden reicht." Florian dozierte unbeirrt.

„Und wir wissen, dass Bali auf 8 Grad südlicher Breite liegt.

Und wir wissen noch eines," er geriet langsam in Fahrt, „nämlich, dass hier die Sommersonnenwende am 23. Dezember stattfindet…"

„Mann, woher weißt du das? Ich weiß es nämlich nicht," warf Britta trotzig ein. Doch Florian war in seinem Element.

„Heute ist der 21. Februar, es sind also 60 Tage seitdem vergangen. Ergo: Wenn die Sonne für 2 x 23 Grad 182 Tage benötigt, dann entspricht 1 Tag 46 Grad geteilt durch 182 Tage… roundabout 0,252 Grad pro Tag. Jaja, Kopfrechnen… das sind also 15 Grad für 60 Tage… einfache Dreisatzrechnung. Jetzt musst du nur noch die 15 Grad von den 23 Grad des Wendekreises abziehen und kommst exakt auf die 8 Grad von Bali. Was sagst du nun?" Florian blickte sie beifallheischend an.

„Du willst sagen, Herr Oberlehrer, dass wir uns exakt auf der gleichen Höhe befinden wie Bali. Aber das wissen wir doch längst. Spar dir langatmige Belehrungen für deinen Segelkurs auf. Ich habe doch gesagt, wir sollen nur nach Westen fahren!" Florian war keineswegs beleidigt, er mochte diese vertrauten Zurechtweisungen. Zudem hatte er sich die Eckpunkte seines Vortrags kurz vor dem Flug eingeprägt. Es war wohl der falsche Zeitpunkt, um bei Britta punkten zu wollen. Ebenso gut hätte er auf Händen laufen können.

„Warum nicht auch nach Osten?" fragte er hartnäckig.

„Weil wir uns entscheiden müssen. Also, ich glaube dem Miller. Lass uns nach Westen fahren."

„Ich habe dem einmal geglaubt. Wir wissen, wie´s ausgegangen ist."

„Und nun?"

„Du hast recht, und wir haben keine Wahl. Wenn der Motor tatsächlich anspringt, sollten wir losfahren. Sonst haben wir später dasselbe Problem."

„Also dann los. Wenn´s draußen mulmig wird,

könnten wir immer noch umkehren."
Das war wieder die mutige Britta, wie er sie kennengelernt hatte.
Florian war jahrelanger Hobby-Skipper, und auch Britta besaß sämtliche Segelscheine nebst Atlantik-Erfahrung. Ihr ganzer Stolz, die gemeinsame Segelyacht mit Liegeplatz an der Adria, hatten sie nach dem Finanzkollaps schnellstens zu Geld machen müssen. Bis heute trauerte sie dem Boot hinterher.
Florian stemmte sich gegen das Bootsheck, um den Kahn ins Gleiten zu bringen. Dabei versanken seine Füße im schlammigen Untergrund. Als sich das plumpe Gefährt endlich in Bewegung setzte, hatten sie plötzlich Mühe, hinterher zu kommen. Mit einem entschlossenen Schwung hievten sie sich fast gleichzeitig über den Sülrand und rutschten zuerst mit dem Oberkörper in die glitschige Plicht. Danach vermisste Florian seine Sandalen, die im Sumpf stecken geblieben waren.
Während das Boot in die Lagune glitt, betätigte er den Seilzug am Motor. Ähnlich einem Hahnenschrei gab dieser einen Laut von sich und fing dann eine Henne gleich, die ein Ei gelegt hat, zu tuckern an.

13

Nach einer Stunde Fahrt zeichnete sich im Westen langsam eine breite Küstenlinie ab. Florian schätzte die Entfernung auf 10 bis 12 Seemeilen. Sofern kein Starkwind aufkam oder Strömungen ein Gegensteuern erforderlich machten, würden sie in 2 Stunden wieder Land unter den Füßen haben.
Wenn der Motor hielt, wären sie mit einem blauen

Auge davongekommen. Überhaupt ein Phänomen, dieser Motor, der auf den ersten Bick nach Marke Eigenbau ausgesehen hatte. An den Buchstaben unterhalb des Seilzugs erkannte er unschwer die chinesische Herkunft.
Aber das Boot leckte. Es war wohl zu lange Trockenzeiten ausgesetzt gewesen. Oder man hatte das Leck von vornherein in Kauf genommen. Doch noch kam er mit seinem Kunststoffbecher dagegen an. Aber dann bereiteten ihm immer neue Rinnsale Sorgen. Inzwischen hatte sich ein kleiner See im Boot gebildet. So würde es wohl ein Rennen gegen die Zeit werden.
„Es wäre ja zu einfach, wenn wir ohne weitere Katastrophe hier herauskommen," erklärte Britta. „Vor Langeweile würde ich ins Wasser gehen. Nein, im Ernst, ich finde den Urlaub gar nicht mehr lustig!"
Grimmig lächelnd saß sie am Ruder und steuerte den Kahn wie auf einer Schnur gezogen.
Manchmal wunderte es Florian, dass sie ausgerechnet auf ihn verfallen war. Hatte er etwas an sich, das andere Aspiranten nicht besessen hatten? Manchmal hegte er den Verdacht, es könne seine offensichtliche Trotteligkeit gewesen sein, die ihren Beschützerinstinkt geweckt hatte. Britta war sozusagen sein zweiter Versuch. Aber welch ein Volltreffer! Niemals wollte er sie wieder einer solchen Gefahr aussetzen, schwor er sich.
Aber was halfen jetzt gute Vorsätze! Er hätte einen Eimer haben sollen. Der Becher reichte nicht mehr, um dem nachdrängenden Wasser Paroli zu bieten. Wie sehr er auch die „Schlagzahl" erhöhte, so sinnlos erschienen ihm bald seine Bemühungen. Der Pegel stieg und stieg. Jetzt tauchten bereits seine Knöchel ins Wasser. Je mehr Gas Britta gab, um schnel-

ler das rettende Ufer zu erreichen, desto heftiger drang auch das Wasser ein. So etwas nannte man Teufelskreis.
„Ich meine, etwas von Haien gelesen zu haben," sagte Florian gedankenlos, um sich im gleichen Augenblick auf die Zunge zu beißen.
„Nun lässt du auch noch die Haie auf mich los, als wäre das absaufende Boot nicht schon schlimm genug!" Britta blickte argwöhnisch auf die gekräuselte Wasserfläche.
„Dann sollten es aber wenigstens weiße Haie sein," scherzte sie tapfer.
In diesem Augenblick erstarb der Motor mit einem heiseren Röcheln.
„Was jetzt?" fragte Britta.
„Schwimmen," antwortete Florian, nachdem er festgestellt hatte, dass kein Sprit mehr im Tank war.
„Das ist die schlechte Nachricht. Die gute... Es sind nur noch eineinhalb Meilen bis zum Ufer. Und noch eins...Die Haie sind nicht hier, sondern am Great Barrier Reef gesichtet wurden, ist mir eingefallen. "

14

Albträume hatten Max in dieser Nacht nicht zur Ruhe kommen lassen. Die Bilder waren wild durcheinander gepurzelt und hatten kein sinnvolles Ganzes ergeben. Aber an etwas erinnerte er sich...
Zuletzt war er bei Ebbe auf einer Sandbank abgesetzt worden. Man hatte sie im Nebel für eine Insel gehalten. Als er den Irrtum bemerkte, war es zu spät. Das Boot hatte wieder abgelegt und der Nebel alle seine verzweifelten Hilfeschreie verschluckt. Und dann war die Flut gekommen...

In der Nacht zuvor war er nackt durch seine Heimatstadt gelaufen, und die Leute am Straßenrand hatten es mitangesehen. Es bedurfte keines Dr. Freud, um diesen Traum zu deuten. Seine Träume handelten von Verlust und Verzweiflung, waren seinem Leben nachgebildet.

Wie an jedem Morgen „danach" begann wieder diese Endlosschleife aus „hätte", „wenn" und „aber". Warum hatten nicht die Sirenen geheult? Weshalb hatte ihn niemand gewarnt?
Warum hatte keiner seine Meinung gesagt?
Es gab eine einfache Antwort. Er hatte niemanden nach seiner Meinung gefragt. Er galt als beratungsresistent. Man hätte ihn einsperren sollen!
Wäre wenigstens noch Ingrid da! Sie hätte ihn in den Arm genommen und vom halbvollen Glas gesprochen, nicht vom leeren...
Aber seine Reue kam zu spät. Zu leichtfertig war er mit der Fülle seiner Möglichkeiten umgegangen. Selbstmitleid war nicht am Platze!
Mit Antonio hatte alles angefangen. Aber Tonio war nicht Täter, sondern selber Opfer. Auch wenn er das vergiftete Spiel begonnen hatte. War nicht jeder selbst „seines Glückes Schmied"?
Max erinnerte sich an jenen Abend, an dem Tonio von seinem lukrativen Nebenerwerb berichtete. Also von dieser wundersamen Geldvermehrung. Zinsen zwischen 8 und 12 Prozent seien ganz normal. Die Rede war auch von einem Frühzeichner-Bonus. Alles seriös und legitim.
Schon lange hatte Max sich von seiner ungeliebten Immobilie, dem Hotel, trennen wollen. Eine Dauer-Baustelle, die Kosten und hauptsächlich Ärger verursachte. Nicht wenige Gäste etwa versuchten, mit Hinweis auf vorher bekannte Defizite bei Abreise

einen zusätzlichen Rabatt herauszuhandeln.

Aber nun schien der richtige Zeitpunkt gekommen. Folgerichtig hatte er das Hotel zu Geld gemacht. Doch wegen der überflüssigen Eile musste er Abschläge in Kauf nehmen. Die Interessenten hatten den selbst auferlegten Zeitdruck gespürt und spekuliert, dass es sich nur um eine Flucht aus einer Kostenfalle handeln konnte, womit sie ja auch einigermaßen richtig lagen.

Doch nach Ablösung des Bankkredits war genügend übrig geblieben, um eine stattliche Summe auf ein Treuhandkonto der duma 25 zu überweisen. Und tatsächlich waren die avisierten acht Prozent Rendite geflossen. Sofort nach Eingang der Zinsen reinvestierte er die Beträge wieder in duma-Papiere. Dann war eines Tages dieses Schreiben gekommen, für alle Betroffenen ein jähes Erwachen aus vermeintlicher Sicherheit.

In kleinem Kreis hatten sie über den Bericht, in dem von Herwigs Lebensplanung die Rede war, diskutiert. Es war wohl als ein Zeichen, als Vorwarnung, zu verstehen. Oder war es bereits zu spät, um einzugreifen? Doch wie hätte man sich zur Wehr setzen sollen?

Die Möglichkeit auszusteigen, quasi vom fahrenden Zug abzuspringen, war nicht vorgesehen. Dieser hatte schon zu viel Tempo aufgenommen und überfuhr bereits alle roten Lichter an der Strecke. Nur ungern wollte man es sich eingestehen, aber die Katastrophe zeichnete sich bereits ab.

Tatsächlich musste man nun mit dem Schlimmsten rechnen. Als Tonio etwas später einen Rotwein ausgab, war dieses Thema in den Hintergrund getreten. Max spürte, wie sich langsam seine Verkrampfung löste. Keiner wollte wie ein hypnotisiertes Kanin-

chen auf den Biss der Schlange warten. Und schon gar nicht das Fiasko herbeireden.
Als eine weitere Runde fällig wurde, hatte man für Augenblicke vergessen, in den Abgrund zu schauen.
Er nahm das Schriftstück, das er am Abend zuvor nur überflogen hatte, mit spitzen Fingern vom Tisch. Mit kalter Wut betrachtete er aufs neue die Zeilen.

„Sehr geehrter Herr Melchior,
...diese Aufgabenstellung veranlasst uns, Ihnen mitzuteilen, dass aus unserer Sicht die Entwicklung ihrer Beteiligung z.Zt. nicht planmäßig verläuft..."

Als das Telefon ging, war Rudi in der Leitung.
„Sag mal, wie sieht dieser Typ denn aus, der dich reingelegt hat?"
„Herwig? Er soll groß sein, einen rasierten Schädel haben und unter der Nase ein Strichbärtchen tragen."
„Also, das könnte er gewesen sein. Du bist ihm vielleicht schon begegnet. Damals in der Kneipe, als du auf mich gewartet hattest. Da besaß er noch sein Haar und war einen Kopf größer als ich. Er saß zusammen mit diesem Bergmann alias Miller an einem Tisch."
„Richtig. Wenn ich damals schon die Zusammenhänge gekannt hätte, wäre es anders gelaufen."
„Bergmann hatte sich mit dem Namen „Miller" bei dir eingenistet, sonst wärest du schon bei dieser Gelegenheit über ihn gestolpert! Ich hatte dir von diesem Gauner erzählt."
„Sicher. Aber der Herwig war seinerzeit noch ein unbeschriebenes Blatt."

„Mag sein, aber kommen wir zu dir. Was willst du jetzt machen? Du brauchst doch sicherlich Geld? Damals hattest du mir geholfen."
„Das ist Schnee von gestern. Halte dein Pulver trocken! Du hast doch eine neue Geschäftsidee, die Weihnachtsbäume! Nicht besonders originell, aber das geht immer. Das heißt, nur zu Weihnachten."
„Weihnachten dauert noch.
In der Zwischenzeit könnten wir diesem Herwig ein wenig Angst einjagen. Ich hätte da einen Vorschlag."
„Du wirst es mir sagen..."
„Ich habe doch noch die alte Wehrmachtspistole, ein Erbstück von meinem Alten. Damit könnte man ihn zumindest erschrecken.. Vielleicht lässt er sofort sein ganzes Geld auf den Boden fallen."
„Mann, Rudi! Nett gemeint, aber kindisch. Vergiss es sofort!" Er legte auf.
In letzter Zeit häuften sich wohlfeile Vorschläge. Sie waren wenig hilfreich.
Doch sie warfen ein Schlaglicht auf dieses durch Paragraphen verkrustete Land, das dennoch wenig Chancen bot, auf dem Rechtsweg sein Eigentum wiederzuerlangen. Er konnte sich keinen Prozess leisten, der Staat hielt lediglich die strafrechtliche Rute bereit. Die Spielwiese gehörte Leuten wie Herwig und Miller.
Dennoch, er wollte das Feld nicht kampflos räumen und wählte die Nummer von duma 25.
Es meldete sich eine gleichgültige Frauenstimme. Dann war ein gewisser Gottlieb Brach in der Leitung, der inzwischen Frau Susanne Graf, Max' bisherige Ansprechpartnerin, abgelöst hatte. Frau Graf hatte die Firma verlassen, einvernehmlich, wie ihm bei anderer Gelegenheit mitgeteilt worden war.

Der traut sich was, schoss es Max durch den Kopf. Oder tat er ihm mit seiner Einschätzung am Ende Unrecht? Vielleicht war Brach doch ein ehrlicher Makler, den man nicht gleich unter Generalverdacht stellen sollte.
„Was kann ich denn für Sie tun, Herr Melchior?" eröffnete Brach das Gespräch.
„Also, sehr geehrter Herr Brach, ich will gleich zur Sache kommen... Das gestrige Schreiben, das Sie kennen müssten... wie darf ich denn den Wortlaut missverstehen?"
Er konnte spüren, wie sich Brach am anderen Ende der Leitung sortierte. Brach konnte mit Max' Sarkasmus wenig anfangen. Er hustete nervös, räusperte sich und tat so, als ob noch kein Redebedarf seinerseits bestehe. Max fuhr deshalb fort...
„Sind es lediglich unbegründete Irritationen, oder sollte ich mir gleich ein Schießeisen besorgen?"
Jetzt war Brach endgültig überfordert. Er entgegnete kühl:
„Es gibt bereits einen neuen Zwischenbericht, es fehlen aber noch ein paar Zahlen." Er hustete wieder nervös.
„Ich denke, in ein bis zwei Wochen können wir Ihnen mehr mitteilen. Solange müssen Sie noch Geduld mit uns haben."
„Sie haben mir doch mal berichtet, dass Sie ihrerseits 100.000 Euro bei Randsome Capital investiert haben. In dem Fall wären Sie ja wohl selber betroffen. Oder sollte ich nur animiert werden, ihrem beispielhaften Verhalten Folge zu leisten? Was ich ja dann auch getan habe."
Das war der Klartext, den es jetzt brauchte, glaubte Max.
„Sie haben gut aufgepasst, Herr Melchior. Ach ja,

wir sind uns gelegentlich der Gold-Konferenz im Schweizer Wolfsberg begegnet. Sind Sie nicht seitdem im kanadischen Nuggetfond investiert?"
Er geht gar nicht auf meine Anmerkung ein, dachte Max. Tatsächlich ist er bisher noch jeder Frage ausgewichen.
„Nein, ich war schon vorher investiert, im vorauseilenden Gehorsam sozusagen," antwortete er dann. „Ansonsten bin ich stets ihren Anregungen gefolgt. Leider!"
„Aber, aber, Herr Melchior! Ich darf doch bitten! Mitunter haben Sie eine ziemlich gewöhnungsbedürftige Ausdrucksweise. Das ist mir schon früher aufgefallen. Keineswegs unangenehm, das wollte ich nicht damit sagen. Eben gewöhnungsbedürftig."
Er hustete wieder.
„Also, ich darf Ihnen schon heute mitteilen, ohne Herrn Herwig vorzugreifen... Kommende Woche erhalten alle Anleger persönliche MIC- Ansprechpartner zugeteilt. Im Anschluss daran können wir beide uns ja darüber unterhalten. Ich kann Ihnen aber nichts versprechen."
Max schwoll die kleine Ader an der Stirn. Er riss sich zusammen.
„Du mich auch," brummelte er dann und legte auf. Es hatte so geklungen wie „Du mich auch!" Brach war sich da keinesfalls sicher.

15

Lena hatte ein gleichlautendes Schreiben erhalten. Just in der Stunde, als sie mit ihren beiden elf und fünfzehn Jahre jungen Töchtern am Mittagstisch gesessen hatte.

Bis dahin war ihre Welt in Ordnung gewesen. Und jetzt standen die Ferien an. Florian und Britta, Stammgäste aus der Pizzeria, hatten ihnen den Urlaub auf Bali schmackhaft gemacht, ein Abenteuer zum Schnäppchenpreis. Die Mädchen waren begeistert. Von nichts anderem hatten sie mehr gesprochen.
Die Kinder hatten Tage zuvor schon ihre Koffer gepackt und im Hause spazieren geführt. Wobei das Größenverhältnis von Koffer zur Körpergröße bei der kleinen Annekathrin zu fröhlichen Lachern Anlass gegeben hatte. Es herrschte allgemeine Euphorie.
Niemand hätte jetzt noch mit einem verheerenden Ereignis gerechnet. Die schlimme Nachricht kam zwei Tage vor dem Abflug in Form eines nichtssagenden Umschlags mit Sprengstoff darin. Der Postbote hatte es nicht ahnen können, welches Unglück er mit diesem Schreiben im Hause anrichten würde.
Annekathrin, der jüngsten, fiel es zuerst auf. „Mutti, was ist? Du bist ja ganz weiß im Gesicht ", sagte sie besorgt.
Lena konnte zunächst kein Wort herausbringen. Bis dahin hatte sie lediglich den Text überflogen, diesen vielleicht nicht im Detail verstanden…Aber ihr dämmerte, dass ihr jemand den Boden unter den Füßen weggezogen hatte. Sie schwankte, als sie aufstand, um sich einen Wodka einzugießen.
„Mutti, das hast du doch sonst nie gemacht", bemerkte Lisa, die ältere und verständigere. „Nicht um diese Zeit".
„Wenn Ihr fertig seid", antwortete Lena tonlos, "dann seid bitte so lieb, alles in die Spülmaschine zu räumen. Ich muss mich einen Augenblick hinlegen. Dann wird´s wohl wieder gehen." Wie in Trance

stand sie auf und verschwand im Schlafzimmer.
„Irgendwas ist mit dem Brief," war sich Annekathrin sicher. "Was meinst du, Lisa?"
„Ganz schön scharfsinnig," wollte Lisa im ersten Reflex entgegnen. Sie besann aber auf…"Da magst du wohl recht haben, Kathrinchen."
Zwei Tage später fuhr die kleine Familie zum Flughafen. Von dort startete der Flieger zu ihrem Traumziel Bali, dem von den Mädchen so sehr herbeigesehnten Ferienabenteuer.
Lena hatte eisern geschwiegen und nicht auf Fragen der Kinder reagiert. Als sie das erste Mal unter sich den Indischen Ozean sah, ertappte sie sich bei einem grausamen Gedanken, von dem sie sich während des Fluges nicht mehr befreien konnte... ein Absturz wäre jetzt eine Erlösung aus diesem Albtraum.
Lisa und Kathrin war vorübergehend die Freude abhanden gekommen. Sie ahnten, dass etwas Schlimmes geschehen war. Erst recht, weil Lena nicht darüber reden wollte. Im Laufe der Ferien aber fanden sie sich mit ihrer Einsilbigkeit ab, obwohl ihre gedrückte Stimmung wie ein Schatten über allen lag.

16

„Hast du den neuesten Schrieb schon gelesen, Max?"
Tonio, der bis dahin selbstsichere Mann aus dem Veneto war am Ende der Leitung. "Man glaubt es nicht! Was soll man dazu sagen?!"
„Sag du es mir. Warst du es nicht, der mir seinerzeit - verzeih meine Direktheit - diese Anlagen als Knal-

ler empfohlen hatte?"
Die scheinbare Gelassenheit schwand prompt aus Tonios Stimme.
„Caramba, ja! Logico! Ich habe mal an diesen Hurensohn geglaubt! Un grande Dilemma!" Tonio seufzte, hörbar zerknirscht. Wenn er sich aufregte, fiel er automatisch in seine Muttersprache zurück.
„Was machen wir jetzt?" fragte Max trocken. Er wollte ihm keineswegs Absolution erteilen, dem charismatischen Mann aus dem Veneto. Dazu hatte er seinerzeit zu wenig Vorsicht walten lassen und jeden Zweifel vom Tisch gefegt.
Dennoch, er mochte diesen Menschen. Man kannte sich schließlich schon einige Zeit. Schwer zu sagen, seit wann sie Freunde waren. Aber die Katastrophe, die sich da abzeichnete, warf einen Schatten auf ihre Beziehung.
„Das werden wir in aller Ruhe besprechen," antwortete Tonio gesetzt.
„Jedenfalls... mit Schuldzuweisungen kommen wir nicht weiter, oder? Wir sitzen, wie man sagt, alle in einem Boot. Apropos... erinnerst du dich noch an die Sache mit dem geklauten Segelboot im Mittelmeer?"
„Caro amigo, du versuchst abzulenken"
"Die Versicherungsprämie hätte uns damals gut getan."
„Also, wann treffen wir uns?" Max stellte eine konkrete Frage, die eine klare Antwort erwarten ließ.
Max litt unter dem tatenlosen Warten, unter dem Gefühl des ohnmächtigen Ausgeliefertseins. Er musste handeln, es ging für ihn um alles, was nach turbulenten Jahren der Selbständigkeit übrig geblieben war. Von irgendetwas musste er seinen Lebensunterhalt bestreiten...

Doch wie konnte das passieren?
Seine rastlosen Gedanken wanderten zurück zur Personalie Susanne Graf. Nach eigenem Bekunden war sie die Top-Analystin bei duma 25. Sie hatte erklärt, er, Max, würde sie an ihren etwas störrischen Vater erinnern. Auch der habe zunächst abgelehnt, in ihre Fonds zu investieren, weil er gegen bessere Einsicht grundsätzlich lieber ablehnte als einem Top-Angebot zuzustimmen.
„Nicht wahr, mit zunehmenden Alter wird man halt „a weng" misstrauischer..." Doch auch ihr geschätzter Vater habe einsehen müssen, dass man bei der kompetenten Tochter und duma 25 bestens aufgehoben sei.
Einen Augenblick lang war Max der Gedanke durch den Kopf geschossen, nach der Telefonnummer dieses alten Herrn zu fragen.
Aber da spülte bereits der Redefluss der eloquenten Tochter diesen Gedanken wieder mit sich fort.
Ihr Slogan „Hier legt die Elite an!" käme nicht von ungefähr, hatte sie behauptet und pure Seriosität ausgestrahlt. Schon jetzt flössen in jedem Quartal Millionen auf die Konten ihrer Kunden zurück. Auch das Agio in Höhe von fünf Prozent würde umgehend zurückerstattet. Kann man mehr verlangen? Ja, kann man, denn der Überschuss nach Ende der kurzen Laufzeit würde im Verhältnis achtzig zu zwanzig an alle Beteiligten „ausgekehrt."
Die Höhe der Zinsen hatte ihn zunächst stutzig gemacht. Aber die Aussicht auf feste Einnahmen hatte sein Hirn vernebelt. Und da wollte ihm scheinen, dass die Zeit, als er sich Sorgen über die Zukunft machen musste, nun vorüber sei.
Er hatte vergessen, dass Antonio noch in der Leitung war.

„Wenn du Zeit hast, treffen wir uns gleich morgen Abend. Du weißt ja, wo du mich findest. Es werden noch andere da sein."
Zeit hatte Max im Überfluss.
„Va bene", sagte er und legte auf. Er empfand eine tiefe Niedergeschlagenheit.

17

An diesem Abend herrschte eine gedrückte Stimmung bei „Da Tonio". Sie saßen alle um den langen Tisch herum.
Die Leute neben ihm und die Dame an Lenas Seite hatte Max bis dahin nicht gekannt. Auch nicht das ältere Ehepaar, das nach ihm in den Saal gekommen war. Das Gesicht des alten Herrn wirkte versteinert, während er grußlos an allen vorüber ging. Seine Frau, die ihn stützte, glich es mit betonter Höflichkeit wieder aus.
Leider war er ihnen heute zum erstenmal begegnet, was er als bedauerliche Unterlassung seitens Antonio empfand. Längst hätte man Erfahrungen austauschen können, vielleicht sogar Schlimmeres verhindern können.
Florian und Britta hatte er über einen Möbelkauf kennengelernt, weil Lilli eine Sitzgruppe erwerben wollte. Dabei waren sie auch in Florians Möbelladen geraten.
Doch seine knauserige Dame wollte kein Geld ausgeben. Sie schüttelte immer wieder ihr Haupt, obwohl sich Florian wirklich ins Zeug legte, Kataloge wälzte und erstaunliche Angebote machte.
Schließlich war es Max derart unangenehm, dass er Florian fragte, ob er nicht eine Sitzgruppe für unter

20 Euro habe...
Da lachten sie befreit, alle drei.
In der Folge hatte man sich des öfteren bei Tonio verabredet. Es wurden leichte, beschwingte Rotweinabende, an denen sich eine lockere Freundschaft entwickelte.
Während eines solchen Abends schenkte Florian Lilli ein Präservativ.
„Ein Präservativ?" Lilli blickte irritiert auf.
„Ja, ein Kondom. Machen wir immer bei Kunden, von denen wir wünschen, dass sie sich nicht vermehren."
„Wirklich?" hatte Lilli erschrocken gefragt.
So war man sich näher gekommen.
Dann erschien ein hochgeschossener, junger Mann im Saal. Er stellte sich als Marcus Kleist vor, Student im 6. Semester. Er begrüßte umständlich der Reihe nach alle Anwesenden.
Einhundertzwanzigtausend Euro habe er investiert, sein Erbteil, berichtete er freimütig. Ursprünglich war die Summe für den Kauf einer Eigentumswohnung bestimmt.
„Muss ich jetzt von einem Totalverlust ausgehen? Doch hoffentlich nicht! Was glauben Sie?"
„Um das zu verhindern, sind wir doch hier," sagte Max. Doch er war selber voller Zweifel und spürte, dass er den besorgten jungen Mann nicht überzeugen konnte.
Antonio sagte, er habe ihn, Marcus Kleist, nicht auf dem Schirm.
„Ich kenne Sie nicht."
„Nein, können Sie auch nicht," entgegnete Marc. „Ich habe seinerzeit direkt bei Duma 25 gezeichnet. Aber ich bin Betroffener wie Sie alle und wäre gern heute Abend dabei."

„Dagegen ist doch nichts einzuwenden," bemerkte Max. „Hier kommt sicherlich nichts zur Sprache, was nicht jeder wissen dürfte."
„Vielleicht willst du ja den Vorsitz übernehmen." Tonio wirkte gereizt. „Ich würde nämlich gern darüber abstimmen lassen..." Er wandte sich an die Anwesenden.
Erwartungsgemäß hatte keiner etwas dagegen, und Marcus Kleist durfte bleiben.
Schließlich kam noch ein junges Paar herein, unsicher und schweigsam. Sie hatte vom Weinen gerötete Augen.
Das Treffen am heutigen Abend war improvisiert, und Max hatte den Verlauf des Abends nur schwer einschätzen können. Von vergleichbaren Veranstaltungen, wie die Gründung einer Bürgerinitiative oder von Selbsthilfegruppen, hatte er das reinste Chaos in Erinnerung. Aber hier war das anders. Die wenigen Menschen saßen diszipliniert und bedrückt auf ihren Stühlen um den langen Tisch herum.
Daran konnten auch diverse Aufheiterungsversuche seitens Tonios nichts ändern. Es waren nicht alle gekommen, die eine Einladung erhalten hatten. Max wusste, dass in dieser Stadt viel mehr Leute zur Investorengruppe um Antonio Lombardo zählten.
Jetzt wollte er nicht in seiner Haut stecken. Tonio hatte von allen Investoren Provisionen kassiert und indirekt eine große Verantwortung auf seine Schultern geladen. Doch er selbst hatte auch Federn gelassen. Jedenfalls, wenn sich die Dinge weiter so entwickelten, wie es sich abzeichnete.
Er war gegangen, um Getränke zu holen. Die Gäste sagten immer noch kein Wort, sondern harrten ängstlich der Dinge, die da kommen würden.

„Bevor es hier losgeht," sagte Max plötzlich in die Stille hinein, „möchte ich Sie vorab bitten, nicht zu anderen über unser Unglück zu reden. Glauben sie mir, sie würden nur Hohn und Spott ernten, bestenfalls Unverständnis. Auf solche Renditeversprechen fallen nur Narren rein!"

„Selber ein Narr," befand Britta rüde.

„Wir alle sind Narren … aber das muss nicht jeder erfahren!"

Die blonde Lena mit dem aschfahlen Gesicht nahm einen Minischluck Rotwein. Manchmal aber sprang sie auf, um ihrem Chef Tonio eine Handreichung abzunehmen. Aber ansonsten wirkte sie leblos. Es deprimierte geradezu, sie länger anzusehen, und Max wendete sich den anderen zu. Aber alle Gesichter schienen leer, nirgends konnte er ein Zeichen von Optimismus ausmachen.

Florian und Britta schauten in die Runde und warteten unruhig, dass man zur Sache kam. Britta glaubte zu wissen, was von dem Treffen zu halten war, nämlich nichts. Sie war nur mitgekommen, um sich das bestätigen zu lassen. Luccha, der behinderte Schwager von Tonio, war wohl eingeweiht und saß mit am Tisch. Er machte gute Miene zum bösen Spiel. Aber Heiterkeit war auch von einem Krüppel nicht zu erwarten. Somit lag eine bleierne Schwere über dem Treffen.

„So, wie sollen wir anfangen?" fragte Antonio entschlossen, nachdem sie die letzten Getränke verteilt hatten. „Ich muss mich wohl nicht mit Vorreden aufhalten, da jeder weiß, worum es geht. Also, seien Sie alle herzlich willkommen!"

Er schaute sich um. „Hat jemand einen Vorschlag zur Geschäftsordnung?"

Sie schüttelten den Kopf.

„Typisch deutsch," bemerkte Britta. „So weit muss die Anpassung nicht gehen, lieber Antonio." Und Florian ergänzte: „Wir wollen heute beim ersten Treffen noch keinen Verein gründen. So mit Satzung und allem, was dazu gehört. Das nimmt Zeit in Anspruch. Das können wir immer noch!"
„Ganz in meinem Sinne," hob Antonio Lombardo wieder an.
„Der augenblickliche Stand der Dinge stellt sich mir wie folgt dar... Herwig hat uns in seinem zweiten Schreiben mitgeteilt, dass Auszahlungen in den beiden Fonds OCC und NCC, also Old und New Creation Capital, auf absehbare Zeit nicht stattfinden. Das Ausbleiben der Zahlungen sei in der aktuellen wirtschaftlichen Situation der Fa. North East Ventures Ltd. Begründet."
Er nahm einen Schluck Wasser und fuhr fort...
„Zudem seien von Herrn Christoph Miller in jüngster Zeit keine oder nicht nachvollziehbare Erklärungen zur Situation abgegeben worden..."
„Wer ist Christoph Miller? Habe den Namen noch nie gehört," unterbrach ihn Lena.
„Miller ist der Chef von dieser North East-Dingsbumms-Gesellschaft in den Arabischen Emiraten," gab Max Auskunft. „Diese Gesellschaft ist angeblich mit dem Gesamtmanagement der Investitionen befasst. Miller stellt den „Casus Knacktus" in Person dar, also die Schlüsselfigur, die etwa für die Geldströme verantwortlich sein soll. Und der habe die Auszahlungen plötzlich eingestellt. Sein Anwalt unterstützt ihn mit der Behauptung, dieser habe keinerlei Verpflichtung zur Auszahlung in wirtschaftlichen Krisenzeiten."
„Erleben wir jetzt eine solche Krisenzeit?" fragte Lena schüchtern. „Wenn wenigstens unsere Investi-

tionen sicher wären!"

„Das können wir nicht beurteilen," erklärte Tonio. „Wir kennen die innerparteilichen Verträge nicht. Unsere Stellung als stille Gesellschafter erlaubt uns kein Mitsprache- oder Auskunftsrecht. Man muss es so deutlich sagen...Wir sind quasi rechtlos."

„Und warum halten wir uns nicht an die Firmen des Hagen Herwig? Eigentlich ist der doch unser Ansprechpartner! Herwig ist uns gegenüber verantwortlich, sozusagen im Innenverhältnis, wenn ich das richtig sehe," meldete sich Britta zu Wort. „Es müsste doch eine Haftung geben!"

„Herwig hat uns alle unterschreiben lassen, dass es ein Restrisiko des Totalausfalls gibt. Das heißt also, wir haben das mit unserer Unterschrift zur Kenntnis genommen. Er ist der Meinung, das Risiko damit von sich auf die Investoren, also auf uns, abgewälzt zu haben."

„Und, hat er das?" Lena blickte Max traurig an."Mir ist das gar nicht so bewusst gewesen."

„Mir auch nicht," meldete sich jetzt Marcus Kleist zu Wort. „Mit einem solchen Fall habe ich nicht gerechnet. Dann hätte ich doch nicht mein Erbe riskiert!"

„Ich bin kein Anwalt", antwortete Max, „aber es gibt so etwas wie eine Prospekthaftung. Und wenn man Herwig Betrug bzw. arglistische Täuschung nachweisen könnte, hätte man ein Zugriffsrecht. In diesem Fall käme auch eine Rückabwicklung des Vertrages in Betracht. Theoretisch jedenfalls."

Der ältere Herr mit den eingefrorenen Gesichtszügen kritzelte gewissenhaft Notizen auf ein Blatt. Seine Frau assistierte ihm, indem sie die Stichworte wiederholte, die dieser vergessen zu haben schien. Ihr Name sei „von Below", alter deutscher Adel aus

Estland, bei Kriegsende vor den Sowjets ins zerbombte Reich geflüchtet, flüsterte Tonio. Später erwähnte er, diese bedauernswerten Leute würden nur noch von der Hand in den Mund leben. Manchmal bringe er ihnen etwas Essen, etwa eine Pizza, vorbei. Ein Tropfen auf den heißen Stein.
„Aber ein Anwalt kostet Geld, vermutlich viel Geld?" Lena hatte wieder diesen verzweifelten Ausdruck im Gesicht.
„Ja, das trifft leider zu," antwortete Max. „Im Falle einer außergerichtlichen Einigung kostet es weniger, aber in den meisten Fällen immer noch zu viel. Hat denn niemand von Ihnen eine Rechtsschutzversicherung?" Max blickte in die Runde. Er besaß selber keine. Nur Britta und Florian hoben die Hand.
„Man könnte das vielleicht auch auf Erfolgsbasis angehen...", sagte er dann zögerlich, weil er wusste, dass sich die Anwälte nur ungern darauf einließen.
„Wie hoch müsste denn die Erfolgsbeteiligung sein?"
„Verhandlungssache... vielleicht bis zwanzig oder fünfundzwanzig Prozent."
„Inklusive Prozesskosten?" Lena starrte ihn angstvoll an.
„Nein, leider nicht. Die kommen extra und zwar vorab. Wenn du keine Mittel übrig oder keinen geeigneten Rechtsschutz hast, dann kannst du auch keinen Prozess führen."
Eine gnadenlose Erkenntnis! Lena sackte noch mehr in sich zusammen und fing zu weinen an.
„Es gibt doch noch ein Leben nach diesem Debakel, oder?"
„Für mich nicht," flüsterte Lena, „für mich gibt es kein Leben danach."
„Dio mio," räusperte sich Tonio verlegen und legte

ihr väterlich die Hand auf die Schulter. Er war Luccha zuvorgekommen, der ebenfalls aufgesprungen, jetzt aber hilflos stehen geblieben war.
„Wir werden einen Weg finden, auch für dich, liebe Lena.," sagte Tonio nach einer Weile. „Deshalb sind wir doch hier. Und wenn ich meine Kavallerie zusammentrommeln müsste…"
„Eine Kavallerie? Kann es nicht vielleicht etwas weniger sein?" ließ sich Florian wieder vernehmen.
„Doch, doch," insistierte Tonio. „Ich habe Freunde… wirkliche Freunde. Wenn ich in Not bin, muss ich nur anrufen. Sie würden kommen…"
Britta sagte, unverhohlen grinsend: „Ich sehe schon, wie Herwig sich vor Angst in die Hosen macht, sollte ihn diese Nachricht eines Tages erreichen."

18

In einem Ferienhaus am Starnberger See hatte man zwei Frauenleichen entdeckt. Wie durch ein Wunder hatte eine dritte Frau überlebt. Aufgrund eines noch fühlbaren Pulsschlags, der Anlass zu berechtigter Hoffnung gab, war sie mit Sauerstoff behandelt worden.
Später hatten die Recherchen ergeben, dass man sich zu einem gemeinsamen Suizid im Internet verabredet hatte. Alle drei Frauen, Opfer einer selbst herbeigeführten Kohlenmonoxid-Vergiftung, hatten Briefe hinterlassen. Die Älteste unter ihnen war 46, die Jüngste 24 Jahre alt. Die 38-Jährige, Mutter von zwei halbwüchsigen Mädchen, hatte überlebt.
Da es sich um einen gewaltsamen, wenn auch Freitod der beiden anderen handelte, hatten die Kripo Starnberg und später auch die Kripo München er-

mittelt. Dabei war das Abschiedsschreiben der Überlebenden, einer Frau Lena Jager, in den Fokus der Ermittlungen geraten.
Offensichtlich handelte es sich hier um eine Verzweiflungstat, ausgelöst durch ein Schreiben der MNC- Treuhand aus München, wo ein Totalverlust ihrer Anlagen in Aussicht gestellt worden war.
Wie weitere Recherchen ergaben, hatte sich die mit ihren Kindern allein lebende Frau Lena Jager bei ihrer Bank und mehreren Anverwandten hoffnungslos verschuldet, um in diese Fonds zu investieren. Man hatte ihr regelmäßige Auszahlungen in Aussicht gestellt, wovon sie in den folgenden Jahren den Lebensunterhalt ihrer Kinder bestreiten wollte. Darüber hinaus würde sie bald in der komfortablen Lage sein, ihre Schulden nebst aufgelaufener Zinsen zu tilgen.
Nach diversen Schreiben, in welchen eine dramatische Verschlechterung ihrer Investitionen belegt wurde, war ihr Leben zu einer qualvollen Melange aus Angst und Hoffnung geworden. Nachts wachte sie voller Entsetzen auf, und tagsüber verging keine Stunde, ohne an ihre schlimme Situation erinnert zu werden…ein einziger Albtraum.
Nur kurze Zeit hatte sie Mordgedanken. Später schien ihr ein Suizid plausibler. Um die Kinder würde sich wohl ihr Exmann kümmern. Oder ihre resolute Mutter, die immerhin eine zufriedenstellende Pension bezog. Keine Frage, die Kinder würden es gut bei ihr haben und in geregelten Verhältnissen aufwachsen, sofern man bei Halbwaisen von dergleichen reden durfte. Tatsächlich konnte sie keinen klaren Gedanken mehr fassen. Von Angst zerfressen geriet sie in eine immer schlimmere seelische Schieflage.

Was sie von vielen Selbstmördern unterschied, war die Rücksichtnahme auf andere. Sonst hätte sie sich in ihren Kleinwagen gesetzt und wäre in das nächstbeste Auto geknallt, nicht angeschnallt, versteht sich. Aber da kam diese schicksalhafte Begegnung im Chatroom. Sie war spontan mit der Verabredung zum gemeinsamen Suizid einverstanden und sagte „ja" zu völlig unbekannten Frauen, die gleich ihr nur noch ein Ziel hatten... sterben, aber nicht allein. Sie bedauerte nur, dass sie den Zerstörer ihres unbedeutenden Lebens auf diese Reise nicht mitnehmen konnte.

Einige Tage nach diesem traurigen Ereignis, das ein erhebliches Medien-Echo ausgelöst hatte, fand man bei der Kripo München heraus, dass eine Reihe von Strafanzeigen im Fall duma 25 eingegangen war. Ein Kripo-Sachbearbeiter war bereits damit befasst, ohne bislang ein schlüssiges Ergebnis auf den Tisch gelegt zu haben. Kurzerhand wurde ihm auch der Fall Lena Jager anvertraut - wegen seiner Nähe zu anderen mutmaßlichen Verbrechen, genau zwei Tage vor seinem Urlaub.

Gerade hatte Kriminalkommissar Schmittbauer erkannt, dass ein schneller Zugriff auf evtl. noch vorhandene Mittel im Hause Herwig Gebot der Stunde wäre... doch dem stand jetzt sein Jahresurlaub entgegen. Rechtfertigte diese Situation einen solchen Verzicht? Die Entscheidung musste er nur mit seinem Gewissen ausmachen.

19

Max´ erster Kontakt zu dem agilen Fachanwalt Bissken hatte aus einem längeren Telefonat bestanden. Bissken hatte ihm einen Überblick über die Sach- und Rechtslage bei Herwig und Co. gegeben und mögliche Handlungsalternativen aufgezeigt. Dann war Max auf die Gefahren des reinen Abwartens aufmerksam gemacht und vor dem Eintritt der Verjährung diverser Ansprüche gewarnt worden.
„Sie müssen jetzt nichts notieren. Sie erhalten das alles noch mal in Schriftform. Aber Sie sollten sich schnell entscheiden. Denn wer zuerst kommt, mahlt zuerst. Wir haben Hinweise auf sehr begrenzte Barreserven und müssen davon ausgehen, dass sich die angeblich in Übersee geschaffenen Sachwerte, Assets genannt, als Luftschlösser entpuppen. Wir werden selber dorthin fliegen und die Situation vor Ort überprüfen."
„Schöne Aussichten," bemerkte Max mit trockenem Hals. „Aber ich werde Sie ohnehin nicht in Anspruch nehmen können, da ich mein ganzes Vermögen in diese Fonds gesteckt habe."
„Sie wollen doch nicht sagen… bis auf den letzten Cent?" Max spürte, wie ihm die Schamröte ins Gesicht schoss. „Doch, das will ich sagen… bis auf den letzten Cent."
Betretenes Schweigen auf der anderen Seite. Dann: „Mann, oh Mann. Was haben Sie sich nur dabei gedacht! Ich werde mit meinem Chef sprechen, ob wir einen Weg finden."
„Es gibt doch neuerdings die Möglichkeit, auf Erfolgsbasis zu arbeiten," regte Max zaghaft an. „Über

die Höhe Ihrer Erfolgsbeteiligung müsste verhandelt werden."
„Ja, richtig. Werden sehen, ob mein Chef dem zustimmen kann. Womöglich nicht, denn er schätzt Bargeld. Wäre es Ihnen denn gar nicht möglich, fürs erste vielleicht 15 bis 20.000,- Euro aufzutreiben?"
„Nein, dann müsste ich passen. Und im Falle Ihrer Ablehnung müsste ich annehmen, dass Sie die Erfolgsaussichten gering einschätzen. Dann sollten Sie mich auch nicht in ein finales Fiasko steuern."
„Warten Sie," sagte Bissken, ohne kundzutun, dass ihn diese Logik beeindruckt hätte. „Ich lege auf und rufe in wenigen Minuten zurück."
Wenig später teilte Bissken mit, dass eine Erfolgsbeteiligung von 20 Prozent bis zu einer Summe von 100.000,- Euro, und ab dieser Summe ein Satz von 25 Prozent infrage käme. Noch am gleichen Tag erhielt er per Fax den einseitig unterschriebenen Vertrag.

20

Email von Lilly an Max:
Lieber Max,
die Entscheidung zu investieren (MNC 11) erfolgte nach Rücksprache mit Dir. Ich weiß, dass dich dein Tonio Lombardo besoffen geredet hat, und vergleichbares haben Frau Graf und Herr Brach von duma 25 bei mir vollbracht.
Auch bei MNC 16 erfolgte meine nächste Investition aufgrund deiner Informationen auf der Grundlage der vorliegenden Berichte und der pünktlichen Quartalszahlungen bei MNC 11.
Wegen der dritten Investition habe ich dann mit Frau

Graf verhandelt. Sie sagte, dass alles erwartungsgemäß verlaufe und man an den regelmäßigen Auszahlungen sehen könne, dass das Geschäftsmodell funktioniere.
Dennoch habe ich vor der letzten Investition nachdrücklich Frau Graf gefragt, ob diese Anlage in irgendeiner Form risikobehaftet sei. Zu diesem Zeitpunkt wurde uns bereits angedeutet, dass die Assets aller Fonds gemeinsam verkauft würden. Sie sagte explizit, dass kein Risiko bestehe. Ich hatte damals sogar noch über ein Alternativ-Invest mit ihr gesprochen, aber sie sagte, der MNC 19 sei optimal, da der Exit bereits absehbar sei.
Anfang dieses Jahres wurde noch einmal darauf hingewiesen, dass der Exit bereits feststehen würde (Käufer bekannt), und dass bei den Rückflüssen von „mehr als einem Verdoppler" auszugehen sei. Nach ihrem angeblichen Besuch beim Management in den USA teilte sie mir abermals mit, dass alles konzeptionsgemäß laufe und noch in diesem Jahr alle MNC-Fonds, wie mitgeteilt, abgewickelt würden.
Verzeih mir die Email - ich hätte dich besser anrufen sollen- aber schriftlich lässt sich der Sachverhalt geordneter darstellen. Du kannst dir vorstellen… ich bin sehr enttäuscht, klage dich aber nicht an. Es war ja schließlich meine eigene Entscheidung.
Gruß Lilli

Email von Max an Lilli:

Liebe Lilli,
ich habe natürlich Verständnis für deine Enttäuschung, aber lass bitte den berechtigten Zorn nicht allein an mir aus. Wenn du dich bitte recht erinnern möchtest, habe ich dir sogar abgeraten, meinem Beispiel zu folgen. Ich hatte große Angst, dass dann genau dieses passieren könnte, und ich für einen etwaigen Misserfolg herhalten

muss. Hast du nicht selber gesagt, ich sei dir in diesen Finanzdingen nicht kompetent genug? Wie recht du doch hast!
Lieber Gruß von
Max

Email von Lilli an Max:

Lieber Max,
in meiner Wut und Enttäuschung hab ich dich mit Hans-Jürgen verwechselt. Von ihm kamen die todsicheren Tipps, tut mir leid! Bitte verzeih mir!
Herzlich
deine Lilli
P.S. Wie war´s bei Tonio ?

Max atmete tief durch. Er besaß keine seelische Elefantenhaut und hätte schreien können. Wie gut, dass Lilli seine entgleisten Gesichtszüge nicht sehen konnte.
Ja, wie war´s beiTonio...
Inzwischen war die Sache mit Lena passiert, man musste sich um sie kümmern. Es sei knapp gewesen, sagten die Ärzte. Aber dann kam Lena doch wieder auf die Beine, ihre beiden Mädchen kümmerten sich rührend um sie. Selbst ihr Ex erschien auf der Bildfläche, so dass Max sich bald fehl am Platze fühlte und sich diskret zurückzog.
Und bei Tonio waren zum Ausklang an jenem Abend die Wellen noch hochgeschlagen.
Max war auf manches vorbereitet, auch dass Tonio noch als Zielscheibe der Kritik werde herhalten müssen. Als aber das junge Paar Antonio unterstellte, er habe gemeinsame Sache mit den Drahtziehern gemacht, verschlug es ihm die Sprache. Und dann

war er beherzt eingeschritten. Das sei nicht fair, fand er, als er sah, wie sehr diese Anschuldigung Tonio getroffen hatte.
Schließlich hatte ihn am Ende der Veranstaltung Frau von Below angesprochen.
Ob die Mitarbeiter von Duma 25 eingeweiht waren, wollte sie wissen, während Herr von Below mit schiefem Mund, auf einen Stock gestützt, daneben stand.
„Haben uns diese Leute wissentlich blind in unser Unglück rennen lassen? Was glauben Sie?"
Ihr war Max' forschender Blick, der an von Belows schiefem Mund hängen geblieben war, aufgefallen.
„Mein Mann hat gerade einen Schlaganfall überstanden und kann nicht mehr vernünftig sprechen," erklärte sie. „Deshalb läßt er mich reden und sagt selber gar nichts mehr."
Das erklärt es, dachte Max. Es war wohl dem ganzen Elend geschuldet, der Aufregung und dem Druck, der nach diesem Ereignis auf ihnen allen lastete.
„Ja, ich bin mir sicher," sagte er. „Es handelt sich um bewusste Irreführung, um schweren Betrug."
„Würden Sie einen Namen nennen?" Sie drosselte ihren Ton, so dass Max wegen des Stimmengewirrs im Raum genau hinhören musste.
„Ich spreche von Gottlieb Brach und Frau Graf," sagte Max. „Natürlich auch von Herwig."
„Hätten Sie evtl. Beweise?" fragte Frau von Below.
„Es sind eher Indizien... z.B. unbeabsichtigte Versprecher, Widersprüche... ich habe sie notiert und kann sie Ihnen überlassen, wenn Sie es wünschen. Als ich Brach und Graf darauf aufmerksam machte, sind sie mit keiner Silbe darauf eingegangen. Oder sie konnten sich nicht daran erinnern..."

Frau von Below unterbrach ihn eifrig.
„O ja, wir haben gleiches erlebt. Unser Steuerberater etwa hatte auf meine Anregung hin gewagt, Frau Graf telefonisch zu kontaktieren, um ihr eine simple Frage zu stellen," erzählte sie. „Es gab darauf nur eine rüde Abfuhr. Madame war darüber empört, dass es dieser Mann gewagt hatte, ohne Voranmeldung bis zu ihrer „Heiligkeit" vorzudringen."
Sie blickte grübelnd ihren Mann an. „Bitte, Werner, einen Augenblick noch."
Sie griff nach seiner Hand und nahm diese in die ihre.
„Der Ansprechpartner unseres Sohnes," fuhr sie fort, „dieser Herr Brach, hat sich ebenfalls unerklärlich verhalten. O, ich könnte Ihnen viel mehr erzählen. Aber dazu reicht die Zeit wohl nicht mehr."
„Glauben Sie mir, unter den Anwesenden befindet sich keiner, der nicht eine vergleichbare Erfahrung gemacht hätte," entgegnete Max. „Brach und Graf haben uns gezielt ausgeraubt. Nun kaschieren sie dies durch ihr dummdreistes Verhalten."
„Danke, Herr Melchior! Endlich erhalten wir mal eine klare Aussage, wenn sie auch trostlos ist. Immerhin heucheln Sie keinen falschen Optimismus. Ich hätte mich gern länger mit Ihnen unterhalten, aber es wird Zeit für meinen Mann…"
Sie verabschiedeten sich von Max mit Handschlag und verließen gesenkten Hauptes das Geschehen.
Max hatte ihnen nachgeblickt. Nicht zu übersehen… da gehen zwei Geschlagene. „Looser", würde man heutzutage sagen, dachte er mitleidig und vergaß für einen Augenblick seine eigene Misere.
Erst jetzt bemerkte er, dass dieser Student, Marcus Kleist, geduldig auf ihn gewartet hatte.
„Wenn vielleicht irgendwelche Maßnahmen geplant

sind, wo ich helfen könnte, geben Sie mir Bescheid,“ sagte dieser und reichte Max ein Karte mit seiner Handy-Nummer. „Sie können mit mir rechnen! Anruf genügt. Ich wäre zu allem bereit."

21

In einer kleinen Wohnung mitten in der malerischen Altstadt von Tallinn, dem früheren Reval, schrillte spät am Abend das Telefon.
Während Karl Friedrich von Below sein Laptop vorsichtig beiseite schob, als er die Klingeltöne hörte, verharrte seine russische Lebensgefährtin im Eingang zum Bad, das sie gerade betreten wollte.
„Es ist Mamuschka," sagte er dann. „Du kannst ruhig schon unter die Dusche gehen, Katarina."
Wenn ein Elternteil mithörte, wählte er stets die etwas steifere Namensalternative. Sonst nannte er sie zärtlich bei ihrem Zweitnamen, Anouchka.
„Deine alte Mutter wird dich nicht lange aufhalten," sagte Frau von Below mit trauriger Stimme. „Ich wollte dich nur noch schnell informieren, um dir wieder einmal den Schlaf zu rauben. Aber du hattest ja noch auf diesen späten Anruf gewartet."
„Ja Mutter, das hatte ich. Also hat die Talkrunde nichts gebracht. Ich dachte es mir schon."
„ Ja, so ist es, leider. Die beiden Oberschurken sind wohl abgetaucht, jedenfalls z. Zt. nicht greifbar. Man hatte diesen Hagen Herwig eingeladen, um Rede und Antwort zu stehen. Ersatzweise einen Herrn Gottlieb Brach. Aber keiner war erschienen. Sie haben sich nicht mal für ihr Ausbleiben entschuldigt! Nach meinem Eindruck ist man ziemlich ratlos im Kreis der Betroffenen."

„Es war nicht anders zu erwarten... Aber wie geht es Vater? Die letzte Nachricht klang doch recht positiv."

„Ich soll dich herzlich grüßen, aber er ist wohl fertig mit der Welt. Er sorgt sich nur noch um dich und andere. Nicht um das marode Schloss, und schon gar nicht um sich selbst. Was ist mit dem Software-Auftrag... hast du ihn bekommen?"

„So gut wie, aber ein paar Dinge klemmen noch und müssen noch geklärt werden," schwindelte Karl Friedrich, der seine Mutter schonen wollte. Der Auftrag war noch kurz vor der Unterzeichnung storniert worden.

„Aber die Roggenernte ist gestern nach St. Petersburg verkauft worden," ergänzte er.

„Betrifft das die Felder bei Dorpat? Oder sprichst du von den Liegenschaften am alten Schloss?"

„Bei Dorpat. Am alten Schloss rechne ich mit einer Missernte. Es war einfach zu trocken in diesem Jahr."

„Schlimm! Gibt es denn irgendwelche Fortschritte, was das Schloss selber anlangt?"

„Kaum. Die Bauarbeiter habe ich beurlauben müssen. Ich kann sie nicht mehr bezahlen. Jetzt arbeiten nur noch Katarina und ihre beiden Söhne im Schloss. Und ich stundenweise, wenn ich denn mal Zeit habe. Aber ich bin sowieso kein Restaurator und mache das meiste falsch, sagt Katarina.
Wir überlegen jetzt, ob wir die teure Stadtwohnung aufgeben sollten. Wahrscheinlich haben wir keine Alternative."

„Solltest Du nicht besser das Schloss verkaufen? Du brauchst doch diese Wohnung, um näher an deinen Kunden zu sein!"

„Mama, du weißt doch, wie es um dieses Schloss

steht. Das ist ein Jahrhundert-Projekt! Das Geld für die Grundsanierung, das sich laut Duma 25 schnellstens vermehren sollte, ist futsch, wie es aussieht. Das Schloss in seinem jetzigen Zustand will doch keiner geschenkt haben!"
Er fühlte, dass er zu weit gegangen war. Das hätte er eigentlich nicht sagen sollen.
„Herrgott, was sollen wir nur machen? Dein Vater und ich sind ziemlich verzweifelt."
„Ja, ich weiß, das ist schlimm. Und es tut mir leid. Sehr leid! Aber sag mal, hast du mit jemandem über deinen Verdacht sprechen können? Es ging um diese beiden sogenannten Senior-Analysten. Waren sie in die Machenschaften Herwigs eingeweiht?"
„Wir haben darüber mit einem Herrn Max Melchior gesprochen. Auch er hat alles verloren, sagt er. Er ist sich sicher, dass die beiden mit Herwig unter einer Decke stecken. Er könne das auch belegen, hat er behauptet."
„Kannst du mir vielleicht die privaten Anschriften von Graf und Brach besorgen? Und möglichst auch die Telefonnummer von diesem Herrn Melchior?"
„Mein Gott, Karl Friedrich, was hast du vor?"
„Ich weiß es noch nicht. Sobald ich Zeit dazu habe, will ich darüber nachdenken."
„Zeig Größe und handle nicht unüberlegt!" mahnte Frau von Below.
„Gern, Mutter, aber woher soll ich Größe nehmen? Wir sind nicht mehr groß. Edelmut ist für mich ein Fremdwort geworden. Und Größe ist uns längst abhanden gekommen."
Katarina, die sich nicht von der Stelle gerührt hatte und gebannt dem Gespräch gefolgt war, nickte heftig. Während er sich Notizen machte, war sie mit einem Sprung bei ihm und nahm ihm den Hörer aus

der Hand.

„Ich grüße dich, meine arme Mamuschka. Ich habe mitgehört und bin tief betroffen. Aber du und Papa seid jederzeit bei uns willkommen. Wir lieben Papa und dich."

„Ich weiß das, liebe Katarina. Dafür sind wir dir unendlich dankbar. Aber pass auf Karl Friedrich auf, dass die Pferde nicht mit ihm durchgehen."

„Ja, das mache ich. Dennoch... wir dürfen uns auch nicht alles gefallen lassen."

„Grüß mir deine beiden Jungs. Sag ihnen, wir vermissen sie sehr."

Frau von Below legte den Hörer auf, das Gespräch war beendet.

22

Max wählte die Nummer der Staatsanwaltschaft München. Eine Strafanzeige war bis dahin unbekanntes Terrain für ihn. Deshalb konnte er nicht wissen, ob dieses Prozedere das richtige war. Aber an den Ratschlag seines Vaters erinnerte er sich, dass man bei wichtigen Dingen die Hierarchie vernachlässigen sollte.

„Wenn du ein Anliegen hast, gehe nicht zu Schmittchen, sondern gleich zu Schmitt!" war dessen Devise gewesen.

„Moment," sagte eine weibliche Stimme, „Ich stelle Sie durch."

Sinnigerweise meldete sich ein Kriminalkommissar namens Schmittbauer.

„Was kann ich für Sie tun?" fragte dieser höflich. Schmittbauer war gerade erst aus seinem Urlaub in der Sonne heimgekehrt und fühlte sich gut.

„Es geht um eine Strafanzeige gegen einen gewissen Hagen Herwig..."

„Ach!" unterbrach Schmittbauer. „Jetzt auch Sie noch! Meinen Sie etwa den Herrn Hagen Herwig von Duma 25?"

„Ja, genau den meine ich."

„Wissen Sie, wieviele Leute schon Strafanzeige gestellt haben?

Ich kann´s Ihnen sagen... bis heute liegen mir genau 124 Annoncen vor. Sie sind der einhundertfünfundzwanzigste!"

„Ja, sollen wir´s dann lassen?"

„Nein, o nein," antwortete Schmittbauer heftig. „Je mehr Anzeigen, desto eher wird ein Ermittlungsverfahren eröffnet."

Jetzt nach dem Urlaub war er voller Tatendrang.

„Sagen Sie, Herr Melchior, könnten Sie nicht kurzfristig vorbeikommen, um ihre Strafanzeige hier im Hause aufzunehmen?"

Eine Stunde später saß Max einem gut gelaunten Mann mittleren Alters mit medium gebräuntem Teint gegenüber.

„Gesund sehen Sie aus," eröffnete Max das Gespräch.

„Jaja, die karibische Sonne. Nach 2 Tagen am Strand hatte ich bereits einen Sonnenbrand auf dem Buckel."

Er hätte gern noch mehr vom Urlaub berichtet, aber dann wies er entschuldigend auf die unerledigte Post, die bereits Berge auf seinem Schreibtisch bildete. Das erzeugte Druck, und Disziplin war daher angesagt.

„Also," sagte Herr Schmittbauer, nachdem er Max' Vortrag angehört hatte, „wir machen jetzt folgendes:

Ich lasse einen beliebigen Text der anderen 124 Klagen kopieren, und Sie unterschreiben einfach. Es sind nämlich überall die identischen Sachverhalte... und dann sind wir auch schon fertig."

„Tatsächlich?" staunte Max. Er hatte sich das langwieriger vorgestellt.

„Der Herwig ist Vertreter einer Spezies, ich sag's offen, die ausgerottet werden müsste," meinte Schmittbauer aufgeräumt, während er einer jungen Dame den Auftrag zum Kopieren des Schriftstückes gab. „Hoffentlich können wir ihm bald das Handwerk legen."

„Mir geht es in erster Linie um mein Geld, das ich wiedersehen möchte. Es war alles, was ich hatte."

„Tja," sagte Schmittbauer, „schau´n wir mal. Übrigens, wissen Sie, dass Herwig seit heute Morgen zur Beobachtung im Krankenhaus liegt? Also, eigentlich durfte ich das gar nicht erwähnen."

„Wie das? Etwa mit Herzinfarkt?"

Max wurde hellhörig.

„Ach was... Nein, da gab´s am Morgen eine Messerattacke. Und das auf offener Straße. Ein behinderter Mann soll ihn angegriffen haben. Vielleicht ein Türke oder Italiener. Jedenfalls ein Südländer."

„Vielleicht ein Herwig-Opfer..."

„Mag sein, aber man weiß es nicht. Noch nicht. Es wird nach allen Seiten ermittelt. Im Vertrauen, es geschieht ihm recht. Und außerdem... es ist nicht allzu viel passiert. Nur ein paar kleine Stiche, Fleischwunden, nicht sehr tief. Dazu ein paar Kratzer. Der tankt noch einige Tage lang kriminelle Energie und macht dann mit frischem Elan weiter."

Max unterschrieb die Strafanzeige und machte sich auf den Weg, der ihn direkt zu „Da Tonio" führte.

23

Anna war an diesem Morgen gegen vier Uhr aufgestanden, um mit ihrem Bruder Luccha noch einen Kaffee zu trinken, bevor dieser nach Italien aufbrach. Es war eine Flucht, er sollte untertauchen, bis sich alles beruhigt hätte. Noch am Vorabend hatte er ihr gebeichtet, was am Morgen geschehen war.
„Warum hast du das getan, du warst doch nicht einmal beteiligt?" fragte sie.
„Mir tat Lena leid. Es war nicht beabsichtigt, aber plötzlich stand er vor mir, dieser Eierkopf... es war ein Reflex, ich konnte gar nicht anders."
Sie gab ihm belegte Panini und Obst mit auf den Weg und betete still, dass er ungeschoren im Veneto ankommen möge.
„Wenn du zuhause bist, rufst du mich sofort an," sagte sie streng, so als sei Luccha noch ihr kleiner Bruder von vor zwanzig Jahren, den sie wieder beschützen müsste. Sie brachte ihn zur Tür und schloss hinter ihm wieder ab.
Dann nahm sie einen zweiten Kaffee, es war genügend Zeit, um sich an damals zu erinnern.
Schon einmal hatte sie ihren Bruder Luccha mit schlimmen Vorahnungen verabschiedet und zur Tür gebracht. Das war lange her.
Sie sah die Bilder wieder vor sich, als sei es gestern erst gewesen. Momentaufnahmen in schneller Abfolge, bis heute nicht vergessen.
„Pass auf dich auf!" hatte sie gerufen, als er schon fast außer Sichtweite war. „Ich habe Angst um dich."
„Gibt´s einen Grund dafür?" Luccha hatte sich noch

einmal umgedreht.

„Nein, nein, es ist nur so ein dummes Gefühl." Er hatte eine wegwerfende Bewegung gemacht und seinen Weg fortgesetzt. „Damit kann ich nichts anfangen," waren seine letzten Worte.

Am Vorabend hatte Anna beiläufig Lucchas Namen gegenüber den Anwesenden erwähnt, die sich in der Villa des Conte zu einem Arbeitsessen versammelt hatten. Plötzlich war eine seltsame Stille eingetreten. Eisiges Schweigen begleitete ihren Abgang nach draussen.

Der Conte selbst hatte einige Tage zuvor angedeutet, es wäre besser, wenn Luccha in den nächsten Wochen nicht bei ihnen erscheinen würde.

„Bleib erstmal weg, ja?" hatte sie Luccha gebeten.

„Wenn du meinst… nur warum?" hatte er gefragt.

„Ich weiß es nicht. Sie haben Angst, dass du etwas ausplaudern könntest. Ich glaube, sie halten dich für einen Spion der Linken."

„Was soll ich schon ausplaudern?! Mich interessieren die Angelegenheiten dieser feinen, abgedrehten Pinkel nicht."

„Ich weiß das, Luccha, und der Conte weiß das auch. Aber sei einfach vorsichtig, ich mag nicht auf dich verzichten."

Sie war ihm noch einige Meter nachgelaufen. Doch zurück in der Diele fiel ihr ein, dass sie noch Kräuter fürs Abendessen brauchte und machte wieder kehrt. Und während sie den schmalen Pfad am Hang einschlug, beobachtete sie, wie Luccha den direkten Weg am Steilufer nahm, ohne sich noch einmal nach ihr umzuschauen.

Sie bückte sich nach einem Büschel Rosmarien, kniete nieder, um es vorsichtig abzupflücken. Da hörte sie einen wie vom Winde verwehten Schrei.

Sie ließ alles stehen und liegen, kletterte eine Böschung hinauf, um besser sehen zu können. Aber Luccha schien wie vom Erdboden verschluckt. Stattdessen sah sie einen Mann, der in entgegengesetzter Richtung davon eilte.
Jetzt war sie nicht mehr zu halten und rannte los. Beinahe wäre sie mit einem untersetzten Mann zusammengeprallt, der ihr in einer engen Kehre entgegen kam.
Angstvoll hatte sie ihn angestarrt und sofort begriffen, dass Lucchas Verschwinden etwas mit diesem Mann zu tun haben musste. Sie stoppte an der Stelle, wo sie Luccha zum letzten Mal gesehen hatte, und blickte über die ungeschützte Felsenkante auf das glitzernde Meer hinab.
Zwanzig Meter tiefer unter dem Felsen schwamm etwas auf der Wasseroberfläche.
Mit pochendem Herzen lief sie hundert Meter zurück zu einem Einschnitt, wo ein steiler Pfad nach unten führte, den sie und der Graf bis spät in den Herbst hinein zu nutzen pflegten. Frühmorgens und spätabends, wenn andere Badegäste noch nicht oder nicht mehr unterwegs waren, kam regelmäßig ihre Stunde. Sie verzichteten auf Badekleidung und schwammen hüllenlos. Es war ihr kleines Geheimnis vor dem Rest der adligen Familie, insbesondere der alten Gräfin. Tatsächlich hatte dieses „schamlose" Verhalten den Reiz ihres Baderituals noch gesteigert.
Aber jetzt war keine Zeit für Remineszensen. Sie lief so schnell sie konnte. Einmal fiel sie ins flache Wasser, als sie einem Stück Felsen auswich und auf einem Stein wegrutschte.
Aber gleich darauf sah sie ihn. Luccha hatte sich, auf dem Rücken liegend, mit dem Kopf aufs Tro-

ckene gerettet. Dort lag er nun, bewegungslos, aber er lebte und atmete.

Anna griff mit ihren Armen unter Luccas Achseln hindurch, um ihn auf einen trockenen Streifen zu ziehen. Luccha reagierte mit einem Schmerzensschrei.

Sie blickte um sich. Weit und breit kein Mensch, der Hilfe hätte leisten können. Nicht einmal ein Schwimmer am hellichten Sommertag. Kein Zeuge, nichts.

Sie beugte sich zu ihm hinab und berührte seine Gliedmaßen. Luccha machte einen benommenen Eindruck.

„Ich lasse dich jetzt hier allein, aber nicht lange. Bleib ganz ruhig! Ich muss die Rettung alarmieren. Nicht bewegen, ich komme sofort zurück." Gott, war sie froh, dass Luccha lebte. Ein Sturz aus 20 Meter Höhe hätte anders enden können…

24

Anna reichte Antonio das Telefon. „Vorsicht, das ist Alfredo," flüsterte sie.

„Pronto…! Sono Alfredo! Antonio, bist du es?"

„Si si, Alfredo, sono Tonio… che cosa hai? Molto rumore qui, scusi tanto. Uno momento, prego, ich gehe mit dir nach nebenan. Das Lokal ist gerammelt voll… Hörst du mich jetzt besser?"

„Si, non c´e problema… wie geht es dir? Gut? Und deiner lieben Frau Anna? Hat sie immer noch Heimweh wie beim letzten Anruf?"

Antonio spürte am milden Ton seines Gesprächspartners, dass er jetzt auf der Hut sein sollte. Augenblicklich reagierte sein Magen, und er begann, schwer zu atmen. Das war schon immer so, wenn Alfredo anrief. Alfredo war das personifizierte Strafgericht. Sofort musste er den Stier bei den Hörnern fassen.

„Tutto va bene, aber du weißt, dass wir alle unter den Ereignissen leiden," sagte er mit belegter Stimme.

„Si, Antonio, ich weiß das, wir wissen das. Aber gut, dass du es selber anschneidest…hast du den Typ endlich erreicht? Come si chiamas? Wie war noch der Name?"

„Herwig, Hagen Herwig. Ja, ich habe ihn gesprochen, nach langem Hin und Her. Er hatte sich wieder mal verleugnen lassen. Aber dann muss er es sich wohl überlegt haben und rief seinerseits zurück."

„Und? Hast du seine Telefonnummer?"

„Nein, die war natürlich unterdrückt, also anonym und nicht zurückzuverfolgen. Ein persönliches Treffen sei nicht zielführend, hat er gesagt. Das Fiasko schob er auf seinen Partner in Übersee, einen gewissen Miller. Den würde er seinerseits nicht erreichen…"

„Mama mia, welch ein Mist! Und nun? Du hast uns da ganz schön reingeritten! Warte, der Chef will dich persönlich sprechen. Ich übergebe…"

„Pronto, Antonio… Also, das ist eine ganz schlimme Sache.

Es geht nicht nur um dein bisschen Geld, wie du weißt, es geht auch nicht nur um das Geld deiner Klienten, es geht auch um unsere Millionen."
Der Mann am Ende der Leitung atmete durch. Dann mit heiserer Stimme : „Hörst du mir überhaupt zu, Antonio?"

„Si si, dottore, logico!"

„Am schwersten aber wiegen die Gelder, die uns unsere Freunde aus dem Süden zu treuen Händen übergeben hatten. Du weißt schon," fuhr der andere beherrscht fort. „Wenn wir die nicht wieder zurückholen, dann gnade uns Gott…
Ich muss es deutlich sagen, Antonio… Dann bist du zum Abschuss freigegeben, also so gut wie tot. Es sei denn, du schaffst umgehend das Geld zurück."
Der andere machte eine Pause und ließ seine Drohung wirken.
Antonio standen Schweißperlen auf der hohen Stirn.
„Am besten, du schwingst deinen Arsch sofort in dein Blechwägelchen! Sagen wir, gleich morgen, und kommst in die Kommandantur. Du weißt, wo du uns findest. Vielleicht habe ich eine Idee, die ich nicht am Telefon äußern möchte…"
„Si si, dottore, ich komme sofort, also morgen, logico."
Zitternd legte Tonio den Hörer auf und nickte servil in Richtung Telefon. Er hatte es immer vor sich hergeschoben, aber noch heute Nacht würde er endlich sein Testament aufsetzen.

25

Florian hatte sich auf der Heimfahrt von seinem Einrichtungshaus in der Tegernseer Strasse spontan zu einem Abstecher entschlossen. Ein Kunde hatte kurzfristig um Terminverschiebung gebeten, so dass er an diesem Abend eine Stunde Zeit gewonnen hatte.
Zum erstenmal in seinem Leben hatte er eine Detektei eingeschaltet, die ihm auch prompt einen Hin-

weis auf Herwigs Verbleiben geliefert hatte. Dieser war heimlich aus seiner Villa in der Menzinger Sraße ausgezogen, vielleicht nur vorübergehend, bis sich der Sturm gelegt hätte. Das Haus war nicht geräumt worden, noch nicht, und stand auch nicht zur Weitervermietung an.
Daher war es gewiss nicht schwierig gewesen, bei Nacht und Nebel zu einer anonymen Adresse zu wechseln.
Er hatte ihn schon bei Miller auf Bali vermutet, bevor er den Hinweis auf Herwigs Versteck erhielt.
Das Abenteuer auf Bali lag nur wenige Jahre zurück. Britta und er hatten gegenüber Freunden nur sparsam darüber berichtet.
Sie hatten sich seinerzeit gewiss nicht mit „Ruhm bekleckert," sondern nur mit knapper Not überlebt. Diese Geschichte taugte nicht zur Weitergabe, fand er. Aber Frust und Ohnmacht hatten weiter an ihm genagt. Die bloße Erwähnung von Miller war ein Tabu zwischen Britta und ihm.
Wie dämlich musste man doch sein, nun auch noch auf Herwigs Parolen hereinzufallen! Den gleichen Fehler zu wiederholen, statt eines neuen, zeugt von Phantasielosigkeit, hatte er irgendwo gelesen.
Doch auch er war auf den Slogan „Hier legt die Elite an!" hereingefallen. Diese Zeile wirkte wie der klebrig süße Fliegensirup vergangener Zeiten. Anfangs hatte ihm wie anderen dieser Spruch geschmeichelt. Rückblickend, fand Florian, war dieser an Zynismus nicht zu überbieten. Und eigentlich hätte es heißen müssen: „Hier legt die Elite der Deppen an!"
Währenddessen hatte er seinen Wagen vor einem großen, gesichtslosen Hochhaus geparkt. Er stieß auf eine offene Haustür, überflog die Namen auf

den Klingeln und ging hinein.
Er verzichtete auf den Aufzug und nahm immer zwei Stufen auf einmal. „S. Graf" hatte auf einer Klingel gestanden. Zufall? Gewiss nicht.
Analystin Susanne Graf, die das Unternehmen Herwig erst kürzlich verlassen hatte und deren Ressort nun federführend durch Herrn Brach verwaltet wurde!
Seine Suche wollte er oben beginnen und nach unten fortführen. In der obersten Etage fiel ihm die Unordnung auf. Überall lag Baumaterial herum, tolerierte Zeichen einer Wohnungssanierung.
Zwischen zwei Wohnungen hing ein beschriftetes Schild. Er trat näher und las:
„Hier baut Realinvest Luxuswohnungen für die Elite."
Für die Elite! Florian schnappte nach Luft, nicht, weil er zu schnell die Treppen hoch gelaufen wäre. Schon wieder dieser unsägliche Spruch, und er spürte, wie sein Blutdruck anschwoll.
Offensichtlich machte sich Herwig einen Jux daraus, seine Opfer zu veralbern.
Er klingelte nacheinander an sechs Wohnungstüren. Danach wartete er einen Augenblick, aber nirgends wurde eine Tür geöffnet. Vermutlich waren die Wohnungen noch nicht bewohnt, und die Arbeiter hatten längst Feierabend. Möglicherweise aber wurde er bereits beobachtet. Per Mini-Kameras, die unauffällig hinter einer Stuckleiste hervorlugten.
Unschlüssig wendete er sich zur Treppe, als plötzlich hinter ihm eine Tür aufging. Ein Arbeiter in einem hellen Overall trat heraus und blieb an der Schwelle stehen.
„Pronto, was gibt´s? Was wolle Sie?"
Ein italienischer Bauarbeiter, vielleicht ohne gültige

Arbeitsgenehmigung? Der Ghetto-Charakter dieses obersten Bauabschnitts konnte leicht diesen Verdacht nähren. Aber das war nicht sein Thema. Es konnte sich ja auch um eine Fremdfirma handeln. Die besaßen eine eigene Legitimität.
Florian trat ein paar Schritte näher und sah in den Raum hinein. Stapelweise entdeckte er Styropor-Platten, Kappsägen, eine kleine Werkbank und natürlich jede Menge Farbeimer. Mitten in diesem Chaos ein langer Tapeziertisch, daran ein halbes Dutzend Männer vor Pasta-Tellern und Rotweingläsern. Man hatte ihn noch gar nicht bemerkt und palaverte lebhaft durcheinander.
„Che cosa hai," unterbrach ihn der Mann an der Tür in seiner Betrachtung. „Was wolle Sie?" fragte er erneut.
„Scusi," antwortete Florian. „Ich suche Signore Herwig. Der soll hier oben wohnen."
„Hier nix wohnen! Villa infinito! Wir noch viel arbeiten. Forse in fondo a destra."
Damit ließ er Florian stehen und schlug die Tür vor seiner Nase zu.
In der darunter liegenden Etage gab es wieder sechs Wohnungen, von denen vier bereits ein Namensschild neben der Wohnungstür aufwiesen. Er ging weiter hinab, aber der Name S. Graf tauchte an keiner der Wohnungstüren auf. Auch nicht in den unteren Etagen.
Ratlos lief er über den Vorplatz zu seinem Auto und setzte sich schließlich auf den Fahrersitz...
Wozu hatte er eigentlich einen Detektiv engagiert? Warum wollte er plötzlich dessen Arbeit machen? Da sollte dieser Sherlock Holmes für sein Geld doch schon etwas tiefer graben!
Während er frustriert aufs Haus starrte, trat eine at-

traktive Dame in sein Blickfeld. Kein Zweifel, es war die Graf!
Sie blickte wie zufällig zu seinem Auto herüber und ging dann entschlossen in Richtung Obergasse. Und als sie Minuten später nicht wieder auftauchte, wurde ihm klar, dass er seine Chance verpasst hatte.
Diese selbstsichere, charmante Dame, die ihm das Blaue vom Himmel versprochen hatte und die er gern zur Rede gestellt hätte. Aus Trägheit hatte er sie laufen lassen!
Angeblich hatte sie diverse Bohrprojekte und Goldlagerstätten in Übersee besucht, um sich persönlich ein Bild vom Fortgang der Arbeiten zu machen. Die Ergebnisse übertrafen alle Erwartungen, hatte sie berichtet. Zweifel daran ein „No go".
Dem Detektiv hatte er nahe gelegt, auch sie zu beschatten, wenn auch sie auftauchen sollte. Gewiss war sie der Honig, mit dem Herwig angelockt werden konnte.
Der Detektiv hatte eine Beschreibung verlangt. Wie aber hätte er sie beschreiben sollen? Nur plakative Hinweise waren ihm eingefallen...vollbusig, sexy, dunkle Augen, dunkle Haare, hochmütiger Blick. Kein überzeugender Steckbrief, doch besser als überhaupt kein Hinweis.
Angeblich war sie bei Herwig nicht mehr in Lohn und Brot. Laut Brach hatte man sich „einvernehmlich" voneinander getrennt. Florian wollte nicht ausschließen, dass sich am Ende bei ihr so etwas wie ein Gewissen gemeldet hatte.
Am Haupteingang hatte ihr Name gestanden. Ergo müsste es dort auch einen Briefkasten geben. Aber er hatte vergessen, danach zu schauen.
Wie erklärte es sich, dass sie in einer dieser Luxus-

wohnungen leben durfte? Darauf gab es gewiss nur eine Antwort... die Beziehung zwischen Herwig und Graf war jetzt eindeutiger Natur. Warum sollte sich ein erfolgreicher Mann wie Herwig nicht eine Geliebte leisten? Sein Status schrie förmlich danach. Florian glaubte, das Leben zu kennen.
Er erinnerte sich an das Goldsymposiums in Wolfsberg. Die Schweizer UBS- Bank war vertreten mit einen Spezialisten in Sachen Gold, der einen Vortrag gehalten hatte. Dann folgten zwei weitere Referate über Anlagen im Rohstoffsektor. Im Anschluss daran hatte eine Diskussion stattgefunden. Das sollte der Veranstaltung offenbar eine höhere Weihe verleihen, argwöhnte Florian.
Und danach hatte es ein Essen gegeben. Aus unerfindlichen Gründen war ihm Frau Susanne Graf als Nachbarin zugeteilt worden.
Herwig war einige Male an ihren Tisch getreten, angeblich, um sich nach dem Wohlbefinden seiner Gäste zu erkundigen. Da waren Florian die unsichtbaren Botschaften aufgefallen, die sie untereinander austauschten. Wohl dem Wein geschuldet hatte Florian sie kühn gefragt, ob dieser attraktive Mann nicht auch für sie eine Option sein könnte.
Das hatte sie keineswegs aus der Fassung gebracht... Herr Herwig sei gewiss ein attraktiver Mann, hatte sie entgegnet, aber schließlich sei er verheiratet und habe noch kleine, schulpflichtige Kinder. Ihr als Katholikin käme es niemals in den Sinn, einem verheiratetem Mann Avancen zu machen.
Doch laut Detektiv entsprach dies nicht der Wahrheit. Die Kinder seien längst volljährig und gingen eigenen Vorstellungen nach. Eines der beiden, ein junger Mann namens Marcus, hielt sich zwecks Stu-

dium in den USA auf.

Sei es, wie es sei. Florian betätigte den Anlasser und fuhr in Richtung Grünwald davon. Fürs erste hatte er genug erfahren. Unterwegs beschäftigte ihn die Frage, wo das viele Geld wohl abgeblieben sein mochte. Laut Anwalt war nur ein Bruchteil davon investiert worden, um den Schein zu wahren. Und demzufolge konnte nicht auf Werte vor Ort, die sogenannten Assets, zurückgegriffen werden. Der Anwalt hatte sich erst kürzlich die Zementfabrik in Abbu Dhabi angesehen.

Tatsächlich war da eine marode Halle in der Nähe des neuen Flugplatzes gestanden. Aber eine aktive Produktion... Fehlanzeige! Und weit und breit kein Mensch, den man hätte fragen können.

Nach zwei Tagen ständiger Beobachtung hatte man doch noch einige Leute zu fassen gekriegt. Sie hatten sich bei der Halle herumgetrieben. Man fragte sie, warum das Hallentor an zwei Arbeitstagen hintereinander verschlossen geblieben war. Sie wussten es nicht, hatten aber gehofft, hier Arbeit zu finden. Der geschätzte Wert der Halle entsprach Peanuts.

Ansonsten war im Umfeld des Flugplatzes lautstark gewerkelt worden, so die Recherchen. In den Hallen auf den angrenzenden Arealen verrieten hin- und herfahrenden Muldenkipper eine rege Geschäftstätigkeit. Doch keiner dieser Betriebe war Herrn Herwigs Firmengeflecht oder dem seines Konsorten zuzurechnen, mussten die Anwälte aus München erfahren.

Danach war Texas an der Reihe... ein vergleichbares Bild. Zwar existierte dort eine Ölquelle, oder vielmehr das, was noch von ihr übrig geblieben war. Denn die Quelle war längst versiegt.

Herwigs Beteiligung an dieser Nullausbeute wurde offiziell über die Firma West Venture Consorting wahrgenommen, aber auch hier traf der Anwalt auf keinen Verantwortlichen, der Auskunft hätte geben können.
Dreisterweise hatte es eine Einladung an die Investoren zur Besichtigung der „Wertschöpfung" vor Ort gegeben. Wohl hatte man den Teilnehmern eine aktive Ölquelle zeigen können. Einziger Makel... sie gehörte nicht zum Firmen-Imperium der Herren Herwig und Miller. Es war so geschickt inszeniert, dass der Betrug nicht einmal bemerkt worden war.
Britta hatte mit dem Abendbrot und Neuigkeiten auf ihn gewartet.
„Max hat angerufen und bittet uns zu einem kurzen Treffen bei Anna. Morgen Abend. Tonio ist heute Morgen nach Italien gefahren."
„Nach Italien? Es muss ihn doch jemand vertreten…"
„Ja, Max vertritt ihn. Das ist nicht das erste Mal. Außerdem ist Lena wieder da."
„Ja dann…was macht Tonio denn in Italien? Urlaub etwa?"
„Max wusste es nicht. Übrigens, hast du zugehört, Lena ist wieder da! Zunächst nur halbtags, wegen der Kinder…"
„Lena?"
„Du weißt doch, Lena, die mit dem Suizidversuch. Sprich sie morgen ja nicht darauf an!"
„Hältst du mich für verrückt?"
„Ja, manchmal…"
„Dankeschön! Und wieso hast du mich dann geheiratet?"
Britta lächelte maliziös.
„Genau deshalb!"

26

Millers Telefonat mit Hagen Herwig war knapp ausgefallen.
„Wir treffen uns dort, wo wir uns das letzte Mal getroffen haben. Und zwar zur gleichen Zeit! Einverstanden?!"
Es klang wie die konspirative Verabredung zweier Ganoven. Das war es auch. Ein längeres Telefonat schien ihm zu riskant. Es musste ja nicht gleich die NSA sein, die da mithörte. Miller war vorsichtiger geworden. Wenn unerwartet etwas dazwischen käme, müssten sie halt einen neuen Anlauf nehmen. Aber es kam nichts dazwischen. Hagen betrat zur vereinbarten Zeit das kleine Lokal und blickte aufmerksam in die Runde. Noch war keine Spur von Miller zu entdecken.
Seltsam, dachte er und schritt langsam in Richtung Ecktisch, der leider schon besetzt war. Ein dürres Männlein saß dort und blickte ihm aufmerksam entgegen.
Während er noch überlegte, wie er den Typ diskret vergraulen könnte, bemerkte er, dass ihn dieser unverhohlen angrinste. Er schaute genauer hin. Erst jetzt erkannte er in der mageren Figur seinen Kumpan Christoph Miller.
„Mann, du hast dich verändert," staunte er und ließ sich neben Christoph nieder.
„Bestimmt zu meinem Vorteil," bemerkte dieser selbstironisch.
„Ja, dein blondes Toupet ist entzückend… meine Frau hätte das nicht besser hingekriegt. Auch der Bart ist ab, da bleibt ja nicht mehr viel übrig. Und

die Sonnenbrille! Heino bittet zur Autogrammstunde. Wirklich fesch, der Kerl!"
„Diesen Aufzug habe ich allein dir zu verdanken."
Millers Gesichtszüge verrieten kontrollierten Ärger.
„Ja, ich werde wieder gejagt… per Haftbefehl. Und das dank deiner offenherzigen Aussagen."
Hagen bestellte einen Kaffee mit Kognak.
„Wie das?" fragte er unschuldig. „Es war doch alles abgesprochen? Und nachweisbar sind die meisten Gelder nach Übersee geflossen."
„Ich meine nicht die Gelder… Ich sei nicht mehr auffindbar, hast du zu Protokoll gegeben. Warum hast du nicht ausgesagt, dass ich in dringenden Geschäften unterwegs bin, um Informationen über die Investments zu besorgen. Das hätte mir Zeit verschafft."
„Man hat mich unter Druck gesetzt, mein Guter, da habe ich auf diese Feinheiten nicht mehr geachtet…"
„Du musst aufpassen, dass du immer weißt, was du sagst! Ansonsten könnte ich auf falsche Gedanken kommen. Wenn ich ernsthaft an deiner Loyalität zu zweifeln anfange, hätte ich mit einem Tipp an die Staatsanwaltschaft kein Problem. Dann müsstest auch du dich verkleiden und vielleicht als Vogelscheuche zwischen Menschen herumlaufen. Aber dann solltest du dieses alberne Strichbärtchen unter deiner Nase wegradieren und dir von deiner Frau eine gezinkte Dauerwelle auf die Glatze pflanzen lassen. Wenn das nicht reicht, um nicht mehr aufzufallen, dann lass dir einige Wirbel rausnehmen…"
Miller begann, sich in Rage zu reden und holte Luft.
„Ist ja gut, ich hab´s verstanden," unterbrach Hagen Christophs schlecht kaschierten Wutausbruch. „Bitte, lass uns sachlich miteinander umgehen. Mir ist

klar, dass Vorsicht geboten ist. Aber ich darf dich auf folgendes aufmerksam machen...
Wenn aus einem System kommunizierender Röhren mit einem Male mehr rausfließt, als reingegeben wird… Also, ich habe dir heute nochmals einen erheblichen Betrag überwiesen. Wahrscheinlich zum letzten Mal. Es wird mit jedem Tag weniger…"
„Jaja, die Dummen werden weniger." unterbrach Christoph. „Du hättest für eine bessere Presse sorgen müssen! Das ist doch klar nach den Auszahlungsstopps und den Meldungen der letzten Zeit."
„Zwei meiner Spezls mussten ihre Redakteursposten räumen. Man ist ihnen dahinter gekommen, dass ich sie geschmiert hatte."
„Ach ja? Na, damit war irgendwann zu rechnen."
„Ja klar, ich weiß. Aber jetzt muss ich dir den „Schwarzen Peter" überlassen. Du wirst sowieso wieder untertauchen und kannst in Ruhe auf deiner Insel abwarten, bis sich der Schlachtenlärm verzogen hat."
Miller blickte ihn misstrauisch an. „Was soll das denn wieder heißen?"
„ Also, ich selber kann mich nicht so leicht davonmachen. Du weißt, ich habe auf eine Familie Rücksicht zu nehmen. Zumindest auf meine Frau. Offiziell werde ich dir alle Schuld anlasten, wenn es hart auf hart kommt. Meine Weste muss sauber bleiben."
„Pass auf, dass man sie dir nicht eines schönen Tages ganz auszieht, deine weiße Weste. Du glaubst doch nicht, dass du ohne Kratzer davonkommst."
Miller trank sein Glas aus und winkte dem Kellner.
„Es bleibt doch bei unseren Abmachungen?" Hagen hatte seine Stirn in krause Falten gelegt.
„Na klar," antwortete Miller. „Es gibt doch so etwas wie eine Ganovenehre."

Er stand auf und verließ grusslos das Lokal.

27

Hallo Max... was ist ein Moratorium?" Lilli war am Apparat.
„Ein Moratorium..." er dachte kurz nach. „Das ist ein Schuldenaufschub oder so etwas. Wieso fragst du?"
„Naja, ich habe von unserem sehr verehrten Hagen Herwig ein Schreiben erhalten, in dem ich um ein neun monatiges Moratorium gebeten werde. Dann würde er meine Forderungen endgültig regeln können."
„Du, dazu musst du einen Fachanwalt befragen. Ich glaube nicht, dass man dies im stillen Kämmerlein entscheiden sollte. Mir sagt mein Bauch, der will einfach nur Zeit gewinnen, um seine Schäflein ins Trockene zu bringen."
„Und wenn ich gar nicht reagiere?"
„Weiß ich nicht. Aber so ein Schreiben müssten doch alle erhalten haben - oder es kommt noch. Warte mal ein paar Tage, dann weiß ich mehr. Mein Anwalt wird mir das beantworten."
„Okay...wie war das Treffen gestern Abend?"
„Naja, mit ein paar dürren Worten schwer zu sagen. Es waren noch einige andere, mir nicht bekannte Leute da. Sie hatten inzwischen alle mit diesem Anwaltsbüro von Herwig gesprochen. Du weißt doch, mit diesem Rechtsanwalt Ohnesorg, der eigens für uns abgestellt war und alle besoffen redet. Ein Beschwichtiger! Nachher weißt du gar nicht mehr, was er eigentlich gesagt hat."
„Habt ihr denn mal gefragt, wo das ganze Geld ge-

blieben ist?"

„Das hat mein Anwalt schon getan… er weiß es nicht. Es wird immer deutlicher, dass es sich um einen sogenannten „Blindpool" gehandelt hat. Das heißt, das Geld ist gar nicht oder nur in geringem Umfang, und auch nur zum Schein in konkrete Verwendungen geflossen."

„Ja aber… man hat doch diese vierteljährlichen Leistungen auf die Gewinne erhalten? Jedenfalls solange, wie man sie erhalten hat. Allerdings waren es bei mir nur zwei Auszahlungen."

„Man nimmt jetzt an, dass diese Vorabausschüttungen aus einem einzigen Topf stammen, ebenso wie die Kosten für die Verwaltung und den Betrieb des ganzen Theaters. Es wird vermutet, dass wir alle Opfer eines klassischen Schneeballsystems geworden sind."

„Kann man das glauben? Aber da muss doch noch viel Geld im Topf geblieben sein…"

„Sicherlich. Herwig behauptet ja, diese Gelder seien an diverse Firmen seines Kumpels Miller in Übersee geflossen. Der aber ist nicht mehr auffindbar und könne dazu keine Stellung nehmen."

„Mensch, Max, glaubst du das? Was sagt denn der Anwalt von Herwig?"

„Der schiebt den „Schwarzen Peter" dem Miller zu. Herwigs Anwalt wird nun mal von Herwig bezahlt. Und an Miller kommt man nicht ran, solange der sich im Ausland aufhält."

„Und nun? Was machen wir nun? Ich bin ziemlich genervt."

„Im Vergleich zu mir und zu vielen anderen hast du doch wenig investiert. Du solltest den ganzen Tag singen und deine Vorsicht preisen!"

„Ja, da hast du wohl recht. Aber gibt es gar nichts

Positives zu vermelden?"
„Doch. Mein Anwalt hat es schon längst gefordert
…Die Staatsanwaltschaft München hat ein Ermittlungsverfahren gegen Herwig und seine Firmen eröffnet. Seit vorgestern werden seine Privatwohnung und sein Firmensitz durchsucht."
„Glaubst du, dass uns das noch rettet?"
Max holte Luft.
„Ich glaube an gar nichts mehr."

28

Schon den ganzen Tag über war Vera mit der Neugestaltung ihres Heims beschäftigt. Oder vielmehr damit, das Konzept umzusetzen, das sie seit geraumer Zeit mit sich im Kopf herumgetragen hatte. Nachher sollte möglichst nichts mehr an Hagen erinnern, nachdem er über Nacht ausgezogen war.
Zudem hatte sie ihre eigenen Vorstellungen, und beim Durchblättern von „Schöner Wohnen" wurde sie in ihrem Argwohn bestärkt, dass sie einrichtungsmäßig hinter den aktuellen Trends zurückgeblieben war. Ein erheblicher Nachholbedarf stand an.
Zunächst musste das Bad komplett umgestaltet werden. Zu diesem Zweck hatte sie eigens eine Bad-Designerin beauftragt, die nichts anderes machte, als zu Unsummen neue Bäder zu konzipieren. Nichts für Normalsterbliche. Doch eine Restauration der alten Einrichtung kam für sie nicht infrage...
Die Designerin hatte sich für den Nachmittag angekündigt und sollte eigentlich schon vor der Tür stehen. Aber Künstler - und als solcher verstand sie sich - betrachteten Termine wohl eher als eine Opti-

on, die der eigenen Beliebigkeit überlassen bleiben.
In diesem Moment hörte sie die Erkennungmelodie des Telefons.
Sie wird wohl absagen oder den Termin verschieben wollen, dachte sie im ersten Moment. Aber es war ihre Freundin Kirsten, die anrief.
„Aus gegebenem Anlass muss ich dich einmal stören," eröffnete sie das Gespräch. „Du bist doch wohl mittendrin in der kreativsten Phase deines Lebens?"
„Du musst telepathische Fähigkeiten besitzen," entgegnete Vera. „Doch im Moment lege ich eine schöpferische Pause ein, weil ich die Bäder-Tante erwarte."
„Das ist gut. Daher ganz schnell zwei Neuigkeiten, Hagen betreffend. Ich weiß nicht, ob du es schon weißt..."
„Wird sich zeigen. Schieß los!"
„ Also erstens: Deine Villa steht zum Verkauf im Internet. Du musst nur mal den „Immobilien-Scout" aufrufen. Wusstest du davon?"
„Nein, aber das finde ich jetzt witzig. Das ist neu für mich. Dann könnte ich mir meine Anstrengungen ja sparen und die Designerin, so sie denn kommt, gleich wieder nachhause schicken. Es sei denn, da handelt jemand ohne Auftrag."
„Wie meinst du das?"
„Darf ich dich daran erinnern, dass Hagen mir seinerzeit die Villa überschrieben hatte? Ich glaube bis heute, das geschah einzig und allein zu seiner Sicherheit. Aber wie man jetzt sieht, war es ein ungewollter Akt zu meiner Sicherheit."
„Ja, na klar, ich hatte es vergessen. Du überraschst mich...wie vorausschauend du doch sein kannst! Aber pass auf, jetzt kommt die nächste Meldung...

Auf Hagen ist ein Attentat verübt worden. Er liegt mit Stichwunden im Krankenhaus. Irgendein Verrückter wollte ihn abstechen. Und das auf offener Straße!"
„Ach wirklich?"
„Ich überlege sogar, ob ich ihm nicht ein paar Blümchen bringen sollte. Irgendwie tut er mir jetzt leid."
„Du wirst den Teufel tun! Dergleichen geschieht ihm recht! Wenn du ihn besuchst, musst du nicht mehr zu mir kommen."
Kirsten verschlug es die Sprache.
„Eigentlich hatte ich schon viel früher mit einer solchen Attacke gerechnet," fuhr Vera fort. „Es ist eine wundervolle Nachricht!"
„Versteh einer die Frauen... Du hast ihn doch früher immer verteidigt," staunte Kirsten. „Er hatte doch so unendlich viel Charme!"
Ihre Ironie war nicht zu überhören.
„Weiß man denn, wer es war?" fragte Vera, als sie sich beruhigt hatte. „Auf offener Straße...da muss es doch Zeugen geben."
„Gibt es auch. Es soll ein behinderter Mann mit südländischem Aussehen gewesen sein. Es wird ermittelt."
„Ein behinderter Mann...was heißt das?"
„Naja, er hat hinkend das Weite gesucht."
In diesem Augenblick ging die Klingel an der Tür.
„Ich hab's schon vernommen, du musst auflegen. Deine Muse steht vor der Tür. Ciao, meine Liebe, und ruf mal an, wenn wir Dein Bad einweihen können."
Vera eilte zur Tür und ließ eine unschuldig lächelnde, junge Dame herein.

29

Es war kurz nach Mittag, das Geschirr war abgeräumt und es herrschte wieder Stille im Lokal. Lena hielt sich in der Küche auf, und Anna kassierte die letzten Gäste ab. Sie sagte zu Max, der mit Arbeiten im Lager beschäftigt war:
„Tonio hat angerufen. Er lässt dich herzlich grüßen."
„Antonio? Es wird Zeit, dass er zurückkehrt."
„Er sagt, er stecke noch in Verhandlungen… Übrigens, Herwig will seine Villa verkaufen. Er hat es im Internet gelesen."
„Ach, das ist interessant, aber vielleicht kein gutes Signal. Stand da auch etwas von einem Preis?"
„Ja, 4,5 Millionen Euro. Ein Schnäppchen, oder?"
„Auf jeden Fall ein schlechtes Zeichen…dann besteht sozusagen Fluchtgefahr. Der wird sich absetzen wollen. Du weißt…die Ratten verlassen das sinkende Schiff. Hatte Tonio eine Meinung dazu?"
„Tonio glaubt nicht, dass er sich absetzen will. Jedenfalls noch nicht. Noch gebe es kein Ermittlungsverfahren gegen ihn. Das Haus stehe im Grundbuch übrigens nicht unter seinem Namen, sondern unter dem Namen seiner Frau."
„Da schau her! Der Kerl ist doch mit allen Wassern gewaschen. An das Geld für das Haus kommt wohl keiner ran."
„Ja, das stimmt wohl. Er aber auch nicht!"
„Wie meinst du das?"
„Tonio will herausgefunden haben, dass die beiden seit kurzem nicht mehr zusammenleben. Er hat eine Geliebte…"

„Ach was... War auch schlecht vorstellbar, dass ihn seine bessere Hälfte nicht eines Tages rauswirft. Oder selber die Flucht ergreift, aber das natürlich zum richtigen Zeitpunkt... Wo ist eigentlich Luccha?"
„Auf dem Weg nach Italien. Wird wohl etwas dauern, bis der zurückkehrt."
Luccha auf der Flucht... Max hatte es geahnt, und stellte keine weiteren Fragen. Im Veneto wäre er wohl vorläufig in Sicherheit.
„Was ist mit Lena?"
„Die kommt gleich."
Sie eskortierte ihn zu ihrem Mittagstisch, wo ihn bereits seine Lieblingsspeise erwartete, Spaghetti Marinara alla Antonio.
„Bitte, fang schon mal an. Sonst wird es kalt."
Dann kam auch Lena an ihren Tisch.
„Du hast doch hoffentlich Appetit, du fleißiges Mädchen?" sagte Anna. Und zu Max gewandt: „Sie arbeitet heute schon seit 7 Uhr, wollte nicht frühstücken und hat schon ein ungeheures Pensum geleistet."
„Ja, Lena ist ein hübsches, fleißiges Bienchen."
„Danke," sagte Lena und sah ihn zweifelnd an. Max' ironische Art gab ihr manchmal Rätsel auf.
In diesem Augenblick bummerte jemand an die Eingangstür des Lokals.
Als Anna öffnete, stand Kommissar Schmittbauer vor ihr, gefolgt von einem uniformierten Polizisten.
Schmittbauer ließ seinen Blick schweifen und sagte höflich:
„Mein Name ist Schmittbauer, Kriminalamt München. Das ist ein Kollege..äh, kommen wir eventuell ungelegen?"
Es war ihm tatsächlich unangenehm, unangemeldet

in eine Mittagspause zu platzen. Aber dieser Fall hatte keinen Aufschub geduldet.

„Eigentlich wollte ich Herrn Lombardo sprechen, aber wenn er nicht da ist..."

Er unterbrach sich, weil er plötzlich Max erkannte.

„Sagen Sie, Herr.."

„Melchior," half ihm Max.

„Ja, Herr Melchior... Sie waren doch erst kürzlich bei mir, um Anzeige gegen diesen Herwig zu erstatten?"

„Das war vor einer knappen Woche. Gibt es schon etwas Neues?"

„I wo, so schnell schießen die Preußen nicht. Und wir Bayern schon gar nicht. Ist Herr Lombardo nicht im Hause?"

„Nein," antwortete Anna. „Mein Mann hält sich z.Zt. in Italien auf. Vielleicht kann ich Ihnen weiterhelfen?"

„Also, es geht um einen behinderten Mann, der vom Tatort davongehinkt ist, den mutmaßlichen Täter, ca. 1,70 Meter groß.

Übrigens, wäre es unhöflich, um zwei Tassen Kaffee zu bitten? Für meinen Kollegen und mich."

Lena sprang auf und eilte in die Küche. Anna bat die beiden Beamten, Platz zu nehmen. Der uniformierte Polizist nahm seine Mütze ab.

„Also, leider bin ich gehalten, in alle Richtungen zu ermitteln," sagte Schmittbauer und blickte mit Bedauern in die Runde.

„Und kürzlich habe ich den Hinweis erhalten, dass sich ein Mann in Ihrem Betrieb aufhält, auf welchen die Beschreibung des fraglichen Mannes zutreffen könnte. Sie, Frau Lombardo, müssen aber nicht antworten, wenn es sich zufällig um einen Blutsverwandten handeln sollte."

„Kein Problem," antwortete Anna spontan. „Es könnte sich um meinen Bruder handeln, obwohl ich ihm keine Messerattacke zutraue. Aber auch den können sie nicht sprechen."
„Er hält sich wohl auch in Italien auf?" fragte Schmittbauer, süffisant grinsend.
„Genauso verhält es sich. Er kommt nur manchmal zu Besuch nach München, aber er lebt in Italien. Vor zwei Wochen ist er zurückgefahren. Er kann es also nicht gewesen sein."
„Pardon, aber woher wussten Sie, dass der Täter ein Messer benutzt hatte?"
Schmittbauer kam seine Frage äußerst gescheit vor.
„Ich habe nämlich die Tatwaffe noch überhaupt nicht erwähnt!"
„Es stand in allen Münchner Zeitungen," ließ sich jetzt Max vernehmen. „Und außerdem hatten Sie mir gelegentlich meiner Strafanzeige davon berichtet. Ich habe später mit Frau Lombardo darüber gesprochen."
„Aha, das ist schlüssig. Ich sagte ja schon, wir müssen in alle Richtungen ermitteln und jedem Hinweis nachgehen."
Lena erschien mit einem Tablett und platzierte den Kaffee vor den beiden Polizisten. Sie hatte etwas Gebäck dazugelegt.
„Sehr aufmerksam," bedankte sich Schmittbauer bei Lena. „Darf ich auch Ihren Namen erfahren? Das ist nur für die Akten," sagte er beschwichtigend.
„Jager, Lena Jager ist mein Name. Vermutlich stehe ich schon in Ihren Akten."
„Frau Lena Jager? Warten sie, dann sind sie diejenige..." Er unterbrach sich sofort und schaute Lena betroffen an. Max glaubte, plötzliches Mitgefühl in Schmittbauers Miene zu erkennen.

„Ja, ich bin diejenige, welche... das ist wahr!" bestätigte Lena.
„Also, dieser Herwig ist der Täter, nicht das Opfer. Ich sage es offen... die eigentliche Strafe für diesen Halunken steht noch aus. Aber wir werden dafür sorgen, dass er sie erhält. Die Beweislage ist eindeutig."
Sicherlich nett gemeint, dachte Max und zeigte ein müdes Lächeln. Dann aß er lustlos seine Spaghetti zu Ende.

30

Anna schloss hinter den Polizisten die Tür ab.
„So," sagte sie, „jetzt lassen wir keinen mehr herein!"
„Sag mal, Anna," ließ sich Max vernehmen, „was ich dich schon immer fragen wollte..."
Er zögerte.
„Was ist damals eigentlich mit Luccha passiert?"
„Du sprichst von dem Unfall?"
„Also, ein Unfall war das wohl nicht. Soviel weiß ich von Tonio…"
„Nun, dann war es kein Unfall. Ehrlich gesagt, Max, ich weiß nicht, ob ich mit euch darüber reden sollte - andererseits bist du unser bester Freund. Und Lena gehört inzwischen zur Familie."
„Ich muss nicht alles wissen, es macht mir nichts aus, in die Küche zu gehen und…" Lena war bereits aufgestanden.
„Bitte, bleib sitzen! Bitte, Lena… also, Max, du weißt, dass Luccha seinerzeit von einem hohen Felsen ins Meer gestürzt ist. Allerdings hatte da jemand nachgeholfen."

Sie atmete hörbar. Es regte sie heute noch auf.
„Ich habe ihn glücklicherweise rechtzeitig gefunden und dafür gesorgt, dass er sofort in das richtige Krankenhaus gebracht worden ist. Inkomplettes Querschnittsyndrom lautete die Diagnose."
„Gab es einen Grund?"
„Ja. Man wollte ihm einen Denkzettel verpassen, nicht umbringen." Sie schluckte.
„Er hatte niemanden verraten. Es sollte wohl in erster Linie eine Warnung für alle anderen sein."
„Halt mal, nicht so schnell... Denkzettel wofür? Warnung für alle anderen... wieso?"
„Also, ich lebte damals mit dem Conte, einem Grafen, zusammen. Wir waren ein heimliches Liebespaar. Ich führte seinen Haushalt und verwaltete seine Landwirtschaft auf dem Gut. Etwas Wald gehörte auch dazu.
Kurz und gut, der Conte war Mittelpunkt einer rechtsradikalen Zelle, die sich politisch auf den Duce bezog.
Anfangs unterstützte er diese Leute mit erheblichen Mitteln. Es gab damals nicht wenige dieser Kameradschaften. Sie waren alle miteinander vernetzt und hatten den Linken den Kampf angesagt...Interessiert das überhaupt?"
Anna sah Max forschend an.
„Ja, absolut," sagte Max. „Bitte, erzähl weiter!"
„Also, die alte Gräfin, seine ewig misstrauische Mutter, hatte mich als seine Verwalterin im Verdacht, schlecht zu wirtschaften und das Geld zum Fenster hinauszuwerfen. Der Verdacht war nicht unbegründet. Tatsächlich habe ich dem Conte beim Manipulieren der Bücher geholfen, so dass erst nach seinem angeblichen Unfalltod die Sache ans Licht kam."

„Langsam, langsam, ich kann Dir kaum folgen… war es denn kein Unfall?"

„Den Grafen habe ich gegen 6 Uhr morgens tot auf der Kellertreppe gefunden. Aber die Leiche wurde nicht gerichtsmedizinisch untersucht. Aus guten Gründen, behaupte ich heute. Man wollte den Fall nicht an die große Glocke hängen, nicht mal an die kleine. Angeblich war der Graf betrunken, als er die Treppe hinunterfiel. Aber er war niemals betrunken!"

„Aber du hast doch eine Meinung dazu…"

„Natürlich! Also, alle Straftaten der Zelle fielen ja auf ihn zurück. Er war der „Spiritus Rector" dieser Vereinigung. Auf Dauer machte ihm das sehr zu schaffen.

Irgendwann war er es leid mitanzusehen, dass in seinem Namen gemordet wurde. Ja gemordet, du hast richtig gehört. Und das Morden ging auch weiter, als ihm schon längst das Kommando entzogen worden war. Ich musste mir nachts seine Albträume anhören. Manchmal hat er geschrien und um sich geschlagen. Einmal wachte ich morgens mit einem geschwollenen Auge auf. Der Conte begann, über seinen Ausstieg nachzudenken. Sein Gewissen schlug Alarm, und das war gut so. Nein, es wurde allerhöchste Zeit!

Aber was für eine Entscheidung! Es handelte sich ja um eine auf Gedeih und Verderb gegründete Kameradschaft. Da wieder rauszukommen, war nicht vorgesehen. Keiner kappte ungestraft diese Wurzeln.

Doch dann erfolgte Lucchas' sogenannte „Bestrafung". Da war das Maß voll. Man hatte Luccha vorgeworfen, im Rausch geplaudert zu haben. Sein Leben als Krüppel war die Quittung dafür. Seitdem erhält er so etwas wie eine Rente von jenen, die dies zu verantworten hatten."

„Nobel, nobel," bemerkte Max.

„Ich erinnere mich an diese Bombenserie in Mailand...Stichwort Banca Agriculture. Meines Wissens forderte dieser Terrorakt sechzehn Todesopfer seinerzeit ..."

„ Du bist gut informiert... Also die Verbrechen wurden von der Rechten verübt und der Linken in die Schuhe geschoben. Was nicht schwierig war, weil man die Sprengungen nach dem Muster der Roten Brigaden durchgeführt hatte. Die Linken sollten politisch ins Abseits gestellt werden. Aber auch diese waren radikal und sind es übrigens immer noch."

„Nach dem Muster der Roten Brigaden? Was hieß das?" Max wollte es genauer wissen.

„Dass an mehreren Stellen gleichzeitig ihre Bomben hochgingen. Und tatsächlich ermittelten die Untersuchungsrichter nur in dieser Richtung..."

„Das ist ja unglaublich. Und du warst da mitten drin?"

„Ja, aber ich wurde kaum wahr genommen. Frauen waren zu dieser Zeit politisch ein Neutrum. Bestenfalls Zeitzeugen."

„Und der Graf? Fühlte er sich nicht mitverantwortlich für die vielen Opfer?"

„Natürlich, das war's ja. Mit einem solchen Desaster hatte er nicht gerechnet. Schließlich habe ich ihn überreden können, mit diesen Mördern endlich Schluss zu machen. Nach dem Vorfall mit Luccha habe ich ihm gedroht, dass ich ihn verlassen würde. Sonst wäre er vielleicht heute noch am Leben."

„Also war es tatsächlich Mord?"

„Am Vorabend seines Todes hatte er der Versammlung seinen Entschluss mitgeteilt. Ich war Zeuge

seiner kurzen Rede, in der er seine Entscheidung bekannt gab."
„Hast du je deine Einmischung bereut? Dein Verhalten war doch aller Ehren wert!"
Anna seufzte und stand auf.
„Der Conte war mein Leben. Ich sag´s ehrlich… für ihn hätte ich alles getan, sogar gemordet."

31

Antonio war schon länger abwesend. Nur Anna und Luccha wussten, wo er sich aufzuhalten pflegte. Aber auch sie konnten nur spekulieren, worüber verhandelt wurde. Die Drohungen musste man nicht wörtlich nehmen, aber mit der Zentrale war wiederum auch nicht zu spaßen. Und mit jedem weiteren Tag seiner Abwesenheit wuchs die Befürchtung, ihm könne etwas widerfahren sein. Erst wenn er sich meldete, war die Welt wieder halbwegs in Ordnung. Das geschah regelmäßig abends mit seinem immer gleich lautenden Spruch: „Tutto va bene", keine Probleme.
Max hatte es sich angewöhnt, schon morgens im Lokal vorbei zuschauen, wenn die Damen beim Frühstück saßen. Dann erfuhr er erste Weisungen und konnte das Programm für den neuen Tag erörtern, obwohl er selbst gewöhnlich erst für den Abend eingeteilt war.
„Briefing" nannte er die der Fliegersprache entlehnte Abstimmung.
An diesem Morgen hatte sich eine Gruppe von vierzig Gästen angesagt, um am Abend einen runden Geburtstag zu feiern. Anna hatte Maria gebeten, kurzfristig einzuspringen. Maria war Slowenin und

kam gern, wenn sie gebraucht wurde. Sie werkelte bereits in der Küche.

Anna und Lena frühstückten noch, als Max sich dazu setzte.

„Tonio hat heute morgen schon gegen 7 Uhr angerufen," bemerkte Anna.

„Weiß er denn inzwischen, wann er zurückkehrt?"

„Nein, er hat aber erwähnt, dass er auf dem Wege nach Neapel sei. Er will sich gegen Abend bei dir melden, spätestens aber morgen."

„Nach Neapel...was macht er denn dort?"

„Was will ein Mann wie Tonio in Neapel? Da kann man nur spekulieren."

„Da gibt es die Camorra, nicht wahr?"

Zum erstenmal mischte sich Lena wieder in ein Gespräch ein. Die geregelte Arbeit unter Annas freundlicher Regie hatte ihr sichtlich gut getan. Und sie hatte begonnen, dem Leben wieder einen Sinn abzugewinnen.

„Im Prinzip ja," antwortete Anna freundlich. „ Ich glaube, liebe Lena, du hast den Nagel auf den Kopf getroffen."

„Tatsächlich?" wunderte sich Max. „Also die Connection zu den mächtigen Freunden aus dem Süden...Ich habe Tonios Anspielungen nicht ernst genommen."

„Die Camorra hat er nicht gemeint mit den Freunden aus dem Süden. Gemeint hat er die rechtsradikalen Spinner, die für den toten Duce schwärmen und immer noch hoffen, eines Tages an die Macht zu kommen."

„O tempora, o mores, was für eine Welt! Und... haben sie denn noch Macht?"

„Vielleicht. Auf jeden Fall aber haben sie Geld. Einen gutenTeil davon hatte Tonio bei Herwig an-

gelegt."
„Ja und jetzt?"
„Jetzt sind sie todtraurig, genau wie wir. Aber das ist eine Untertreibung. Es ist viel mehr... sie sind außer sich, wollen Wiedergutmachung! Dass so ein Typ wie Herwig ihnen Millionen wegnimmt... das werden sie nicht akzeptieren, niemals!"
„Und Antonio? Der hängt doch als Vermittler dazwischen?"
„Ja, so sehe ich das auch. Natürlich ist man wütend auf ihn, weil er den Deal eingefädelt hat."
„Und jetzt? Jetzt hast du Angst um ihn?"
„Ja, natürlich, aber das ist noch nicht alles."
Anna unterbrach sich und blickte Lena an. „Kannst du doch mal nach Maria schauen...

"32*

Der Detektiv hatte herausgefunden, dass Susanne Graf manchmal gegen Mittag ihre Wohnung verließ, eine große Ikea-Tasche unter dem Arm. Jedesmal war sie in eine belebte Seitenstraße entkommen, während er den Wagen umständlich geparkt hatte.
Nach Lesen des Berichts glaubte Florian an das Gesetz der Serie und beurlaubte seinen nur mäßig erfolgreichen Detektiv. In Begleitung von Britta ging er am folgenden Mittag auf „Menschenjagd", wie sie es nannte.
„Vier Augen sehen mehr," hatte sie gemeint und sogar ihr nautisches Fernglas eingepackt.
Ob sie denn die Graf mit Hilfe einer Kreuzpeilung orten wolle, hatte Florian süffisant gefragt, denn das Glas enthielt einen eingebauten Kompass. Daraufhin hatte sie ihr Fernglas wieder beiseite gelegt.

An der Einfahrt zur Tiefgarage hatten sie sich auf die Lauer gelegt. Wegen des besseren Überblicks war Britta auf die andere Straßenseite gewechselt und hatte sich neben einem Schaufenster postiert.
Einen Plan über ihr Vorgehen gab es nicht. Eigentlich war es reiner Aktionismus, was sie jetzt anstellten. Es gab noch nicht mal einen Haftbefehl, nur ein Ermittlungsverfahren, von dem sich Florian aber kein schnelles Ergebnis versprach.
Aber dann geschah etwas. Just in dem Augenblick, als Florian schon wieder die Lust an dieser Unternehmung verlor, kam Herwig eiligen Schrittes höchstpersönlich um die Ecke.
Er lief mit gesenktem Blick in wenigen Metern Entfernung an ihm vorbei. Kein Zweifel, seine hoch aufgeschossene Gestalt, der rasierte Schädel, das Strichbärtchen - alles passte.
Auch Britta hatte ihn entdeckt und winkte aufgeregt. Sofort hängte sie sich an Herwigs Fersen. Das hatten sie vorher für den Fall einer Verfolgung vereinbart, weil sie noch keinem der beiden begegnet war und daher nicht auffallen würde. Herwig verschwand in der Tiefgarage und Britta folgte in kurzem Sicherheitsabstand. Hinter ihr fiel die Stahltür mit scheppernden Geräusch ins Schloss.
Ja keinen Fehler machen, hatte sich Florian geschworen. Also abwarten und sehen, ob am Ende auch noch Madame Graf in seinem Kielwasser auftauchen würde. Jetzt hatte ihn das Jagdfieber gepackt.
Indessen hatte sich Britta an die sparsame Innenbeleuchtung gewöhnt und war weit in die Tiefgarage vorgedrungen. Wieso sollte Herwig Verdacht schöpfen, wenn er sie am Ende doch entdeckte!? Sie machte sich doch wohl erst durch ihr Versteckspie-

len verdächtig. Zudem musste sie achtgeben, ihn nicht aus den Augen zu verlieren.

Sie gelangte an einen Punkt, von wo sie einen guten Überblick über die Fahrzeuge hatte. Jetzt hätte sie gern ihr Fernglas zur Hilfe genommen. Wieder einmal war sie zu früh gegenüber Florian eingeknickt.

Doch jetzt kam Herwig ins Bild. Er schritt auf einen silberfarbenen Porsche Carrera zu. Als er sich anschickte, in das Fahrzeug zu klettern, hielt er plötzlich inne und drehte sich um.

Etwas musste ihn irritiert haben. Sie konnte nicht erkennen, was es war. Nun starrte er in ihre Richtung, aber er konnte sie nicht gemeint haben. Sie war bestenfalls als Schemen wahrnehmbar.

Zu ihrem Erstaunen hob er plötzlich beide Hände und drehte sich wieder um. Jetzt wurden die Köpfe von zwei Männern sichtbar, die hinter einem Fahrzeug gelauert haben mussten. Einer von ihnen hielt ein Gewehr auf Herwig gerichtet, während der andere ihn nach Waffen abtastete. Sowas kannte sie bis dahin nur aus Fernsehfilmen. Wieder vermisste sie ihr Fernglas.

Sie zitterte vor Aufregung, folgte aber zugleich fasziniert dem Geschehen. Das war „Live" und interessanter als jedes Drehbuch.

Es ging alles sehr schnell, und plötzlich stand Herwig mit gefesselten Händen neben den Männern, die einen Kopf kleiner waren als er.

Auch der zweite Mann war bewaffnet und trieb Herwig mit einer Pistole vor sich her. Wortfetzen drangen an ihr Ohr, kurze, strenge Weisungen, die keinen Zweifel am Ernst der Lage aufkommen ließen.

Währenddessen war einer der Männer zu einer Limousine vorausgeeilt und hatte die Tür zum Fond geöffnet. Als Herwig auf dem Rücksitz Platz genommen hatte, setzte sich einer der beiden neben ihn. Der andere sicherte nach allen Seiten, stieg ein und fuhr los.

Sie war Zeugin einer Entführung geworden! Wer waren diese Männer?

Britta hatte sich alle Einzelheiten eingeprägt. Noch während das Auto, ein grauer Passat, zur Ausfahrt rollte, verließ sie ihren Posten und eilte zu dem Porsche, um durch die abgedunkelten Scheiben ins Wageninnere zu starren. Aber außer einem grellbunten Regenschirm war da nichts. Sie hörte die stählerne Eingangstür schlagen, und plötzlich stand jemand hinter ihr. Sie fuhr herum, es war Florian. „Wo ist der Kerl abgeblieben?"

Er schaute sie verständnislos an.

„Er müsste doch noch irgendwo sein..."

Britta zog ihn zum Ausgang.

„Komm, entspann dich - natürlich ist er noch irgendwo."

33

„Dass Tonio nach Neapel geflogen ist, kann nur eines bedeuten..."

„Nämlich?"

Anna stockte, dann sagte sie ruhig:

„Dass er von dem Orsini- Clan aus Casal di Principi einbestellt worden ist. Pass auf, Max, ich will es dir erklären...

Also, seit langem schon gibt es Verbindungen zwischen „Duces Erben" und der Familie Orsini. Dieser Clan hat viel, unendlich viel Geld gemacht mit der legalen und illegalen Entsorgung von Müll. Sogar

mit Giftmüll aus Deutschland, der irgendwo auf landwirtschaftlichen Flächen in der Provinz Neapel verschwunden ist. Daneben mischen sie bei vielerlei Geschäften mit, etwa in der Bauindustrie. Stichwort „Betongold."
Dabei sind sie nicht zimperlich, sondern ziehen alle Register. Erst werden die Verantwortlichen geschmiert, dann die Aufträge eingesammelt. Du kannst dir nicht vorstellen, welche gigantischen Umsätze dieser Clan allein im Süden Italiens macht! Die Gewinnspannen sind märchenhaft!"
Es schien Max, als schwinge bei Anna eine gewisse Bewunderung für diese Art der „Wertschöpfung" mit.
„Die meisten der Camorra-Clans verfügen über gewaltbereite junge Leute," fuhr sie fort. „Sie nennen sie ihren militärischen Arm. Andere Clans verzichten inzwischen darauf, um Kosten einzusparen."
Sie hielt inne und blickte Max forschend an.
„Ich muss so weit ausholen, damit du dies auch verstehst. Also, diese Clans vergeben ihre sogenannten „militärischen" Aufträge, insbesondere in Norditalien, an gut organisierte Gruppen. Heute würde man von „Outsourcing" sprechen."
„Verstehe ich das richtig... Aufträge für Attentate, Mord und Totschlag werden an militante Gruppen weitergereicht?"
„Ja, das verstehst du richtig.
Der Conte würde sich im Grab umdrehen, wenn er davon erfahren würde. Damals wurden die Faschisten überwiegend privat finanziert. Das heißt, reiche Sympathisanten sponserten diese Gruppen. Als sie wegbrachen, sei es, weil sie von den Methoden abgestoßen wurden oder sich dem Geschehen durch ihren natürlichen Tod entzogen, musste man sich

neue Geldquellen erschließen. Und auf diese Weise kam die Camorra ins Spiel."
„Gab es nicht noch andere „Links" zwischen diesen Gruppierungen?"
„Doch, die gab es, etwa auf dem Bausektor. In einigen Kommunen im Norden, wo rechte Politiker das Sagen haben, werden Ausschreibungen zu Gunsten der Clans durchgeführt. Diese sind dann ihrerseits verpflichtet, junge Faschisten zu beschäftigen. So sind in den letzten Jahrzehnten völlig neue Stadtteile entstanden und ganze Regionen zubetoniert worden. Ähnlich wie im Süden des Landes."
„Warum hast du mir nicht schon früher darüber berichtet?"
„Du hast mich nie danach gefragt."
Stimmt. Aber was hat das eigentlich mit Tonios Reise zu tun?"
„Also, wie du inzwischen weißt, hatte Antonio auch Gelder unseres ehemaligen Faschistenclubs bei Herwig angelegt. Zunächst nur eine kleine Summe als Versuchsballon. Aber nachdem die ersten Auszahlungen geflossen waren, haben sie die Einlagen verzehnfacht. Und zugleich ihre Methode der legalen Geldvermehrung dem befreundeten Clan in Neapel angedient. Sozusagen als kameradschaftliche Geste. Auch die haben zunächst einen Versuch gestartet. Und dann richtig geklotzt. Dabei ging es zunächst weniger um die Rendite, als vielmehr um Geldwäsche..."
„Das ist ihnen ja perfekt gelungen, es hat sich in Windeseile aufgelöst."
Gern hätte Max über sein eigenes Bonmot geschmunzelt, über den Reinfall der anderen. Aber gerade rechtzeitig fiel ihm das eigene Fiasko ein.
Anna blickte erschrocken auf die Uhr.

„Oh Madonna, wir müssen uns wohl ein wenig sputen." Sie stand auf, drückte Max flüchtig an sich und ging eilig zum Eingang, um wieder zu öffnen. „Orsini wird sie finden, diese beiden Ganoven," sagte sie im Weggehen. „Dann gnade ihnen Gott!"

34

Just in dem Augenblick, als Max seine Wohnung betrat, hatte sein Telefon zu klingeln aufgehört. Er drückte auf die Wiederholungstaste und hatte Rechtsanwalt Bissken am Apparat.
„Ich wollte Ihnen nur mitteilen, dass sich die allgemeine Stimmungslage für uns aufgehellt hat. Rechtsanwalt Krumpe und Kollegen haben wieder zu einem Treffen nach Köln geladen. Sie erinnern sich... die Anwälte von Hagen Herwig?"
„Ja...aber was versprechen Sie sich diesmal davon, nachdem die bisherigen Gespräche nichts gebracht haben?"
„Naja, Rechtsanwalt Süsslich von der Schlichtungsstelle hat mir berichtet, dass man mit ihm über die Höhe der Forderungen verhandeln möchte. Das wäre ein erster Erfolg, wohl der Eröffnung des Ermittlungsverfahrens gegen Herwig geschuldet. Und Sie wissen ja, dass Sie nur über die Schlichtung zu einem Teil ihrer Forderungen kommen können, wenn überhaupt!"
„Ja, das weiß ich. Aber ich weiß auch, dass ich mir keinen Prozess leisten kann."
„ Ja, sehen Sie… Übrigens noch eins: Es geht das Gerücht, dass „Realinvest" verkauft werden soll - man weiß aber noch nicht an wen. Sobald ich mehr erfahre, werde ich es Sie wissen lassen."

„Haben Sie mir nicht kürzlich erst gesagt, dass es auch bei Realinvest Ungereimtheiten gäbe? Sie sagten, das Verhältnis vom eingesammelten Kapital zum Asset, also zu den realisierten Bauvorhaben, fiele äußerst mager aus. Wenn das so ist, wer könnte denn dann noch am Kauf einer derart maroden Firma interessiert sein?"
„Ja, das ist mir auch ein Rätsel. Vielleicht ist diese Firma liquider als angenommen. Das heißt, sie könnte noch über unbekannte Mittel verfügen. Wer weiß. Und das würde sie für einen Käufer attraktiv machen."
„Mich interessiert, ob meine Einlage hier sicher ist, oder ob sie ebenfalls bald unter die Räder kommt. Ich weiß nämlich, dass die geleisteten Vorabzahlungen nicht aus Gewinnen stammen können."
„Ja, das wird so sein. Möglicherweise aber steckt hinter dem potentiellen Käufer ein größeres Konsortium, mit dem die Realinvest verschmolzen werden soll.
Das wäre ein Glücksfall, und es könnte die Rettung sein."
„Ihr Wort in Gottes Ohr, Herr Bissken... Zumindest haben Sie mir diesmal etwas Hoffnung gemacht."
„Wieso diesmal? Sonst nicht?"
„Im allgemeinen erzeugen sie gern etwas Panik, indem sie den Sachverhalt sehr negativ darstellen. Verständlich angesichts ihrer Interessenlage...als Anwalt sind sie das letzte Glied in der Kette der Nutznießer, mit Verlaub."
Bevor sich Bissken von dem Affront erholen konnte, legte Max auf.

35

Dann griff er wieder zum Telefon, um Lilli im hohen Norden anzurufen.
„Welch ein Zufall," empfing ihn diese mit einer geschäftsmäßig klingenden Stimme. „Ich habe eben über unsere Anlagen nachgedacht und bin zu dem Schluss gelangt, dass ich fast alles richtig gemacht habe. Tatsächlich ist mein Verlust leicht zu verschmerzen...
Übrigens, wie geht es dir?"
„Wie es mir geht..." Max fühlte sich unangenehm berührt und bedauerte, angerufen zu haben. Das fing nicht gut an, er kannte das, und zuweilen war er todunglücklich am Ende eines solchen Gesprächs.
„Oh, danke, mir geht´s überragend. Wollte eigentlich nur mal ein paar aufmunternde Worte hören. Ansonsten kann ich mich den Gratulanten anschließen... Du hast fast alles richtig gemacht... ich rufe Dich ein andermal wieder an."
Gab es denn gar nichts mehr, worüber er sich freuen konnte?
Max Gedanken streiften zu Lena, die ihn noch am Morgen auf seinem Weg zur Herrentoilette abgefangen und gefragt hatte, ob er denn keine Freundin habe.
„Doch, doch, habe ich. Eine Lady, hoch im Norden... virtuell sozusagen. Nein, wir treffen uns auch manchmal," hatte er verlegen gestottert.
„Du könntest eine richtige Frau haben," hatte sie kokett geflüstert. „Ruf mich doch einfach mal zu Hause an."

Was war denn in Lena gefahren?
„Ich könnte Dich bestenfalls adoptieren, wenn das einen Sinn ergeben würde…"
Damit war er fluchtartig in der Tür mit dem „Signore"- Symbol verschwunden. Welche Avancen, alter Mann! Um Jahre zu spät, bedauerte er.
 Hoffentlich hatte Anna nichts mitbekommen, es wäre ihm peinlich. Und im Grunde wollte er keinen Gedanken mehr an diese Begegnung, wohl einer Laune geschuldet, verschwenden.

36

Plötzlich hatte Antonio angerufen.
„Stell Dir vor, ich lebe noch! Und gar nicht mal schlecht."
„Quatsch nicht, Tonio. Erzähl lieber, was eigentlich los ist!"
Max wusste im Augenblick noch nicht, ob er sich über den kessen Ton freuen oder ärgern sollte.
„Scusi, Max, ich hätte mal früher bei dir anrufen können.
Aber ich habe eine gute Nachricht, vielleicht für uns alle."
„Für uns alle? Was soll das heißen? Also tatsächlich für uns alle?"
„Naja, ich meine den engeren Kreis. Aber da noch nichts in trockenen Tüchern ist, wollte ich eigentlich noch nicht darüber reden."
„Ach so, der Signore macht schon wieder einen Rückzieher - wo bist du eigentlich jetzt?"
„Sei nicht albern, Max. Es bedarf noch gewisser Überzeugungsarbeit, aber ich bin guter Hoffnung… Also, seit gestern befinde ich mich auf Elba."

„Anna sagte, du seist nach Neapel geflogen. Was machst du jetzt auf Elba? Deine häufigen Ortswechsel verwirren nur! Hat das etwas zu bedeuten?" Max wurde ungeduldig.

„Nein, aber das heißt, dass du ebenfalls hierher kommen musst! Und zwar noch heute."

„Was soll das heißen, d u e b e n f a l l s ?"

„Naja, das geht jetzt alles ein bisschen schnell… also, in ca. einer halben Stunde wird es bei dir klingeln, und dann kommen zwei alte amici, um dich abzuholen. Dann geht's zum kleinen Flugplatz Bad Wörrishofen und dann per Flieger nach Elba. Dort treffen wir uns noch heute Abend. Der Willkommensschluck wartet schon auf dich."

„Hast du zu viel getrunken oder zu lange in der Sonne gestanden?"

„Ganz im Ernst, lieber Max, wir brauchen dich hier. Man will dir ein Angebot machen. Ich habe mich für dich richtig weit aus dem Fenster gelehnt. Mit Anna ist schon alles geregelt. Für zwei Tage findet sie eine Lösung. Pack jetzt schnell deine Tasche und zeig, dass du flexibel bist. Bitte, bitte, mach jetzt keine Probleme! In zwei, drei Tagen sind wir beide zurück."

„Also überredet. Dein Wille geschehe… Aber wehe, es ist nur heiße Luft!"

Max legte auf und blickte ergeben zur Zimmerdecke. Dann stürzte er zu seinem Schrank und holte einen kleinen, verstaubten Koffer herunter.

Zwanzig Minuten später summte es an der Tür. Er drückte auf den Knopf.

37

Eine Entführung wie diese in der Tiefgarage geschah nicht alle Tage. Und so waren Britta und Florian zunächst in ein Lokal nahe der Ausfahrt gegangen, um das eben Erlebte bei einem Becher Kaffee zu verdauen.
Mit Herwig hatte sie keinen Augenblick Mitleid gehabt. Ihre einzige Befürchtung war, dass dieser vielleicht nun ein für alle Male verschwunden blieb. Dann gingen ihre Chancen, jemals wieder an ihr Geld zu kommen, gegen Null.
Eine Meldung bei der Polizei kam nicht infrage. Reine Zeitverschwendung. Da waren sie sich ausnahmsweise einig.
Sie mussten jetzt abwarten, ob dieser Kerl irgendwann wieder auftauchte. Es machte wenig Sinn, diesen Vorfall im größeren Kreis, etwa bei Antonio, zur Sprache zu bringen.
Florian ließ sich von Britta zurück ins Geschäft fahren.
Am Abend kam er mit der Nachricht zurück, dass er trotz wiederholter Versuche Max telefonisch nicht hatte erreichen können. Weder daheim noch in Antonios Pizzeria.
Aber Anna hatte mit einer traurigen Nachricht aufgewartet... man habe das alte Ehepaar von Below tot in seinem Schlafzimmer aufgefunden.
„Nein!" reagierte Britta entsetzt. „Das kann ich nicht glauben. Du meinst die beiden Alten, die aus Estland stammten?"
„Ja. Sie mochten nicht mehr leben - unter den gegebenen Umständen. Sie haben sich umgebracht."

„Hätten sie nicht die Grundsicherung beantragen können?"
„Hatten sie, aber der Antrag wurde negativ beschieden. Eine unverkäufliche Firmenbeteiligung, die aber keine Rendite abwarf, und ein marodes Schloss in der alten Heimat, das sich im Familien-Besitz befand, standen dagegen. Sie hatten dort ihr letztes Geld versenkt.
Solche Leute aber erhalten keine Grundsicherung!"
„Scheiß Behörde!" erklärte Britta.
„Der Kühlschrank war leer, als man sie fand, der Strom abgeschaltet, weil sie ihn nicht mehr bezahlen konnten."
„Mein Gott, wie traurig! Hatten sie nicht irgendwo noch einen Sohn?"
„Der Sohn hatte sie ja gefunden. Er war eigens von Tallinn hierher gekommen, weil die Eltern sich nicht mehr gemeldet haben. Es muss ein schlimmer Schock gewesen sein."

38

Herwig hetzte entlang der schmalen Asphaltstraße, die Portoferraio mit dem Hinterland von Elba verband. Er bewegte sich auf einer Nebenstrecke, die von Campo nell´ Elba im Süden, dem einzigen Flugplatz auf der Insel, durch kleine Orte nach Westen führte.
Obwohl die Sonne längst ihre Kraft verloren hatte, brach ihm der Schweiß aus sämtlichen Poren. Seine Nerven waren zum Zerreißen gespannt. Wenn er das Geräusch eines herannahenden Autos hörte, sprang er hinter einen Felsen oder verbarg sich an der Böschung. Hier fehlte die Bankette, es gab auch

keine Rad- oder Fußwege. Ganz leicht konnte man hier von einem Auto überrollt werden, wenn die Jugendlichen von Portofferaio abends ihre Rennen veranstalteten.
Seine Flucht lag noch nicht lange zurück. Er hatte die erstbeste Gelegenheit wahrgenommen, um seinen Häschern zu entkommen.
Am kleinen Flugplatz waren sie in einen Fiat gestiegen und hatten die kurvenreiche Straße in Richtung Portoferraio genommen.
Weil er vorgab, einen enormen Druck auf der Blase zu spüren, hatten sie an einem Parkplatz Halt gemacht. Er war hinter einen Felsen getreten und hatte mit seinen gefesselten Händen unbeholfen begonnen, den Hosenlatz zu öffnen. Nur der Typ mit der Kalaschnikow war ihm gefolgt, aber dann in diskreter Entfernung stehen geblieben.
Einen Fluchtversuch auf dieser kleinen Insel hatte man wohl als eher unwahrscheinlich eingestuft. Gleichwohl, man war kurz vorm Ziel nachlässig geworden. Sein Bewacher hatte für einen Moment die Kalaschnikow beiseite gelegt, um sich einen Zigarillo anzuzünden. Auf einen solchen Augenblick hatte er gelauert. Blitzschnell machte er einige unauffällige Schritte und verschwand hinter einem Wirrwarr von Felsen und Macchia-Buschwerk.
Als der untersetzte Bewacher es bemerkte, war es schon zu spät. Er hatte wütend mit der Kalaschnikow in die Luft geballert und hinter ihm hergebrüllt. Da war ihm klar geworden, dass sein Leben nicht unmittelbar bedroht war - man wollte ihn lebend haben. Doch warum?
Hinter einer Senke, dicht mit Zypressen bestanden, hatte sich der Pfad gegabelt. Einen Bruchteil von Sekunden zögerte er und bog dann nach links ab.

Eine Weile noch hatte er die Geräusche seines Verfolgers gehört, dann aber war es plötzlich still um ihn herum geworden. Der Typ mit der Kalaschnikow hatte offenbar den anderen Abzweig gewählt. Und der zweite döste vermutlich noch im Auto träge vor sich hin.

Die gefesselten Hände stellten eine erhebliche Behinderung dar. Er hatte Mühe, die Balance zu halten. Wenn er plötzlich ins Straucheln geriet, war es schwierig, einen Sturz zu vermeiden. Um den Kabelbinder zu durchtrennen, hätte es Zeit gebraucht. Zuhauf lagen scharfkantige Steine herum, aber diese Zeit hatte er nicht. Sein Verfolger konnte jeden Augenblick wieder auftauchen.

Unmerklich war es dämmrig geworden. Der Gedanke an die kommende Nacht machte ihm zu schaffen. Er war hundemüde und hatte keine Ahnung, wo er hätte schlafen sollen. Eine Albergo schied aus. Ein Hotel konnte zur Falle werden. Sie würden überall Erkundigungen einziehen. Er musste damit rechnen, dass seine Entführer alles daran setzten, ihn wieder aufzuspüren.

Plötzlich wurde sein Lauf durch eine Ruine gestoppt, die mitten auf dem Pfad lag. Bei näherer Prüfung erkannte er eine ehemalige Schmiede, um die herum sich neben angeschimmeltem Holz allerlei Unrat angesammelt hatte.

Er stieg um sie herum und entdeckte eine schräg in den Angeln hängende Tür. Als er nähertrat und die Tür öffnete, sprang unter Fauchen ein riesiges Katzentier heraus, um gleich hinter dem nächsten Felsen wieder zu verschwinden.

Als sich seine Augen an das fahle Restlicht im Innern gewöhnt hatten, erkannte er im Vordergrund einen archaischen Schleifstein. Dahinter dämmerte

eine schmiedeeiserne Esse einem Platz im Museum entgegen. Darauf lag- ein Fingerzeig des Himmels -der Rest einer fast verrosteten Sichel.
Es gelang ihm, sie zwischen beide Hände zu kriegen. Der Preis waren nur wenige Blutstropfen, und dann war sie wieder da, die gewohnte Bewegungsfreiheit.
Er schlug einen Bogen und gelangte zurück auf die alte Straße. Hier zögerte er. Er musste damit rechnen, dass man ihm auf dem Weg nach Portoferraio auflauern könnte. Oder in Portoferraio selbst, an der Fähre zum Festland. Aber vielleicht musste er das Risiko eingehen.
Diese Insel hatte er schon einmal besucht, unter „anderen" Umständen, doch das war lange her. Damals machte er einen Segeltörn rund um Elba. Inmitten lauter Jugendbewegten mit Gitarre und Fahrtenliedern.
Seinerzeit hatte auf dem Meer überwiegend Flaute geherrscht, so dass er sich zweimal ausklinkte, um auf eigene Faust die Insel von Ost nach West, ein anderes Mal von Nord nach Süd zu durchqueren. Das Herumlungern an Bord und die Lieder unbeschwerter Fröhlichkeit waren ihm auf die Nerven gegangen.
Doch abends war er wieder auf die Crew gestoßen. Die Treffpunkte hatte man vorher ausgemacht. Es war stets einer dieser kleinen, pittoresken Häfen gewesen. Er kannte sich also aus.
Schließlich hatte er sich entgegen ursprünglicher Absicht nach Süden gewandt und war auf eine Trattoria gestoßen. Die meisten Tische waren schon besetzt, so dass er, wie er hoffte, nicht weiter auffallen würde. Denn sein Hunger und Durst waren langsam übermächtig geworden. Er wählte einen der

hinteren Tische. Von hier aus konnte er die Straße im Blick behalten und zugleich von dort nicht sofort entdeckt werden.

Der Wirt brachte ihm Toastscheiben mit Parmaschinken, vorab eine Flasche Mineralwasser, die er in wenigen Zügen austrank. Er aß Spaghetti „alio e olio". Augenblicklich fühlte er sich besser und bestellte einen doppelten Grappa.

Als ihm der Wirt ein weiteres Mal mit einem „Small Talk" zu Leibe rückte, um von Stuttgart zu berichten, wo er bis vor kurzem gelebt hatte, beglich er kurzerhand die fällige Rechnung.

Bei allen erlittenen Schikanen ein glücklicher Umstand, dass seine Brieftasche noch vorhanden war! Das wertete er als ein Entgegenkommen seiner Entführer, bei denen es sich wohl nicht um gemeine Diebe handeln konnte.

Als er jedoch sein Handy benutzen wollte, ging sein Griff ins Leere. Das hatte man kassiert. Wie sollte er jetzt Susanne Graf im fernen München die Umstände seines Ausbleibens erklären!?

Beiläufig hatte er beim Wirt die Orte Rio Marina und Marina di Campo erwähnt. Sie waren ihm in Erinnerung geblieben, weil er sie seinerzeit per Segelboot besucht hatte. Vielleicht konnte er auf diese Weise eine falsche Fährte legen. Für alle Fälle.

Er war auf der Hut und glaubte zu spüren, wie sich die Schlinge langsam enger zog. Die seltsame Frage des Wirts, wo denn sein Auto geparkt sei, hatte er geflissentlich übergangen.

Nur zum Schein lief Herwig zurück in die Richtung, aus der er gekommen war. Aus den Augenwinkeln beobachtete er, dass der Wirt eigens sein Terrain verlassen hatte, um neugierig hinter ihm herzustarren. Irgendetwas an ihm musste sein besonderes In-

teresse erregt haben.
Außer Sichtweite schlug er einen großen Bogen, um sich in sicherer Entfernung an der Trattoria vorbeizudrücken. Es war schwieriger als vermutet, da irgendein Hindernis immer wieder auftauchte und den Weg versperrte. Manchmal musste er umkehren, weil er in eine Sackgasse geraten war. Schließlich aber stieß er weit unterhalb des Gasthauses auf die alte Straße nach Porto Azzurro.
Wieder hielt er inne und lauschte.
Er war sich sicher, dass die beiden Bluthunde ihre Jagd nach ihm nicht aufgegeben hatten. Vielleicht suchten sie ihn noch auf eigene Faust, um der Blamage oder einer Bestrafung zu entgehen.
Natürlich wussten sie, dass er so schnell wie möglich die Insel zu verlassen trachtete, um aufs Festland zu gelangen. Aber er dachte nicht daran, die neu gewonnene Freiheit wieder herzuschenken.
Die nächste Weggabelung verlangte eine klare Entscheidung. Da stand überraschenderweise wieder Campo nell Elba auf einem Wegweiser. Ursprünglich war er doch von dort gekommen! Wieder zögerte er. Sicherlich würde man nicht damit rechnen, dass er den Weg zurück zum Flugplatz nähme. Insofern eine gute Idee. Doch von dort flogen nur private Maschinen nach Deutschland. Vielleicht auch hin und wieder eine Chartermaschine.
Das barg letztlich zuviel Risiko, fand er. Zudem müsste er den ganzen Weg bei Nacht wieder zurücklaufen. Er verwarf den Gedanken, auch wenn inzwischen die Insel in Mondlicht getaucht war. Aber er war bereits stundenlang auf den Beinen und ziemlich erschöpft.
Da fiel ein Streifen Mondlichts auf einen Mauerrest. Er las den Namen Porto Azzurro und erkannte dar-

unter den Richtungspfeil. Porto Azzurro war nicht mehr weit. Er erinnerte sich an einen kleinen Hafen mit Kneipen drumherum. Seinerzeit, als er die Insel zu Fuß von Norden nach Süden durchquerte, war er dort an einem lauen Sommerabend angekommen.
Er nahm das Motorengeräusch eines sich schnell nähernden Autos wahr. Als die Lichtkegel der Scheinwerfer bereits nach ihm tasteten, verschwand er eilig von der Straße hinter dichtes Macchia-Buschwerk. Er hatte sich niedergekniet und den Boden abgetastet. Und dann war ihm der Gedanke gekommen, sich einfach hinzulegen und die Augen zu schließen. Er zog sein Jackett aus, legte es mit dem Innenfutter auf den trockenen Boden, streckte sich darauf aus, verfluchte sein Los und versuchte einzuschlafen.
Die Schwüle war einer angenehmen Nachttemperatur gewichen. Wieder fuhren Autos an seinem unbehaglichen Nest vorbei. Als eine Weile Stille herrschte, fielen ihm die Augen wie von selber zu. Doch bevor er in den erwarteten Tiefschlaf versinken konnte, schreckte ihn abermals ein Motorengeräusch auf. Doch diesmal näherte es sich von der anderen Seite. Das Fahrzeug bremste ungewöhnlich lange, bis es in unmittelbarer Nähe zum Halten kam. Er vernahm ein heftiges Wortgefecht, lautes Fluchen und schließlich das Zuschlagen von Autotüren. Dann brauste der Wagen davon, und für eine Weile herrschte wieder Ruhe.

39

Als Herwig nicht mehr zurück gekommen war, hatte Max befreit aufgeatmet. Wenn er geahnt hätte,

unter welchen Umständen er nach Elba gelangen sollte, hätte er die Reise erst gar nicht angetreten!
In der kleinen Cessna, die auf dem Flugplatz Bad Wörrishofen auf sie gewartet hatte, war ihm Herwig zunächst nicht aufgefallen. Als er diesen gefesselt auf dem Rücksitz entdeckte, war es schon zu spät. Bevor er aufbegehren konnte, hatte ihn der Untersetzte mit dem Namen Luigi bereits angeschnallt. Im selben Augenblick war die Maschine gestartet.
Danach schien ihm die Frage berechtigt, ob er mit Herwig die Rolle des Entführungsopfers teilte, oder ob er als eine Art Beiladung betrachtet werden musste. Entsprechend abgekühlt war dann auch die Stimmung an Bord. Natürlich hatte es auch keinen Service im Flieger gegeben. Dies und die Einsilbigkeit der wenigen Passagiere hatte den Flug keineswegs zu einer Vergnügungsreise verkommen lassen. Nach der Landung auf dem kleinen Flugplatz war man in den Fiat gestiegen. Kurz darauf hatte Herwig eine Pinkelpause verlangt. Und dann waren die Schüsse gefallen. Anfangs hatte er sich Gedanken um Herwigs Unversehrtheit gemacht. Nicht aus Sorge um ihn selbst, sondern wegen der mit Herwig verknüpften Rückzahlung seines Geldes.
Nach der Flucht von Herwig setzte ein „Sturm im Wasserglas" ein. Nachdem die spontane Verfolgung kein Ergebnis gebracht hatte, war man mit quietschenden Reifen in alle Richtungen gehetzt. Aber mit dem Auto ein aussichtsloses Unterfangen. Das Wegestreckennetz war begrenzt und einige Male hatte man sich festgefahren. Und zu Fuß hatten die Herren Verfolger angeblich keine Chance. Es war auch zu anstrengend, hinter einem leichtfüßigem Herwig herzulaufen. Max bot sich die Gelegenheit, eine Fülle italienischer Flüche kennenzulernen.

Während der einsetzenden Dämmerung hatte ein zunehmender Mond die Umgebung unmerklich in ein mildes Licht getaucht.

Eine schöne Insel, dachte Max. Wenn die Umstände nicht wären, hätte man seine letzten Jahre hier verbringen können. Mit Lilli hatte er einmal über einen Alterssitz südlich der Alpen gesprochen. Aber das war vor dem Finanzdebakel.

Endlich hielt man an einer Trattoria, gelegen an der südlichen Nebenstrecke nach Portoferraio. Unweit verlief die Strecke nach Porto Azzurro. Längst waren wegen der milden Witterung die wenigen Tische im Freien besetzt. Doch Luigi kannte den Wirt. Dieser ließ einen weiteren Tisch aufstellen.

„Tutti va bene?" hatte dieser leutselig gefragt, als er ihre düsteren Mienen sah.

„Tutti va bene!" hatte Luigi erwidert.

Ohne Aufforderung stand umgehend eine Flasche Grappa vor ihnen auf dem Tisch, gefolgt von einer Karaffe Chianti. In lockerer Folge erschienen die Speisen, zunächst die Antipasti und dann ein Topf dampfender Spaghettis zu einer Schale voller Lammkoteletts. Dazu frische, italienische Salate. So", sagte Luigi, „das für den Anfang. Buen Appetito!"

Die Ereignisse haben ihrem Appetit keinen Abbruch getan, staunte Max. Wirklich gigantisch, welche Mengen die beiden in sich hinein schaufelten.

Gesprächiger wurden sie auch jetzt nicht. Max war's recht, er folgte ihrem Beispiel und langte zu, denn das Frühstück war lange her. Und der Flug nach Elba hatte bekanntlich ohne Bordservice stattgefunden.

Doch nach dem Grappa trank er fast nur Wasser

und genoss den Chianti lediglich in homöopathischen Schlucken.
„Jetzt ist er uns doch noch durch die Lappen gegangen," sagte Roberto kauend. „Hoffentlich kriegen wir keinen Ärger!"
„Porca miseria!" knurrte Luigi und mampfte weiter. „Den Ärger haben wir schon. Aber weit kann er nicht gekommen sein, der Tedesco. Wir kriegen ihn. Ich hätte ihn gleich erschießen sollen!"
„Du hast doch eben mit Bruno gesprochen?"
„Ja, und der hörte sich gar nicht gut an. Er wollte sofort Gianfranco zur Fähre schicken. Wenn Herwig dort auftaucht, ist er fällig."
„Ist die Frage erlaubt, was er denn verbrochen hat?" meldete sich Max zu Wort. Unschuldiger konnte kaum einer fragen, der bestens im Bilde war.
Luigi rollte mit den Augen.
„Dieser Typ hat uns bestohlen! Und nicht zu knapp. Er hat doch mit dir, Antonio und vielen anderen das gleiche Ding gedreht! Also sitzen wir alle im selben Boot. Unser Chef will ihn zur Rechenschaft ziehen."
„Es scheint ihm viel an ihm gelegen zu sein, sonst würde er nicht diesen Aufwand treiben. An eurer Stelle hätte ich diesen Halunken längst erschossen!"
Seine martialische Wortwahl klang anbiedernd, fand Max im nachhinein, fiel aber auf fruchtbaren Boden.
„Der Meinung sind wir beide schon lange, nicht wahr, Roberto…"
Roberto kaute eifrig und nickte zustimmend.
„Als er davonhopste, dieser Armleuchter, hätte ich am liebsten voll drauf gehalten. Kein Hahn hätte nach ihm gekräht. Außer unser Boss natürlich. Der hat irgendetwas mit ihm vor. Ansonsten wäre der auch nicht zimperlich."

Luigi blickte bedauernd in die Runde, während Roberto abermals nickte und eilig weiterkaute.
„Es hilft nichts, wir müssen los," sagte er dann und zeigte zu einer hinter ihnen befindlichen Tischgruppe. „Roberto, da steht der Padrone. Bezahl ihn und frag dann mal, ob nicht dieser Hungerhaken Herwig zufällig vorbeigekommen ist!"
Roberto legte die Gabel beiseite und erhob sich träge. Es folgte ein Disput mit dem Wirt. Offenbar wusste dieser sofort, um wen es ging.
„Eine Viertelstunde früher, und wir hätten ihn wieder greifen können. Was jetzt?" fragte Roberto.
„Konnte er sagen, in welche Richtung er verschwunden ist?"
„Herwig sei die Straße zurückgelaufen. Aber das könne auch eine Finte gewesen sein."
Luigi zupfte seinen Bart, um anschließend nervös mit den Fingern über seine Glatze zu fahren. Sein Fazit war schlüssig.
„Er kann nicht weit sein. Wir starten sofort."
Er sprang auf, und die beiden folgten ihm.
Als sie im Auto saßen, zögerte er einen Augenblick, bevor er sich für die Straße nach Porto Azzurro entschied.
„Max, halt die Augen offen und schau nach links, und du, Roberto, nach rechts. Er kann sich hier am Straßenrand versteckt haben," gab Luigi lustlos seine Anweisungen.
Purer Aktionismus, was sie da jetzt veranstalteten, dachte Max. Auch wenn jetzt der Mond schien, waren die Erfolgsaussichten kläglich. Doch ohne Ergebnis durften sie nicht zurückkehren. Für vermeintliche Profis wäre das ein Fiasko. Wie konnte man zum guten Schluss den Fisch noch vom Haken lassen!? Er hatte schon so gut wie auf dem Teller ge-

legen. Sie hätten ihn nur noch abliefern müssen. Nie würde Luigi sich das verzeihen. Und wie würde der Chef reagieren? Schwer zu sagen. Sie hatten ihm schon viele Jahre „gedient", und er hatte nie Anlass zur Klage gehabt. Bis heute. Aber der Tag war noch nicht rum. Luigi dachte nicht an Aufgeben.
Er stoppte in einer Parkbucht und stieg aus. „Raucherpause!" verkündete er und zündete sich einen Zigarillo an. Roberto folgte seinem Beispiel. Max war bei offenen Fenstern im Wagen sitzen geblieben.
„Er kann hier überall sein," ließ sich Luigi vernehmen. „Er kann aber auch ganz woanders sein." Er blies den Rauch seines Zigarillos in den rosa gefärbten Abendhimmel.
„Welch eine scharfsinnige Bemerkung!" stieß Roberto hervor. „Da hast du wohl lange drüber nachgedacht."
Er schien angefressen, beide wussten, dass sie sich in eine schwierige Lage manövriert hatten. Es brauchte nicht viel, den Kessel zur Explosion zu bringen.
„Halt die Klappe, Roberto! Wenn du nicht im Wagen sitzen geblieben wärest, als Herwig flüchtete, hätte er keine Chance gehabt! Dann wären wir jetzt zuhause bei Mama und müssten keine Überstunden machen "
„Ach, höre ich richtig? Ist das eine Schuldzuweisung?
Wer hat ihn denn so frei herumlaufen lassen? Warst du es nicht, der ihm zur Flucht verholfen hatte?!" fauchte Roberto zurück.
Luigi schnappte nach Luft.
„Ja sollte ich ihn denn in die Hose pinkeln lassen? Hätte beim Chef einen schlechten Eindruck ge-

macht. Und auf ihn schießen durfte ich bekanntlich auch nicht!"
In diesem Augenblick klingelte Robertos Handy. Er holte es aus der Seitentasche, hörte einige Sekunden hinein und drückte dann auf „Aus".
„Bruno sagt, wir sollen die Suche abbrechen, Befehl vom Chef.
Zuerst sollen wir Max ins Hotel bringen und dann zum Rapport kommen."
„Da haben wir den Salat! Und wenn uns der auch noch von der Fahne läuft?"
„Wieso sollte er. Antonio wartet auf ihn. Und der Chef will ihm ein Angebot machen, das er nicht ausschlagen wird."
Max hatte nur einige Wortfetzen verstanden, da die beiden auf Italienisch parlierten. Dass zum Schluss sein Name fiel, hatte ihn nicht beunruhigt. Jetzt wollte er nur noch schlafen. Er hatte nichts mehr zu verlieren.

40

Trotz der lauen Nacht hatte Herwig die gewohnte Zudecke vermisst. Natürlich auch seine Matratze, denn schließlich war er kein Penner, der harte Parkbänke gewohnt wäre. Er hieß auch nicht Diogenes, der sich angeblich in leeren Tonnen wohlgefühlt hatte. Zudem beschäftigte ihn der Gedanke an Susanne, die jetzt in München auf ihn wartete und gewiss ihre ersten Wutanfälle hinter sich hatte. Er überlegte, wie es weitergehen könnte. Noch wusste er nicht, was ihn in Porto Azzurro erwartete. Jedenfalls sollte er früh am Morgen aufbrechen, bevor die Menschen schon wieder unterwegs waren.

Dann müsste man weitersehen...
Irgendwie klappte es nicht mehr mit dem Einschlafen. Vergeblich hatte er sich auf uralte Psychotricks besonnen. Als dann ein aufgemotztes Moped vorbeigeknattert kam und daraufhin ein Hund unweit zu bellen anfing, reichte es Herwig. Er rappelte sich hoch. An Schlafen war ohnehin nicht mehr zu denken.
Nachdem er seine Jacke sorgfältig ausgeklopft hatte, ging er zurück zur Straße, die eingebettet zwischen Föhren und Macchia in ein mattes Mondlicht getaucht war. Da es leicht bergab ging, fiel er in einen leichten Trab, wich den Schlaglöchern aus und stolperte plötzlich über einen toten Fuchs auf dem Asphalt. Er hielt inne und beförderte den Kadaver mit dem Schuh an den Straßenrand. Dabei fiel sein Blick auf eine von Algen bedeckte Hinweistafel. Er trat heran und erkannte einen Pfeil, der auf einen Sentiero privato verwies, der wiederum zu einem Hotel in der Nähe führen sollte. Er folgte dem Weg in den Pinienhain und sah schon von weitem das sparsame Licht einer Laterne durch die Baumwipfel schimmern. Düster wies es auf das Vorhandensein menschlicher Existenz hin.
Im nachhinein konnte er nicht sagen, warum er immer weiter auf die Laterne zugegangen war. Warum umschwirren Motten das Licht? Er war nicht an die Einsamkeit gewöhnt, die ihn hier umgeben hatte. Vielleicht war es auch die vage Hoffnung, doch noch ein passables Bett für die Nacht zu ergattern. Für einen Augenblick war die Gefahr, dort in eine Falle zu tappen, in den Hintergrund getreten.
Als er nur noch wenige Schritte von dem Gebäude entfernt war, dessen bizarre Silhouette sich jetzt

deutlich gegen den Himmel abzeichnete, hörte er hinter sich das Quietschen von Autoreifen. Ein Fahrzeug bog mit hoher Geschwindigkeit von der Straße in den Privatweg ein und hielt direkt auf ihn zu. Mit knapper Not gelang es ihm, hinter den angrenzenden Bäumen zu verschwinden, bevor ihn die Scheinwerfer erfassten.

Auf dem Platz vor dem Gebäude kam der Wagen zum Stehen und spuckte mehrere Personen aus. Er beobachtete, wie zwei Männer aus dem Schatten traten und die Neuankömmlinge begrüßten. Nach kurzem Palaver stiegen zwei von ihnen wieder ein und verschwanden auf die gleiche Weise, wie sie gekommen waren. Im Mondlicht erkannte er den Fiat, der ihn vom Flugplatz abgeholt hatte.

41

Die Familie Orsini habe sie beide eingeladen, hatte Tonio am Telefon erwähnt. Jetzt wartete er mit einem jungen Mann vor dem kleinen Hotel auf die Neuankömmlinge.

Sobald das Auto angehalten hatte, war auch ein mittelgroßer Terrier mit rasselnder Kette aus dem Schatten der Platane hervorgeschossen und war schwanzwedelnd auf die drei Männer zugelaufen. Plötzlich stellte dieser seine Lauscher auf und lief kläffend zur seitlichen Begrenzung, wo die Kette seinem Expansionsdrang ein abruptes Ende setzte. Wenn Max nicht gewusst hätte, dass er sich seit kurzem auf Elba befand, hätte er angesichts der hohen Schornsteine auf ein viktorianisches Bauwerk aus dem vorletzten Jahrhundert getippt. Das Gebäude besaß den trostlosen Charme einer englischen Vor-

tortvilla und sah so gar nicht nach mediterran inspirierter Bauweise aus. Der 50er-Jahre-Schlager, „das alte Haus von Rockydocki" kam ihm in den Sinn. Vereinzelte Zypressen als Zeichen des Südens wiesen aber auf den wahren Standort hin.
„Benvenuto! Da bist du ja endlich," begrüßte ihn Antonio. „Ihr habt euch ganz schön Zeit gelassen. Übrigens, das ist Bruno," sagte er und wies auf den athletischen jungen Mann, der den Hund zu beruhigen versuchte. Doch „Cäsar" ließ sich nicht beruhigen. Er zerrte weiter an seiner Kette und fletschte mit den Zähnen. Bruno ließ ab und kam zurück.
„Bruno ist unser persönlicher Betreuer," stellte er ihn vor. „Und ein guter Freund!"
„Piacere," raffte sich Max zu einer Höflichkeitsfloskel auf, die ihm gerade wieder eingefallen war. Er schüttelte Bruno die Hand.
„Ich denke, ich zeige dir gleich dein Zimmer. Du hast ja schon mit Luigi und Co. gespeist. Den Willkommensschluck verkneifen wir uns heute und verschieben ihn auf morgen, einverstanden?"
Er sprach mit Bruno, dieser nickte und sagte... "Buena notte, Max! Gute Nacht," setzte er auf akzentfreiem Deutsch hinzu. „Wir sehen uns morgen. Ich muss mich gerade mal um Cäsar kümmern. Der hat was in der Nase..." Tonio führte Max in ein altmodisches, schwach erleuchtetes Foyer. Bevor er irgendetwas sagen konnte, war eine ältere Signora mit pechschwarz gefärbtem Haar hinzugetreten und überreichte Max einen Zimmerschlüssel.
„Benvenuto, Signore Melchior!" sagte sie.
Die Signora wirkte gepflegt, hatte nur etwas zu viel Lippenstift aufgetragen.
„Mille grazie," antwortete er artig.
„Möchten Sie vielleicht etwas trinken, bevor Sie

schlafen gehen?" fragte sie und lächelte kokett.
„Sehr liebenswürdig," antwortete Max. „Aber eigentlich möchte ich nur noch schlafen. Ich hatte eine lange Reise hierher. Vielleicht morgen. Molto grazie."
„Morgen schauen wir uns Elba an," sagte Antonio. „Dann reden wir über alles. Du wirst Augen machen," versprach er und verabschiedete sich.
„Ciao!"
Fröhlich winkend schritt er einen dunklen Flur entlang, um schließlich hinter einer penetrant quietschenden Tür zu verschwinden.
„Ich zeige Ihnen jetzt Ihr Zimmer," sagte die freundliche Signora und stieg vor ihm die Treppe hinauf.
Oben tat sich ein langer Flur auf. Sie öffnete eine Tür und knipste das Deckenlicht an. „Buena Notte, Signore Max!" sagte sie und verschwand wieder nach unten.
Das Zimmer war vollgestellt mit dunklen Holzmöbeln.
Neben einem Himmelbett mit klobigen Nachttischen stand eine mächtige Eichentruhe. Nächtens musste er achtgeben, dass er nicht dagegen rannte. Hinter einer unauffälligen Tür entdeckte er ein kleines Duschbad mit Toilette.
Nach dem Duschen hatte er sich in das große Bett gelegt, sich auf die Seite gerollt und versucht, einzuschlafen. Aber das klappte nicht auf Kommando. Was wollte er eigentlich hier?
Eine unbestimmte Ahnung veranlasste ihn, wieder aufzustehen. Er tastete sich im Dunkel zum Fenster und blickte durch die Rippen des Ladens nach draußen, wo er nichts zu erkennen vermochte. Außer, dass die traurige Außenleuchte nicht mehr

brannte. Die mächtigen Platanen besorgten ein übriges und filterten den Mondschein bis auf einen fahlen Rest weg.
Nein, da gab es nichts zu entdecken. Das Bellen Cäsars war längst einer nächtlichen Ruhe gewichen. Bis auf einen kaum spürbaren Hauch war auch der Wind eingeschlafen. Nur manchmal bewegten sich einige Blätter.
Nein, da war nichts, was seine Wahrnehmung hätte inspirieren können. Außer einem kleinen Funken, der langsam hin-und herwanderte und manchmal zu erlöschen drohte. Es konnte sich um die glühende Asche einer Zigarette handeln. Und um einen Menschen, der gleich ihm noch nicht hatte schlafen können. Der glühende Punkt wanderte ellipsenförmig herum, verharrte für einige Sekunden an einer Stelle, um dann unschlüssig weiter zu ziehen. Max beschloss, seine Beobachtungen einzustellen und wieder ins Bett zu gehen. In der Tür aus uralter Pinie befand sich innen ein Riegel, mit dem sich der Zugang versperren ließ. Er legte ihn um. Zurück im Bett versuchte er, wieder einzuschlafen und keinen störenden Gedanken mehr zuzulassen.
Nach einer Stunde weckte ihn das Summen seines Handys. Es handelte sich um eine SMS. Er kämpfte mit aufkeimendem Ärger. Aber schließlich überwog die Neugier.
Er drückte auf den Nachrichten-Knopf... Es handelte sich um die Information einer italienischen Telefongesellschaft. Er war zu müde, um sich aufzuregen.
Er stellte das Handy aus, löschte das Licht und schloss erneut die Augen.
Da hörte er ein schwaches Geräusch an der Zimmertür. Augenblicklich war er hellwach. Mit Stau-

nen beobachtete er, wie sich die Türklinke langsam nach unten bewegte. Die Geräusche kamen von der Feder des alten Türschlosses. Dessen verrosteter Schlüssel steckte dekorativ, aber ohne Funktion, im Schlüsselloch.

Max sah auf die Uhr. Bezeichnenderweise hatte gerade die Geisterstunde begonnen. Also, jetzt sollte ihm doch noch etwas geboten werden. Doch jetzt war er zu erschöpft, um das lustig zu finden. Aber warum öffnete sich nicht knarrend die Tür und ließ eine Schreckensgestalt herein? Vielleicht in einem weißen Nachthemd mit einem bluttriefenden Messer in der Hand?

Hatte sich Tonio am Ende in Rotweinlaune einen Willkommensspaß ausgedacht?

„Du wirst Augen machen," hatte er gesagt. Vielleicht hatte er damit die Geisterstunde gemeint? Es erinnerte ihn an den Film "Das Wirtshaus im Spessart" mit Lilo Pulver, wo ein blutrünstiges Wirtshauspaar nach dem Leben und den Habseligkeiten arglos Reisender trachtete. Doch er besaß keine Habseligkeiten...

Bevor er der Ursache auf den Grund gehen konnte, war der Spuk vorüber. Die Türklinke ging rostig schnarrend nach oben, und dann herrschte Stille. Die Geisterstunde war zu Ende, noch bevor sie richtig begonnen hatte.

Es gab in dieser Nacht keine weitere Störung. Er erwachte erst, als es am Morgen heftig gegen seine Tür bummerte.

42

Es war bereits hell geworden, und die Menschen waren längst auf den Beinen. Den richtigen Zeitpunkt hatte Herwig nun verpasst. Jetzt kam es auf eine Stunde Schlaf mehr oder weniger nicht an.
Herwig schloss nochmal die Augen, um sich zu sammeln. Seine Absicht, vielleicht doch noch in einem richtigen Bett zu übernachten, war daneben gegangen. Glücklicherweise! Um ein Haar wäre er seinen Verfolgern direkt in die Arme gelaufen!
Er hatte Glück im Unglück gehabt. Denn zuguterletzt hätte ihn beinahe noch dieser blöde Köter erwischt. Der hatte immer heftiger getobt und sich schließlich mitsamt der Kette losgerissen. Dann war er in den Pinienhain gestürmt, die Kette hinter sich her schleifend. Ein Mann aus der Gruppe war hinter dem Hund her gesprintet. Er hatte laute Kommandos gerufen, auf die der renitente Hund aber nicht reagierte. Cäsar hatte dieses Ungeheuer geheißen.
Es war, als sei der Teufel hinter ihm her gewesen. Mit wütender Entschlossenheit hatte ihn die Kreatur verfolgt. Sein Kläffen war trotz der langen Kette immer näher gekommen. Herwig hatte sein Tempo nochmal gesteigert und war gerannt, was die Beine hergaben. Dabei hatte er Mühe, den eng stehenden Bäumen auszuweichen, und lange hätte er das nicht mehr durchgehalten.
Aber dann war der Hund plötzlich zurückgeblieben, sein heiseres Bellen hatte sich irgendwann in der Ferne verloren.
Er war immer weiter gelaufen, bis er erschöpft auf den weichen Humus sank.

Letztlich war er doch noch zu Schlaf gekommen, wenn auch manchmal unterbrochen durch nichtige Anlässe. Schon das kleinste Geräusch im Unterholz hatte ihn aufschrecken lassen. Seine Nerven schienen überstrapaziert, den Umständen geschuldet. Jetzt meldete sich ein Muskelkater, aber in dieser Situation durfte er sich nicht mit Lapalien aufhalten. Er rappelte sich hoch und machte einige Streckübungungen. Seine Gelenke reagierten positiv.
Zwischen Felsen hindurch gelangte er zur Straße zurück, um auf dem abschüssigen Asphalt sofort in einen leichten Trab zu fallen. Und nach wenigen Metern war sein Muskelkater verschwunden.
Hinter einer Straßenbiegung zweigte ein schmaler Weg mit dem Symbol des Wanderers ab. Ein „Sentiero per escursioni", der nach Porto Azzurro führte! Auf diesem Pfad konnten ihm weder Auto noch Motorrad folgen. Bestenfalls ein Mountainbike. Luigi auf dem Mountainbike? Nicht vorstellbar.
Als er zum erstenmal das Meer erblickte, brach die Sonne durch eine wie mit Federn gezeichnete Wolkendecke hindurch. Da schöpfte er Hoffnung, dass er noch heute seinen Verfolgern entkommen würde. Jetzt nur nicht nachlassen! Und keinen Fehler machen! Er, der für seinen Ideen-Reichtum bekannt war, würde auch einen Weg aus diesem Dilemma finden. Die Insel zu verlassen, ohne die Fähre zu bemühen, war das vordringliche Anliegen.
Jetzt tauchten nacheinander das Fort St. Giacomo, das pittoreske Porto Azzurro mit den bunten Häusern und der kleine Hafen in der Morgensonne auf.
Dann rückte der Fähranleger ins Blickfeld, wo man schon auf ihn wartete. Aber da konnten sie lange warten.
In einer Gasse nahe der Uferpromenade betrat er

ein Café. Die junge Bedienung lachte verständnisvoll, als er jetzt Mineralwasser bestellte, und machte eine anzügliche Bemerkung, die er aber nicht verstand. Er lachte höflich mit. Sicherlich sah er wie ein Penner aus, vielleicht auch wie ein verkaterter Penner. Er war ungewaschen und unrasiert. Die Nacht hatte ihm zugesetzt, und die Ereignisse hatten ihre Spuren hinterlassen. Er bestellte ein komplettes Frühstück mit einem großen Becher Kaffee und ging zur Toilette, um sich das Gesicht zu waschen.

Nach dem Frühstück fühlte er sich besser und betrat einen Souvenierladen gegenüber. Als er das Geschäft wieder verließ, war er Träger eines Panamahutes und einer Sonnenbrille. Er blickte ins nächste Schaufenster und kokettierte mit seinem Spiegelbild. Was als Tarnung gedacht war, schmeichelte jetzt seinem Äußeren.

Im nächsten Laden fand er ein Hemd, das er sofort anzog, nachdem er das alte noch vor Ort entsorgt hatte.

Wieder betrachtete er sich im Schaufenster und musste sich eingestehen... unauffälliger war seine Erscheinung nicht geworden.

Darauf schritt er in Richtung Ortsausgang, wo er bald auf die Marina zu treffen hoffte.

Zunächst aber traf er auf junge Menschen, die sich vor den Lokalen tummelten. Eine babylonische Sprachenvielfalt empfing dort, wobei englische und deutsche Laute den Ton angaben.

Eine Weile ließ er sich treiben. Das quirlige Leben in den Gassen war fast wie damals. Unter anderen Umständen hätte es ihm gefallen können. Mit jedem Schritt schob er sich näher an den Hafen heran, an die Boote und Schiffe, die Flucht und Freiheit bedeuteten. Er strebte dem Ausgang der Gasse zu, an deren Ende bereits Schiffsmasten in den Himmel ragten. Da musste die Marina beginnen.

Doch er hatte die ausgestreckten Beine einer jungen Dame übersehen. Als er darüber stolperte, fiel sie prompt von ihrem Stuhl. Aber bevor sie mit ihrer Kaffeetasse auf dem Asphalt landete, hatte er sie reflexartig aufgefangen und wieder in ihren Sitz gedrückt. Nur der Kaffee war aus der Tasse auf den Boden geschwappt.

„Eine zirkusreife Nummer," sagte sie lachend und strich ihre Haare zurück. „Meine Beine waren wohl zu lang für dich."

Geschrei und allgemeine Aufmerksamkeit waren das letzte, was er gebrauchen konnte. Herwig war erleichtert, dass kein spektakulärer Sturz stattgefunden hatte.

„Sorry," antwortete er. „Tut mir leid. Darf ich es wieder gutmachen?" fragte er in einem Ton, den er bis dahin nicht an sich kannte, und setzte sich unaufgefordert auf den noch freien Stuhl.

„Na klar doch," antwortete ein junger Mann neben ihr.

„Gib einfach einen Kaffee aus. Eva liebt es, überrollt zu werden. Immer wieder muss sie ihr Untergestell so weit ausfahren."

„Was erzählst du da!" widersprach Eva und errötete. „Ist es denn meine Schuld, wenn hier alles so eng ist?" Und selbstironisch fügte sie hinzu: „Es hat aber keinen Fettfleck gegeben... dank des beherzten Eingreifens dieses Ritters. Segelst du auch?" fragte sie unvermittelt.

„Ja, manchmal," antworte Herwig.

„Und wo liegt dein Boot?"

Die reden mich einfach mit „du" an, dachte er, der solch einen saloppen Umgangston nicht mehr gewohnt war.

„Mein Boot befindet sich nicht hier," erwiderte er. „ Es liegt am Starnberger See. Leider handelt es sich nur um ein Motorboot. Vor vielen Jahren hatte ich auf Korfu eine Bavaria."

„Griechenland, aha…"

Der junge Mann lachte freundlich. „Da möchten wir auch hin. Und da kommen wir auch hin. Ein tolles Segelrevier, wie man weiß."

„Nun erzähl schon, dass wir morgen dahin aufbrechen, sofern die Winde wehen," drängte sie. Und wieder zu Herwig gewandt: „Sag mal, besitzt du auch einen Vornamen?"

„Hagen," antwortete er wahrheitsgemäß.

„Schöner Name. Ich heiße Eva und mein Freund heißt Bernd. Also, Hagen, wie bist du hierher gekommen? Mit dem Auto etwa?"

Auch diesmal blieb er bei der Wahrheit. „Ich bin geflogen. Geflogen worden," ergänzte er.

„Ach, das geht?" Eva blickte überrascht.

Sie ist etwas zu dick, dachte er, während ihm seine Situation wieder in den Sinn kam. Er war nicht zum Vergnügen hier. Nachdem er bezahlt hatte und wieder aufbrechen wollte, kam ihm, wie er meinte, ein glänzender Einfall.

„Ist euer Schiff eigentlich hochseetüchtig?" fragte er unvermittelt und wunderte sich, dass er nicht schon früher darauf gekommen war.

„Na klar doch, sonst wären wir nicht hier. Es ist eine Sunlight 30 von Jeanneau. Ein schönes, handliches Schiff. Möchtest du es mal sehen und eventuell mitsegeln?"

Hagen überschlug im Kopf… Sunlight 30, also 30 Fuß lang, das entspricht etwas mehr als 9 Meter Länge. Für eine seegehende Yacht nicht viel.

„Ja, würde ich gern," sagte er. „ Eine Hand für eine Koje. Wenn Ihr mich mitnehmen wollt, zahle ich selbstverständlich meinen Anteil. Also, ich will das nicht umsonst haben…"

„Na, da würden wir uns schon einig werden, nicht wahr Evchen?"

Eva nickte. Sie wirkte etwas überrumpelt. Aber dann sagte sie zu ihrem eigenen Erstaunen: „Wenn du willst, kannst du heute Nacht schon an Bord schlafen. Wir haben 4 Kojen, genau genommen sogar 6."

„Ach, gib nicht so an." Bernd schüttelte den Kopf. Zu Hagen gewandt: „Sie hat die Notkojen im Salon mitgezählt. Wenn man den Tisch nieder kurbelt…"

„Ja, das kenne ich," unterbrach Hagen. „Das gibt´s auf allen Yachten. Also prima, dann ist das abgemacht. Ich freue mich, endlich wieder die schwankenden Bretter eines Bootes unter die Füße zu bekommen. Vielleicht wachsen mir dann auch wieder Seemannsbeine."

Sie besiegelten ihre Abmachung mit einem Grappa, seit ewigen Zeiten sein erster Manöverschluck. Hagen hatte darum gebeten, das Boot gleich einmal inspizieren zu dürfen, und sie brachen zur Marina auf.

An einem Segeltörn war ihm natürlich nicht gelegen. Er wollte zum Festland übersetzen, oder auf dem kürzesten Wege nach Genua gelangen. Er wußte, dass von hier ein durchgehender Zug nach München fuhr.

43

Max hatte man erst gegen neun geweckt. Aus Mitleid habe er ihn ausschlafen lassen, behauptete Antonio.
„Wie war die erste Nacht in der großen, weiten Welt?" fragte er und goss Kaffee nach.
„Sehr unterhaltsam," antwortete Max. „Irgendwer wollte mich erschrecken und bei mir eindringen."
„Was, wie? Wohl ein Scherz? Oder hattest du schlecht geträumt?" Tonio schaute auf.
„Nein, nicht geträumt. Da war tatsächlich jemand an meiner Tür und wollte zu mir rein."
„Das finde ich jetzt aber lustig. Hast du denn geöffnet?"
„Wieso sollte ich… Ich sah nur, wie sich die Türklinke nach unten bewegte."
„Nein! Also…" Tonio kicherte. „Willst du wissen, wer das war?"
„Na klar, wenn du's weißt? Ich hatte dich im Verdacht."
„Ach was! Wie käme ich dazu! Jetzt muss ich dich aber um Diskretion bitten."
„Nun komm schon rüber…"
„Das kann nur Isabell gewesen sein, die virulente Wirtin," platzte Tonio heraus. „Du hast ihr gefallen! Das habe ich gleich bemerkt, als sie dich mit ihren heißen Blicken empfing. Die Nacht davor war ich an der Reihe."
Max lachte.
„Wohin sind wir bloß geraten! Ist dies ein Ort der „bitterzarten Versuchungen", oder eher die „unheimliche Herberge?"

„Psst, sprich leise, Max. Isabell ist nämlich Brunos Mutter. Mach keine Bemerkung in seiner Gegenwart. Er kennt seine Mama, liebt sie aber über alles. Und man weiß nicht, wie er reagieren würde…"

„Dann war er derjenige, der heute Nacht vor meinem Fenster Wache geschoben hat. Ich sah seinen Glimmstengel rechts von der hohen Pinie auf und ab wandern, als ich zu Bett ging."

„Der arme Sohn! Er leidet heftig, wenn sich hier in der Nähe Mannsbilder herumtreiben. Er mag es nicht, dass seine Mama noch Blutdruck hat und rollig wird, wenn ein Mann ihre Wege kreuzt. Aber er kann es nicht verhindern. Du wärest nicht der erste, den er verdroschen hätte."

„Aha, daher! Naja, er macht sich halt Sorgen um seine Mama. Früher war es gewiss umgekehrt."

Die Vagabundentage der Liebe, dachte Max...

Doch meist erlebt man sie in jungen Jahren und lässt sie dort auch wieder zurück.

„Wo steckt denn unser Betreuer? Hab ihn noch nicht zu Gesicht bekommen."

Jetzt konnte er sich auch einen Reim auf Brunos spröde Begrüßung machen. In ihm, Max, hatte er den nächsten Verführer seiner Mama gewittert... Da war der Kelch soeben noch mal an ihm vorbei geschrammt. Wäre die Tür nicht verriegelt gewesen, wer weiß. Für sich selber hätte er nicht die Hand ins Feuer legen wollen.

„Bruno ist schon wieder unterwegs. Unser Flüchtling sei heute Nacht hier gewesen, behauptete er."

„Du sprichst von Herwig?"

„Ja. Cäsar hatte sich doch losgerissen und war mitsamt der Kette abgehauen. Bruno meinte, es habe sich jemand gegenüber im Wald herum getrieben."

„Tatsächlich? Der Hund hat ihn doch nicht erwi-

scht?"
„Nein, weil sich die Kette um einen Baum gewickelt hatte. Als Bruno Cäsar befreite, war der Kerl schon über alle Berge."
„Da hat Herwig wohl schon wieder Glück gehabt. Also, wie soll's jetzt weitergehen? Und warum bin ich eigentlich hier?"
„Va bene. Also, ich habe dich als Geschäftsführer für EuroRealinvest ins Gespräch gebracht und mich dabei weit aus dem Fenster gelehnt. Dir müssen die Ohren geklingelt haben!"
Irritiert blickte Max seinen Freund an.
„Sag mal, wie soll das gehen? Der Laden gehört doch Herwig und…"
„Nicht mehr lange. Deswegen haben sie Herwig doch hierher geholt. Er soll einen Vertrag unterzeichnen. Er weiß es nur noch nicht."
„Also, mal langsam! Herwig wurde entführt, um hier einen Vertrag zu unterzeichnen, von dem er noch nichts weiß? Wer sind diese „sie" eigentlich? Und warum ausgerechnet die Realinvest?"
„Laß es dir erklären…
Die Familie Orsini will auf dem Bausektor expandieren. Nebenbei… sie sind längst mit der Realinvest verbandelt, nur Herwig weiß auch das noch nicht. Ein Subunternehmen ist bereits in München für ihn tätig."
Antonio machte eine Pause. Max erinnerte sich, dass Florian von italienischen Bauarbeitern gesprochen hatte, auf die er im Hochhaus der Realinvest gestoßen war.
„Orsinis Leute hatten genügend Zeit, sich vor Ort umzusehen," fuhr Antonio fort. „Und sie haben festgestellt, dass Realinvest die ideale Schiene wäre, um auf dem deutschen Markt den Fuß in die Tür zu

kriegen.

Damit schlagen sie zwei Fliegen mit einer Klappe... zum einen waschen sie ihr Schwarzgeld in einem legalen Unternehmen. Und zum anderen beschäftigen sie arbeitslose Jugendliche aus dem Veneto, also junge Menschen aus meiner Heimat. Da ich die Verhältnisse kenne, kann ich das gar nicht hoch genug bewerten. Last not least... sie haben mir verziehen, dass sie aufgrund meiner Empfehlungen an diesen Schurken so viel Geld verloren haben. Natürlich wollen sie nicht auf dieses Geld verzichten. Von mir erwarten sie, dass ich mich weiterhin kooperativ verhalte."

„Du meinst loyal. Sollen wir jetzt ein Hohelied auf die Camorra anstimmen?"

„Psst, Max, sprich leiser! Wir könnten abgehört werden. Es gibt im Deutschen ein Sprichwort, das auch bei uns gilt: Wess' Brot ich esse, dess' Lied ich singe". Außerdem ist Herwig unser gemeinsamer Kontrahent. Was soll es also! Und was weißt du eigentlich über die Camorra? Wir haben noch nie darüber gesprochen."

„Anna hat mich aufgeklärt."

„Dann ist das so. Aber nur wegen der Sprachregelung... Die Familie Orsini ist eine einflußreiche, selbständige Gruppe innerhalb der Camorra. Aber sie verstehen sich nicht mehr als Teil der Mafia. Weil sie auf dem besten Wege sind, „sauber" zu werden. Zug um Zug kaufen sie sich in die legale Wirtschaft ein. Übrigens planen sie aktuell den Bau zweier Betonwerke in Süddeutschland bzw. Österreich."

„Respekt! Was aber wird nun mit Herwig? Was wird mit unseren Anteilen? Man kann doch nicht das Fell verteilen, bevor der Bär erlegt ist!"

„Nein, natürlich nicht. Ich vermute, sie kriegen ihn

bald. Er hat keine Chance, Bruno zu entkommen. Eben berichtete er, Herwig sei in Porto Azzurro gesichtet worden. Also, der Kreis zieht sich immer enger um ihn. Du wirst sehen, es wird sich nur noch um Stunden handeln, bis man ihn wieder eingefangen hat."
„Und wenn der ums Verplatzen den Kaufvertrag nicht unterzeichnen will?"
Antonio legte seine Stirn in Falten.
„Dann wird man einen Weg finden, einen vernünftigen Weg. Wenn auch das nicht geht, werden sie ihre Krallen zeigen. Und dann möchte ich nicht in seiner Haut stecken…"

44

Vielleicht doch zu spontan entschieden, dachte Herwig, als er die schicken Segelboote betrachtete, die in Reih und Glied am Bootssteg lagen und vor sich hin schwoiten. Die meisten davon waren weiß lackierte Charterboote mit uniformer Ausstattung.
Ausgerechnet er hatte eine der kleinsten Yachten gewählt! Das könnte man noch ändern, mußte man aber nicht. Denn die „Sunlight" von Jeannau war stilistisch eine typische Mittelmeeryacht und auch sonst ziemlich unauffällig. Sie besaß die heute übliche Badeplattform, etwas knapp geschnitten, und zusätzlich eine Sprayhood, die vor neugierigen Blicken schützte. Und lange wollte er ohnehin nicht mitsegeln.
„Wo ist dein Koffer," fragte Bernd, als er Hagen seine Koje zeigte. „Übrigens, die Koje könnte zu kurz für dich sein. In dem Fall musst du diagonal auf der Matratze, oder alternativ an Deck schlafen. Aus

dem Großsegel machen wir eine Koje für dich. Das ist dann wie eine Hängematte. Such´s dir aus. Ich selber schlafe oft da oben. Das hat was, vorausgesetzt, es findet kein Wolkenbruch statt."

„Ich habe keinen Koffer," sagte Hagen. „Nur einen Rucksack. Und den werde ich gleich mal abholen. Übrigens, hier sind fürs erste 200 Euro, steck sie ein. Später gibt´s mehr."

„Danke," erwiderte Bernd überrascht. „Das hätte doch Zeit gehabt."

„Bestechung," lächelte Hagen. „Damit Ihr nicht plötzlich ohne mich wegsegelt."

Er kletterte über die Reling und schritt zum Steg. „Also, ich bin bald zurück. Das Hotel ist nicht weit von hier, gleich um die Ecke."

Er tauchte unter im Strom der Seglercrews, die hier die Szene beherrschten. Es war wie vor 20 Jahren. Einige machten jetzt ihre Boote startklar. Überwiegend Yachten, die ein Mindestmaß an Luxus und Komfort versprachen. Neidvoll dachte er an die bequemen Sofas, an die großen Tische in den Salons, wo er problemlos seine langen Beine hätte unterbringen können. Aber er hatte Vor-und Nachteile gegeneinander abgewogen und sich festgelegt.

Er fand einen Laden, wo es vom „Hosenknopf bis zum Kriegsschiff" alles zu kaufen gab. Er erwarb einen Rucksack nebst Handtüchern, Shampoo, Seife, Naßrasierer, Zahnbürste, Zahnpaste...kurz alles Zeug, was für die intimen Belange eines Seglers erforderlich schien. Schließlich tauschte er noch im Laden seine schmuddelige Jeans gegen eine neue aus.

Zur Abrundung seiner maritimen Ausstattung fand er ein Fernglas, das schon gleich darauf an seinem Hals baumelte. Er riß die Preisschilder ab, entsorgte

sie noch vor Ort und steckte alle Neuerwerbungen in den Rucksack.
Erwartungsgemäß lag die Sunlight bei seiner Rückkehr an ihrem Platz. Skipper nebst Freundin waren augenscheinlich nicht an Bord, sicher war er sich aber nicht. Bevor er die Kajüte betrat, rief er daher zweimal „hallo, ihr beiden". Aber er erhielt keine Antwort.
Er betrat den Salon und stellte den Rucksack neben dem Niedergang ab. Dann zog er die neue Badeshorts an, nahm eine Unterlage nebst Badetuch und ging wieder an Deck.
Die fehlende Sonnencreme erinnerte ihn an seine Ex, die ihn für dieses Versäumnis gerüffelt hätte. Unvergleichbar schlimmer, dass sie ihn aus seinem Haus vertrieben hatte. Aber da war das letzte Wort noch nicht gesprochen.
Er nahm einen Schluck Wasser und zog das Badetuch über seinen Kopf. Somit war sein Haupt den Blicken der Flaneure entzogen, die Paparazzis gleich bis in die letzte Verästelung der Bootsstege vordrangen. Er mußte Schlaf nachholen.
„Kennst du hier ein Hotel gleich um die Ecke?" Eva stellte ihre Taschen ab und blickte Bernd an.
„Nein. Warum fragst du?"
„Naja. Hagen hatte ein solches erwähnt. Er wollte seinen Rucksack dort abholen. Mir ist hier noch überhaupt kein Hotel aufgefallen."
„Also, dazu kann ich nichts sagen. Ist das denn wichtig?"
„ Ich weiß nicht. Ich habe ein ungutes Gefühl, weil wir einen wildfremden Mann so einfach mit an Bord nehmen."
Sie nahm ihre Taschen wieder auf.
„Typisch Eva...Erst Euphorie und dann Mißtrauen!

Aber es gibt keinen Grund dafür. Natürlich, er sieht ein wenig gerupft aus," gab Bernd zu. „Wer weiß, wo er sich letzte Nacht herumgetrieben hat."
Bernd hatte sich auf Hagens Seite geschlagen und seine Teilnahme an dem Törn fest eingepreist. „Zweihundert Euro hat er mir als Anzahlung gegeben. Die komplette Reise will er aber gar nicht mitmachen."
„Hat er das gesagt?"
„Nein, aber angedeutet. Also mach dir keine Gedanken!"

Hagen hatte noch nicht lange geschlafen, als er durch ein leichtes Schwanken geweckt wurde. Das Eignerpaar war zurückgekehrt und räumte große Taschen mit Lebensmitteln aus. Auf dem Kai stand ein Kanister mit Diesel.
Er erhob sich augenblicklich und half, den Kanister an Bord zu hieven.
„Wenn eine Autotankstelle in der Nähe ist," erklärte Bernd, „dann kaufe ich dort den Sprit. Der ist immer günstiger als der von einer Bootstankstelle."
„Aha," sagte Hagen. „Soll ich gleich einfüllen?"
„Ja, wenn du magst. Aber ich muß dir den Tankstutzen zeigen. Man kann ihn leicht verwechseln mit dem Stutzen für das Trinkwasser. Und einen Trichter brauchen wir auch."
„Das sieht nach baldigem Aufbruch aus," bemerkte Hagen und machte sich an seine Aufgabe. „Wolltet Ihr nicht ursprünglich erst morgen starten?"
„Ja, wollten wir. Aber jetzt sind wir zu dritt. Was sollte uns daran hindern, sofort aufzubrechen? Wenn ich drei Wachen einteile, können wir nachts bequem durchsegeln. Nach drei bis vier Stunden wird jeder abgelöst. Aber wem erzähle ich das..."

Eine gute Nachricht! Das Risiko, noch entdeckt zu werden, verringerte sich rapide. Nur der Kurs passte nicht, das war exakt die falsche Richtung.
„Verzeih meine Neugier, Bernd, aber was ist das nächste Etappenziel?"
„Also, wir betreiben gerne Islandhopping, so von Insel zu Insel. Mit Landgang, versteht sich. Schließlich segeln wir nicht nur, um Meilen zu machen. Wir wollen etwas von Land und Leuten mitbekommen. Im Grunde haben wir ja Zeit, uns drängt doch nichts und niemand."
Bernd schien Zustimmung zu erwarten, und Hagen nickte.
Aber tatsächlich gefiel ihm das nicht. Er dachte an die vielen Termine, die auf ihn warteten. Er musste unbedingt zurück. Und zwar auf dem kürzesten Weg. „Klar, so habe ich das auch gehalten, als ich noch mein eigenes Boot hatte.
Kommen wir denn auch an der „Costa Concordia" auf Giglio vorbei?"
„Wenn wir unbedingt wollen... Das müssen wir aber nicht. Es wäre dann Nacht. Man würde nicht mehr viel sehen. Das Gewässer vor Giglio ist auch nicht ohne - siehe „Concordia". Wirklich idiotisch, mit so einem Riesenklotz von Schiff ein solches Risiko einzugehen!"
„Nicht nachvollziehbar," pflichtete ihm Hagen bei.
„Also, in Gedanken habe ich schon eine Linie bis Ostia gezogen. Von dort sind es zwanzig Kilometer bis in die Innenstadt von Rom. Auch dem Papst könnten wir einen Besuch abstatten…"
„Muss ich nicht haben," sagte Herwig.
„Und dann geht's weiter über Neapel am Vesuv vorbei zur Straße von Messina. Auf dem Weg liegen Procida, Ischia und Capri, wo wir einen Stop einle-

gen könnten. Also, das wär's in groben Zügen."
„Großartig," log Hagen. „So sei es! Dann kann ich ja schon mal die Festmacher lösen?"
„Nichts überstürzen! Lass das Eva machen. Wir sind ein eingespieltes Team. Sie muß jeden Augenblick kommen. Vermutlich macht sie sich noch extra schön für dich."
Hagen lächelte schief. Er glaubte zu wissen, was zu tun sei, wenn sie erstmal auf dem Wasser wären. Entspannt konnte er die kommenden Stunden abwarten. Bei dem Gedanken an seine Verfolger verspürte er Genugtuung. Die müssten schon früher aufstehen, wenn sie ihn erwischen wollten. Nochmal würde ihm das nicht passieren.
Wer waren sie überhaupt, diese Leute? Oder vielmehr ihre Hintermänner?
Sein Vermittler Antonio Lombardo hatte vor längerer Zeit einen größeren Geldbetrag bei MNC und Handmade Capital angelegt. Im Auftrag anonymer Anleger und vertreten durch einen italienischen Anwalt.
Solche Größenordnungen waren nicht alltäglich. Es war einer dieser Augenblicke, wo er und seine Frau am hellichten Tage eine Flasche Champagner geöffnet und einen Freudentanz vollführt hatten. Es war auch der Tag, an dem er ihr die Villa übereignet hatte.
Zu seiner Verblüffung wiederholten sich solche Einzahlungen, und danach noch einige Male. Soviel Champagner konnte gar nicht getrunken werden.
Und Antonio erhielt entsprechende Auszeichnungen. Das waren eigens für diesen Zweck geprägte Goldmünzen, deren angegebener Goldgehalt einer Laboranalyse jedoch nicht standgehalten hätte. Doch dann kam der Tag, von dem an die Gelder

schneller wieder abflossen, als sie eingesammelt werden konnten. Da hatte er den Hahn zudrehen müssen. Es war schlichte Arithmetik, die irgendwann jedes Schneeballsystem als solches entlarven mußte.

In einigen Fällen hatte Herwig die Fonds noch rechtzeitig an andere Investmentbetreiber abstoßen können. Die doppelte Infamie bestand nun darin, dass sich seine gelinkten Rechtsnachfolger ihrerseits an den Anlegern schadlos hielten. Sie sammelten die Ausschüttungen wieder ein, weil es sich nachweislich dabei nicht um Gewinne handelte. Zum erstenmal nahmen sie das Wort „Betrug" in den Mund und zeigten mit ihren Fingern auf Herwig.

Ihm war bekannt, dass es für Lombardo und sein Klientel eng geworden war. Aber schließlich war sich jeder selbst der nächste. Also, warum sollte er sich den Kopf anderer Leute zerbrechen!

Doch wer waren diese kapitalstarken Investoren aus dem Süden? Vielleicht vermögende Geschäftleute, die unerkannt hatten bleiben wollen. Gewiss waren es mächtige Leute, die nun zum Gegenschlag ausgeholten...

Es könne sich um die Mafia handeln, hatte Vera seinerzeit gemutmaßt. Aber er hatte nicht glauben wollen, dass sich nennenswerte Mafia- Strukturen über die Zeit gerettet hätten. Ein Anachronismus. Aber selbst wenn...hätten sie nicht genügend eigene Geschäftsfelder zu beackern? Warum sollten Mafiosis, die mit allen Wassern gewaschen waren, bei ihm investiert haben?! Er war nicht scharf darauf, es herauszufinden.

Seine Segelei war lange her, und daher verfolgte er aufmerksam das Prozedere an Bord. Die Schiffe waren im Laufe der Jahre anders geworden, und jeder

Bootstyp besaß seine Besonderheiten. Nicht ohne Grund fanden vor jedem Törn Einweisungen statt.
Inzwischen hatte Bernd den Motor angeworfen. Um die Festmacher zu lösen, war Eva auf den Steg geklettert. Sie wußte sich erstaunlich grazil zu bewegen. In ihrem einteiligen Badeanzug zeigte sich jetzt die Figur einer durchtrainierten Sportlerin. Nicht übel, dachte er und korrigierte seine ursprüngliche Einschätzung.
Beim Verlassen der Box durfte die Yacht nicht anstoßen. Mit seinen langen Beinen drückte Herwig das Boot von den anderen Yachten weg. Eva hatte den Enterhaken in der Hand, musste aber nicht mehr eingreifen. Zur Sicherheit standen einige Segler-Kollegen der benachbarten Boote in Habachtstellung. Ohne jede Berührung erreichten sie offenes Wasser.
„So," sagte Bernd erleichtert, „wie wär's mit einem Manöverschluck?"

45

Als das Forte S. Giacomo querab lag, ging die Yacht auf südlichen Kurs, und Bernd schaltete den Autopiloten ein. Das Wissen, dass sich das Boot ab jetzt immer weiter von seinem gewünschtem Kurs entfernte, bereitete Herwig Unbehagen. Jede zurückgelegte Meile waren zwei zuviel, wenn man den Weg zurück addierte.
„Hilf bitte mal," sagte Bernd. „Ich möchte das Dingi zu Wasser lassen, um mehr Bewegungsfreiheit an Deck zu haben."
Das Boot lag kieloben über dem Salon. Sie sicherten es an einem Tampen, drehten es um und ließen es

seitlich über die Reeling ins Wasser gleiten.
„Der Tampen ist zu kurz," bemerkte Herwig.
Der Skipper schaute prüfend auf das Schleppseil.
„Oha, da hat sich was verheddert, eine Whooling. Das haben wir gleich."
Er schaltete den Motor auf Leerlauf.
„Lass mich mal, ich muß Punkte bei Eva sammeln," sagte Herwig und zwinkerte mit einem Auge.
Der Skipper legte wieder den Vorwärtsgang ein und gab Gas. Boot und Dingi nahmen Fahrt auf und setzten ihren Kurs nach Süden fort.
Nur gut, dass man seine Gedanken nicht lesen konnte, dachte Hagen.
Jeder andere hätte mit Freude seinen Platz eingenommen. Doch schon länger konnte er der „Wasserwüste" nichts mehr abgewinnen. Ohnehin war Fahrtensegeln kein Sport, der ihn herausforderte. Zumal am Mittelmeer entweder zuviel oder gar kein Wind herrschte. Tatenlosigkeit war Gift für sein rastloses Wesen. Er sehnte sich zurück an seinen Schreibtisch.
Eva war mit dem Eincremen von Bernds broncefarbenen Oberkörper beschäftigt. Herwig hatte sich auf einen Platz zwischen Mast und Luke zurückgezogen und sich seinen Gedanken überlassen.
Bernd wechselte einige Worte mit Eva, drosselte die Maschine, und Sekunden später schaltete er sie ganz aus. Das Boot trieb noch eine Weile, und dann trat Stille ein.
„Bevor es dunkel wird." verkündete er, „legen wir eine Badepause ein. Hat jemand etwas dagegen?"
Hatte er richtig gehört? Die beiden wollten baden! Herwig konnte sein Glück kaum fassen. Zum Schwimmen mußte man das Boot verlassen!
In Sekundenschnelle hatte er seine Entscheidung

getroffen.

„Natürlich können wir nicht alle gleichzeitig ins Wasser. Einer muß immer an Bord bleiben. Aus Sicherheitsgründen!" ergänzte Bernd.

„Unser Gast darf zuerst," bestimmte Eva. „Oder kannst du am Ende nicht schwimmen?"

„Mir pressiert's nicht," entgegnete Herwig. „Außerdem... das Skipperpaar darf immer zuerst!"

„Also, eh wir uns zanken, schwimmen Eva und ich zuerst. Wir sollten aber nicht zu viel Zeit verplempern."

Bernd nahm Anlauf und tauchte ins Wasser. Eva gab einen Jodler von sich und folgte ihm.

Sie hatte sich noch einmal umgedreht und ihm zugewinkt, und er hatte übertrieben fröhlich zurückgewinkt. Von da an waren sie mit sich selbst beschäftigt.

Schnell glitt er den Niedergang hinunter. Im Salon nahm er die zwei großen Ikea-Taschen und füllte sie mit herum liegenden Kleidungsstücken. Er packte einen Signalgeber nebst Nebelhorn und Brieftasche dazu. Er ging zügig und konzentriert zu Werke. Zwischendurch unterbrach er, um zu schauen, ob die beiden etwas gemerkt hätten. Sie turtelten nur einige Meter vom Boot entfernt. Er bugsierte vorsichtig die Taschen in die Plicht und schob sie weiter in Richtung Heck.

Als er ein weiteres Mal hinschaute, lieferten sich Eva und Bernd ein Schwimmduell. Plötzlich hatten sie alle Zeit der Welt.

Er nahm die Riemen des Beibootes und legte sie geräuschlos zu den anderen Sachen. Dann betätigte er den Anlasser und schob den Vorwärtsgang ein, ohne Gas zu geben. Yacht nebst Beiboot entfernten sich unmerklich vom Ort des Geschehens.

Er beschleunigte ein wenig und schaute zu den beiden hin. Die hatten noch nichts bemerkt und plantschten ausgelassen im Wasser.
Im Nu war der Abstand zwischen Schwimmern und Booten so groß, dass er den Motor auf Standgas drosselte und den Gang herausnehmen konnte.
Doch dann hatte man sein Manöver entdeckt, und Bernd rief etwas zu ihm herüber. Hagen war jetzt mit dem Beladen des Dingis beschäftigt und tat so, als sei die Nachricht nicht an sein Ohr gedrungen.
Ihm fiel ein, dass er die Schwimmwesten unter Deck hatte liegen lassen. Er holte sie aus dem Salon und warf sie zu den anderen Sachen ins Beiboot. Eilig löste er die Verbindung, holte das Schleppseil ein und blickte auf.
Keine Sekunde zu früh…
Jetzt hatten sie entdeckt, dass sich an Bord unerklärliche Dinge abspielten. Bernd schaltete als erster und kraulte auf das Boot zu.
Als Hagen erkannte, dass er keine Zeit zu verlieren hatte, stürzte er hektisch zum Steuerstand, um Vollgas zu geben. Während der Motor aufheulte, warf er den Vorwärtsgang ein und würgte prompt den Motor ab.
Bernd hatte bereits die Yacht erreicht, aber keinen Halt an der glatten Außenhaut gefunden. Da die Badeleiter hochgeklappt war, konnte er trotz größter Bemühungen auch diese nicht zu fassen kriegen. Einige Male schnellte sein sehniger Körper einem Fisch ähnlich aus dem Wasser, um sich mit den Fingern am Sülrand festzukrallen.
Angespannt hatte Hagen das Geschehen verfolgt. Er wäre bereit gewesen, mit dem Enterhaken auf diese zähen Klauen einzustoßen, wäre nicht der Moter nach wenigen Versuchen wieder angesprungen. So-

fort hatte die Yacht zügig ihre Fahrt aufgenommen.
Wer weiß, wie's ausgegangen wäre, hätte sich das Problem nicht quasi wie von selbst gelöst.
Mit einem Wutschrei war der Skipper zurück ins Meer geglitten. Beiboot und Verfolger waren im aufgewirbelten Kielwasser zurück geblieben. Minuten später sah er ihre Köpfe noch ein letztes Mal. Dann wandte er seinen Blick nach vorn.
Das war knapp. Seine Nerven flatterten. Er stieg hinab in den Salon, um einen Beruhigungsschluck zu nehmen. Es wäre zynisch, von einem Manöverschluck zu sprechen.
Sofort wurde er ruhiger.
Er war ein Schreibtischtäter, kein Freund brutaler Begegnungen. Physische Gewalt lag ihm nicht. Die Flasche stellte er wieder in die Kühlung und ging zurück an Deck.
Mit zusammengekniffenen Augen suchte er den Horizont ab. Er konnte nichts und niemanden mehr auf der das Abendlicht reflektierenden Wasserfläche entdecken. Auch nicht, als er sein Fernglas zur Hilfe nahm.
Er korrigierte den Kurs ein wenig und reduzierte die Geschwindigkeit auf Marschfahrt. Mit etwas Glück würde er am folgenden Tag Genua erreicht haben.

46

„Bounjourno, Signore Max."
Ein alter Herr in vollem weißen Haar empfing ihn in ausgesuchter Höflichkeit und reichte ihm die Hand.
„Va bene in questo Insula qua?"

„Si, grazie, va bene in questo punto," antwortete Max respektvoll, war aber dann mit seinem Italienisch schon am Ende.
Signore Orsini hatte ihn zusammen mit Bruno in sein Ferienhaus am südwestlichen Ende der Insel bestellt.
„Ich habe nur Gutes über Sie vernommen. Aber von einem Freund wie Antonio ist ja nichts anderes zu erwarten."
Bruno übersetzte blitzschnell und präzise. Orsini sagte:
„Natürlich müssen wir uns kennenlernen, wenn Sie mein neuer Statthalter in München werden wollen. Ich denke, das geht am besten in einem zwanglosen Gespräch."
„Si, Signore Orsini," antwortete Max artig. „Ich will versuchen, ihre Fragen nach bestem Wissen zu beantworten."
Orsini lächelte milde. „Auch Sie dürfen Fragen stellen, Signore Max. „Ich bin nicht die Inquisition, und eigentlich möchte ich nur ein wenig mit Ihnen plaudern."
Die Tür zu einem anderen Raum ging auf, und herein trat eine junge Dame mit einem Kaffeetablett in den Händen.
„Meine Tochter Luisa," stellte sie Orsini vor. „Sie verwöhnt ein paar Tage lang ihren alten Papa." Und zu ihr gewandt: „Bring doch bitte noch den Kognac."
Luisa grüßte freundlich, tat wie gewünscht und schenkte Kaffee und Kognac ein. Dazu gab es italienisches Gebäck. Darauf zog sie sich unauffällig wieder zurück.
„Eigentlich weiß ich schon alles über Sie, Signore Max. Antonio war so frei und hat mir Ihr ganzes

Leben ausgebreitet. Dem habe ich entnommen, dass wir einen gemeinsamen Gegner haben. Aber der kommt nicht ungestraft davon, das verspreche ich Ihnen."

Max betrachte den alten Herrn, der laut Tonio in ihrem Alter war, jedoch um einiges älter wirkte. Aber da hat einem die Eitelkeit schon so manchen Streich gespielt, weil man dazu neigt, sich neben Gleichaltrigen als der Jüngere zu empfinden.

„Sagen sie, Signore Max, fühlen Sie sich denn noch fit genug, die Aufgabe in München zu übernehmen? Ich zweifle nicht an Ihren Fähigkeiten respektive ihrem Engagement. Aber vielleicht sollte man Ihnen zunächst noch jemanden zur Seite stellen? Tonio hat doch schon mit Ihnen über die Realinvest gesprochen?"

„Jaja, ich bin im Bilde, aber das müssen natürlich Sie selbst entscheiden.

Auf jeden Fall freue ich mich über die neue Aufgabe. Ich habe einige Jahre im Immobiliengeschäft gearbeitet."

Er wußte nicht, ob seine Antwort ambitioniert klang. Natürlich wünschte er sich dringend eine richtige Aufgabe, mochte sich aber nicht mehr verbiegen lassen.

Orsini wechselte abrupt das Thema und fragte nach Miller. Ob er dem schon mal begegnet sei.

Max verneinte. Aber seine Freunde, Britta und Florian, könnten ein Lied davon singen. Von Rudis früher Begegnung wollte er besser nichts verraten.

Und er berichtete ausführlich von deren Abenteuern auf Bali seinerzeit. Er erzählte alles, was Britta und Florian an einem rotweingeträfnkten Abend in epischer Breite geschildert hatten.

„Ein gefährlicher Mann, dieser Miller," übersetzte

Bruno Orsinis sparsamen Kommentar.
Max pflichtete ihm bei.
„Wenn Sie mich fragen… ein richtiger Mafioso," platzte er heraus. Als er seinen Lapsus bemerkte, biß er sich sofort auf die Lippen.
Er blickte zu Orsini hinüber. Bruno grinste und übersetzte dann ungerührt. Orsini verzog keine Miene.
„Das kann man wohl meinen," antwortete er dann.
„Weiß man denn, wo sich Miller zur Zeit aufhält?"
„Nein, leider nicht. Aber der Herwig müsste es wissen."
„Was meinen Sie, Signore Max, wer besitzt von den beiden das Geld?"
„Schwer zu sagen. Herwig behauptet ja…"
„Stop," unterbrach Orsini, „ich weiß, was der behauptet."
Das Gespräch war jetzt so schnell geworden, dass Bruno mit dem Dolmetschen kaum noch nachkam.
„Mich interessiert Ihr Bauchgefühl," sagte Orsini.
Max hatte den Eindruck, dass dieses Gespräch nur ein seichtes Vorgeplänkel war zu dem Thema, das Orsini wirklich interessierte. Wenn es zutraf, dass Orsini viele Millionen eingebüßt hatte, so konnte er das nachvollziehen.
„Ich weiß es nicht, aber ich vermute, dass beide zusammen das Geld besitzen. In welchem Verhältnis? Schwer zu sagen. Herwig hat immer wieder behauptet, dass er alles eingesammelte Geld an die Firmen des Herrn Miller weitergereicht habe. Und tatsächlich hat das Ermittlungsverfahren ergeben - den neuesten Stand kenne ich nicht - dass fast alles Geld nach Übersee geflossen ist. Später werden sie es teilen, wenn der Spuk vorüber ist. Vorausgesetzt, dass der Geier nicht zu gierig ist, um dem Habicht

von der Beute etwas übrig zu lassen. Ich neige zu dieser Ansicht."
Orsini nickte zustimmend. Dann sagte er unvermittelt: „Kennen sie Oriana Fallaci? La Forza della Ragione oder La Rabbia e L´Goglio ?"
Orsini blickte ihn mit seinen stahlblauen Augen an." Natürlich meine ich die deutsche Übersetzung," ergänzte er.
Max fragte sich, ob das jetzt ein Quiz werden sollte. Oder vielleicht nur ein kurzes Abklopfen seiner Allgemeinbildung.
„Si, ich kenne die beiden Publikationen und schätze sie sehr. Signora Fallaci halte ich für ausgesprochen mutig, integer und politisch für äußerst kompetent."
Bruno übersetzte unverdrossen. Die Antwort schien Signore Orsini zu gefallen, ein feines Lächeln trat auf seine Gesichtszüge, und er stellte die nächste Frage.
„ Mögen Sie die Formel I?" fragte er, scheinbar ohne Zusammenhang.
„Nicht sonderlich," antwortete Max wahrheitsgemäß und wunderte sich über die Gedankensprünge seines Gegenübers.
„Aber anscheinend unverzichtbar."
Orsini hörte darüber hinweg.
„Ferrari und Schumacher - eine deutsch-italienische Liebesgeschichte, nicht wahr? Schumacher und das Finanzamt… ein Trauerspiel.
Man sollte nicht schlecht sprechen über Totkranke, aber warum zahlt der Kerl seine Steuern nicht in Deutschland?! Naja, das machen auch seine Nachfolger nicht. Verzeihen sie, Max. Jetzt sind die Gäule mit mir durchgegangen."
Ich sehe das eigentlich genauso, dachte Max. Der

Mann zeigt Emotionen und wird mir langsam sympathisch.
„Jaja," fuhr Orsini fort, „auch ich zahle Steuern, und nicht zu knapp. Ich halte dies für meine vaterländische Pflicht!"
Das sollte ein Repräsentant der viel geschmähten Camorra sein? Ein Mann des organisierten Verbrechens? Max' Weltbild kam langsam ins Wanken.
„Bleiben Sie bitte noch sitzen," sagte Orsini jetzt und stand auf. Dann verabschiedete er sich mit Handschlag von Max und einem Arrividerla, was so viel hieß wie „Aufwiedersehen." Sonst hätte er wohl „Ciao" gesagt...
„Den Bruno entführe ich Ihnen für zwei Minuten. Er kommt sofort zurück."
Als die beiden durch die breite Tür entschwanden, die offenbar zu Orsinis Büro führte, machte Max eine Entdeckung, im Grunde die Bestätigung einer anfangs gehegten Vermutung. Jetzt, da die Profile von Orsini und Bruno hintereinander an ihm vorbeizogen, war er sich sicher...
Da verliessen gerade Vater und Sohn den Raum.
Auf dem Rückweg über den holprigen Weg zum Hotel teilte ihm Bruno mit, dass er den Job des Geschäftsführers erhalten würde, sobald der Vertrag mit Herwig in trockenen Tüchern sei. Einzelheiten würde man erst dann aushandeln können.
„Apropos Herwig... was ist der aktuelle Stand?"
Bruno schaute ihn gequält von der Seite an.
„Wir haben ihn noch nicht," sagte er kleinlaut. „Diese Gurkentruppe hat ihn entkommen lassen. Er ist spurlos verschwunden, abgetaucht. Im Augenblick hören wir uns bei den Leuten in der Marina um."
„Ein gerissener Bursche, der Kerl ist immer einen Schritt voraus," bemerkte Max. Ein gewisser Re-

spekt schwang in seiner Stimme mit.
Der Fiat war vor dem Hotel angekommen. Bruno stieg aus und zündete sich eine Zigarette an.
„Überleg' doch mal, Max... Was würdest du an Herwigs Stelle tun? Er will zurück um jeden Preis, zurück nach München.
Übrigens, ich habe da auch schon mal gelebt. Vier Semester Ökonomie. Naja," er machte eine wegwerfende Handbewegung, „war mir auf Dauer zu trocken, zu praxisfern... Also, dieser Kerl kann sich doch nicht in Luft aufgelöst haben! Als Bohnenstange mit Glatze müsste er doch auffallen, oder?"
„Sag mal Bruno, welche Funktion hast du eigentlich in eurer Firma?"
„Ich bin der Sekretär von Signore und zugleich sein Bodyguard. Also Mädchen für alles." Bruno lachte verbindlich.
„Aha. Und was machen Luigi und Roberto hauptberuflich?"
„Die beiden bilden, sozusagen, unsere „Armee", die im Bedarfsfall verstärkt werden kann."
„Grazie, und was…"
In diesem Augenblick ging Brunos Handy. „Pronto, was gibt´s?"
Auf der anderen Seite war aufgeregtes Geschnatter zu hören.
„Okay, okay, ich kläre das. Lasst Euch das noch mal bestätigen und bleibt am Ball!" sagte Bruno.
„Herwig ist mit einer Segelyacht geflüchtet. Ich rufe jetzt die Küstenwache in Portoferraio an. Das sind meine Freunde. Die leihen uns ein schnelles Boot. Wenn du willst, kannst du mitkommen."
„Ich will nur, wenn ich dabei irgendwie von Nutzen sein kann." Max mochte keine Menschenjagd. Die

Eindrücke auf der Reise hierher hatten ihm gereicht.
„Nein, kannst du nicht. Aber wir hätten uns dann noch etwas unterhalten können. Doch dazu ist vielleicht später noch Gelegenheit."
„Antonio und ich fahren morgen in aller Frühe zurück. Er wollte mir heute noch die Insel zeigen."
„Okay, Max, dann ein andermal. Vielleicht sehen wir uns schon bald in München. Mach doch mit den beiden, Britta und Florian, einen Termin in der nächsten Woche aus, ja?"
„Gern," antwortete Max und drückte Bruno die Hand. „Also, viel Ruhm und fette Beute!"
Bruno sprang in den Fiat und brauste in einer Staubwolke davon.

47

Gegen 19 Uhr betraten sie Antonios Lokal in der Zollernstraße. Britta und Florian waren gekommen, um die neuesten Nachrichten auszutauschen.
Schließlich handelte es sich bei „Da Tonio" auch um ihr Stammlokal, einem Ort der Geselligkeit und des unverbindlichen Klatsches.
Als sie eintraten, kreuzte ein Mann ihren Weg, der höflich grüßte und zu einem Tisch eilte, an dem mehrere andere Personen saßen, vor ihnen Pasta und Rotwein. Da erinnerte er sich, wo er ihm schon einmal begegnet war. Er gehörte zu der italienischen Truppe, die im Auftrag der Realinvest das Haus sanierte, in das er auf der Suche nach Herwig geraten war.
Anna steuerte auf Britta zu.
„Wisst ihr´s schon? Tonio und Max kommen gleich zurück.

Sie haben eben von unterwegs angerufen."

„Nun ja," antwortete Britta, „Es wird ja auch langsam Zeit. Sie werden einiges zu berichten haben."

„Ich habe mir solche Sorgen gemacht," sagte Anna und verschwand wieder in Richtung Theke.

„Die Männer dort am Tisch sind in dem Hochhaus beschäftigt, das zur Luxusadresse saniert werden soll," erklärte Florian und wies hinüber zu den italienischen Arbeitern. „Ich hatte sie neulich bei der Abendvesper gestört. Das möchte ich gerade noch einmal tun. Komme aber sofort zurück."

„Que pasa, was gibt´s?" fragte der Mann, der ihn kürzlich abgewimmelt hatte. „Suchen Sie wieder jemanden?"

„Wir kennen uns doch. Ich wollte Ihnen einen guten Abend wünschen. Kommen Sie häufiger in dieses schöne Lokal?" tastete sich Florian heran.

„No no," antwortete dieser und stand seinerseits auf. „Das ist erste und letzte Mal. Wir machen Schluß."

„Wie?" Florian starrte ihn verblüfft an. „Sind sie denn schon fertig mit allem...?"

„No, no, infinito. Nix fertig…"

„Wie das," staunte Florian, „Aber Sie fahren trotzdem nach Hause? Lassen alles stehen und liegen?"

„Questa la ultima sera. Abschied."

Einer von den Männern am Tisch räusperte sich und sagte in einwandfreiem Deutsch:

„Laß mal, Alberto… Also, Realinvest hat die Zahlungen an uns eingestellt. Die haben kein Geld mehr, scheint´s. Deshalb fahren wir morgen zurück nach Italia."

Hatte er richtig gehört... Florian war, als hätte ihn ein Pferd getreten. Nun auch noch Realinvest! Insolvent! Er hätte schreien können. Wie in Trance ging er zurück. Er griff ein volles Glas Wein, das an seinem Platz auf ihn gewartet hatte, und trank es leer, ohne abzusetzen.

Er hörte kaum, was berichtet wurde. Nur mit halbem Ohr vernahm er, dass mehrere Insolvenzanträge beim Amtsgericht anhängig seien. Das habe auf der Homepage der Rechtsanwälte Weinreich und Bissken gestanden, sagte Anna. Betroffen seien MNC und Handmade Capital. Gesamtschaden: Ca. 50 Millionen Euro!

Nun, damit musste gerechnet werden, hörte er Britta antworten. Zudem hätten die Assets ja auch nichts hergegeben. Es gab keine Werte, die in die Konkursmasse hätten einfließen können. O ja, Britta war inzwischen informiert. Die „Termini technici" hatte sie längst entschlüsselt. Keiner sollte ihr Ignoranz vorwerfen können! Die Fonds hatten sie abgeschrieben. Und warum sollte es immer nur die anderen treffen?

Florian fühlte den Wein in sein Hirn steigen. Er nahm einen Schluck Rotwein aus Brittas Glas. Seines war leer.

Die Villa der Madame Herwig stehe nicht mehr zum Verkauf, sagte Anna. Sie sei von der Plattform des „Immobilien-Scout" verschwunden.

Das wäre ohnehin nur ein Tropfen auf den heißen Stein gewesen, meinte Britta. Und das ließe doch nur den Schluss zu, dass Madame verkauft habe.

„Aber versteht man das? Hätte sie nicht zunächst einmal ihr Paradies genießen können? Naja, so hätte ich es jedenfalls gemacht, wenn Florian mich so schnöde betrogen hätte."

Jetzt fiel ihr auf, dass Florian still leidend auf seinem Stuhl saß und apathisch vor sich hinstarrte.

„Hey, Florian, du schaust ja aus wie ein waidwun-

der Bernhardiner." Sie schubste ihn aufmunternd. „Lass dich nicht so hängen... alles wird gut!"
„Nein, nicht alles," sagte er und schenkte sich Rotwein aus der Karaffe nach.

48

Etwa zur gleichen Zeit saß Miller in einem angesagten Lokal, Luftlinie cirka tausend Meter entfernt. Dorthin hatte er seine neue Partnerin zum Souper geladen. Er musste nicht lange warten, bis Vera Herwig-Lage das Lokal betreten hatte, eine effektheischende Pirouette drehte und dann schnurstracks zu seinem Tisch eilte. Sie kannte sich aus. Es war nicht das erste Mal, dass man hier zusammentraf.
„An deinen falschen Bart kann ich mich nur schlecht gewöhnen," sagte sie vorwurfsvoll. „Du solltest einmal in mein Studio kommen, wo ich dir ein anderes Konterfei verpassen möchte."
Was für eine Frau! dachte Miller und stand auf, um ihr den Sommermantel abzunehmen.
„Je später der Abend, desto hübscher die Gäste," schnurrte er.
„Schmeichler," antwortete sie. „Hast du etwa schon bestellt?"
„Iwo," säuselte er. „Nur einen Kaffee."
Sie strahlte ihn an. „Heute trinken wir Champagner. Und ich gebe den heute aus!"
„Hast du denn im Lotto gewonnen?" Miller zwinkerte ihr zu. „Du wirst schon einen Grund haben."
„Und ob! Ich habe heute Morgen das Haus verkauft...Du darfst mir gratulieren."
„Was... tatsächlich? Das ist ja mal eine Nachricht!

Mußtest du viele Federn lassen?"

„Ach was... Null! Meine Forderung wurde eins zu eins umgesetzt. Eigentlich hätte ich noch etwas pokern sollen."

„Meinst du... Aber man sollte die Kirche im Dorf lassen. Weißt du schon, was du mit dem vielen Geld anstellen wirst?"

„Anlegen, wo die Elite anlegt... Nein, Scherz beiseite, ich weiß es selber noch nicht. Vielleicht wirst du es mir sagen. Oder ich lege es einfach unter mein Kopfkissen."

„Da wird dein Mann aber staunen, wenn er es erfährt. Wo steckt der eigentlich jetzt?"

Der Kellner kam und begrüßte sie, wie man Stammgäste begrüßt. Diese gewisse Vertraulichkeit war ihr angenehm.

„Was mögen wir denn heute?" fragte er, machte dann aber selber einen Menue-Vorschlag, mehr Klasse als Masse, und ließ sie wieder allein.

„Meinen Ex meinst du... ich weiß es nicht," antwortete sie. „Der scheint wie vom Erdboden verschluckt. Ich habe noch heute Nachmittag im Büro angerufen. Dort wird er bereits vermißt. Aber niemand wußte etwas.."

„Merkwürdig," grübelte Miller. „Hast du mal versucht, diese Susanne Graf zu erreichen?"

„Nein, habe ich nicht. Kann ich aber gleich morgen tun, wenn er dann immer noch nicht aufgetaucht ist. Seltsam, er geht nicht mal ans Handy."

Der Kellner kam mit dem Champagner und einem Eisbehälter zurück und schenkte ein.

„Glaubst du vielleicht, dass er dem Druck nicht gewachsen war und geflüchtet ist? Übrigens, prosit, meine Liebe, auf deinen Erfolg und auf unsere Zukunft!"

Sie blickten sich tief in die Augen, und Miller rätselte, warum ihre Pupillen so eigenartig blinkten. Irgendetwas war damit passiert. Sie schreckte ja vor nichts zurück. Vielleicht waren jetzt ihre eigenen Augen Gegenstand ihres kompromisslosen Gestaltungsdranges geworden?
Aber gerade noch rechtzeitig fiel ihm ihre Operation am Grauen Star ein, die Hagen einmal beiläufig erwähnt hatte. Die künstlichen Linsen, sie waren es, die da so eigenwillig reflektierten. Etwas früh für ihr Alter, fand Miller.
„Nun reden wir nur noch von positiven Dingen," schlug er vor. „Zum Beispiel über unsere Zukunft, d´accord, Cherie?"
„Ja klar, mein Schatz. Apropos, wann nimmst du mich denn nun einmal mit in dein Tropenparadies?"
„Jederzeit, sobald du kannst. Von mir aus sofort, wenn du willst…"

49

Die Nacht war längst hereingebrochen. Draußen an Deck war es kühl geworden, so dass Herwig zu frieren begann. Irgendwo in der Kajüte hatte er einen Parka gesehen. Er glitt den Niedergang hinunter. Als er die Vorräte sah, die Eva erst kürzlich besorgt hatte, bekam er Hunger
Er zog den Parka über, der ihm kaum noch Bewegungsfreiheit ließ. Diesen musste Eva getragen haben, aber die Jacken von Bernd entdeckte er nicht. Sie befanden sich wohl zusammen mit den anderen Sachen im Beiboot. Er schmierte sich Butterbrote und nahm einige Würste aus dem Kühlfach. Dann

packte er alles auf ein Tablett und ging wieder an Deck.
Das Boot zog unter Motor noch immer zuverlässig seine Bahn. Der Himmel war leicht bewölkt, nur hier und da glitzerte ein Stern. Noch immer regte sich kein Lüftchen. Das Meer war ruhig bis auf eine leichte Dünung, deren Ursache tausend Meilen entfernt sein konnte.
Seine Gedanken schweiften ab zu seinem Freund Miller. Freund? Bestenfalls Kumpan, eine Freundschaft sah anders aus.
Er traute ihm nicht mehr.
Es gab zu viele irritierende Signale. Immer öfter hatte sich dieser unter einem Vorwand einem Treffen verweigert. Nicht mal telefonisch war er zu erreichen gewesen. Er würde abgehört und verfolgt, behauptete er beim letzten Gespräch.
Dabei hatte Miller ein Versteck gewählt, das wohl ziemlich sicher war. Hagen vermutete ein Wohnmobil mit wechselnden Standorten.
Zu einem letzten Treffen, wo es um Abrechnung der gegenseitigen Forderungen ging, war er gar nicht erst erschienen. Von einem angeblichen Freund aus dem Münchner Innenministerium will er den Tipp erhalten haben, dass an diesem Abend die Falle zuschnappen sollte. Konnte sein. Konnte auch nicht sein. Hagen wusste nicht, was er glauben sollte.
Längst war die Yacht an der Insel Capraia mit seinem blinkenden Leuchtturm vorbeigezogen und hatte sich bis auf wenige Meilen der Gefängnisinsel Gorgona genähert. Deren kleines Leuchtfeuer war schon in greifbare Nähe gerückt.
An das Eignerpaar hatte er bislang keinen weiteren Gedanken verschwendet. Wieso auch? Waren sie

etwa nicht mit dem Nötigsten versorgt worden? Sogar das Rettungsboot hatte er ihnen überlassen! Er hätte die beiden ja auch zurückschwimmen lassen können.

In diesem Moment erschütterten mehrere dumpfe Schläge den Bootsrumpf, begleitet durch ein Krachen und Knirschen im Bauch des Schiffes.

Man hätte meinen können, dass ein „Deus ex Machina" auf dem Plan erschienen wäre. Oder dass ein Meeresungeheuer Besitz vom Boot ergriffen habe, um es erbarmungslos zu würgen und durchzurütteln. Die Yacht sprang wie ein wütender Stier über ein unsichtbares Hindernis. Herwig hatte sich der Magen umgedreht und war zu Boden geschleudert worden.

Dann war die Ruderanlage dran, die wie von einer Riesenkralle weggerissen wurde. Das Begleitgeräusch dazu war nicht weniger furchterregend. Das Boot begann, im Kreis zu fahren.

Er versuchte, sich aufzuraffen, ging aber sofort wieder auf die Bretter, wo er sich übergeben musste. Und da er keinen Halt fand, rutschte er auf dem eigenen Erbrochenen von einem zum anderen Ende. Dazwischen kullerten die angebissenen Würste hin und her, während das Tablett auf eigenem Kurs immer wieder gegen die Begrenzungen krachte. Das hörte erst auf, als es ihm gelang, den Motor abzustellen.

Jetzt drang das penetrante Pfeifen des Autopiloten an sein Ohr. Er riss den Stecker heraus, und das Pfeifen hörte auf. Bis auf das Gurgeln von eindringendem Wasser im Bootsinnern trat plötzlich Stille ein.

Zwar registrierte sein Hirn die unfassbaren Ereignisse, hatte sich jedoch keinen Reim darauf machen

können. Entsetzt vernahm er nun die Geräusche des hereinströmenden Meerwassers. Die Yacht hatte Grundberührung gehabt, musste über ein Riff geschrammt sein.
Aber, verdammt, hier gab es kein Riff! Das Ligurische Meer war an dieser Stelle über hundert Meter tief! Ein absurder Gedanke. Die Seekarte gab keinen einzigen Hinweis auf eine Untiefe. Nicht zum erstenmal war er in dieser Region mit einer Yacht unterwegs.
Doch zur Ursachenforschung war jetzt keine Zeit. Er sollte handeln, sofort! Eine Havarie ganz ohne Segel, ohne Sturm. Unfassbar!
Er stieg den Niedergang hinab, um eine Taschenlampe zu suchen. Dabei rutschte er von einer Stufe ab und schlug unglücklich mit dem Schädel gegen eine Kante. Die Beule wuchs rasch und hatte bald die Ausmaße eines Eies.
Benommen stellte er fest, dass sein Körper im Wasser lag. Wieder auf den Beinen, versuchte er, die Deckenleuchte anzuknipsen. Aber sie brannte nicht. Er fand den Schalter für die elektrische Bilgenpumpe und betätigte ihn. Aber die Pumpe arbeitete nicht. Die Energieversorgung war zusammengebrochen, weil der Akku bereits unter Wasser stand.
Jetzt durfte er nicht in Panik verfallen.
Er fand die Taschenlampe und richtete den Lichtstrahl nach unten, wo das Wasser munter weiter stieg. Es drückte mit Macht herein und ließ sich nicht mehr aufhalten.
Normalerweise war noch eine zweite, manuell und unabhängig zu bedienende Pumpe an Bord. Er fand sie in der Backskiste, und
fünf Minuten lang pumpte er wie besessen. Dann hielt er inne, schnaufte durch und pumpte weitere

fünf Minuten. Danach nahm er wieder die Taschenlampe und leuchtete in die Kajüte. Statt zu fallen, war das Wasser weiter gestiegen. Es schwappte jetzt bis zur mittleren Stufe des Niedergangs.
Aber das konnte nicht an der Pumpe liegen. Diese arbeitete, das war zu hören. Doch das Wasser brach immer schneller ein. Der Bootsrumpf hatte inzwischen eine instabile Lage angenommen. Ohne jede Wellenbewegung rollte dieser mal auf die eine, mal auf die andere Seite. Je nachdem, wo Herwig sich gerade aufhielt.
Offensichtlich war der Kiel abgerissen. Vor seinem geistigen Auge erschienen klaffende Löcher im Kielschweinbereich, durch die normalerweise die Kielbolzen gesteckt waren. Vermutlich lag der tonnenschwere Ballast längst auf dem Grund des Mittelmeeres...
Bislang war er noch aus jeder kritischen Situation herausgekommen. Stets hatte er noch einen letzten Pfeil im Köcher gehabt. Aber jetzt überfiel ihn blankes Entsetzen. Zum erstenmal in seinem Leben schien er mit seinem Latein am Ende. So hatte er sich seinen Abgang nicht vorgestellt...
Er tauchte in die bereits geflutete Kajüte. Der Weg zum Kleiderschrank, wo er weitere Schwimmwesten in Erinnerung hatte, führte quer durch den Salon. Das Wasser reichte ihm jetzt bis zur Brust. Er riss eine Weste vom Kleiderhaken und erreichte schwimmend wieder den Niedergang.
In der Plicht zerrte er sich den viel zu engen Parka vom Leib und zog die Schwimmweste über seinen Blazer. Da fiel ihm seine Brieftasche ein, die er in der Innentasche trug. Er vergewisserte sich ein letztes Mal, dass der Reißverschluss auch zugezogen war, so dass diese nicht herausfallen konnte.

Er löste das Fenderbrett von der Reling und warf es in die immer noch unbewegte See. Obwohl er nicht recht wusste, was er damit anfangen wollte, warf er alle erreichbaren Fender hinterher. Im Bedarfsfall würden sie vielleicht für Auftrieb sorgen.
Doch für wen oder was? Er selber trug bereits eine Schwimmweste.
Dann war es so weit. Der letzte Akt der kleinen Yacht, einst der Stolz des Eignerpaares, wurde eingeläutet. Die Saug- und Schmatzgeräusche des aus der Kajüte herausschwappenden Wassers klangen wie die Klagelaute einer sterbenden Kreatur.
Das Boot ragte nur noch mit seinen Aufbauten aus der See heraus, rollte von Steuerbord nach Backbord und zurück. Jeden Augenblick konnte es durchkentern.
Jetzt wurde es höchste Zeit, wollte er nicht in den Sog des untergehenden Bootes geraten. Vielleicht überschätzte er die Gefahr einer absaufenden Yacht, aber schließlich war es sein erster Schiffbruch. Er hatte den Untergang der Titanic mit dem sich dramatisch aufbäumenden Bug vor Augen.
Nach kurzem Zögern schickte er sich ins Unvermeidliche und blickte ein letztes Mal zurück. Dann glitt seine gebeugte Gestalt ins salzige Wasser des Ligurischen Meeres.

50

Während Max an diesem Morgen sein Müsli löffelte, hatte sein alter Freund Rudi angerufen.
„Sag mal, du brauchst doch immer noch einen Job, oder?"
Und ohne eine Antwort abzuwarten, fuhr er fort...

"Du kannst in diesem Jahr meinen Weihnachtsbaumverkauf übernehmen. Ich will mich schwerpunktmäßig um den Einkauf kümmern. Mir schwebt auch eine Verschiebung zu mehr Großhandel vor. Zugleich will ich neue Verkaufsstände einrichten." Rudi lachte gutmütig.
„Magst du es nochmal wiederholen?"fragte Max, dem diese Ansprache zu schnell erschienen war. „Mein Hirn war noch nicht auf Empfang geschaltet."
„Also, du sollst meine Weihnachtsbäume am Viktualienmarkt verkaufen. Willst du oder willst du nicht?"
„Eigentlich eine interessantes Angebot," antwortete Max. „Doch ich habe schon einen Job. Jeden Augenblick kann das Telefon klingeln. Es hängt nur noch an Kleinigkeiten."
Was erzählte er da, dachte er unsicher. Herwig war entführt worden, konnte dann aber wieder entkommen und galt seitdem als verschollen. Doch von seiner Unterschrift hing alles ab. Zwar hatte man Spuren von dem Boot entdeckt, mit dem er geflohen war, so z.B. mehrere Fender, ein ganzes Fenderbrett und eine Liegematte, die eindeutig den Eignern zugeordnet werden konnten.
Doch von Herwig und der Yacht selbst gab es keine Spur. Jedenfalls waren sie nirgends angekommen, laut Küstenwache. Diese hatte die Vermutung geäußert, dass mit Hilfe des gefundenen Treibguts eine Havarie nur vorgetäuscht werden sollte.
Das Eignerpaar war daraufhin in Bedrängnis geraten. Man hatte sie beide mehrere Male verhört. Obwohl ihre Geschichte plausibel klang. Aber man argwöhnte Versicherungsbetrug hinter der Verlustmeldung. Aus dem Umstand, dass sie sich mit dem

Beiboot noch rechtzeitig an Land gerettet hatten, wollte man ihnen einen Strick drehen. Zu dumm, dass sich niemand fand, der Herwigs Anwesenheit an Bord bestätigen konnte.

„Du musst dich nicht sofort entscheiden, es ist ja noch lange hin," machte Rudi wieder auf sich aufmerksam. „Es reicht, wenn du mir in den kommenden Tagen eine Antwort gibst. Aber dann muss ich's langsam wissen, verstehst du?"

„Ja, natürlich verstehe ich das," antwortete Max. „Im Augenblick sitze ich zwischen sämtlichen Stühlen. Auch Tonio setzt mich jetzt häufiger ein. Ich habe mehrere Baustellen, aber keine richtige Arbeit. Jedenfalls keine, die mich fordern würde."

„Kann ich dir Geld leihen?" Am liebsten hätte Rudi seinem alten Freund Geld geschenkt, aber er wusste, dass Max dies nicht annehmen würde.

„Danke nein. Ich schwimme nicht im Geld, aber erwarte jeden Augenblick die Quartalsauszahlung von meiner Goldmine."

„Die am Klondike? Habe sie immer für ein Potemkin'sches Dorf gehalten. Was meinst du, wollen wir nicht auch mal dorthin und ernsthaft nach Gold graben?"

„Dieser Herwig-Claim befindet sich am Yukon. In der Nähe von Dawson City. Leider fehlt mir das Geld für ein solches Abenteuer."

„Dann lade ich dich kommendes Jahr ein, wenn dir dann immer noch das Geld fehlt, okay?"

„Aber nur dann! Im übrigen zahlt die „Realinvest" noch, wenn auch mit Verzögerung. Obwohl mein Anwalt die schon mehrfach totgesagt hatte."

Das Verhältnis zu Rechtsanwalt Bissken hatte sich merklich abgekühlt. Dieser betrieb Panikmache mit anschließender Abzocke.

„Scheißanwälte," brachte es Rudi auf den Punkt. „Also bis dann..."

51

Welch ein Tag! Er hatte das Gespräch gerade beendet, da klingelte es an der Haustür. Besuche am Sonntag hatte er schon lange nicht mehr erlebt. Eigentlich hatte er keine Lust zu öffnen, aber die Neugier überwog.
„Welch eine Überraschung," sagte er, als Lenas blonder Schopf im Treppenhaus erschien. Und dahinter, leicht verschämt, die kleine Kathrin.
„Solange es kein Schock ist," sagte Lena, oben angekommen, „fasse ich das als ein Willkommen auf. Dürfen wir denn eintreten? Ich kann dir nicht die Hand reichen, wie du siehst, denn ich habe uns eine Pizza mitgebracht."
Sie balancierte drei flache Schachteln an ihm vorbei und fand zielsicher das kleine Eßzimmer.
„Also, dann mal ganz herzlich willkommen," sagte Max artig, als er endlich die Sprache wiedergefunden hatte. „Ich freue mich... großartige Idee, die Pizza...trinken wir Rotwein dazu?"
„Gern," sagte Lena, „aber hast du vielleicht etwas Saft für Kathrin? Wir haben dich überrumpelt, weil du von selbst nicht auf die Idee kommst, mal unter Menschen zu gehen. Und Kathrin wollte dich unbedingt kennenlernen."
„Stimmt das, Kathrin?" Max stellte Teller und Gläser auf den Tisch. „Oder wolltest du nur achtgeben, dass deiner Mutti nichts passiert?"
„Mutti hat gesagt, ich könnte mitkommen. Da bin ich einfach mitgekommen. Als Anstandsdame... hat

Mutti gesagt."
Kathrin lächelte verlegen, und Max überlegte, womit er das kleine Mädchen nach dem Essen unterhalten könnte. Er war keine kleinen Kinder mehr gewöhnt, so dass er sich ein wenig überfordert fühlte. Doch Kathrin machte einen pflegeleichten Eindruck.
Während Max die Getränke holte, sah Lena sich neugierig im Raum um. Der Eßbereich war offen und ging im rechten Winkel in den Wohnbereich über, nicht anders als bei ihr zu Hause.
„Man merkt, dass du keine Frau hast," sagte sie dann. „Dass du das so alleine überhaupt aushältst!"
„Naja, ich habe doch immerhin eine Freundin," wandte er ein. „Leider erscheint Lilli viel zu selten. Dafür bin ich öfters bei ihr im hohen Norden."
„Du hast eine Freundin?" fragte Kathrin und nahm einen großen Happen von ihrer Pizza. „Du bist doch schon so alt..."
„Da siehst du's, liebe Lena. Kinder und Betrunkene sagen die Wahrheit!"
Max konnte nur mühsam verbergen, dass ihm diese unschuldige Bemerkung nicht gefallen hatte. Seine Eitelkeit schlug Alarm.
„Ach was, Max! Klein-Kathrin ist erst sieben, und da sind alle alt, die älter als dreißig sind," beschwichtigte Lena, die Max' Schwachstelle längst verinnerlicht hatte.
„Nein, ich werde nächste Woche schon acht," widersprach Kathrin. „Und dann kriege ich auch bald einen Freund, hat Mutti gesagt!"
Jetzt musste Max lachen, und Lena schloss sich an. Auch Klein-Kathrin fing an zu kichern, weil sie offensichtlich etwas Witziges gesagt hatte.
Max sagte „prost", und alle drei stießen miteinan-

der an. Lena dachte an eine schöne, heimelige Familie und Kathrin an das Spiel „Opa, Mutti und Kind..." und sehnte sich nach Geborgenheit. Max freute sich still und fühlte sich seit langer Zeit zum ersten Male wieder wohl.
Wäre da nicht die gemeinsame Furcht vor der Zukunft und das Trauma, das den Namen „Herwig" trug. Das immer präsent war und an ihrem Wohlbefinden nagte...
Und als ob Lena Gedanken lesen könnte, fragte sie: „Was glaubst du, was mit ihm passiert ist?"
Max wusste, wer gemeint war.
„Ich weiß es nicht."
Vielleicht schwimmt er ja noch irgendwo herum. Oder er ist längst ersoffen."
„Kann man nicht ausschließen," sagte Max. „Würdest du ihm das denn wünschen?"
„Oja! Nenn mich ruhig rachsüchtig, aber er hat mein Leben kaputt gemacht. Freunde und Verwandte machen einen Bogen um mich herum. Das muß man verstehen. Ich habe sie ja in dieses Fiasko hineingezogen. Wenn ich einen von ihnen sehe, ducke ich mich weg. Die Todesart, die ich Herwig wünsche, ist noch nicht erfunden worden."
Es war wie eine Eruption, die sich da entlud, Ausdruck ihrer immer wiederkehrenden Verzweiflung. Er versuchte, das Gespräch in moderateres Fahrwasser zu lenken.
„Ich glaube nicht, dass die jungen Leute ihre Versicherung betrügen wollten," sagte er, um von den Mordgedanken wegzukommen. „Was hätten sie davon gehabt? Segeln wollten sie, nur segeln. Dann hat Herwig ihren Weg gekreuzt. Hat ihnen das Boot entwendet und ist in der Folge damit abgesoffen."
„Vielleicht hat ihnen Herwig die Yacht abgekauft?

Zusammen mit dem Geld der Versicherung hätten sie sich dann ein noch größeres Schiff leisten können."

„Das halte ich für ziemlich spekulativ. Ich mag nicht glauben, dass alle schlecht sind," wandte Max ein.

„Und dann haben sie gemeinsam überlegt," fuhr Lena unbeirrt fort, „wie sie eine Havarie simulieren könnten. Das ließ sich ja leicht mit einer falschen Spur aus Fendern und den anderen schwimmenden Utensilien bewerkstelligen. Als sie damit fertig waren, ist Herwig einfach weitergeschippert."

„Man konnte nicht davon ausgehen, dass diese Dinge gefunden würden," wandte Max ein.

„Warum nicht? Es herrschte kein Wind um diese Zeit, so dass die Überbleibsel mit großer Wahrscheinlichkeit noch stundenlang auf dem vermuteten Kurs herumdümpelten. Folgerichtig hat man sie ja dort gefunden. Also, an Piraterie mag ich nicht glauben. Hätte ihnen Herwig dann das Rettungsboot überlassen?"

„Nein, das glaube ich nicht. Andererseits... es gab weder einen Sturm noch ein Riff. Warum also sollte die Yacht untergehen? Ergo hätten die beiden Segler von sich aus keine Havarie vorgetäuscht, weil sie dann genau mit der jetzigen Anschuldigung hätten rechnen müssen."

„Tja," stöhnte Lena resigniert, „wo ist er dann?"

„Ich weiß es nicht," antwortete Max und goss die Gläser wieder voll. „Aber ich wüsste es gern!"

52

Isola di Gorgona, die Gefängnisinsel. Der Wein sei wie die Insel, hatte Andrea Bocelli geschwärmt, „die Perle der Aphrodite, leuchtend und verführerisch."
Sicherlich hatte es Andrea Bocelli seinerzeit gut getroffen. Er war blind aber berühmt und wurde gegen negative Eindrücke abgeschirmt.
 Folglich konnte er nicht die Uniformen der Sträflinge oder die der Vollzugsbeamten sehen. Er nahm auch nicht die Melancholie wahr, die über der Insel lag. Er hatte die Strecke auch nicht schwimmend zurücklegen müssen, sondern war als geladener Ehrengast auf einem Schiff vom Festland herüber gekommen, zusammen mit seiner festlich und heiter gestimmten Begleitung.
Herwig hatte es als Schiffbrüchiger anders erlebt und kam verständlicherweise auch zu einem weniger euphorischen Urteil...
Die Schwimmweste war auf Dauer keine Hilfe. Schon bald erwies sie sich beim Vorwärtskommen als hinderlich. Sie bremste ihn aus nahm ihm die dringend notwendige Energie.
Nachdem er dies erkannt hatte, streifte er sie kurzerhand ab.
Während der folgenden Stunde hatte er denn auch deutlich mehr Strecke zurückgelegt. Er war dem Ufer ein gutes Stück näher gekommen. Deshalb hegte er berechtigte Hoffnung, noch vor Sonnenaufgang die kleine Insel zu betreten.
Aber dann hatte eine dieser Strömungen, die es zahlreich zwischen diesen Inseln gab, nach ihm gegriffen und seinen Körper weggezogen. So sehr er

sich auch wehrte, es trieb ihn immer wieder in eine andere Richtung.

Nach kurzer Gegenwehr gab er den Widerstand auf. Unbewusst tat er das Richtige, sparte seine Kräfte und ließ sich treiben. Seine Beine hingen schlaff nach unten, und er achtete lediglich darauf, dass sein Kopf nicht unter Wasser geriet. Wenn das einmal geschah, hielt er die Luft solange an, bis er wie von selbst wieder auftauchte.

Doch dann endete die Strömung so plötzlich, wie sie begonnen hatte. Ein Blick aufs Ufer zeigte, dass er eine gute Meile nach Westen gedriftet war.

Als er endlich das Ufer erreichte und aus dem Wasser taumelte, blitzten von Osten her die ersten Strahlen der aufgehenden Sonne. Wie in Trance begriff er, dass er überlebt hatte.

Doch sein Körper war so geschwächt, dass er noch an Ort und Stelle zusammensackte und liegen blieb. Nicht mal ein Stein unter seinem Rücken veranlasste ihn, seine Lage zu ändern. Ein tiefer Heilschlaf wäre nun die richtige Option für seinen ausgelaugten Körper gewesen.

Stattdessen überfielen ihn jetzt Halluzinationen. Ausgerechnet Miller drängte sich in seine verdrehte Wahrnehmung...

Miller thronte vor ihm auf einem Hügel aus puren Nuggets. Abweichend von der üblichen Camouflage trug er eine Krone aus glänzendem Gold auf seinem dünnen Haar und einen Bart aus Silberfäden. Es war dieses ironische Lachen, das ihn verraten hatte.

Herwig wollte den Hügel erklimmen, um seinen alten Kumpan und Herr über tausende Nuggets per Handschlag zu begrüßen. Doch Miller ließ ihn nicht näher kommen, sondern stieß ihn mit einem Enter-

haken vom Hügel herunter.
Herwig wollte den Haken fassen, doch seine Hände reagierten nicht. Wieder stieß Miller nach ihm, er spürte einen Schmerz auf seiner Brust...
Die Halluzination endete abrupt, und Miller verschwand aus seiner Wahrnehmung. Der Schmerz blieb jedoch und wanderte an seinem Körper entlang.
Er spürte etwas, das in einem unregelmäßigen Takt gegen seinen Brustkorb stieß, gegen seine Rippen und dann weiter abwärts wanderte. Er wollte es mit der Hand entfernen, wie man im Halbschlaf ein lästiges Insekt verscheucht, aber da stieß es schon an anderer Stelle zu.
Er schlug die Augen auf und erkannte einen Stock, der jetzt in neuerlicher Attacke gegen seinen rechten Oberschenkel gerichtet war. Er blickte hoch und erkannte am anderen Ende des Stocks die Quelle des Übels...Ein verknittertes Weiblein stocherte in verbissenem Eifer auf ihm herum und hatte noch nicht bemerkt, dass sein vermeintliches „Strandgut" eine noch lebende Kreatur war.
Mit ungläubigen Staunen verfolgte er ihr Tun. Sie hielt einen Korb in der knotigen linken Hand, wie ihn Strandläufer seit archaischen Zeiten zum Einsammeln ihrer Beute nutzten.
Herwig schnappte den Stock und zog ihn mit einem Ruck an sich. Fast wäre das alte Weib hinterher gepurzelt und auf ihn gestürzt, hätte es nicht im letzten Augenblick losgelassen. Er reichte ihr den Stock zurück. Sie griff zweimal daneben, was bedeutete, dass sie nahezu blind war.
„Mama mia," sagte sie jetzt, „che cosa e successo, signore?" Was ist hier eigentlich los?
Das klang nicht unfreundlich, und so stand er auf

und sagte artig:
„Buonjorno, Signora. Piacere..."
Das aber war nun das Äußerste an Sprachenvielfalt, das er aufzubieten vermochte. Die Alte strahlte und sagte:
„Tu e straniero? Che cos'ha.?" Du bist Ausländer? Was machst du hier...
„Ich komme aus Deutschland, Alemania. Sono Tedesco..."
„Ma no? Veramente?" Nein wirklich...?
Die Alte zeigte mit ihrem Stock nach Osten.
„La dietro e` il comandante, la casa e` 500 metres di questo posto.
Ciao." Da geht's zur Kommandantur, 500 Meter von hier.
Sie wandte sich ab und fuhr mit der Inspektion des Strandes fort, stoppte aber nach wenigen Metern und blickte wieder angestrengt nach unten.
Herwig war stehen geblieben, die Alte hatte sein Interesse geweckt. Wieder hatte sie den Stock zur Hilfe genommen und stocherte mit der gleichen Intensität wie zuvor, diesmal aber auf elfenbeinfarbigen Wurzeln herum, die wie Gebeine aussahen.
Was hätte sie bloß mit ihm angefangen, wenn nur seine Leiche dagelegen hätte?
Den Geiern überlassen, vermutete er.
Die alte Signorina hatte nochmals etwas gerufen und nach Osten gezeigt.
Er gab sich einen Ruck und ging in der angezeigten Richtung am Strand entlang. Etwa 100 Meter weiter blockierte eine Felswand den freien Zugang zum nächsten Strandabschnitt. Zugleich aber führte ein Pfad nach oben. Er folgte diesem und erreichte eine in den Felsen gehauene Trasse, die nach Osten und nach Westen verlief.

Von dort schritt er weiter in Richtung Kommandantur. Die Sonne warf ihm eine angenehme Wärme entgegen. Seine feuchte Jacke zog er aus und legte sie sauber gefaltet über den linken Arm. Es dauerte nicht lange, bis auch sein Hemd am Körper zu dampfen anfing.
Nach einiger Zeit vernahm er Motorengeräusche von vorn. Augenblicke später tauchte hinter einer Wegbiegung ein Traktor auf. Drei Männern saßen darauf, Sträflinge, wie er unschwer an den Uniformen feststellen konnte.
Mit dem Zeigefinger tippten sie an ihre Mützen und sagten „Buenjourno Signore."
Gewiß war ihm sein erst kürzlich überstandener Schiffbruch nicht anzusehen. Aber auch dann wären sie keinen Schritt langsamer gefahren, glaubte Herwig.
Er wusste, dass es sich bei den Gefangenen um sogenannte Reha-Sträflinge handelte. Das hatte er irgendwo gelesen. Diese waren nach Verbüßung einer Teilstrafe wegen guter Führung auf der Insel gelandet. Gorgona als Belohnung und Ansporn! Dass ihm Ähnliches auch mal blühen könnte, war ihm noch nicht in den Sinn gekommen.
In Sichtweite einer Siedlung, die sich in einer zum Meer hin offenen Talmulde befand, änderte er seine Richtung und kletterte einen schrägen Pfad zum Ufer hinab. Vor ihm lag der Hafen eines kleinen, pittoresken Ortes.
Am Kai befand sich ein Motorboot, an dessen Kajüte er die Aufschrift „Policia" las. Rechts und links davon hatten kleinere Angelboote festgemacht. Auch ein Fischernetz hing über einem straff gespanntem Seil.
Sein Blick wanderte zum Berg hinauf, wo am Fuße

ein größeres Gebäude sichtbar wurde. Davor parkte ein alter Pickup.
Er war zu früh, es zeigte sich noch niemand. Der Traktor, der ihm mit drei Männern besetzt entgegen gekommen war, hatte wohl die Ausnahme gebildet. Eine scheinbare Idylle...
Herwig blickte sich um. Plötzlich hatte er die zwanghafte Vorstellung, eine Schar uniformierter Polizisten würde jeden Augenblick aus dem Gebäude kommen, um sich laut schreiend auf ihn zu stürzen. Ähnlich wie in „Gullivers Reisen" würde er gefesselt im Triumphzug dem König vorgeführt, in diesem Fall dem Kommandanten in Paradeuniform. Aber jetzt entdeckte er einen Frühaufsteher, der weit hinten am Strand in den seichten Wellen plantschte und ihm zuwinkte.
Zögernd ging er in seine Richtung. Als er näher kam, sah er, dass es sich um eine Frau handelte. Sie erhob sich und streckte ihm die Hand entgegen.
„Buonjourno, dottore, e´ un piacere conoscerla...Tu e´ Signore Camilleri ? O no?"
Offenbar eine Verwechslung, und Herwig wollte sich schon wieder umdrehen. Aber da ergoss sich ein Wortschwall über ihn. Sie hatte wohl mit jemand anderem gerechnet und erkannte jetzt ihren Irrtum.
„Sono un Tedesco, con barca fin qui", sagte er, als sie endlich eine Pause einlegte. „Voglio da Comandante."
„Comandante" müsste sie verstanden haben.
„Ah, un tedesco...il comandante e´la," sagte sie enttäuscht und zeigte in Richtung des größeren Gebäudes.
„Il comandante e´ mio marito. Ma e´ una ora troppo presto," ergänzte sie und zog sich mit verdrießlicher

Miene zu ihrem Badeplatz zurück.
No capisco, hatte er noch antworten wollen, sparte sich aber die Mühe.
Er wusste, dass Touristen im Regelfall die Insel nur nach Voranmeldung und nur auf einer bestimmten Schiffsroute betreten durften. Auch Segler konnten hier nicht anlegen. Aber galten für Schiffbrüchige nicht andere Regeln? Er hatte ja nicht freiwillig verbotenes Terrain betreten.
Es gab einen gepflasterten Weg, der den kleinen Hafen mit der eigentlichen Haftanstalt verband. Er führte vorbei an meist unbewohnten Häusern mit geschlossenen Fensterläden und einem kleinen Friedhof.
Er las die Namen Citti und Dodoli auf geschliffenem Marmor. Einige Grabsteine weiter gab es überhaupt keine Hinweise auf die Verstorbenen. Hier lagen vermutlich die Menschen, welche die Insel-Idylle auf Dauer nicht hatten verkraften können...die Selbstmörder.
Oberhalb des Friedhofs begann eine üppige Macchia, dazwischen wuchsen Palmen und Kakteen. Dahinter sah er die von Bocelli so gefeierten Weinberge, die sich weit über den Hügel zogen.
Am Ende des asphaltierten Weges lag der weiß getünchte Gefängnisbau mit den vergitterten Fenstern. In dem Augenblick, als er diesen erreichte, kamen die ersten Strafgefangenen zum Haupttor heraus. Ihre Uniformen bildeten einen befremdlichen Kontrast zu dieser in warmen Farben gezeichneten Landschaft. Einer rief etwas zu ihm herüber und winkte. Er tat, als habe er es nicht bemerkt und blickte in eine andere Richtung.
Obwohl weit hergeholt, war ihm das Stichwort Fluchthilfe in den Sinn gekommen. Doch er sollte je-

den Anschein eines Kontaktes vermeiden, dachte er. Also drehte er sich wieder um und kehrte den Weg zurück, um erst gar kein Missverständnis aufkommen zu lassen.

Inzwischen war bei den Ställen Leben eingekehrt. Er hörte das fröhliche Meckern der Ziegen und das Blöken der Schafe. Die Ställe lagen am Rand des spärlichen Hutewaldes, in dem sich jetzt die Schweine tummelten. Kein Zweifel, die Insel erwachte gerade.

Auf dem Weg hinab zum Hafen kam er an der Kommandantur vorbei, nahm Platz auf der Kaimauer aus Natursteinen und ließ entspannt seine Beine baumeln. Das Meer lag mit seiner glatten Oberfläche ausgebreitet vor ihm. Im Dunst der Morgensonne ahnte er weit im Süden die Konturen von Elba. Auf den Steinen neben sich breitete er seinen Blazer aus. Zum wiederholten Male überzeugte er sich vom Vorhandensein seiner Brieftasche. Er prüfte, ob der Inhalt unter der Nässe gelitten habe und legte ihn zum Trocknen auf den Rand der Kaimauer.

Man würde ihn wohl zügig abschieben oder einfach laufen lassen, überlegte er. Vielleicht könnte er dann noch einige seiner Termine retten. Auch die Staatsanwaltschaft hatte ihn einbestellt, aber das hatte keine Eile. Soeben war er dem Tod von der Schippe gesprungen. Das hatte einiges relativiert.

Was ihn jetzt mehr beschäftigte, war sein offensichtliches Piratenstück. Ob die Nachricht davon schon bis hierher gedrungen war? Für sein Empfinden lag diese Insel außerhalb der vernetzten Welt, jenseits von Zeit und Raum.

Plötzlich tippte ihm jemand von hinten auf die Schulter. „Buonjorno, Signore," sagte eine sonore

Stimme. Überrascht fuhr er herum.
Eine respektable Erscheinung mit Schnäuzer und beiger Uniform hatte sich ihm lautlos genähert.
Reflexartig sprang Herwig auf die Beine. Es hätte nicht viel gefehlt, und er hätte die Hacken zusammengeschlagen.
„Tu e` Tedesco?" fragte der Uniformierte.
„Sie sind Deutscher, nicht wahr?"
„Ja, richtig," antwortete Herwig, abermals überrascht. „Das bin ich. Wie haben Sie das bemerkt?"
„No, das habe ich nicht gemerkt. Ich habe getippt. Italienische Touristen wissen Bescheid. Die kommen nicht einfach so auf die Insel. Was hat Sie denn hierher verschlagen, und was wollen Sie hier?"
„Ich hatte eine Havarie. Mein Boot ist untergegangen, nicht weit von hier, und ich musste den Rest der Strecke schwimmen."
„Verstehe ich Sie richtig, Sie sind hierher geschwommen? Die meisten würden es vorziehen, von dieser Insel wegzukommen, notfalls auch schwimmen, wenn die Entfernung zum Festland nicht so groß wäre. Wie ist denn Ihr Name?"
Noch bevor Herwig antworten konnte, ergänzte der Uniformierte, indem sein Blick auf die feuchten Papiere auf der Mauer fiel: „Noch besser, wenn Sie sich ausweisen könnten...Sono Commissario Nobile. Ich bin hier der Comandante."
Herwig reichte seinen Personalausweis.
„H a g e n   H e r w i g ," buchstabierte der Commissario. „Ist das richtig?"
„Ja, ja, das ist richtig," beeilte sich Herwig zu sagen, dem Uniformen von Kindheitstagen an Respekt eingeflößt hatten.
Und im vorauseilenden Gehorsam ergänzte er : „Ich komme aus München, aus Monaco di Bavaria."

„Si, das sehe ich in ihrem documento," sagte der Commissario und gab den Ausweis zurück. „Wir müssen nachher ein Protokoll aufsetzen. Der Sonderstatus der Insel macht dies erforderlich. Dann brauche ich den Ausweis nochmal. Aber erst sollten Sie etwas frühstücken. Warten Sie hier!"
Damit drehte er sich um und schritt zu dem Gebäude, in das inzwischen Leben eingekehrt war. Herwig sah mehrere Polizisten rein- und rauskommen.
Wenig später erschienen zwei Männer vom Wachpersonal, die zwei Stühle und einen Tisch an der Kaimauer aufstellten. Auch sie sagten höflich „Buonjorno Signore" und gingen wieder. Er nahm Platz und spürte eine große Müdigkeit.
Nun bedauerte er seinen sofortigen Aufbruch, nachdem die Alte ihn unsanft geweckt hatte, weil sie ihn offenbar mit Strandgut verwechselt hatte. Er hätte noch einige Stunden in der warmen Sonne liegen bleiben sollen.
Der Commissario kehrte zurück, in der Hand einen in Leder gefassten Schreibblock. Er setzte sich Herwig gegenüber und betrachtete ihn.
„Hatte ich Sie richtig verstanden, als Sie sagten, Sie hatten eine Havarie? Es gab in letzter Zeit keinen Sturm, nicht einmal richtigen Wind. Wie kann das sein?"
Herwig machte sich auf ein scharfes Verhör gefasst.
„Meine Yacht ist unter Motor gelaufen und plötzlich mit etwas kollidiert, für das ich keine Erklärung habe," stotterte er. „Ich vermute, dass dabei der Kiel abgerissen wurde und ein Leck entstand. Oder gleich mehrere. Ich weiß, es klingt absurd, aber dann ist die Yacht gesunken. Es ist die Wahrheit!"
In diesem Moment kehrten die beiden Wachen mit je einem Tablett zurück und stellten es vor ihnen

auf den Tisch... Kaffee, Brot und Butter, Rührei und Schinken und einen Teller für den Gast. Sein Unbehagen wuchs. Zu sehr erinnerte ihn das Arrangement an seine Vorstellung von einer Henkersmahlzeit.

„Molto grazie," sagte er. „Das ist nobel von Ihnen." Schließlich gab es keinen objektiven Anlass, unhöflich zu sein.

„Buen appetito," antworteten die beiden Uniformierten und entfernten sich wieder.

„Ich schließe mich an. Guten Appetit! Sie müssen Hunger haben," bemerkte Nobile. „Leider gibt es hier kein Gasthaus. Sonst hätte ich Sie dorthin geschickt."

Herwig begann zu frühstücken, während der Commissario an seinem heißen Kaffee nippte. Nachdenklich betrachtete er sein Gegenüber und versuchte, sich ein Bild von dem sonderbaren Gast zu machen.

„Also, Sie können es sich nicht erklären, wie es zu dem Unglück kam. Da fällt mir ein... haben Sie eigentlich die Schiffspapiere von der kleinen Yacht retten können?"

Herwig verschluckte sich und murmelte „Scusi". Diese Frage kam unerwartet. Hatte er denn von einer „kleinen Yacht" gesprochen? Er wusste es nicht mehr.

„Nein, die lagen noch im Schiff, als es unterging," antwortete er unsicher.

„Was ist mit dem Beiboot? Zu jeder Yacht gehört normalerweise ein kleines Beiboot. Besaßen Sie etwa keines?"

„Es ist mir bei einem Landgang in der Nähe von Nizza gestohlen worden. Es war plötzlich weg," log Herwig. Auf die Schnelle war ihm nichts Besseres eingefallen.

„Ja, ja, die bösen Franzosen," sagte Nobile und nahm einen Schluck Kaffee. „Früher waren es immer die diebischen Italiener, die alles klauten, was nicht niet- und nagelfest war." Er konnte ein Grinsen nicht unterdrücken.

„Übrigens," fuhr er fort, „ich glaube Ihnen die Havarie und kann Ihnen auch sagen, woran Sie heute Nacht vermutlich gescheitert sind..."

Herwig stellte erleichtert seine Kaffeetasse zurück und vergaß den verräterischen Versprecher des Commissario, der diesem nicht aufgefallen schien.

Nobile zündete sich eine Zigarette an, nahm einen tiefen Zug und erklärte:

„Sie hatten eine Kollision mit einem Container, der von einem Schiff heruntergefallen war und unsichtbar unter Wasser schwamm. Das kommt hier öfters vor. Sie sind nicht das erste Opfer dieser Art. Und werden auch nicht das letzte sein..."

„Natürlich, klar, darauf hätte ich eigentlich selbst kommen können."

Herwig schüttelte sein Haupt, auf dem sich inzwischen kurzes Stoppelhaar gebildet hatte.

„Eine Bitte noch," sagte er dann. „Würden Sie freundlicherweise Ihre Einschätzung ins Protokoll schreiben? Das wäre in der Auseinandersetzung mit der Versicherung sicherlich hilfreich."

Ein guter Einfall, fand er, auf eine Versicherung hinzuweisen. Das, so hoffte er, ließ keinen Zweifel an den Besitzverhältnissen aufkommen.

„Si, das will ich gern tun," antworte der Commissario und stand auf. „Bleiben Sie ruhig sitzen. Ich muss mich jetzt um meine Knackies kümmern. Das nächste Polizeiboot, das von Livorno kommt, wird Sie dorthin mitnehmen... Es sollte in der nächsten halben Stunde hier sein."

Nobile schritt davon, und niemand schien sich mehr für ihn zu interessieren. Er tat, wie ihm geheißen...er frühstückte zu Ende. Als er in der Ferne ein Motorengeräusch wahrnam, drehte er seinen Stuhl so, dass er das Meer bis zum Horizont wieder im Blick hatte. Er beobachtete einen Punkt in der Ferne, der schnell größer wurde und sich schließlich zu einem Schnellboot mauserte. Es kam aus der Richtung, wo er Elba vermutete. Aber laut Comandante Nobile hätte es vom Festland her, von Livorno kommen sollen.

Von neuer Unruhe getrieben erhob er sich vom Stuhl und kletterte auf die Mauer. Das Boot wurde langsamer, machte einen Schlenker um die Mole herum und hielt exakt auf seinen Frühstücksplatz am Kai zu. Hinter einem uniformierten Steuermann erkannte er drei Männer in Zivil. Herwigs gerade erst aufkommender Optimismus war schlagartig dahin.

Er hätte „Scheiße" schreien mögen, aber seine Kehle war wie zugeschnürt. Er blickte in die feixenden Gesichter von zwei „alten" Bekannten, Roberto und Luigi.

Der dritte, ein sportlich aussehender junger Mann, sprang noch während der Fahrt aus dem Boot und überreichte ihm wortlos zwei Festmacher. Herwig hatte keine Wahl, zumal Luigi grinsend die Kalaschnikow von einer Hand in die andere nahm und in eindeutiger Pose damit herumspielte. Ein zweifelfreies Signal.

Er beugte sich - im doppelten Sinne - und machte das Boot fest, während der dritte Mann in Richtung Gebäude verschwand. Jetzt konnte er sich auch das Verhalten des Commissario erklären.

„Komm rüber, subito!" sagte Luigi mit Nachdruck, „Oder sollen wir dich holen? Diesmal gibt es keine Spielchen mehr. Dann wird scharf geschossen."
Herwig stolperte an Bord. Da war es also, das Unheil, das er seit geraumer Zeit spürte, wie es auf ihn zugekrochen kam, unaufhaltsam.
Bruno kam aus dem Gebäude zurück, machte die Festmacher los und sprang ins Cockpit. Der Uniformierte am Steuer betätigte einen Hebel, und das Boot glitt aus dem Hafen.
Luigi sagte zu Herwig: „Das hätten wir uns sparen können."
Dann schoss das Schnellboot mit Vollgas in Richtung Elba.

53

Gottlieb Brach hatte die Preisentwicklung auf dem Münchner Immobilienmarkt mit wachem Instinkt verfolgt und Mitte der achtziger Jahre zum erstenmal zugeschlagen. In dem erst kürzlich errichteten Hochhaus in der Balanstraße sicherte er sich eine großzügig geschnittene Eigentumswohnung, um sie umgehend an ein solventes Ehepaar zu vermieten. Nur wenige Jahre später gelang es ihm, eine zweite Wohnung in derselben Immobilie zu ergattern. In seiner Eigenschaft als Mitarbeiter einer finanzierenden Bank besaß er Informationen aus erster Hand. So erfuhr er, dass der bisherige Eigner, ein junger Familienvater, seinen Kredit nicht mehr hatte bedienen können. Da sein bisheriger Arbeitgeber Konkurs anmelden musste, war ihm sein Einkommen abhanden gekommen. Und damit die Möglichkeit, die Wohnung weiterhin zu finanzieren. Eine trauri-

ge Folge von Ursache und Wirkung.
Gottlieb Brach hatte die Situation ausgenutzt und schamlos den Preis gedrückt, um kurze Zeit später selbst in diese Wohnung einzuziehen. Weil er nun seinerseits Abträge zu leisten hatte, schaute er sich nach einer lukrativeren Verwendung seiner Arbeitskraft um. Prompt landete er durch Vermittlung seiner ehemaligen Kollegin Susanne Graf bei Duma 25. Schnell durchschaute er dort den perfiden Geschäftsbetrieb und machte sich in der Folge unentbehrlich. Den internen Slogan: "Wir sind ein Team... einer für alle, alle für einen!" hatte er bald verinnerlicht und trug nun seinerseits Sorge, dass auch die Kollegen sich diesen Teamgeist zu eigen machten. Aber nicht bei allen war er sich der gebotenen Loyalität sicher.
Doch Herwig hätte sich keinen besseren Statthalter wünschen können, zumal Brach mit seinem sicheren Gespür für die Befindlichkeiten der Mitarbeiter fast immer richtig lag.
So richtete er seine ganze Energie auf den Erfolg des Unternehmens. Schon bald erhielt er Prokura und stieg zum Stellvertreter Herwigs auf.
Doch das rief die ebenso ehrgeizige wie intrigante Kollegin Susanne Graf auf den Plan. Ursprünglich war sie von Herwig favorisiert worden.
„Das ist wohl der Dank für meine Vermittlung," ließ sie ihn bei Gelegenheit wissen. „Ich hätte dich besser in deiner Bank vertrocknen lassen sollen."
Dann war Susanne Graf auf eigenen Wunsch ausgeschieden, und Gottlieb Brach hatte eigentlich keine Wünsche mehr offen. Und wenn er zu entscheiden gehabt hätte, wäre es immer so weiter gegangen. Seine Motivation unterschied sich in nichts von der seines Chefs. Sie verband die schlichte Gier nach

Reichtum, wenn auch mit differenzierten Erwartungen. Hätte dieser nicht plötzlich und unerwartet die Notbremse gezogen...
Brach hätte es wissen müssen. Er kannte die Zahlen, und doch hatte es ihn unvorbereitet getroffen. Auf einmal befand sich die Firma im freien Fall.
Herwig hatte von heute auf morgen die Auszahlungen an die Anteilseigner der Fonds eingestellt. Ein Fond nach dem anderen schloss seinen Geldhahn und fiel in Agonie. Weil Nebelkerzen das Bekanntwerden der Wahrheit verzögerten, zappelten alle noch eine Weile in ihrem Netz. Aber dann verbreitete sich die herbe Nachricht in Windeseile.
Damit erlosch die Nachfrage nach Herwig-Papieren. Unbemerkt von der Öffentlichkeit breitete sich stilles Entsetzen aus. Es traf alle, die sich zu weit aus dem Fenster gelehnt hatten.
Brach hatte Drohbriefe erhalten und einige davon auch gelesen. Daher traute er sich eine Weile nicht, vor Mitternacht den Firmensitz zu verlassen. Manchmal übernachtete er im Büro.
Herwig bot ihm an, Duma 25 auf eigene Rechnung weiter zu betreiben, wenn sich der „Schlachtenlärm" erst mal verzogen habe. Brach bat sich Bedenkzeit aus.
„Abwettern" hieß jetzt die Devise, nicht Fahnenflucht!
Gegen seinen Wunsch aber hatte Herwig Susanne Graf wieder zurück ins Boot geholt. Zur Brachs Unterstützung, behauptete er. Zu seiner Kontrolle, traf wohl eher zu.
Nachdem Herwig eine Woche zuvor mit unbekanntem Ziel verreist war, kam dieser überraschende Anruf aus St. Petersburg. Ein russischer Geschäftsmann wollte eine hohe Summe krisensicher anle-

gen. Ein Glücksfall, fand Brach. Offenbar hatte sich das Fiasko noch nicht bis St. Petersburg herumgesprochen.

Er nannte sich Oleg Popov und würde schon morgen nach München kommen wollen.

„Heißt das etwa, dass Sie dann mit einem Sack voll Geld vor der Türe stehen?"

„Ja, das heißt es. Kommt Ihnen das etwa ungelegen?"

„Nein, nein," beeilte sich Brach zu sagen. „Im Gegenteil. Ich habe nur überlegt, wie wir das Geschäft am besten abwickeln könnten."

„Na klar," zeigte Popov Verständnis. „Aber Sie werden doch über einen Ort verfügen, wo ich das Geld ungestört übergeben kann? Sicherlich wollen Sie es doch vorher zählen!"

Es wäre nicht das erste Mal, dass ein Anleger mit Bargeld daherkam. Man war flexibel bei Duma 25, wenn es darum ging, die Gelder anderer Leute einzusammeln, um sie dann in die „richtigen" Kanäle zu lenken. Das galt erst recht für Schwarzgeld. An dieser Frage war noch kein Geschäft gescheitert.

„Ich kann meine Wohnung in der Balanstrasse zur Verfügung stellen. Wäre Ihnen der späte Nachmittag recht?"

„Okay," antwortete Popov. „Sagen wir 17 Uhr? Gibt es vielleicht noch irgendwelche Fragen zum Prozedere?"

„Nein, ich denke nicht. Also, dann wünsche ich Ihnen einen guten Flug. Halt, doch...wie bekommen Sie denn das Geld an den Flugplatzkontrollen vorbei?"

„Gar nicht. Es befindet sich bereits in München."

„Aha, dobro! Spasibo und doswidanja. Also, dann bis morgen."

Brach war sprachlich flexibel, auch weltgewandt.
Doch der andere konnte es nicht würdigen...er hatte
bereits aufgelegt.

54

Am folgenden Tag verließ Gottlieb Brach das Büro
schon um die Mittagzeit. Bis dahin hatte er darüber
nachgedacht, wie er den unverhofften Geldsegen
sicher an seinem Chef vorbei schmuggeln könnte.
Denn so schnell würde sich keine Gelegenheit mehr
bieten, noch einmal in den Honigtopf zu greifen.
Herwig selbst würde auch so gehandelt haben, war
er sich sicher.
Als Popov um 17 Uhr noch nicht aufgetaucht war,
wurde er unruhig. Hatte es sich der Russe am Ende
noch anders überlegt? Oder waren ihm zwischen-
zeitlich die Fakten zu Ohren gekommen? Je nach
Grad seiner Vernetzung lag das im Bereich der
Möglichkeiten.
In diesem Augenblick hörte er ein „Ding-Dong". Es
war das Signal, das nur durch Drücken des Klingel-
knopfs an seiner Wohnungstür ausgelöst wurde.
Popov mußte also schon vor seiner Tür stehen,
dachte er irritiert.
Er eilte in den kleinen Flur und öffnete. Ein groß ge-
wachsener, junger Mann stand vor ihm. Popov hatte er sich anders vorgestellt.
„Also, Sie sind Gaßpadin Popov?" fragte Brach
überrascht. „Wie sind Sie denn ins Haus gekommen?"
„Nein, mein Name ist Kleist. Marcus Kleist," entgegnete der junge Mann. „Kennen Sie mich denn
nicht mehr, Herr Brach? Im Büro sagte man mir, ich

würde Sie zu Hause antreffen."

Marcus Kleist, der Sohn des Chefs, der den Namen seiner Mutter angenommen hatte. Ja, natürlich. Aber es waren Jahre her, dass Marcus ihm begegnet war. Jahre, in denen dieser wie im Zeitraffer in die Höhe geschossen war. Brach war nicht klein, aber Marcus überragte ihn um Kopfeslänge.

„Doch," sagte Brach, „jetzt erkenne ich Sie. Na klar, Sie sind es!" Er machte keine Anstalten, Marcus hereinzubitten. Im Gegenteil, er überlegte, wie er ihn sofort wieder abwimmeln könnte.

„Ihr Besuch kommt mir im Augenblick ungelegen, wenn ich offen sein darf. Jeden Augenblick erwarte ich einen wichtigen Geschäftspartner. Ich dachte schon, er sei es, als es klingelte. Kommen Sie doch morgen ins Büro. Dort nehme ich mir dann Zeit für Sie."

Brach wusste, dass sein Chef Herwig keine herzlichen Beziehungen zu seinem Sohn aus erster Ehe unterhielt. Er hatte ihn ja vor Jahren schon in die Staaten geschickt, um Distanz zwischen Vater und Sohn zu schaffen. Wegen seines Tones gegenüber dem Junior musste er sich daher keine Gedanken machen.

„Es wird nur drei Minuten dauern," erwiderte Marcus und drückte sich an dem verdutzten Prokuristen vorbei. „Wie wär's, wenn Sie die Tür schließen würden!"

Der Sohn strahlte eine ähnliche Autorität wie sein Vater aus. Brach schloss die Tür.

„Wo steckt eigentlich mein Vater?" fragte Marcus und blickte sich in der Wohnung um. „Im Büro wusste man es nicht."

„Die Frage kann ich ihnen nicht beantworten. Er ist erst kürzlich abgereist und wollte in wenigen Tagen

zurück sein. Also, was gibt's?"
„Ich will meinen Einsatz zurück. Mein Geld, das mir meine Mutter vererbt hatte. Im guten Glauben habe ich es bei Duma 25 angelegt. Und jetzt ist es futsch, einfach weg!"
Marcus hatte alle Mühe, sachlich zu bleiben. Aber seine Körpersprache verriet seine Wut. Brach legte unruhig blinzelnd seinen Kopf auf die Seite, was er immer dann tat, wenn sich beim jeweiligen Gegenüber bedrohliche Entwicklungen andeuteten.
„Kürzlich habe ich an einer Versammlung teilgenommen," fuhr Marcus fort. „Es handelte sich um eine Selbsthilfegruppe der Anteilseigner, denen Sie die Existenzgrundlage gestohlen haben. Zwei Tage darauf hat eine Teilnehmerin versucht, sich das Leben zu nehmen!"
Marcus blickte Gottlieb Brach zornig an. Brach schien es nicht zu bemerken.
Nicht wahr, hierzu fällt Ihnen nichts ein. Oder haben Sie ´was mit den Ohren?"
„Doch, doch. Ich wollte Sie nur ausreden lassen… sehr dramatisch, was Sie da berichten. Aber dergleichen soll vorkommen. In Ihrer eigenen Angelegenheit sollten Sie mit Ihrem Vater sprechen, wenn er zurück ist. Schade übrigens, dass Sie keine Ähnlichkeit mit ihm haben."
Er blinzelte schräg von unten und klappte seinen Kopf noch weiter auf die Seite. Diese Pose macht ihn noch unsympathischer, als er sowieso schon ist, dachte Marc.
„Ich sag Ihnen was," nahm Brach das Gespräch wieder auf. „Wenn man im Berufsleben bestehen will, muss man irgendwann die Ellenbogen ausfahren und sich seinen Platz erstreiten. Vogel friss oder stirb! Ihr geschätzter Vater weiß das. Und Sie wer-

den das auch noch lernen, wenn Sie erst Ihr eigenes Geld verdienen müssen."
Brach betrachtete die Unterredung für beendet. Er riss die Tür zum Außenflur auf.
„Also, wegen der Einlage sprechen Sie besser Ihren Vater an. Ich bin da nicht die richtige Adresse!"
„Gern, wenn ich ihn denn zu Gesicht bekomme," sagte Marcus. „Und danke auch für Ihre wohlfeilen Ratschläge...Sie Arschloch!"
Er schlug die Tür heftig hinter sich zu.
Brach schnaufte verächtlich und ging zurück in die kleine Küche, um Kaffee und andere Getränke bereitzustellen. Für alle Fälle hatte er auch eine Flasche Wodka besorgt.
In diesem Augenblick ging sein Telefon.
„Leider habe ich mich verspätet," sagte Popov. „Aber jetzt stehe ich vor ihrem respektablen Haus."
Brach drückte auf den Türöffner, lauschte dann, ob die Tür aufgestoßen würde und öffnete wieder seine Wohnungstür, um auf den Flur zu treten...
In diesem Augenblick passierte es.
Zwei kräftige Gestalten, die seitlich vom Eingang gelauert hatten, ergriffen ihn und drängten ihn zurück in seine Wohnung. Blitzschnell verklebte ihm einer den Mund, während der andere seine Hände auf dem Rücken fixierte.
Gleich darauf erschien ein Dritter, der wie aus dem Nichts aufgetaucht war und kurze Befehle auf russisch gab.
Schon beim ersten Ansturm war Brachs Brille auf die Fliesen gefallen, und dann war jemand darauf getreten. Es hatte fürchterlich geknirscht. Ohne Brille erkannte er die Männer nur noch schemenhaft. Wortlos hatten sie ihn ins Schlafzimmer gezerrt und ihn wie einen Sack auf sein Bett geworfen. Jetzt lag

er dort, sorgfältig verschnürt und mit dem Gesicht nach unten.

Die beiden Männer hatten slawische Züge getragen. Das Gesicht des dritten Mannes hatte er nicht mehr erkennen können. Es war alles so verwirrend schnell gegangen. Seine Wahrnehmung hatte insgesamt gelitten. Und so war ihm ein wichtiges Detail entgangen: Bewußt hatten alle drei Männer auf eine Maskierung verzichtet, weil Brach keine Gelegenheit mehr haben würde, sie als Zeuge einer Straftat zu belasten.

Jetzt hörte er zum erstenmal die Stimme, die er bis dahin nur vom Telefon gekannt hatte.

„Ich will Ihnen reinen Wein einschenken, Herr Brach," sagte Popov. „Wir haben den Auftrag, Ihrem Treiben und damit ihrem Leben ein Ende zu setzen. Namen tun wohl nichts zur Sache, denn wir handeln im Namen aller Opfer. Ihretwegen sind Menschen in aussichtslose Situationen geraten, in denen sie nur den Tod als Ausweg sahen. Sie haben Leid über viele Menschen und ihre Familien gebracht!"

Da hätte Brach gern erwidert, dass er ja nur Weisungen ausgeführt habe. Aber der Mund war ihm verschlossen und sein Widerspruch sinnlos. Er war starr vor Entsetzen, da ihm langsam klar wurde: Dies sollte keine faire Verhandlung werden, sondern seine Hinrichtung!

„Wir werden kurzen Prozess machen," fuhr Popov ungerührt fort. „Der Himmel wird's uns danken. Und was die Hölle anlangt, so bin ich mir nicht sicher, ob Sie dort mit Freude aufgenommen werden."

Das letzte, was er vernahm, waren Schritte, die sich vom Schauplatz entfernten. Popov hatte die Woh-

nung verlassen.
Jetzt hätte er gern noch um Gnade gefleht, aber da drückte auch schon eine behaarte Hand seinen Kopf fest und tief ins Kissen. Seine letzte Wahrnehmung war Zigarettenqualm, wonach diese Hand gerochen hatte. Ihm schwanden die Sinne, und dann hörte er zu atmen auf. Es war, als hätte jemand das Licht ausgeknipst.
Noch am gleichen Abend ging im fernen Tallinn Karl Friedrich von Below zusammen mit seiner St. Petersburger Lebensgefährtin Katarina, geb. Popova, zur Alexander-Newski-Kathedrale. Dort sprachen sie ein kurzes Gebet und zündeten eine Kerze an. Eine zweite Kerze musste warten. Herwig war nicht auffindbar, sondern wie vom Erdboden verschluckt.

55

Später erinnerte sich Marcus, dass ihm zwei Männer aus dem Aufzug entgegen gekommen waren. In ihren dunklen Anzügen hatten sie seltsam deplatziert gewirkt und nicht zu diesem Haus passen wollen. Grußlos waren sie an ihm vorbei geeilt.
Als er in seinem alten Peugeot Platz genommen hatte und noch über die Begegnung mit Gottlieb Brach sinnierte, spürte er wieder Wut in sich aufsteigen. Wut über Brachs Arroganz und Wut über sich selbst. Eigentlich hatte er diesem Vertreter eines Raubtier-Kapitalismus von einer zivilisierten Welt berichten wollen. Tatsächlich hatte er nichts bewirkt. Seine wenigen Statements waren an Brach abgetropft.
Als er endlich den Motor anlassen wollte, traten die

beiden kantigen Figuren, die ihm eben noch im Flur begegnet waren, wieder in sein Blickfeld. Beide rauchten und gestikulierten dabei heftig mit den Händen. Offenbar gab es eine Meinungsverschiedenheit. In ihren dunkel glänzenden Anzügen sahen sie aus wie zwei domestizierte Gorillas. Aber dann waren sie plötzlich wieder im Gebäude verschwunden.

Während er noch unentschlossen seine Hände auf dem Lenkrad betrachtete, vernahm er ein unheilvolles Bremsgeräusch hinter sich, dann unmittelbar darauf die Laute, wie sie bei einem Crash zweier blechernen Vehikel entstehen.

Da hatte jemand großzügig eingeparkt, aber die Parklücke nicht richtig getroffen. Er sah einen Golf, der neben seinem Auto endlich zum Stillstand gekommen war.

Die Fahrerin entpuppte sich als eine junge Dame, eigentlich noch ein Mädchen, mit kurzen, glatten Haaren. Während er abwartend auf seinem Sitz verharrte, versuchte sie, auf der Fahrerseite auszusteigen. Er musste grinsen, als er sah, dass dies wegen der Nähe zu seinem Wagen aussichtslos war. Aber dann hatte sie ihr Fenster herunter gefahren und hilflos zu ihm herübergeschaut. Schließlich klopfte sie gegen sein geschlossenes Beifahrerfenster.

Der Crash bekam einen Hauch von Komik.

Er ließ die Scheibe herunter und sagte halb zerstreut, halb erheitert: „Herein!"

„Sind Sie verletzt?" fragte sie mit sorgenvollem Ausdruck. „Ist Ihnen etwas passiert?"

„Ach was!" Er musste lachen. „Da müssen Sie sich schon etwas mehr ins Zeug legen."

Noch immer machte er keine Anstalten auszusteigen.

„Ja, wollen Sie denn gar nicht wissen, was mein Auto Ihrem Auto angetan hat?"
„Nur, wenn Sie darauf bestehen," antwortete er mit stoischem Blick.
Er hatte den alten Wagen, der bereits einige Beulen aufwies, nur für die Dauer seines Aufenthaltes in München erworben. Wenn er denn in Kürze die Stadt wieder verlassen würde, wollte er den Wagen für wenig Geld wieder loswerden, oder ihn auf den Schrottplatz fahren.
„Ich heiße Viktoria. Viktoria Leinweber," stellte sie sich vor und streckte ihre Hand durch beide Fenster. Marcus ergriff sie. „Ich wohne hier. Wie wär's mit einem Kaffee bei mir? Dann könnten wir den Fall in aller Ruhe besprechen und die notwendigen Daten austauschen."
Viktoria wirkte sympathisch, das Angebot war reizvoll, seine Laune verbesserte sich schlagartig.
„Ja, warum eigentlich nicht," entgegnete er.
Während der Schadensfeststellung im Eilverfahren betrachtete er beinahe wohlwollend die neue Beule an seinem Auto. Ihr verdankte er jetzt eine Einladung zum Kaffee, vielleicht sogar mehr. „Und jedem Anfang wohnt ein Zauber inne..." Er hatte während der Dauer seines Aufenthalts noch keine Gelegenheit zu einer neuen Beziehung gehabt. Und die alten Adressen hatte er aus unterschiedlichen Gründen nicht wieder aufleben lassen. Mit H.Hesse im Hinterkopf stapfte er auf seinen langen Beinen, aber wie auf Wolken, hinter Victoria her. Zufall oder nicht... sie hatte eine Wohnung auf der achten Etage, wo auch Brach sein Etablissement besaß. Als sie an seiner Wohnungstür vorbei kamen, sah er, dass diese nur angelehnt war.
Eigenartig, dachte er, das passt nicht zu diesem Pe-

danten. Zumal dieser jederzeit mit einer Heimsuchung durch „Speerspitzen" der betrogenen Anteilseigner rechnen musste.
Sie waren in Victorias Wohnung angekommen.
„Ich möchte Kuchen für uns auftauen und brauche etwas Zeit," entschuldigte sich Viktoria.
Sie schickte sich an, in die kleine Küche zu verschwinden.
„Moment," meldete sich Marcus. „Ich werde auch noch schnell etwas erledigen und gleich wieder zurück sein, okay?"
„Okay, okay," schallte es aus einer Ecke des Raumes. Erst jetzt erkannte er eine Voliere mit einem Papagei darin, der ihn sofort an Gottlieb Brach erinnerte. Er hatte wie jener den Kopf auf die Seite gelegt, um ihn mit nur einem Auge argwöhnisch zu beobachten. „Okay, okay," ließ sich dieser abermals vernehmen. Und dann gurgelte er etwas wie...
„Leck mich doch...okay, okay!"
Verblüfft blieb Marcus stehen und starrte den Vogel an. Dann prustete er los.
„Halt endlich die Klappe!" sagte Viktoria. „Also, ich meine meinen vorlauten Papagei, nicht Sie. Wenn Sie wieder rein wollen, dann klopfen Sie aber bitte an die Tür. Die Klingel für die Wohnungstür ist außer Betrieb."

56

Die Tür zu Brachs Wohnung war noch angelehnt. Vorsichtig drückte er sie auf. Es verursachte ein unangenehmes Geräusch. Irgendetwas hatte sich darunter verklemmt.
Auf den Fliesen entdeckte er die Reste eines Brillen-

gestells, dann einen umgeworfenen Garderobenstuhl. Auf diesem hatte sich wohl ein Päckchen Briefe befunden, die nun verstreut auf dem Boden lagen. Marc spürte, dass hier etwas Ungewöhnliches passiert sein musste. Er verharrte vor der Wohnzimmertür und lauschte. Aber dort herrschte Stille.
Er war im Zweifel, ob er nicht wieder umkehren sollte. Aber jetzt vernahm er ein Geräusch, das seine Neugier weckte. Dort, wo es herkam, vermutete er das Schlafzimmer.
Sollte dieser geldgeile Sack denn Damenbesuch erhalten haben? Er war ihm so geschlechtsneutral erschienen, aber vielleicht war er für eine Überraschung gut.
Marc wollte es wissen und öffnete einen Spalt weit die Tür. Sein Blick fiel auf ein schmales Bett, darin der Prokurist. Er hielt die Augen auf eine nachdenkliche Art auf ihn gerichtet, doch ohne das wichtigtuerische Blinzeln.
Marc war noch keinem Toten begegnet, aber der Anblick ließ ihn seltsam unberührt. Er spürte auch nicht, dass von diesem Ort eine höhere Weihe ausging, was wohl daher rührte, dass der Tote zu Lebzeiten selber über Leichen gegangen war.
Er drückte die Tür etwas weiter auf und sah einen Bilderrahmen auf dem Boden liegen, darin ein zerrissener Allerweltsdruck.
Dann erkannte er die beiden „Gorillas" in ihren billig glänzenden Anzügen. Sie standen mit dem Rücken zu ihm und machten sich an einem Wandsafe zu schaffen. Offenbar war dieser durch jenes Bild verdeckt worden, das kaputt auf dem hellen Teppich lag.
Keiner der beiden schien angespannt oder mit einer

Störung zu rechnen. Routiniert drehte einer von ihnen die Zifferscheibe des Zahlenschloss hin und her, während der andere dirigierte und auf das erlösende Knacken im Schloss wartete. Die Leiche schien vergessen und im wörtlichen Sinne in den Hintergrund gerückt.

Erst jetzt wurde Marc sich der Gefahr bewusst, in die er sich begeben hatte. Den beiden Männern in Schwarz kam es sicherlich nicht auf eine Leiche mehr oder weniger an. Er beschloss einen sofortigen Rückzug.

Doch in diesem Augenblick drehte sich einer der beiden um und starrte ihm direkt in die Augen. Es war, als wenn ihn die Augen eines Raubtiers, zu dem man tunlichst den Blickkontakt hätte vermeiden sollen, anstarrten. Aber da war es schon zu spät für einen unauffälligen Rückzug.

„Tschört poberi!" schrie der Mann. Das musste ihm nicht erst übersetzt werden.

Blitzschnell turnte er um das Bett herum und stürzte auf die Tür zu, hinter der Marc gerade verschwunden war. Dem gelang es noch soeben, die Wohnungstür vor diesem rasenden Muskelpaket zuzuschlagen, nachdem er fast über den umgeworfenen Stuhl gestürzt wäre.

Doch dann war er draußen.

In höchster Not rannte er den langen Flur entlang und hoffte inständig, dass der Lift oben auf ihn wartete, optimalerweise bei geöffneter Tür!

Aber der Lift war nicht oben, als er anlangte, so dass er weiter rannte, am Aufzug vorbei. Hinter einer breiten Glastür befand sich das Treppenhaus. In einem Höllentempo sprang er nach unten und nahm dabei immer mehrere Stufen auf einmal.

Aber dann rutschte er ab und schlug mit dem Steiß

auf den Beton. Er hatte es kommen sehen, und die Schmerzen waren gigantisch. Ihm blieb nur, die Zähne zusammenzubeißen. Als er nach oben blickte, entdeckte er niemanden. Wo blieben seine Verfolger?

Gerade erst hatte er wieder begonnen, seinem jungen Leben Geschmack abzugewinnen. Das hatte natürlich mit Viktoria zu tun, und keine Sekunde war sie ihm mehr aus dem Kopf gegangen.

Fieberhaft überlegte er, wie er sich aus der Falle befreien könnte. Sicherlich lauerten sie ihm bereits am Hauseingang auf. Vielleicht könnte er sich im Keller verstecken, etwa hinter einem ausgemustertem Schrank oder hinter Kartoffelsäcken. Aber das war unbekanntes Terrain, und vermutlich waren alle Türen verschlossen.

Er ging durch die Glastür zum Lift. Dort leuchtete ein Knopf mit dem nach oben zeigenden Pfeil auf.

Er drückte ihn. Eine ältere Dame mit Einkaufstasche entstieg dem Aufzug, schaute sich verwirrt um und huschte wieder zurück.

„Verzeihung," sagte sie. „Ich dachte, ich sei schon oben."

Marcus war ihr gefolgt, und der Lift hielt erst wieder in der 8. Etage.

„Sehen Sie, hier bin ich richtig," sagte sie und verließ den Fahrstuhl. Marc blickte sich nach beiden Seiten um, bevor er endlich heraustrat.

„Wie schön, dass Sie wieder zurück sind," empfing ihn Victoria.

„Sie sind noch im Plan."

Seit seinem Aufbruch war kaum Zeit verstrichen.

„Doch, doch, Sie kommen gerade richtig... Kaffee und Kuchen sind fertig und warten schon auf Sie."

57

Viktoria hatte nicht gefragt, wo er gewesen sei. Und er hatte nicht darüber sprechen wollen. Immerhin war er einem Toten und dessen Mördern begegnet, da gab es keinen Zweifel.
„Was haben Sie?" hatte Viktoria gefragt, als er schmerzhaft das Gesicht verzog, während er sich am Tisch niederließ.
Da hatte er von seinem lädierten Steiß berichtet.
„Warum haben Sie denn nicht den Lift genommen, wenn Sie nur zu ihrem Auto wollten...Wollten Sie doch, oder? Um Ihre One-Night-Stand-Zahnbürste zu holen?"
Sie blickte ihn augenzwinkernd an und lachte.
„Doch, das machen alle so, die mich im Laufe des Abends zu verführen gedenken. Doch dafür habe ich bereits ein Dutzend Zahnbürsten auf Vorrat gekauft."
„Leck mich doch!" schnarrte der Papagei. „Okay, okay," ergänzte er.
Marcus zuckte zusammen. Ihm war jetzt nicht nach Papagei.
„Nein, das glaube ich nicht," sagte er abwesend. Ihr praller Witz hatte nicht bei ihm gezündet. Und im Sitzen waren die Schmerzen kaum auszuhalten.
„Nein, Sie haben recht. Ich halte nur eine einzige Zahnbürste als Ersatz in petto. Es sollte ein Scherz werden..."
„Ich habe es nicht anders gedeutet," sagte er artig.
Jetzt hatten ihn die Augen des Toten eingeholt. Er musste sich zusammenreißen, wenn dieser Abend noch ein Erfolg werden sollte.

So," sagte sie entschlossen, während sie die Kuchenteller abräumte, „jetzt sollten wir mal vernünftig über die Schadensregulierung reden. Die Schuld steht ja außer Frage."

Sie lächelte Marcus an. Er könnte in ihrem Alter sein, schätzte sie. Ein gut aussehender und netter Bursche.

„Schade!" entgegnete Marcus, der seinen Durchhänger in diesem Moment beendet glaubte. „Sind uns denn schon die Themen ausgegangen?"

„Sie sind lustig!" Sie schnappte nach Luft. „Wir sollten es schnell hinter uns bringen. Danach könnten wir uns ja weiter unterhalten, wenn sie möchten. Übrigens, wie teuer war denn eigentlich Ihr Auto?"

„Meine Rostlaube, wollten Sie sagen...Genau 200 Euro. Bei der Übernahme hatte sie etwa zehn Beulen. Jetzt ist die Elfte hinzugekommen."

„Darf ich noch Kaffee nachgießen?" fragte sie und hielt die Kanne schon in der Hand, als es an der Wohnungstür klopfte. Beinahe hätte Marc die hingehalteneTasse fallen lassen.

„Mein Gott, sind Sie schreckhaft!" sagte sie und erhob sich.

„Um diese Zeit erhalte ich nur selten Besuch. Entschuldigen Sie mich," sagte sie und eilte zur Tür.

Marc war bleich geworden. „Bitte nicht öffnen! Das könnten diese Kerle sein," stieß er hervor und sah sich nach einem Versteck um. Jetzt gab es kein Entkommen mehr.

„Welche Kerle?" fragte Viktoria verständnislos. Sie blickte durch den Spion, lachte und öffnete dann.

Die alte Dame aus dem Aufzug stand auf der Schwelle.

„Ach, Sie haben Herrenbesuch," konstatierte sie

verständnisvoll. „Da will ich natürlich nicht stören,"
sagte sie und reichte Viktoria einen vollen Plastikbeutel. „Mit Dank zurück und nichts für ungut."
Augenblicklich war sie wieder verschwunden, noch ehe Viktoria sich ihrerseits bedanken konnte.
„Okay, okay," rasselte der Vogel aus seiner Ecke.
Marc schien so erleichtert, dass ihm fast die Tränen kamen. Abrupt fiel die Spannung von ihm ab.
„Marcus, was ist los mit Ihnen? Haben Sie vor etwas Angst?"
„Ja, das habe ich," antwortete Marc freimütig. „Die Typen suchen mich."
„Welche Typen? Das ist ja spannend. Was haben Sie denn ausgefressen?"
„Ich habe sie in flagranti überrascht, als sie..."
Marc stockte und überlegte, ob er Victoria, die er gerade erst kennenlernte, die ganze Wahrheit erzählen durfte. Was hatte ihr Leben denn mit dem seinen zu tun? Und wenn er wollte, dass ihre neue Beziehung nicht sofort wieder in die Brüche ging, musste er die Fakten für sich behalten. Oder nur in kleiner Dosis heraus lassen.
„Ich weiß nicht recht, ob ich Sie damit belasten sollte, nur weil Sie zufällig mein Auto geschrammt haben. Aber leider kenne ich hier niemanden, mit dem ich darüber reden könnte."
Nun war es an Viktoria, Farbe zu bekennen. Marc war ihr auf Anhieb sympathisch gewesen. Sie konnte sich nicht erinnern, je einen ähnlich liebenswerten jungen Mann kennengelernt zu haben.
„Wollen wir uns nicht langsam mal duzen?" fragte sie. „Wir müssten doch im gleichen Alter sein."
„Gern. Aber du hast meine Frage noch nicht beantwortet..."
„Also hör mal! Wir haben heute schon einen Crash

gemeinsam durchgestanden. Da wird es doch auf eine Katastrophe mehr oder weniger nicht ankommen!"
Sie ließ ihr sympathisches Lachen vernehmen. Aber vielleicht sollte sie sich in ihrer Wortwahl mäßigen, wenn ihr an dem hübschen, aber sensiblen Burschen gelegen war...
„Was würdest du zu einem Mord in deiner unmittelbaren Nachbarschaft sagen?"
„In meiner Nachbarschaft? Ein Mord?" Viktoria hatte es nicht sofort begriffen.
„Nur ein paar Wohnungstüren weiter. Ein gewisser Gottlieb Brach liegt tot auf seinem Bett."
„Ach, das ist ja ein Ding! Den kenne ich. Aber nur flüchtig. Der ist mir immer ausgewichen, wenn ich ihn ansprechen wollte." Sie blickte ihn ungläubig an. „Das ist jetzt kein Scherz?"
„Nein, gewiss nicht. Wenn du willst, dann zeige ich dir die Leiche. Aber kannst du Tote überhaupt verkraften.?"
„Sei nicht albern, Marc. Ich bin viel zu neugierig... Brauchen wir meine Taschenlampe?"
Marcus hatte sich erhoben und Viktoria war ihm gefolgt, die Taschenlampe in der Hand.
Die Tür zu Brachs Wohnung war weit aufgesperrt. Marc legte seinen Finger an die Lippen und lauschte angestrengt in das Dunkel. In der Wohnung rührte sich nichts. Kein Lichtschein drang nach draußen.
Es knirschte unangenehm, als er auf die Brillenreste trat. Auf den Fliesen zeichneten sich Kratzspuren ab.
Viktoria reichte ihm die Taschenlampe und gab keinen Laut von sich. Plötzlich wirkte sie ängstlich. Für einen Augenblick war sie wieder ein kleines Mädchen, das seine Hand fasste und sich zaghaft in ein

ungewisses Abenteuer hineinziehen ließ.
Der Garderobenstuhl lag noch immer umgekippt auf dem Boden, ebenso die vielen Briefe, vielleicht die vergeblichen Klagen seiner Opfer.
Marc richtete die Lampe auf die offene Schlafzimmertür und vergewisserte sich, dass Viktoria ihm gefolgt war. Er gab sich einen Ruck und betrat den Raum. Der Lichtkegel der Lampe glitt übers Bett. Aber da lag kein Toter! Er schaute unters Bett. Außer Staubteilchen, die im Lichtkegel tanzten, war auch da nichts.
Er schaltete das Deckenlicht ein.
„War das alles?" fragte Viktoria enttäuscht und zugleich erleichtert. „Wolltest du mir nicht eine Leiche vorführen? Die ist wohl noch rechtzeitig entkommen!" Die alte Forschheit war zurückgekehrt.
Marc aber hatte keine Erklärung.
Wortlos knipste er im Wohnzimmer das Licht an. Mitten im Raum lag ein umgestürzter Couchtisch. Er erinnerte sich an einen großen Teppich, der hier gelegen hatte.
„Es stinkt nach Zigarettenqualm," bemerkte Viktoria. „Lass uns schnell wieder verschwinden!"
Die gleiche Marke wie beim letzten Mal, dachte Marc. Auf einer Schale lag weiße Asche. Sie waren also nochmal zurückgekehrt, um die Leiche mitsamt Teppich abzuholen. Eine seit ewigen Zeiten bewährte Methode, um Leichen fortzuschaffen, wie er es in alten Kriminalfilmen einige Male erlebt hatte.
Sie traten den Rückzug an.
„Jetzt könnte ich einen Schnaps vertragen," sagte Viktoria, als sie in ihrer Wohnung die Tür hinter sich zuzog.
„Schließ vorsichtshalber ab," bat Marc.

58

Noch vor dem Morgengrauen am nächsten Morgen verschafften sich drei Männer mit einem Bolzenschneider Zugang zum Tierpark Hellabrunn. Zwei von ihnen trugen schwer bepackte Rucksäcke und bemühten sich, mit dem Vorauseilenden Schritt zu halten. Dieser schien sich im Gelände auszukennen. Schließlich waren sie an einem hohen Gitterzaun angelangt und setzten ihre Rucksäcke ab.
„Wir sind da," hatte der Mann mit dem Bolzenschneider erklärt und sich eine Zigarette angezündet.
„Die eigentliche Futterstelle liegt allerdings woanders," ergänzte er und deutete auf das kleine Wäldchen. „Die Wölfe befinden sich um diese Zeit dort hinter den Bäumen. Bevor wir sie sehen, haben sie uns längst entdeckt. Das rohe Fleisch wittern sie schon auf große Entfernungen."
Aus dem Unterholz funkelten ihnen die Augenpaare einiger Tiere entgegen. Ihre dunklen Silhouetten erschienen jetzt hinter dem hohen Zaun. Sie starrten hungrig zu den Fremden herüber.
„Los jetzt," sagte einer der Träger, dem die Nähe der Raubtiere unbehaglich wurde. „Wir müssen fertig sein, bevor es hier wieder hell wird."
Sie stülpten die Rucksäcke um, so dass die noch blutigen Fleischbrocken auf den Boden purzelten. Dann warfen sie in rascher Folge die Stücke über den Zaun.
Ein großes Alpha-Tier schnüffelte skeptisch, biss dann in den Klumpen und schlang gierig das Fleisch hinunter. Die übrigen Wölfe folgten seinem Beispiel. Einige aber brachten ihre Beute umgehend

irgendwo in Sicherheit.
Ein großes Stück blieb an der gegenüber liegenden Böschung hinter einem Strauch hängen. Keiner der Wölfe hatte es bemerkt. Sie waren mit ihrer Beute beschäftigt.
„Was tun, Oleg ?" fragte der Werfer. „Das könnte irgendwann auffallen."
„Das holen die noch, wenn sie wieder hungrig sind," entgegnete Popov.
„Was machen wir mit den Rucksäcken?" fragte der andere Träger.
„Die werfen wir später in den Fluss," erklärte Popov.
Stunden später wunderte sich der zuständige Tierpfleger, dass seine Wölfe an diesem Morgen nicht den gewohnten Appetit entwickelten. Einige waren gar nicht erst erschienen, sondern unsichtbar im Unterholz des Wäldchens liegen geblieben.

59

Am gleichen Morgen machte ein Zeitungsjunge das Geschäft seines noch jungen Lebens.
In der Hohenzollernstrasse, wo Duma 25 seinen Firmensitz hatte, kam ein Mann mit einem handlichen Paket im Arm auf ihn zu. Er trug eine Baskenmütze, eine Hornbrille und einen falschen Bart.
Er fragte den Jungen, ob er ihm einen Gefallen tun und das Paket bei der Firma Duma 25 abliefern könnte.
„Des koa i scho" antwortete dieser und hielt sofort die Hand auf.
Popov griff in seine Hosentasche und gab ihm einen

Einhundert-Euroschein.
„Mei, des is fei vii," sagte der Junge.
„Du musst das Paket aber oben im Büro abgeben. Am besten bei einer Frau Susanne Graf. Wenn du alles richtig machst, bekommst du nochmal einen Hunderter. Ich werde hier fünfzehn Minuten lang auf dich warten, nicht länger. Also, schleich dich!"
„Mei, des is fei vii´," wiederholte der Junge. „Wos isn do herrinnen?" Er zeigte auf das Paket.
„Das geht dich zwar nichts an, aber wenn du es unbedingt wissen willst... ein Totenschädel!"
Der Junge lachte und ging davon. Popov hörte, wie dieser im Weggehen „So a Schmarren" murmelte.
Auf dem Paket stand in großen Buchstaben

Letzter Gruß von Gottlieb an
Susanne Graf und Kollegen
c/o Duma 25
Hohenzollernstrasse 245 C

in Anerkennung ihrer Verdienste !
Im Auftrag - Die Elite

Nachdem Popov doppelt so lange gewartet hatte wie vereinbart, hörte er ein Martinshorn die Straße entlang jagen. Das Auto hielt direkt auf ihn zu. Unwillkürlich wich er einige Schritte zurück. Schließlich hielt der Wagen vor einem hohen Bürogebäude. Zwei Uniformierte stiegen aus und eilten zum Eingang. Von dem Zeitungsjungen war weit und breit keine Spur. Er hatte ihn auch nicht aus dem Gebäude kommen sehen.
„Dann war's das wohl," murmelte Popov und steckte seine Brille weg. Er nahm die Baskenmütze vom Kopf, riss seinen falschen Schnäuzer ab und

entfernte sich zufrieden grinsend in Richtung Innenstadt.

60

Max hatte sich an diesem Morgen verwählt, und plötzlich war Rechtsanwalt Bissner am Apparat.
Da er ihn schon einmal in der Leitung hatte, sprach er den Fond MNC 21, Proven Gold, an, der nun auch die Zahlungen eingestellt hatte. Und fragte Bissner dann, ob er auch hier seine Interessen wahrnehmen könnte.
Bissner wirkte nicht sonderlich motiviert.
„Herr Melchior, Sie sind der einzige von mehr als 200 Klienten, den wir auf Beteiligungsbasis vertreten. Sie müssen sich hinten anstellen! Sie kommen ganz zuletzt dran."
„Ja, damit habe ich schon gerechnet. Können Sie mir denn die Umstände erklären, die zur Insolvenz geführt haben? Arbeitet die Mine überhaupt noch?"
„Soweit ich weiß, ja. Die scheint ja auch werthaltig zu sein. Offenbar hat dieser Fond einen realen Background, gewiss die Ausnahme bei den Herwig-Fonds. Und damit wäre ein Asset vorhanden."
„Und warum zahlen die plötzlich nicht mehr?"
„Die zahlen nicht, weil Herwig für die deutsche Fondsgesellschaft Insolvenz beantragt hat. Damit muss er nicht mehr zahlen. Da beißt sich die Katze in den Schwanz."
„Wem gehört eigentlich die Mine," wollte Max wissen.
„Na wem wohl...natürlich wieder diesem Miller bzw. seinen Strohmännern." Max glaubte, einen neidischem Unterton herausgehört zu haben. Aber

dann war das Gespräch beendet.
Bissner würde ihm auch sein letztes Geld aus der Tasche ziehen, wenn er es vermocht hätte. Ohne Rücksicht auf seine Situation, glaubte Max. Ihm erschien Bissner wie ein Geier, der zu seinem Bedauern nur noch abgenagte Knochen vorfindet. Wieder waren zwanzigtausend Euro weggebrochen. Ein vergleichsweise geringer Betrag, aber er hatte keine weiteren Eisen mehr im Feuer.

61

Gegen Mittag rief Tonio an und bestätigte Brunos Eintreffen. Max fuhr augenblicklich zur Pizzeria, wo er auf Britta und Florian traf. Auch dieser junge Student namens Kleist saß mit am Tisch. Alle drei waren in ein Gespräch vertieft, so dass seine Ankunft zunächst unbemerkt blieb.
Bruno stand an der Theke, trank einen Kaffee und unterhielt sich mit Tonio. Er hatte schon auf Max gewartet. „Ti saluto, Max!" rief er gleich.
Doch bevor er Bruno angemessen begrüßen konnte, zog ihn Lena beiseite.
„Ich möchte dich an dein Versprechen erinnern... Du wolltest den Italiener fragen, ob man noch mit einer Entschädigung rechnen kann. Vergiss es bitte nicht!"
Die Begegnung auf Elba hatte gezeigt, dass sich Bruno und Max auf Anhieb sympathisch waren. Nun begrüßten sie sich wie zwei alte Freunde.
„Wie geht's Mama?" fragte Max schließlich. „Ist sie immer noch so frisch und munter, wie ich sie in Erinnerung habe?"
Da fiel ihm ein, dass er das nicht hätte fragen sollen.

Bruno konnte es als Anspielung auf ihre nymphomane Prägung missverstehen. Und prompt blickte ihn Bruno argwöhnisch an. „Davon ist auszugehen," antwortete er zögernd. „Aber ich habe sie seit unserer letzten Begegnung nicht mehr gesprochen."
Sie gingen hinüber an den großen Tisch, wo alle schon darauf warteten, mit Bruno bekannt gemacht zu werden. Der Ruf des Machers war diesem vorausgeeilt. Bruno begrüßte sie mit Handschlag.
„Ihr kennt Bruno bereits aus meinem Bericht," sagte Max. „Er hat hier in München studiert und ist sozusagen ein Einheimischer," ergänzte er in dem Glauben, dass dieser Hinweis jeden Newcomer aufwertete.
Ohne Umschweife war man auf Herwig zu sprechen gekommen. Inzwischen war das Ende seiner abenteuerlichen Flucht durchgesickert.
„Was machen die Vertragsverhandlungen?" wollte Max wissen.
„Va bene," sagte Bruno. „Es läuft gut. Er verhält sich inzwischen kooperativ. Genau genommen befindet er sich in einem beklagenswerten Zustand, seitdem ihm seine Frau den letzten Zahn gezogen hatte."
„Wie das?" schaltete sich Britta ein. „Hat sie ihm mit Liebesentzug gedroht?"
„Das wohl eher nicht," lächelte Bruno. „Aber sie hat seinem Wunsch nach einem Geldtransfer zu seinen Gunsten eine Absage erteilt."
„Ging es dabei um den Verkauf der Villa ?" wollte Florian wissen.
„Ja gewiss," antwortete Bruno. „Sie hat den Erlös auf Anraten von Miller in ein Inselprojekt gesteckt. In ein neues Luxushotel auf Bali. Deshalb ist sie auch gerade dort, zusammen mit Miller."

„Du liebe Zeit!" Max verdrehte die Augen. „Dann ist sie dieses Geld auch schon wieder los. Nicht, dass sie mir leidtäte. Aber dieser gefräßige Miller kriegt am Ende noch alles."
„Genauso hat es Herwig auch gesehen," sagte Bruno. „Er wirkte wie ein begossener Pudel. Ein schönes Bild!"
„Und was ist mit Miller?" wollte Britta wissen.
„Tja, was ist mit Miller..." wiederholte Bruno gedehnt. „Ich weiß es nicht.
Herwig hatte mit ihm sprechen wollen. Aber der war schon nicht mehr auf Bali, angeblich."
„Und was jetzt?" fragte Britta ungeduldig. „Man kann das doch nicht einfach so laufen lassen!"
„Tatsächlich soll sich Miller in Amerika aufhalten. Vielleicht in Texas bei seiner angeblichen Ölquelle, oder bei seiner Goldmine in Kanada." Bruno zuckte die Achseln. „Das würden wir auch gern genau wissen."
Marcus hatte aufmerksam zugehört. Als der Name seines Vaters fiel, war sein Puls schneller gegangen. Immerhin wusste er jetzt, dass dieser irgendwo in Italien festsaß. Wenn er vom Mord an seinem engsten Mitarbeiter erfährt, wird das wohl kaum zu seinem Wohlbefinden beitragen, dachte er.
„Besitzt zufällig jemand ein aktuelles Foto von Miller?" fragte Bruno.
Nur Florian konnte sich an ein Foto erinnern, das er irgendwo zu Hause verkramt hatte. Das hatte ihm der Bekannte vom BKA überlassen, schon damals nicht mehr aktuell.
Bruno zog ein altes Passfoto von Miller hervor.
„Leider ist dies auch nicht mehr ganz frisch." Ob Florian ihn denn wiedererkennen würde?
„Ja, das denke ich schon, " antwortete Florian.

Ob Florian denn bereit wäre, zusammen mit Max und ihm nach Vancouver zu fliegen?
„Lust hätte ich schon," antwortete dieser. „Aber da muss ich zuerst meine Frau fragen...Also, Britta, sag was!"
„Nein! Kommt nicht in Frage. Unser Ausflug nach Bali steckt mir heute noch in den Knochen. Miller hätte uns um ein Haar umgebracht."
„Aber damals waren Max und ich nicht dabei," wandte Bruno ein. „Wir würden schon aufeinander aufpassen. Florian würde gewiss nichts zustoßen, nicht wahr Max?"
Max reagierte nicht.
„Das glaube ich sogar," räumte Britta ein. „ Aber schließlich müssen wir uns noch um ein Geschäft kümmern. Gerade gestern haben wir die Pfeife von einem Geschäftsführer, unseren Neffen, rausgeworfen. Da gibt es einiges aufzuarbeiten."
Sie zögerte, um dann entschlossen fortzufahren: „Also, in dieser Situation darf Florian keinen Tag mehr fehlen. Die Leitung traue ich mir allein nicht zu. Dieser Gernegroß hat unser Geschäft sozusagen gegen die Wand gefahren. Wir müssen jetzt das Schlimmste verhindern. Mal ehrlich, ist es nicht hirnrissig, dorthin zu fliegen, um die Nadel im Heuhaufen zu suchen?"
Es trat ein betretenes Schweigen ein. Bruno hatte die letzte Bemerkung geflissentlich überhört. Aber er wusste, dass sie recht hatte.
„Ich meinerseits hatte angenommen, dass ich jetzt bei der Realinvest gebraucht würde," sagte Max gedämpft.
„Also, bis das losgeht, sind wir wieder zurück," beruhigte ihn Bruno.
„Doch das einzige Geschäft, das Miller noch aktiv

betreibt, ist die Goldmine am Yukon. Er wird sich um die Mine kümmern müssen, wenn sie nicht den Bach hinunter gehen soll."

„Du meinst, man könnte ihn dort tatsächlich antreffen?"

Inzwischen hegte Max Vertrauen zu Bruno. Trotz seiner Jugend hatten seine Ansichten Gewicht. Gedankenschnell fasste er seine Entschlüsse, im Gegensatz zu anderen Bedenkenträgern.

„Ja, ich könnte es mir vorstellen," antwortete Bruno. „Aber natürlich bleibt das Risiko, dass wir am Ende leer ausgehen und ihn gar nicht erst finden."

„Und was passiert im günstigsten Fall?" wollte Britta wissen. „Ich meine, wenn er sich wirklich dort aufhält und Ihr ihn zu fassen kriegt?"

„Wir wollen erfahren, was von den Geldern noch zu retten ist. Er muss uns sagen, wo er sie versteckt hält. Sonst hat er schlechte Karten."

„Wieso hat Herwig überhaupt noch an Miller überwiesen? Er wusste doch, dass es sich um einen Blindpool handelte, die Goldmine vielleicht ausgenommen?"

Britta nutzte die Gelegenheit, von kompetenter Seite mehr zu erfahren, auf ihre Weise.

„Bis vor kurzem traute Herwig dem Miller noch," erklärte Bruno. „Sonst hätte dieser längst das Geld auf andere Konten geleitet. Dann aber ist etwas schief gelaufen und der Kontakt abgerissen. Das hat uns Herwig selber versichert. Doch wir werden Miller kriegen, egal, wo er sich versteckt hält."

Und dann fügte er nicht ohne Stolz hinzu: „Einen Gauner haben wir ja schon! Leider hat uns das nicht weitergebracht. Miller ist von beiden der wichtigere."

Antonio war hinzugetreten. „Und wo genau hält

sich Herwig zur Zeit auf?"
Zum erstenmal grinste Bruno.
„Jedenfalls nicht mehr auf Elba. Jetzt ist Schluss mit „lustig"! Zur Zeit steht er unter Hausarrest."
„Hat er denn unterschrieben?" wollte Max wissen.
„Ja, was sonst!" antwortete Bruno.
„Herwig ist doch kein Masochist! Er hat unterzeichnet, bevor es wehtat."
In diesem Augenblick ging die Tür auf, und Kriminalkommissar Schmittbauer erschien auf der Bildfläche, wieder in Begleitung seines uniformierten Kollegen. Seine angespannte Miene signalisierte, dass etwas Unangehmes in der Luft lag.
„So, das passt ja, dass ich Sie alle hier antreffe," eröffnete er seine Ansprache. „Ich bitte nur um eine kurze, inoffizielle Unterhaltung.
Damit ich nicht jeden einzeln ins Präsidium kommen lassen muss!"
Er ging auf Antonio zu.
„Wenn ich mich nicht irre, sind Sie doch sicherlich der Chef dieses Gourmettempels," sagte er. „Wie schön, dass ich Sie jetzt auch einmal kennenlerne, Signore Lombardo"
Antonio zuckte unmerklich zusammen. Max fragte:
„Suchen Sie denn immer noch den Messerhelden, Herr Kommissar?"
„I wo, das ist Schnee von gestern. Soviel ich weiß, kümmert sich ein anderer Kollege darum."
Er setzte sich unaufgefordert auf einen leeren Stuhl und bedeutete seinem Kollegen, es ebenso zu machen.
„Ist denn heute keine Tasse Kaffee drin?" fragte er und lächelte verbindlich.
Lena, die die Szene verfolgt hatte, eilte in die Küche.
„So!" sagte Schmittbauer, „Kommen wir gleich zur

Sache...Sie wissen es wohl noch nicht? Gestern ist ein Herr Gottlieb Brach zu Tode gekommen. Um genau zu sein... er ist ermordet worden. Uns ist bekannt, dass einige von Ihnen mit ihm zu tun hatten."

Marcus war der einzige in der Runde, für den die Nachricht nicht überraschend kam. Aber er sagte keinen Ton. Vielleicht gab es doch so etwas wie eine irdische Gerechtigkeit, dachte er.

Britta strahlte ungeniert Schmittbauer an. „Wenn das keine Nachricht ist!" platzte sie heraus. „Am liebsten würde ich Champagner bestellen."

Schmittbauer registrierte es mit geheucheltem Unwillen.

„Solche Bemerkungen gehören nun wirklich nicht hierher," tadelte er. „Immerhin ist der Mann auf grausamste Weise ums Leben gekommen!"

„Nur raus damit, Herr Kommissar, das würde ich gern erfahren," sagte Britta. „Also, für mich hätte es heute keine bessere Nachricht geben können."

Schmittbauer überhörte diesmal die provozierende Äußerung. Sein Blick war auf Bruno gefallen.

„Kann es sein, dass wir uns noch nicht kennen?"

„Bruno Pellegrini ist mein Name. Nein, wir sind uns noch nicht begegnet. Ich bin Italiener, wenn Ihnen das weiterhilft."

„Sind Sie denn auch in die Herwig-Sache verwickelt?" fragte Schmittbauer prompt.

„Oja, und ob! Deshalb bin ich hier. So wie die Dinge liegen, hat die Familie Orsini, die ich vertrete, über zehn Millionen Euro eingebüßt. Jeder in dieser Runde weiß das. Also, auch wir hätten guten Grund, diesen Kerl umzubringen."

„Zehn Millionen...unglaublich!" bemerkte der Kommissar. „Dann darf ich mal fragen, wo Sie gestern

zwischen 16 und 20 Uhr waren? Die Frage muss ich stellen und ist reine Routine."
Zehn Millionen Euro, dachte er, haben circa sechs bis sieben Nullen - als Motiv für einen Mord allemal plausibel.
„Ich bin erst heute Morgen vom Neapel Airport gestartet, komme also als Mörder nicht infrage... leider!"
Auch diese unpassende Bemerkung überhörte Schmittbauer geflissentlich.
„Können Sie irgendeinen Beweis vorlegen, dass Sie nicht am Tatort waren?" hakte er nach.
Bruno kramte ein Flugticket aus der Brusttasche und hielt es Schmittbauer unter die Nase.
„Okay, okay, der nächste bitte," sagte dieser und wandte sich Florian zu.
„Sie haben vergessen, Commissario, den Tatort zu benennen," sagte Florian. „Wie soll ich wissen, ob ich nicht zufällig in der Nähe war?"
Ja, natürlich, der Einwand war berechtigt. Er hatte den Tatort nicht erwähnt.
„Balanstrasse 69, 8. Etage, Wohnung des Opfers." Er kannte die Adresse längst auswendig.
„Nein, tut mir leid. Auch ich bin draußen. Bis 20 Uhr hatten wir nachweislich Kundengespräche. Das kann auch meine Frau bestätigen."
„Ach, die heitere Dame neben Ihnen?"
„Sehr scharfsinnig, Herr Kommissar. Yes I can!" sagte sie.
Kommissar Schmittbauer war nicht dünnhäutig. Eine gewisse Portion Ironie verkraftete er allemal. So schnell war er nicht aus dem Gleichgewicht zu bringen. Schon früher musste er sich von den jungen Schnöseln der Staatsanwälte einiges gefallen lassen. Das hatte abgehärtet.

„Haben Sie schon mal einen abgeschnittenen Schädel vorgelegt bekommen?" Er blickte in die Runde, ohne wirklich eine Antwort zu erwarten.
Ein nackter Schädel ohne Körper. Vom Körper fehlte übrigens jede Spur!"
„Igitt," sagte Britta. „Das hört sich nach Mafia an!"
„Ein Zeitungsjunge hatte heute Morgen den Kopf bei einer Frau Graf von Duma 25 abgeliefert. In einem Geschenkkarton. Die ist sofort in Ohnmacht gefallen," ergänzte Schmittbauer.
Ein süffisantes Grinsen machte sich auf Brittas Antlitz breit. Sie konnte Florians Gedanken lesen:
Yes we can! Wir können z u r ü c k s c h l a g e n!
Eine junge Dame war hereingekommen, ohne dass jemand Notiz von ihr genommen hätte. Außer Markus. Als sie ihn entdeckte, winkte sie ihm zu.
Er winkte freudig zurück und bedeutete Viktoria, an einem der kleineren Tische Platz zu nehmen. Sie waren zu einer Pizza verabredet. Jetzt wurde sie bemerkt, und alle Blicke wanderten zu ihr.
„Haben Sie etwas dagegen, Herr Kommissar, wenn ich mich zu der jungen Dame setze? Sie ist meine Freundin."
„Halt!" antwortete dieser. „Wir haben uns noch nicht miteinander befasst. Erst muss ich Sie fragen…Spielen Sie denn auch eine Rolle in dieser grausamen Angelegenheit?"
Schmittbauer hatte eigentlich keine substanzielle Antwort erwartet.
„Ich habe mein gesamtes Erbe bei diesem Verein versenkt, leider," antwortete Marc. „Mein Name ist übrigens Kleist, Marcus Kleist."
„Aha. Und wo waren Sie gestern zwischen 16 und 20 Uhr?"
„In der Balanstrasse 69!"

Schmittbauer schnappte nach Luft.

„Etwa im gleichen Gebäude, in dem Herr Brach ermordet wurde?"

„Ja. Sogar in der gleichen Etage," antwortete Marc ungerührt.

„Ach, das ist ja ein Ding. Und Sie haben mit dem Mord natürlich nichts zu tun?"

„Natürlich nicht, Herr Kommissar. Aber auch ich hätte allen Grund gehabt!"

„Ach ja? Die Spurensicherung hat übrigens einen frischen Fingerabdruck auf der Klingel von Brachs Wohnung gesichert. Haben Sie eine Idee, zu wem der passen könnte?"

Schmittbauer dachte nicht ernsthaft, dass dieser junge Mann ein Mörder sei. Tatsächlich war er auf ein völlig anderes Täterprofil aus. Aber an Zufälle wollte er wiederum auch nicht glauben...

„Ja, der Fingerabdruck könnte von mir stammen," gab Marc zu. „Ich war bei Herrn Brach in der Wohnung, und anschließend bei einer netten, jungen Dame, die mich zum Kaffee eingeladen hatte. Als ich Herrn Brach verließ, lebte er noch." Er zwinkerte Viktoria zu, die das Gespräch vom Nebentisch aus verfolgte.

„Also, das ist jetzt wirklich interessant," sagte Schmittbauer und zog die Augenbrauen hoch. „Gibt es dafür auch Zeugen?"

Bis dahin hatte er nicht gehofft, so schnell auf eine heiße Spur zu stoßen. Und diese Spur war verführerisch. Man sollte sich eben doch nicht so schnell auf Täterprofile festlegen. Jetzt war er verunsichert. Vielleicht stand ja die Aufklärung des Falls unmittelbar bevor. Andererseits...

Marc holte Luft.

„Also, der Hauptzeuge lebt ja offensichtlich nicht

mehr. Aber es gibt da meine Freundin, die mich entlasten könnte. So hoffe ich jedenfalls." Er blickte zu Viktoria hinüber.

„Na, da bin ich aber mal gespannt. Wie heißt sie denn?"

Schmittbauer zückte sein Notizbuch.. „Wissen Sie vielleicht auch die Telefonnummer?"

„Also, die Telefonnummer wüsste ich selber gern. Aber diese junge Frau heißt Viktoria, Viktoria Leinweber, und sitzt dort am Tisch. Wir sind zu einer Pizza verabredet..."

„Ach, das ist ja interessant!"

Schmittbauer drehte sich zu Viktoria um und betrachtete sie eingehend.

„Ich mache Ihnen einen Vorschlag, Herr Kleist... Sie und ich gehen jetzt zu ihrer Freundin. Dort erzählen Sie mir die ganze Story, wenn Sie mögen."

Schmittbauer erhob sich und nickte der Tischrunde zu.

„Also, Sie entschuldigen mich. Wenn ich Sie jetzt allein lasse, heißt das aber nicht, dass Sie mich für alle Zeiten los sind..."

62

Im Gegensatz zu älteren Zeitgenossen hegte Annette Schnur lediglich berufliches Interesse an Todesanzeigen, sozusagen von Amts wegen. Hin und wieder entdeckte sie Namen von Personen, die zu ihrem Klientel zählten und die bis dahin auf der „Gehaltsliste" ihres Amtes für Soziales und Unterhalt gestanden hatten.

Wenn nun unter der Rubrik Todesanzeigen alte Bekannte aufgeführt waren, geschah eine unwiderrufliche Abmeldung. Es war wie ein letzter, ungehörter Seufzer, aber zugleich eine endgültige Verabschiedung aus dem Kreis der Empfänger einer staatlichen Grundsicherung. So konnte sie oftmals die fällige Überweisung noch vor der amtlichen Verlautbarung stoppen, was eine stille Genugtuung in ihrem ansonsten ereignislosen Leben darstellte.

So hatte sie nicht zufällig die Seite aufgeschlagen, wo ihr Blick auf die Trauerspalte des Ehepaars Freiherr von Below gefallen war. Unter den Trauernden war eine schier endlose Kette naher und ferner Verwandten aufgeführt...

Der Name von Below löste bei ihr die Vorstellung von einer hageren, alten Dame aus, die nur einmal im Amt für Soziales vorstellig geworden war.

Hieran hatte sich ein kurzer, scharf formulierter Schriftwechsel angeschlossen, der aber nach zwei Bescheiden zu den Akten gelegt werden konnte. Es hatte sich um einen Antrag auf Grundsicherung nach dem 3.Kapitel des SGB XII gehandelt, den sie kraft ihres Amtes letztlich ablehnen konnte.

Das Schreiben im Nachgang zu ihrem letzten Bescheid hatte sie bis heute unbeantwortet gelassen. Sie war der Meinung, alles gesagt zu haben, was die Paragraphen hergaben.

Sie erinnerte jetzt auch die Umstände, die angeblich zur Mittellosigkeit des Ehepaares geführt hatten. Stichwort Anlagenbetrug. Die von Belows waren reingelegt worden! Das wollte sie gerne glauben, und die diversen Dokumente belegten dies auch. Aber hatten sie nicht trotzdem grob fahrlässig gehandelt? Wer grob fahrlässig handelte, hatte kein Anrecht auf Grundsicherung. Schließlich ging es hier um die Gewährung und den Abfluss von Steuergeldern.

Da existierte auch noch ein Schloss im fernen Tallinn, das sich bis zum Kriegsende im Familienbesitz befunden hatte, dann an die Sowjets gefallen, aber nach der Wende wieder zurückgekauft werden konnte. Ein richtiges Schloss! So etwas sollte doch eigentlich werthaltig sein! Zudem gab es einige Hektar Grundbesitz um das Schloss herum. Allerdings soll es sich bei dem Gebäude eher um eine Ruine gehandelt haben, der Boden für die Landwirtschaft weitgehend ungeeignet. Sie hatte ein Foto mitgebracht, das aber ihres Erachtens keine Aussagekraft besaß. Ein offizielles Wertgutachten hatte auf sich warten lassen. Also, das Ganze war aus der Ferne nur schwer zu beurteilen gewesen. Aber gerade hier hatten sich die Fronten verhärtet, und man war sich gesprächsweise keinen Schritt näher gekommen. Im Zweifel musste sie sich gegen den Antragsteller entscheiden.
Zuletzt fiel ihr Blick auf die Zeilen unter der Annonce:

„Die Rache ist mein, spricht der Herr, denn die Zeit ihres Unglücks ist nah. Und was über sie kommen soll, eilt herzu."
5.Buch Mose

Ein seltsamer Bibelspruch, irritierend, wenn nicht gar bedrohlich in diesem Zusammenhang. Die Annonce legte die Vermutung nahe, dass beide zum gleichen Zeitpunkt gestorben waren.
Frau von Below hatte einen robusten Eindruck auf sie gemacht. Sie erwähnte seinerzeit, dass ihr Mann wegen eines Schlaganfalls nicht im Amt erscheinen konnte. Daher war sie allein gekommen.
Sachbearbeiterin Schnur hatte damals die zuständi-

ge KFZ-Stelle um Amtshilfe gebeten. Die von Belows hatten kein Auto besessen, jedenfalls nicht mehr. Ein Verkehrsunfall schied folglich als Erklärung für das plötzliche Ableben beider aus.
Jetzt kam ihr der Gedanke, dass sie Suizid begangen haben könnten. Aber das wollte sie nicht glauben, doch es war möglich, durchaus. Frau von Below hatte in einem ihrer Schreiben mitgeteilt, dass sie dem Gefühl einer zunehmenden Erniedrigung ausgesetzt seien. Zugleich der Scham, diesen Betrügern aufgesessen zu sein.
Sie hatte auch einen Gerichtsvollzieher erwähnt, der im Auftrag ihrer PKK schon zweimal seine Aufwartung gemacht hatte. Sie hatten nicht mehr ihre monatliche Prämie bezahlen können. Dieser Erfüllungsgehilfe hatte sogar Verständnis für ihre Lage gezeigt, aber dennoch die Ölgemälde aus altem Familienbesitz mitgenommen. Und er wollte wiederkommen...
Ja, plötzlich konnte sie es nachvollziehen. Das war für diese im Grunde ehrenwerten Leute eine schlimme Entwicklung, vielleicht der Todesstoß gewesen. Hatte sie ihre Macht missbraucht?
Sie zündete sich eine Zigarette an, blickte nachdenklich auf den sich kräuselnden Rauch und überlegte zum erstenmal, ob sie falsch entschieden haben könnte. Ob ihr rechtmäßiger, aber letztlich unbarmherziger Bescheid zu einem Freitod, wenn er denn einer war, geführt haben könnte.
Es war nicht auszuschließen. Mit einem Mal ahnte sie die Abgründe jenseits der Paragraphen, die ihr bis dahin Orientierung und Gewissheit bedeutet hatten. Ihre selbstkritischen Ansätze aber hatten ihrer Selbstsicherheit einen Stoß versetzt.
Bevor sie die Augen schloss, hörte sie die nahe

Kirchturmuhr zwölfmal schlagen. Sie hatte mechanisch mitgezählt, obwohl sie das Ergebnis im voraus kannte.

Sie knipste ihre Nachttischleuchte aus und schaltete das kleine Radio ein. Aber das Elend in aller Welt nervte sie in dieser Nacht, und sie machte es gleich wieder aus.

Stattdessen knipste sie die Lampe abermals an und griff zu ihrer Bettlektüre mit dem Titel..."Schlaf schneller Genosse", eine satirische Geschichtensammlung von Michail Michailowitsch Soschtschenko.

Aber jetzt fehlte ihre Lesebrille. Sie legte das Büchlein wieder zurück und schloss die Augen.

Diesmal fiel sie in einen unruhigen Schlaf, und Sekunden später befand sie sich auf einer Reise durch eine unbehauste Welt...

Sie irrte durch einen Saal mit hohen Bogenfenstern ohne Glas. Über ihr fehlte ein Dach. Im fahlen Licht erkannte sie die Portraits einer langen Ahnenreihe. Als sie sich näherte, mutierten die Gesichter der Altvorderen zu grotesken Fratzen.

Der Sturm peitschte Regen herein, und ohne Unterbrechung zuckten Blitze. Ein bedrohliches Donnergrollen kündigte Unheil an. Sie wollte davonlaufen, aber sie konnte nicht. Der Saal füllte sich mit Wasser, das schnell hereinflutete. Dann verlor sie den Halt, und die Fluten rissen sie mit.

Zwei vom Tod gezeichnete Gestalten streckten die Arme nach ihr aus.

„Ergreif unsere Hand!" riefen beide. Aber sie konnte sich nicht entscheiden und war wie gelähmt.

Da tauchten die Gestalten weg, wabernden Schatten gleich in ein undurchdringliches Dunkel.

Schließlich setzte ein heftiger Donnerschlag ihrem

Albtraum ein Ende.
Sie erwachte und starrte erschrocken zu ihrem Fenster, das ein Sturm weit aufgerissen hatte. Die Vorhänge bauschten wild durcheinander. Draußen tobte ein heftiges Unwetter.

63

Nachdem sie Grouse Mountain, den Hausberg von Vancouver, passiert hatten, fiel ihr Blick auf die vorgelagerten Inseln und die vielen Baumstämme, die von oben aussahen wie Streichhölzer, die vom Himmel herabgefallen waren. Eingangs der Inlets hatten sie sich zu vorläufigen Strukturen zusammengeknäuelt, jederzeit bereit, mit dem Wind auf den Pazifik hinauszutreiben.
Paul, ein Freund von Max, hatte sich spontan bereit erklärt, für Florian einzuspringen. Da Paul bereits einige Zeit in der Region um Dawson gelebt hatte, brachte er unverzichtbare Erfahrungen mit, was Bruno die Entscheidung leicht gemacht hatte. Nach der Landung in Vancouver war im Transitraum ein abgerissen wirkender Mann an Max herangetreten. Er hatte ihm von hinten auf die Schulter getippt und gefragt, ob er Deutscher sei.
Verdutzt hatte Max die Frage bejaht. Worauf sich der Mann, dem Akzent nach US-Amerikaner, vor ihm aufbaute und immerzu „Heil Hitler" schrie, den rechten Arm zum leidlich bekannten Gruß ausgestreckt. Während einige der Umstehenden lachten, hatte es Max zunächst die Sprache verschlagen.
Der Kerl hatte seine Vorstellung noch nicht beendet, da schoss Bruno vom Stuhl hoch und knallte ihm eine Ohrfeige. So heftig, dass dieser in die nächste

Stuhlreihe kippte und sich dort mit seiner Grußhand die Backe hielt. Dann setzte er sich gerade hin, bewegte seinen Kiefer wie ein Mahlwerk und spuckte schließlich einen Zahn auf den Boden. Jetzt lachten alle, die dieses Schauspiel interessiert verfolgt hatten. Offenbar nahm niemand Anstoß an Brunos rüder Zurechtweisung. Der saß scheinbar unbeteiligt wieder auf seinem Platz.

64

Wenig später war Miller mit einem Flieger der Malaysia Airlines in Vancouver gelandet. Dort hatte er das Flugzeug gegen eine kleine Propellermaschine getauscht und war weiter nach Dawson geflogen.
Ein Taxi brachte ihn zu der Garage, in der ein Mercedes SUV abgestellt war und seit Monaten auf ihn wartete.
Es war dunkel geworden, als er endlich sein Blockhaus erreichte. Die Fensterläden waren geschlossen, und auf den ersten Blick wies nichts auf eine Unregelmäßigkeit hin. Da ihre Liegenschaften nur dreißig Meilen auseinander lagen, hatte sein Freund Danny während seiner Abwesenheit die Kontrolle über sein Anwesen übernommen. Im Falle eines Alarms musste er nach der Ursache forschen. Und manchmal waren es nur ein streunender Wolf oder ein neugieriges Cariboo, die sich an dem scheinbar verwaisten Gebäude zu schaffen gemacht hatten.
Nachdem er das elektronische Sicherungssystem ausgeschaltet hatte, konnte er endlich seine Wohnung betreten.
Im Innern empfing ihn stickige Luft. Mit einem einzigen Knopfdruck öffnete er die Läden und Fenster,

um für kurze Zeit Frischluft hereinzulassen. In diesem Augenblick hörte er unweit einen Wolf heulen. Es schien ihm wie die Begrüßung durch einen vertrauten Freund. Er wird das Licht gesehen haben, dachte Miller. Wer weiß, wie lange dieser schon auf seine Rückkehr gewartet hatte. Und tatsächlich spürte dieser harte, menschenverachtende Mann so etwas wie Rührung in sich aufsteigen. Ein einsamer Wolf, einsam wie er selbst. Vielleicht war diese scheue Kreatur der einzige, ehrliche Freund, den er besaß. Dann schlossen sich Fenster und Läden wieder wie von Geisterhand. Abrupt endete das Wolfsgeheul. Stattdessen hörte er, wie eine Pumpe ansprang. Sie war Teil eines Heizsystems, das er bereits von unterwegs per Funk eingeschaltet hatte.
Trotz der langen Reise fühlte er sich erstaunlich munter. In aller Ruhe konnte er jetzt die Ankunft Joses, seines indianischen Guide, abwarten. Dieser hatte bereits die Vorbereitungen für die nächtliche Hatz getroffen, so dass er sich um nichts mehr kümmern musste. Die Reitpferde, ohne die hier gar nichts ging, warteten bereits bei Danny im Stall. Er musste nur noch sein Jagdgewehr schultern.
Er goss sich einen Whiskey ein und ließ sich in seine Polstergarnitur sinken, worin er beinahe verschwand. Seine Gedanken wanderten nach Bali, wo er Vera zurückgelassen hatte. Er wusste sie beschäftigt mit dem Projekt einer neuen Luxusherberge, in die ihrer beider Kapital geflossen war. Über eine gemeinsame Zukunft war er sich noch nicht im klaren. Er hatte er ein großes Fragezeichen dahinter gesetzt, denn schon nach wenigen Tagen war ihm das Miteinander zur Last gefallen.
Die Schuld lag nicht etwa bei Vera. Ihm war bewusst, dass seine Beziehung zu Frauen ein düsteres

Kapitel darstellten. Ein Kapitel, das sich nicht einfach umschreiben ließ. Nicht ohne Grund war seine Ehe seinerzeit gescheitert, trotz einer süßen, kleinen Tochter...
Um einen Neuanfang zu wagen, war er nach Deutschland gegangen. In das Land der Täter. Sie hatten seine Großeltern, die er nicht mehr kennenlernen konnte, auf dem Gewissen.
Anfangs hatte er Mörder erwartet, aber dann Menschen angetroffen, die im Wesen nicht anders waren als jene, die er zurückgelassen hatte. Doch weder Vorurteile noch bessere Einsichten hatten ihn daran gehindert, Geschäfte mit ihnen zu machen. Finanzgeschäfte, die ihm zu einem bis dahin nicht gekannten Wohlstand verholfen hatten.
Also, es gab für ihn keinen Grund zur Klage. Mit ihm war es immer nur aufwärts gegangen. Irgendwann hatte er sogar überlegt, ob er nicht nachhause zurückkehren sollte. Der Kontakt zu seiner Frau und zu seiner kleinen Tochter war nie ganz abgerissen, obwohl sie inzwischen wieder geheiratet hatte. Aber von einem bestimmten Zeitpunkt an bekamen seine Geschäfte eine Eigendynamik. Gewisse Entwicklungen am Finanzmarkt verselbständigten sich. Er sah mit Betroffenheit, später mit Gleichmut, was diese Veränderungen bei Kollegen und bei ihm selbst angerichtet hatten...er war süchtig geworden. Was nicht etwa aufrichtiges Bedauern zur Folge hatte, sondern lediglich ein Achselzucken.
Er blickte auf die Uhr. Jose würde wohl bald erscheinen. Vorher wollte er noch duschen und die Kleidung wechseln. Es hatte keine Eile.
Er goss sich einen zweiten Whiskey ein.
Irgendwann war ihm die viele Arbeit über den Kopf gewachsen. Er beschloss daher, für Entlastung zu

sorgen und nach einem Stellvertreter Ausschau zu halten.
Er suchte jemanden, der wie er selber tickte, aber zugleich seine Führungsrolle respektierte. Als er Herwig begegnete, war das ein Glücksfall.
Denn nur einen Tag danach flatterte die erste Anklage auf seinen Schreibtisch. An jedem weiteren Tag kam jetzt ein neues Schreiben, immer mit brisantem Inhalt. Ganze Trauben von Fachanwälten hatten sich auf seine Fährte gesetzt und trieben ihn regelrecht vor sich her. Ihr Vorwurf lautete Anlagenbetrug bzw. Veruntreuung von Anlegergeldern.
Diese Advokaten waren mit allen Hunden gehetzt. Sie ließen nicht locker, bis schließlich zum großen Halali geblasen wurde. Ein Ermittlungsverfahren, das nichts Gutes verhieß, stand ins Haus. Nun wurde es höchste Zeit zu reagieren, also wieder abzutauchen. Aber jetzt hatte er den Herwig in Stellung gebracht, seinen Statthalter und neuen Stellvertreter.
Schon früher einmal war er per Haftbefehl gesucht worden. Und dieser Haftbefehl galt noch heute. Aber da hatte er noch Bergmann geheißen. Doch jetzt wurde auch der Miller verfolgt, so dass auch dieser aus der Öffentlichkeit verschwinden musste. Glücklicherweise half dabei ein wohl geschmiertes Frühwarnsystem, das angeblich in regierungsnahen Zirkeln angesiedelt war.
Ob Bergmann oder Miller... beiden fehlte der Respekt vor der Obrigkeit. Sichtbares Zeichen hierfür waren seine scheinbar unbekümmerten Ausflüge zu beliebigen Orten der Republik, allerdings mit einer stetig verbesserten Camouflage.
Doch trotz hochkarätiger Vernetzung ahnte Miller

nicht, dass die eigentliche Gefahr in einer völlig anderen Ecke lauerte.

65

Als Max und Bruno am nächsten Morgen beim Frühstück saßen, hatten sie sich die Szene vom Transitraum nochmal in Erinnerung gerufen. Es steckte eine Portion Komik darin. Die junge Indianerin schien amüsiert, stapfte mit ihren viel zu dicken Oberschenkeln gut gelaunt umher und goss Kaffee nach. Es könne sich bei dem Mann nur um Percy gehandelt haben, einem stadtbekannten „Schluckspecht", meinte sie. Ob der Mann denn auch im Flieger nach Dawson gesessen habe. Max bejahte. In der hintersten Ecke der Kabine hatte er seinen verschmutzten Panama-Hut gesichtet. „Ja, das war er," bestätigte sie und verschwand in der Küche. Sie kehrte erst zurück, als auch Paul endlich auftauchte. Umgehend brachte sie ihm frisch gepressten Saft, Schinken und Cariboo-Fleisch. Es war offensichtlich, dass sie Paul besonders mochte. Schließlich kannte man sich noch von einem früheren Aufenthalt.

„Hey Miss, ich hätte auch gern einen Saft," rief Bruno zu ihr rüber. „Und Max möchte auch einen! Oder ist der nur für alte Liebhaber bestimmt?" Die Indianerin antwortete nicht, ging zurück in die Küche und kehrte mit zwei vollen Gläsern zurück.

„Immer schön der Reihe nach," sagte sie und stellte die Gläser vor ihnen ab.

Paul sah bleich aus und hatte verräterische Flecken im Gesicht.

„Keinen Kommentar," bat er. „Ich weiß selber, wie

ich aussehe. Also, das war so... "
Dann berichtete Paul von der Wiedersehens-Orgie mit Danny, Chef des Hauses und Jäger wie er. Das feuchtfröhliche Ereignis hatte seinen Höhepunkt erst erreicht, nachdem sich Bruno und Max bereits verabschiedet hatten.
„Als wir gegen 2 Uhr nachts unsere Sitzung endlich beschließen und in die Falle wollten, schlich sich doch noch dieser Jäger herein. Vermutlich machten wir soviel Lärm, dass wir ihn nicht haben kommen hören!"
„Vielleicht war er gerade erst angekommen und mit der Zeitrechnung durcheinander geraten," mutmaßte Max.
„Er hat von einer Zwischenlandung in Kuala Lumpur gesprochen...
Jedenfalls handelte es sich um einen alten Jagdkumpel von Danny. Ich bin geflüchtet, sonst säße ich jetzt noch hier."
Bruno war aufmerksam geworden. Gleich einem Jagdhund, der aus seiner Lethargie erwacht, hatte er seine Lauscher aufgestellt und Witterung aufgenommen.
„Dieser Mensch ist an der Confusion- Mine beteiligt," fuhr Paul fort. „Und besitzt nicht weit von hier ein Haus."
„Kennst du seinen Namen?"
Jetzt war Bruno hellwach.
„Seinen Namen?" wiederholte Paul kauend. „ Also, er hat sich mir nicht vorgestellt. Ich weiß nur seinen Vornamen... Christoph hieß er. Aber frag doch einfach Danny! Übrigens, wo steckt der Kerl?"
„Vielleicht schläft er noch," sagte Max.
„Kann nicht sein. Wahrscheinlich ist er schon auf der Koppel bei seinen Gäulen."

„Wie hat er denn ausgesehen, dieser Christoph?" fragte Max.
„War er klein und nicht mehr ganz jung?"
„Kann sein, er trug Schuhe mit hohen Absätzen. Ein kleiner Mann mit einer großen Klappe. Hat sofort das Gespräch an sich gerissen. Danny könnte dir sicherlich mehr über ihn erzählen."
Max winkte ab.
„Ich dachte an jemanden, der zur gleichen Zeit nach Kanada wollte wie wir. Das wäre ein unglaublicher Zufall. Aber Kanada ist ein weites Land."
Er kramte sein Handy hervor und wählte eine lange Nummer. In diesem Moment betrat Danny den Raum, und Max steckte sein Handy wieder weg.
„Are you ready?" fragte er und blickte Bruno und Max an. „Yes, we are!" antworteten beide wie aus der Pistole geschossen.
„Übrigens, Paul, hast du es dir überlegt?"
„Ja, habe ich. Aber ich würde heute gern meinen „Kater" pflegen, ein wenig reiten und schauen, was es Neues hier in der Umgebung gibt. Wenn du dich recht erinnerst- ich kenne bereits die Confusion-Mine."
Draußen roch es nach Schnee, und graue Wolken jagten am arktischen Himmel dahin. Bei ihrer Ankunft am Vortag hatte sie noch der Indian Summer mit seiner ganzen Pracht empfangen. Doch in manchen Jahren zog von einem Tag auf den anderen der polare Winter ein.
Es ging auf derselben Schotterpiste, die sie erst am Tag zuvor gekommen waren, zurück in Richtung Dawson. Wieder saß Bradley am Steuer. Er hatte sie schon am Vorabend vom Flugplatz abgeholt.
„Ich soll Danny entschuldigen. Da kam eben noch ein Anruf, er fuhr sofort los. Ihr müsst mit mir vor-

lieb nehmen."
„No problem," sagte Max, während das Auto langsam über die Piste rollte. „Übrigens, du kennst doch sicherlich diesen Christoph, der letzte Nacht noch spät bei Danny eingefallen ist... Weißt du zufällig, wann der zurückkehrt?"
„Du meinst den Christoph Miller? Ich wusste gar nicht, dass er bereits hier ist. Aber den hatten wir schon erwartet." antwortete Bradley. „Er hat gewöhnlich seine Pferde bei uns im Stall. War denn der Indianer dabei? Wenn er sein Packpferd nicht mitgenommen hat, wird er im Laufe der kommenden Nacht wieder zurück sein."
Bruno drehte sich zu Max um. Max hielt den Daumen nach oben, nicht sichtbar für den Rückspiegel. Bruno nickte.
Also doch, er ist es, Christoph Miller, die vermeintliche Stecknadel im Heuhaufen. Brunos Intuition hatte ins Schwarze getroffen.
Es machte aber keinen Sinn, auf der Stelle umzukehren, um hinter ihm herzuhetzen. Dafür war dieser schon zu lange unterwegs, dazu per Reitpferd. Und das in einem Gelände, wo man ihm auf Rädern ohnehin nicht folgen konnte. Zudem wusste man nicht, welche Richtung er eingeschlagen hatte. Miller war längst über alle Berge...
„Soll ich Paul ins Vertrauen ziehen? Der könnte Danny fragen..."
„Nein," unterbrach ihn Bruno. „Das würde nur die Pferde scheu machen. Bloß kein Aktionismus! Wenn er zurückgekehrt ist, schlagen wir zu."
Und während Bruno seine Strategie überdachte, war man bereits wieder an der Fähre nach Dawson City angelangt.
Diesmal gab es eine Verzögerung, weil eine techni-

sche Inspektion den Fährbetrieb aufhielt. Vor dem Flussufer hatte sich bereits eine Autoschlange gebildet.
Zuvor hatten sie die Mondlandschaft von „Bonanza-Creek" mit der gigantischen Dredge No. 4 passiert, eine altertümliche Monster-Goldwaschanlage. Es war der Ort, wo im Jahre 1897 mit dem Fund eines einzigen Nuggets der „Klondike Gold Rush" begonnen hatte. Mehr als 100.000 Menschen hatten sich daraufhin auf den Weg gemacht, meist sogenannte Desperados, die es in ein bis dahin nicht gekanntes Abenteuer trieb.
Doch nach wenigen Jahren schon war der Spuk vorüber. Er endete so plötzlich, wie er begonnen hatte, und die Bevölkerung in Dawson schrumpfte von ursprünglich 40.000 Einwohnern auf ein Bruchteil dieser Zahl. Ärmer als je zuvor machten sich die meisten davon, aller Illusionen beraubt. Es war ein leises Ende. Mancher hatte beim Abschied Tränen in den Augen und noch die Fanfaren im Ohr, welche seinerzeit die Anfänge des großen Goldrush begleitet hatten.
Nur einige Relikte wie etwa das „Old Post Office" oder die „Diamond Tooth Gertis Gambling Hall", die Nachbildung eines Saloons, nun wieder in Betrieb, hatten sich über die Zeit gerettet. Auf kleiner Flamme hielt man hier die Legenden vergangener Zeiten lebendig.
Max konnte sich der Faszination, die von diesem Ort ausging, nicht entziehen. Er sah die abgerissenen Gestalten der Glücksritter, die Figuren leichter Mädchen in den Saloons, die von Leid und Erfolgslosigkeit geprägten Gesichter der Digger vor seinem geistigen Auge, als sie über die historische „Erlebnismeile" von Dawson City rollten. Bradley zeigte

auf die Villen der ehemaligen „Könige des Klondike", die es einst zu Wohlstand gebracht hatten. Ihr Reichtum ist noch heute legendär, ihre Namen längst vergessen.
Bruno hatte kaum zugehört, wenn Bradley das historische Dawson erklärte. In Gedanken war er bei seinem Feldzug gegen Miller.
Christoph Miller war eine harte Nuss, und da wollte er keinen Fehler machen. Schließlich war die Idee zu dieser Expedition auf seinem Mist gewachsen. Es durfte einfach nichts schief gehen.
„Wenn Ihr wollt, könnt Ihr euch einer geführten Tour bei „Gold Bottom" anschließen," ließ sich Bradley jetzt vernehmen, während der Wagen aufreizend langsam über eine marode Straße holperte. „Das ist eine stillgelegte Mine, aber für Besucher geöffnet. Hier ganz in der Nähe."
„Nein, auf keinen Fall!" sagte Bruno gereizt. „Sehen wir denn wirklich wie gottverdammte Touristen aus? Wir wollen zur Confusion Mine! Und das möglichst rasch."
Bradley blickte irritiert. Er hatte das Wort „Touristen" nicht einmal in den Mund genommen. Aber warum waren sie denn hier? Eine Einladung zur Jagd hatten sie ausgeschlagen.
Bruno erkannte sofort seinen Fehler.. Schließlich war die Tarnung als Tourist sein eigener Einfall gewesen.
„Verzeih, Bradley, vielleicht ein andermal," versuchte er zu beschwichtigen.. „Der „Jetlack" steckt uns noch in den Knochen."
Er zauberte einen 100 Dollar-Schein hervor und hielt ihn Bradley unter die Nase.
„Stopp mal bitte," sagte er.
Bradley verlangsamte und fuhr rechts ran.

„Was ist mit dem verdammten Schein?" fragte er.
„Der gehört jetzt dir," erklärte Bruno. „Dein Trinkgeld für heute."
„Thanks a lot," sagte Brad erfreut und steckte das Geld ein. „Du hast etwas gut bei mir."
„Okay. Dann macht es dir wohl nichts aus, einen Schlenker zur Gordon-Street zu machen?"
„Nein, natürlich nicht. Kein Problem, das ist nicht weit von hier. Nichts ist weit von hier."
Er drehte den Wagen und gab Gas. „Gibt es auch eine Hausnummer in der Gordon-Street?"
„Ja, die gibt es," antwortete Bruno. „Es ist die No. 21 oder 22. Aber kein Wort darüber zu Danny."
„Versprochen," sagte Bradley und hielt wenig später vor einem Bau, der typisch war für das architektonische Chaos der letzten Jahrzehnte. Es war ein Betonbau, ein phantasieloser Klotz.
Bradley sah Bruno fragend an.
„Wir sind gleich zurück," sagte dieser und stieg aus. Max folgte ihm.
Sie nahmen ein paar Stufen und kamen zum Eingang des Hauses.
Bruno klingelte, und sie betraten einen Flur, der offenbar nie gereinigt worden war. An vielen Stellen blätterte die Farbe von den Wänden ab.
„Ich gehe nach oben. Du wartest bitte hier."
Max hörte, wie Bruno mit einer Frau sprach. Er drückte vorsichtig die Haustür auf und beobachtete, wie Bradley eine Zeitung hervorkramte und zu lesen anfing. Dann legte dieser die Zeitung beiseite und kramte in seiner Brieftasche. Er nahm den 100 Dollarschein und hielt ihn gegen das Licht. Zufrieden steckte er ihn wieder ein und ließ die Brieftasche in der Jacke verschwinden.
Bruno kam die Treppe heruntergeeilt. „Na, was

macht unser Freund?" fragte er.
„Er zählt sein Geld ," erwiderte Max. „Was hast du von der Frau erfahren?"
„Nichts...Ich habe hier nur eine Nebelkerze gezündet. Damit Brad etwas zu erzählen hat."
Sie verließen das Haus im Schutz eines Mauervorsprungs und folgten einem Trampelpfad, der zwischen einem Feinkostladen und dem Nachbarhaus verlief. Kurz darauf versperrte ihnen Maschendraht den Durchgang. Bruno trat ihn kurzerhand nieder und ließ Max den Vortritt.
„Here we are," frohlockte er und lief auf eine Gasse zu.
„Laut Stadtplan müsste dieses Sträßchen jetzt die Bourbon-Street sein."
Er blieb vor einem alten, doch gepflegtem Holzhaus stehen. Über eine Sprechanlage meldete sich eine harte Frauenstimme.
„Repeat your name!" schnarrte sie. Bruno hatte Mühe, das jetzt folgende Frage- und Antwortspiel zu bestehen.
Schließlich öffnete sich die Tür, und eine zierliche alte Dame mit roten Fingernägeln und dazu passend gefärbten Haaren erschien rauchend im Eingang. Die Figur passte so gar nicht zu der rauen Stimme. Wohl in Abstimmung mit Haaren und Fingernägeln nutzte sie eine goldfarbene Zigarettenspitze. Irgendwie erinnerte ihn diese Frau an Brunos Mutter. Natürlich hütete er sich, diesen Einfall auszusprechen.
„Kommen Sie rein," sagte sie zu Bruno. „Ihr Begleiter kann solange draußen warten."
„Max, ich bin in 5 Minuten zurück."
Dann verschwand er mit der alten Dame im Innern des Gebäudes.

66

Als sie am anderen Ende von Dawson City wieder hinausfuhren, blickten sie auf eine wilde und weite Tundra, die sich bis zum Horizont hinzog. Der Mount Mc Campbell mit seinen gleißenden Schneefeldern bildete einen spektakulären Kontrast zu den vom Indian Summer gezeichneten Laubwäldern. Rundherum herrschte ein unwirkliches Licht. Ein magischer Augenblick, wie man ihn wohl selten erlebt.
Schließlich kam der Abzweig nach Südosten in Richtung Granville.
Ab sofort herrschte kein Verkehr mehr. Nur selten noch begegnete ihnen ein Fahrzeug.
Hinter einer Bodenwelle wurde plötzlich der Blick frei auf Leichtbauhallen, Cabins und eine Ansammlung von Baufahrzeugen.
Als sie näher heran waren, konnte er die verschiedenenTypen unterscheiden. Es handelte sich um Muldenkipper, Frontlader und Bagger. Dahinter reihten sich Tanks, Speicherbehälter für Treibstoffe und andere Flüssigkeiten, gestaffelt nach Funktion und Größe.
Bradley fuhr über matschigen Untergrund auf die vordere Halle zu und stellte den Motor ab.
„Follow me!" sagte er und betrat das Gebäude. Das Büro des Managers lag am Anfang eines Flures. Die Tür war weit geöffnet und lenkte den Blick auf einen jungen Mann, der über sein Laptop gebeugt am Schreibtisch saß. Als er die Ankömmlinge entdeckte, sprang er auf und eilte ihnen entgegen.
„Hi Walter. Das sind Max und Bruno aus Deutschland," stellte Bradley die beiden vor. „Danny hat

uns doch angemeldet, oder?"

„Ja, das hat er... also herzlich willkommen!" Walter sprach ein akzentfreies Deutsch und drückte beiden die Hand. „Ja, das hat er, und ich freue mich, mal wieder Menschen aus Europa begrüßen zu können, zudem noch Landsleute."

„Pardon," korrigierte Bruno, „ich bin Italiener. Aber Italien gehört bekanntlich auch zu Europa."

„Ja natürlich! Ich bitte um Nachsicht," räumte Walter höflich ein.

Zu Bradley gewandt: „Bring uns doch bitte Kaffee, Brad. Vergiss die Kekse nicht. Du weißt, der Automat steht in der Pantry, gleich um die Ecke."

Nachdem sie an einem Konferenztisch mitten im Raum Platz genommen hatten, reichte Walter Bruno einen matt glänzenden Gegenstand in der Größe eines Zuckerwürfels.

„Gold, was sonst," sagte Bruno."Vermutlich stammt der Nugget von hier." Er wog das Gewicht in seiner Hand und reichte den Würfel an Max weiter.

„Anfang der Woche haben wir den hier aus dem Boden gefischt," erklärte Walter. „Ein solcher Nugget gehört schon zu den selteneren Größenordnungen. Meist handelt es sich um Feingold, das in unseren Netzen hängen bleibt."

„Erlauben Sie eine Frage, Walter...Was hat Sie denn überhaupt hierher verschlagen?"

„Au, das war ein sehr banaler Grund. Ich hatte Ebbe in meiner Reisekasse. Das war Ende der 90er Jahre. Da bin ich zum erstenmal in diese Gegend gekommen. Es hatte sich bis zu mir herumgesprochen, dass man im Norden leicht einen Job bekommt. Selten, dass ein solches Gerücht auch zutrifft. Ein Handschlag genügte, und ich hatte Arbeit. Man hat nicht mal nach Papieren gefragt."

Walter nahm einen Schluck aus dem Kaffeebecher.
„Diese Hemdsärmeligkeit, oder soll ich sagen, die Geradlinigkeit der Menschen hier hatte es mir angetan."
„Und dann?"
„Dann bin ich zurückgegangen, um mein Examen zu machen. Etwa zur gleichen Zeit wurde hier eine Stelle in der Geschäftsführung frei. Da habe ich mich beworben und wurde sofort eingestellt. Naja, ich hatte Heimspiel. Ich war hier ja schon bestens bekannt."
„Respekt, Dottore Walter... Und heute sind Sie der Boss der Confusion Mine? Übrigens, Confusion-Mine... eine eigenwillige Namensgebung für eine Mine."
„Also, ich bin der Manager, nicht der Boss. Das Sagen hat die Gesellschafterversammlung. Aber zu der anderen Frage...Der Name der Mine geht zurück auf den Goldsucher und Whiskeytrinker Mister Mc Pherson, der Mein und Dein nicht auseinander halten konnte. Die Legende berichtet, dass er bevorzugt auf dem angrenzenden Boden schürfte, weil er angeblich die Claims nicht auseinander halten konnte.
Nachdem aber eines Tages eine Schrotladung in seinem Hintern steckte, fand er die Orientierung wieder. Seitdem stolperte er allein auf seinem eigenen Claim herum. Überliefert ist sein Erkenntnisgewinn: „Es hat alles seine Grenzen", soll er seither immer geklagt haben."
Eine Wanduhr gegenüber schlug 12 Uhr. Bruno blickte auf seine Armbanduhr, die er noch nicht auf Yukon-Zeit umgestellt hatte.
„Okay guys, brechen wir auf," sagte Walter, der Brunos Blick zu seiner Uhr missgedeutet hatte. „Wir

unterhalten uns vor Ort weiter. Ich habe heute auch noch einiges vor."

Er setzte sich zu Max in den Fond und dirigierte das Auto an den Cabins vorbei zur firmeneigenen Schotterpiste, die schnurstracks nach Süden zeigte.

Walter nahm das Gespräch wieder auf.

„Wie Sie gleich sehen werden, verfolgen wir eine zweigleisige Strategie.

Zum einen betreiben wir das sogenannte „Open Pit Mining". Das bedeutet nichts anderes als Tagebau. Vergleichbar mit dem Abbau von Braunkohle. Im Unterschied zum Bergbau unter Tage fallen hierbei erheblich weniger Kosten an. Außerdem ist das Risiko minimiert."

„Irgendwann ist man doch wohl durch damit. Was machen Sie dann?"

„Also, das dauert. Nach Süden haben wir noch unbegrenzt Fläche, also Arbeit. Schauen Sie mal... bis dort zum Höhenzug ist alles goldhaltiger Boden. Da besteht ein Vorkaufsrecht!

Außerdem haben wir, wie erwähnt, noch ein zweites Bein. Achten Sie mal darauf... überall sieht man noch die großen Abraumhalden aus dem vorletzten Jahrhundert. Seinerzeit hatte man ungleich schlichtere Methoden, das Gold aus dem Gestein herauszulösen. Das heißt, dass ein Großteil Gold noch im Abraum steckt.

Also wir kaufen das Material auf, bringen es hierher und zerkleinern es zum zweiten Mal. Dann jagen wir es erneut über die Shaking Tables und durch unsere Waschanlagen. Am Ende haben wir dann immer noch eine respektable Ausbeute."

Eine Holzbarriere tauchte auf und versperrte ihnen die Weiterfahrt.

„No trespassing. Stop here!" war auf dem Schild zu

lesen.

Hinter der Barriere begann das sogenannte Open Pit Mining, eine Kraterlandschaft, wie Max sie nach der Wende ähnlich bei Bitterfeld in Erinnerung hatte.

„Jetzt müssen wir leider aussteigen und zu Fuß weiter gehen, um uns nicht festzufahren. Zudem lauern hier überall kleinere und größere Gefahren."

Draußen empfing sie ein ohrenbetäubender Lärm. Sie standen vor einer routierenden, eisernen Trommel von gigantischen Ausmaßen. Daneben arbeitete ein Schaufelbagger, der die schräg stehende Röhre über ein Förderband mit Nachschub versorgte.

„Von heute an arbeitet nur noch eine Restmannschaft," schrie Walter, der gegen den Lärm machtlos war. „Es hat nachts schon zu frieren begonnen. Bald geht hier gar nichts mehr. Am Wochenende ist endgültig Schluss für unsere Waschanlagen."

Sie kamen zu den „Sluice Boxen, die sich unmittelbar dahinter befanden. Bei diesen handelte es sich um Waschrinnen, in denen sich das Feingold, kleinste Goldpartikel, auf grob aufgerauten Textilien aus Kunstfaser sammelten.

„Wo kommt das viele Wasser her?" wollte Bruno wissen. „Das erhalten wir über eine Pumpstation vom Indian River," erklärte Walter. „Ohne fließendes Wasser geht hier gar nichts. Aber jetzt friert es langsam ein."

„Ganz schön aufwendig," fand Bruno. „Bleibt zu hoffen, dass der ganze Klapperatismus auch rentabel arbeitet!"

„Jede Woche findet ein sogenannter „Clean Out" statt," entgegnete Walter. „Dabei wird die reine Goldmenge ermittelt. Es zeigt sich dann, ob wir gut oder schlecht gewirtschaftet haben."

„Und dann wird eine Flasche Champagner geleert?"
Walter lachte. „Ja, aber nur manchmal. Doch wir hätten wohl öfters Anlass dazu."
Bruno hatte auf den Busch geklopft, und Walter war ihm auf den Leim gegangen, dachte Max.
„Wie erklärt es sich dann, dass MNC Proven Gold in Deutschland Insolvenz beantragt hat?"
In dieser Frage steckte Dynamit, und Max hatte die Luft angehalten. Walter aber verzog keine Miene.
„Davon weiß ich nichts," antwortete er. „Das höre ich zum erstenmal. Kommen Sie, steigen Sie ein. Lassen Sie uns unterwegs weiterreden."
Sie waren wieder am Auto angelangt.
Während der Rückfahrt herrschte Stille, bis Walter plötzlich sagte:
„Es gibt keinen ersichtlichen Grund für eine Insolvenz. Wir haben unsere Gewinne immer pünktlich an die Anteilseigner abgeführt. Meist haben wir die Gewinne überwiesen, aber manchmal auch in cash ausgezahlt. Es gibt auch einzelne, die ihren Gewinn in reinem Gold kassieren. Wir nennen sie die „Donald Ducks". Aber es gibt dafür auch handfeste Gründe."
„Interessant. Sagen Sie... wurde von hier immer direkt an MNC Proven Gold in München überwiesen? Oder kamen die Gewinne per Transfer über die Yukon Gold Incorporated, in Whitehorse ansässig?"
„Ich glaube, das trifft zu," antworte Walter zögernd. „Aber eigentlich bin ich überfragt."
Gerade noch wunderte sich Max, dass Walter bereitwillig auf alle Punkte eingegangen war. Da fragte dieser zurück: „Wieso interessiert Sie das überhaupt?" Seine Stimme hatte plötzlich eine andere Färbung.

„Nun ja," reagierte Max. „Um die Wahrheit zu sagen... wir hatten Anteile an MNC Proven Gold. Und die sind bekanntlich wiederum an der Confusion Mine beteiligt. Also hätten wir gern gewusst, wo unsere Anteile geblieben sind und was hier eigentlich los ist."
Walter hatte vor Aufregung einen roten Kopf bekommen.
„Seid Ihr etwa hierher gekommen, um mich auszuhorchen?" Plötzlich schwang Empörung in seiner Stimme mit.
„Da seid Ihr bei mir an der falschen Adresse," sagte er. „Grundsätzlich bin ich nur für die technischen Abläufe zuständig und nicht berechtigt, Interna preiszugeben, etwa zu Zahlungsmodalitäten.
Ich habe schon mehr gesagt, als ich überhaupt durfte."
Er hustete verlegen und schwieg trotzig.
Es war nicht zu übersehen, er litt an einem Zwiespalt. Denn da gab es die Loyalität gegenüber seinen Arbeitgebern, die da unter anderen Danny und Christoph Miller hießen. Bruno überlegte, wie er Walter dazu bringen könnte, sich ihnen gegenüber zu öffnen. Vielleicht würde er sich ja insgeheim einmal aussprechen und reinen Tisch machen wollen. Aber Walter hatte nicht das Zeug zu einem Whistleblower.
Vor dem Verwaltungsgebäude angekommen, stieg er aus und sagte steif:
„Es hat mir Spaß gemacht, meine Herren, Ihnen unseren kleinen Betrieb vorzuführen. Aber bitte, haben Sie Verständnis, dass ich nicht über gewisse Dinge reden kann. Ich sag's ehrlich... Es könnte mich meinen Job kosten. Bye."
Er schlug die Autotür zu und verschwand im Ge-

bäude.
Max blickte Bruno betroffen an. „Hoffentlich hat das kein Nachspiel," sagte er.
Bruno zuckte mit den Achseln.
„Und wenn schon..."
Bradley blickte gleichmütig in die Runde, schob den ersten Gang ein und fuhr los.

67

„Did you enjoy it?" fragte er plötzlich.
„Na klar," antwortete Max. „Wir wissen jetzt, wie heutzutage Gold geschürft wird. Die mechanischen Abläufe – toll! Es knirscht, es rappelt und es stinkt nach Öl. Und am Ende nimmt man diese wundervollen Nuggets in die Hand..."
„Nun komm mal wieder runter!"
Bruno hatte sich zu Max umgedreht. „Sag mir lieber...hat sich Miller seinen Anteil auch in Nuggets auszahlen lassen? Zweifellos gehört er zu den „Dagoberts". Herwig hatte nichts darüber berichtet."
„Ja, vermutlich. Es gibt sogar gute Gründe, die dafür sprechen."
„Welche zum Beispiel?"
„Nun, zum einen der schwankende Goldpreis...in dem Fall bestimmt er selbst den Zeitpunkt des Verkaufs.
Oder der steuerliche Aspekt. Er wartet eine niedrige Börsennotierung ab und deklariert dann den Ertrag in Dollar.
Oder er spekuliert auf einen günstigen Wechselkurs zum Euro."
„Glaubst du, dass der überhaupt Steuern bezahlt?"
„Ich weiß es nicht. In Deutschland sicherlich nicht

mehr. Kanada jedoch hat eine strenge Finanzaufsicht, soviel ich weiß."
„Vielleicht schmuggelt er das Gold nach Bali und finanziert damit seine Hotels. Ich könnte mir vorstellen, dass er das schon immer so machte..."
„Gut möglich," stimmte Max zu. „Dann aber müsste er doch hier ein Zwischenlager für die Nuggets haben. Von den Ausmaßen her könnte es ganz klein sein und würde dann kaum auffallen. Aber da bedarf es eines Spießgesellen, dem er vertrauen kann."
Bruno nickte. „Ich möchte wetten, dass Danny mit ihm unter einer Decke steckt! Und Danny weiß auch, wo das Gold versteckt wird."
Max legte den Zeigefinger auf die Lippen und deutete auf Bradley.
Bruno blickte überrascht.
„Also, wenn der nur einen Satz verstanden hat, dann ist es eh zu spät," sagte er. „Und das würden wir schon bald erfahren."
Doch Bradley machte nicht den Eindruck, als habe er von ihrem Gespräch etwas mitbekommen. Gelangweilt blickte er auf die sich endlos hinziehende Schotterpiste.
„Schätze, dass es heute noch den ersten Schnee geben wird. Wenn Ihr keine Lust auf weitere Besichtigungen habt, werden wir jetzt zurück zur Lodge fahren, okay?"
„ Okay," sagte Bruno. „Vorher musst du uns aber noch bei einem Auto-Verleih absetzen. Wir wären dann unabhängig voneinander."

68

Wie von Brad vorausgesehen, hatte es in der darauf folgenden Nacht geschneit. Als Bruno am Vorabend den Wagen mietete, hatte er noch an Winterreifen erinnert und die Räder wechseln lassen. Im Anschluß hatten sie ein Snack gegessen und waren dann in einem Subaru mit Allradantrieb zurückgekehrt.
Zunächst hatte sich niemand blicken lassen. Die Lodge wirkte wie ausgestorben. Doch als Max und Bruno sich gerade anschickten, den Stall zu inspizieren, erschien plötzlich Danny auf dem Hof.
„Sucht Ihr etwas Bestimmtes?" fragte er.
„Nein, warum?" antwortete Max, der sich gerade einen Zigarillo angezündet hatte. Er reichte Danny seine Schachtel hin.
„Danke, später vielleicht," sagte dieser. „Ich möchte erst nach den Hoppemäxen schauen. Versteht Ihr was von Pferden?"
„Ja," sagte Bruno. „In jungen Jahren besaß ich selber eines."
„Also, hier im Stall stehen nur Pferde von Gästen, die regelmäßig bei mir zur Jagd gehen. Ansonsten befinden sich alle draußen auf der Koppel. Wenn Ihr wollt, gehen wir anschließend dahin."
Danny öffnete eine schwere Holztür, und sie traten in eine Halle mit mehreren Boxen, über denen kleine Schilder mit Namen angebracht waren. Nur wenige Boxen waren besetzt.
Er zeigte auf drei leere Unterstände.
"Hier befanden sich bis heute Nacht die Jagdpferde von einem Freund, der schon in aller Frühe aufge-

brochen ist. Paul ist ihm noch in der Nacht begegnet. Ich hatte gedacht, er sei eventuell schon zurückgekehrt."
Warum erzählte er ihnen das?
Nach dem Abendessen waren sie allein im Gastraum und hatten den TV- Nachrichten gelauscht.
„Der Miller macht es uns auffallend einfach," sagte Bruno. „Meinst du, er hat vielleicht schon Lunte gerochen?"
„Es läuft fast zu glatt," pflichtete Max ihm bei. „Ich denke aber, wir haben einfach nur Glück gehabt. Aber noch haben wir ihn nicht."

69

Am nächsten Tag fuhren beide nach Dawson. Paul hatte weder mitkommen noch jagen wollen. Stattdessen wollte er einen alten Kumpel zu einem Außenposten begleiten. Die Gastquartiere dort mussten winterfest gemacht werden.
Bruno ließ sich von Max zu dem historischen Drugstore an der Ecke Yukon-Street chauffieren. Hier hatte seinerzeit Jack London des öfteren verkehrt, um Baumaterial für seine Hütte einzukaufen. Das hatte Bruno aus einer der Broschüren, die bei Danny im Speiseraum gelegen hatten.
„Während ich auf Jacks Spuren wandle, fährst du in die Bourbon-Street und klingelst bei der alten Lady," sagte Bruno. „Erzähl ihr, dass ich verhindert sei. Sie soll dir das Paket mitgeben, das sie für mich bereit hält."
„Und was befindet sich in dem Paket?" fragte Max verblüfft.
„Waffen. Geh sorgsam damit um. Verstau das Paket

im Kofferraum und leg irgendwelchen Unrat darüber!"

„Waffen? Ich werd' nicht wieder... Und was willst du tatsächlich in dieser alten Bruchbude?"

„Ich nehme mir eine Auszeit mit Jack London. Ich wollte ihm schon immer begegnen. In etwa einer Stunde kannst du mich dann wieder abholen. Sollte ich noch nicht am Ausgang stehen, wartest du auf mich, okay? Anschließend gehen wir einen Kaffee trinken."

„Okay," sagte Max und gab sich mit der Antwort zufrieden. Bruno würde ihm die Waffen noch genauer erklären müssen. Auch die „Begegnung" mit Jack London, der seines Wissens schon vor langer Zeit gestorben war.

Bruno verschwand hinter einer alten Ladentür, die durch eine Feder in ihre Ausgangslage zurückgezogen wurde. Ähnlich alte Türen hatte er noch von Neapels Altstadt in Erinnerung.

Er betrat einen hohen, fensterlosen Raum. Nachdem sich seine Augen an das schummrige Licht gewöhnt hatten, fiel sein Blick auf vollgestopfte Regale und eine antik wirkende Verkaufstheke im Eingangsbereich.

Dies also war das legendäre Kaufhaus des ausgehenden 19. Jahrhunderts! Eine einzige Verbeugung vor der großen Zeit am Yukon. Man hatte es so belassen, wie es angeblich schon Jack London erlebt hatte.

Bruno nahm das erste Regal in Augenschein. Das Sortiment erinnerte ihn an heimische Baumärkte. Da gab es Gummistiefel, Arbeitsjacken, Äxte, Handsägen etc. Dahinter ragten Angelzeug und Jagdausrüstungen aus halbdunklen Verstecken hervor. Viel anders als heute mag die Faszination, die von sol-

chen Gegenständen auf Männer ausging, auch damals nicht gewesen sein.
Es herrschte eine merkwürdig ergebene Stille. Verkäufer waren nicht in Sicht. Er blickte zu der Theke, die nur sparsam durch eine viel zu hohe Deckenlampe erhellt wurde. Milliarden Staubpartikel tanzten im nostalgisch trüben Schein.
Und plötzlich war es Bruno, als käme Buck, Jack Londons treuer Wolfshund, hinter dem Tisch hervor, mit der Nase nah am Boden einer Spur folgend. Er sah seine schmalen Läufe, seine spitz geformten Ohren, seinen schlanken Körper. Schwanzwedelnd verschwand er wieder, wie er aufgetaucht war, hinter einem dunklen Schrank.
Enttäuscht starrte Bruno auf die Stelle, wo Buck eben noch präsent war, und rieb sich die Augen. Wenn nun auch sein Herrchen leibhaftig aus dem Schatten getreten wäre, um Buck zurückzurufen, hätte er sich nicht gewundert. Auch hier war der Wunsch der Vater des Gedankens und überforderte wohl diesmal seine Vorstellungskraft.
Es war der verkümmerte, sensible Teil seiner Seele, der nur sekundenlang aufgeflackert war, um sich von einem Spuk gefangen nehmen zu lassen, einer flüchtigen Laune seiner Phantasie. Es war der unbekannte Bruno, der zu atmen vergaß und in Sorge war, die Illusion könne sich wieder im Nichts auflösen.
Ein Mann war unbemerkt neben ihn getreten und holte ihn rüde in die Gegenwart zurück. Augenblicklich war der Zauber verflogen.
„May I help you?" fragte dieser.
„Ja," sagte Bruno verwirrt. Fast hatte er vergessen, warum er hier war.
„Ich möchte ein Jagdgewehr kaufen. Also ein Ge-

wehr, wie es Jack London seinerzeit benutzt hatte!"
„Jack London...ein Jagdgewehr?"
Der Verkäufer blickte ihn verständnislos an.
„Warten sie, Sir, einen Augenblick, ich hole den Boss."
Es dauerte eine Weile, bis dieser erschien. Ein breites Lächeln spielte um seine Züge.
„My name is Bill Knoxten. Sagen Sie Bill zu mir!"
Er hielt in seinen Händen ein Poster, das Jack London mit Rucksack und Spaten vor der Eingangstür des Drugstore zeigte. Und direkt daneben kauerte sein Hund Buck. Es war dieselbe Eingangstür, durch die er eben noch geschritten war... nur gut einhundert Jahre früher.
„Deshalb musste ich Sie etwas warten lassen. Das Poster hatte ich irgendwo im Haus verkramt."
„Toll," sagte Bruno erfreut.
Knoxten strahlte. „Sie sind also ein Jack London-Verehrer... auf die trifft man nicht mehr alle Tage."
„Er war der Held meiner Jugend. Ich kenne alle seine Stories. Kann ich das Poster käuflich erwerben?"
Es war eher selten, dass er an seine frühen Jahre zurückdachte. Seine Disziplin ließ solche Reminiszenzen nur selten zu. Zu weit hatte er sich von seinen Idealen und Träumen entfernt.
„Nein, können Sie nicht... ich schenke es Ihnen," sagte Bill.
Er rollte das Poster zusammen und überreichte es Bruno, dessen Augen vor Freude aufleuchteten.
„Ist es Ihnen ernst mit der Kugelbüchse für Smallgame-Hunting, wie sie Jack London benutzte?" fragte Bill. „In dem Fall muss ich Sie bitten, mir zu den Waffenschränken zu folgen."
„Naja, ich bin kein Waffennarr, aber Jäger. Wenn Sie meine Lizenz sehen wollen? Also, ich weiß selbst

nicht recht, wie die Waffe aussehen muss. Aber lassen Sie mal sehen!"
Währenddessen waren sie bei den Jagdwaffen angelangt.
„Here we are," sagte Bill und öffnete das Sicherheitsschloss eines Schrankes.
„Also, wenn Sie die Originalwaffe kaufen möchten, müssten sie zu einem Sammler oder in ein Museum gehen."
Er nahm ein Gewehr heraus und gab es Bruno in die Hand.
„Diese Remington 220 -Swift für long ranges mit einem 5- Schussmagazin kommt der Kugelbüchse von Jack London am nächsten. Sie ist fast identisch. Einziger Unterschied... sie befindet sich auf dem heutigen Stand der Technik. Übrigens... man kann ein Rifle-Scope aufsetzen."
„Ein was?" fragte Bruno.
Bill zeigte auf ein Zielfernrohr.
„Okay," sagte Bruno und reichte die Waffe zurück. „Die ist gekauft!"
Minuten später traten beide vor den Drugstore.
„Wie wär´s mit einem Foto vor dem Eingang, von Ihnen und der Büchse? Titel: Jack um 100 Jahre verpasst."
Bruno lachte. „Ich werde darüber nachdenken. Ciao, Bill."
„Good bye, Bruno, " sagte Bill. „ Es war nett, mit Ihnen ein Geschäft zu machen. Falls Sie wieder mal einen besonderen Wunsch haben...Sie wissen ja, wo Sie mich finden. Have a good time!"

70

Vielleicht hätte Bruno niemals mehr an die Gründung einer Familie gedacht, wäre ihm Sarah nicht über den Weg gelaufen. Aber das hatte eine Vorgeschichte...
Sie waren noch nicht lange zurück auf der Lodge, da klopfte es an Brunos Cabintür und Max trat ein.
„Paul hat angerufen und mich gefragt, warum du eine Kugelbüchse gekauft hast. Ich habe spontan gesagt, dass du vermutlich jagen willst."
Bruno legte einen Finger auf seine Lippen und zeigte mit der anderen Hand zur Deckenlampe. Wortlos zog er Max nach draußen
„Komm, lass uns einen Zigarillo rauchen!"
„Also, du vermutest immer noch eine Wanze? Warum bist du der Sache nicht inzwischen auf den Grund gegangen?" fragte Max.
„Ich habe weit und breit keine Leiter gefunden. Außerdem...ohne Not entfernt man keine Wanze. Dann weiß der andere sofort, dass er überführt ist. Damit hat man dann ein neues Problem."
„Aber es wäre doch gut zu wissen, ob wir belauscht werden."
„Ja natürlich. Aber solange man keine Geheimnisse ausplaudert, kann einem das egal sein. Also, was ist mit Paul?"
„Danny hat ihn ausgefragt. Dieser Bill Knoxten, der Geschäftsinhaber, muss ihm von deinem Jagdgewehr erzählt haben. Dawson ist ein Dorf!"
„Nun, dann wird es auch Miller bald erfahren."
„Sicher. Der wird inzwischen auch wissen, dass wir uns nach ihm erkundigt haben. Hier sind alle mit-

einander vernetzt. Also ist auch er gewarnt. Paul sagt, dass Danny ziemlich sauer sei."

„Na, damit kann ich leben. Dass uns nur nicht der Miller durch die Lappen geht! Wenn der von uns erfährt, wird er wissen, woher der Wind weht. Herwig muss ihm irgendwann gesteckt haben, dass viele Millionen von den Orsinis stammen."

„Das heißt, dass man sich ab sofort mit offenem Visier begegnen würde..."

„Ja, das heißt es wohl. Ich hatte auf den Überraschungseffekt gesetzt. Jetzt ist er gewarnt."

„Wolltest du mit Deiner Flinte tatsächlich Kleinwild jagen?"

„Nein...ich betrachte diese Kugelbüchse als Sammlerstück. Sie ist nahezu identisch mit der Waffe, die Jack London seinerzeit in diesem Laden gekauft hatte. Damit kannst du keinem Jäger Furcht einjagen. Und ohne Patronen schon gar nicht."

„Du bist zweifelsohne ein Jack London-Freak. Jeder Verrückte ist anders. Aber was ist jetzt mit den Waffen im Kofferraum? Und wie kommt diese alte Dame dazu, mit Waffen zu handeln? Ist doch ungewöhnlich, oder?"

„Das entzieht sich meiner Kenntnis. Vielleicht hat sie auch nur ihren verstorbenen Mann beerbt. Aber sie führt schon lange dieses Waffendepot in der Bourbon-Street. Ich weiß nur, dass sie gute Umsätze macht. Schließlich wird sie von der Orsini-Familie beliefert."

„Nur während meines Wehrdienstes hatte ich etwas mit Waffen am Hut..."

„Du hast nichts zu befürchten. Sie sind nur für den Fall eines Falles. Bei Miller sollten wir auf Attacken vorbereitet sein."

„Da magst du recht haben... diesem Kerl traue ich

inzwischen alles zu. Nur ich fürchte, er ist nicht zu fassen. Bisher hat er sich noch jeder Festnahme entzogen."
Bruno schüttelte energisch sein Haupt.
„Miller ist doch kein Phantom! Wenn er flüchtet, reisen wir ihm hinterher. Und wir finden ihn. Immer! Sein Pech, dass er sich mit uns angelegt hat."
Das klang ziemlich vollmundig, war aber genau der Ton, den Max an Bruno schätzte. Jedenfalls besser als mutlos. Bruno ließ erst gar keinen Pessimismus aufkommen. Defätismus war für ihn ein Fremdwort.
„Ich weiß auch schon, wie wir ihn kriegen," ergänzte er.
Max blickte auf seine Uhr. „Zeit zum Abendessen. Wir sollten uns nicht drücken."
„Warum sollten wir uns drücken? Geh du schon vor! Ich muss noch ein Gespräch führen und komme nach."
Max betrat den Speisesaal und begrüßte Paul, der bleich und verlegen auf seinem Stuhl saß.
„Na, wie war der Tag?"
„Anstrengend," antwortete Paul. „Man hatte viel Arbeit für mich. Sie bereiten ein neues Außencamp vor, mit neuen Cabins und dem ganzen Klimbim, der dazu gehört. Und da soll ich gleich morgen wieder mitkommen..."
„Großartig! Aber übernimm dich nicht. Übrigens, wo steckt denn Danny diesmal? Hat er wieder keine Zeit fürs Abendessen?"
Die Pendeltür ging auf und Bruno trat ein. Er begrüßte Paul und nahm Platz."
„Ich habe vernommen, dass ich dich mit meinem Verhalten in eine Zwickmühle gebracht habe," sagte Bruno. Paul wich seinem Blick aus und Bruno fuhr

fort: „Wir konnten ja nicht wissen, dass Miller sich ausgerechnet bei deinem alten Jagdkumpel Danny aufhält. Wie klein die Welt doch ist! Allerdings hatten wir gehofft, dich nicht da hinein ziehen zu müssen."

Er unterbrach sich, denn Danny erschien. Seine unheilvolle Miene verhieß nichts Gutes.

„Meine Herren. Ich hoffe, Sie hatten einen interessanten Tag!"

Danny sprach sie plötzlich mit dem förmlichen „Sie" an. Das seltsame Tremolo in seiner Stimme unterstrich seine gereizte Stimmung.

„Ich komme immer gleich zur Sache," fuhr er fort, „und rede gern Klartext. Paul kann das bestätigen."

Er blickte Paul an, der im ersten Schrecken das Nicken vergaß.

„Also, normalerweise bin ich froh, Gäste in meinem Hause beherbergen zu können. Normalerweise! Aber dann muss ich plötzlich erfahren, dass das Interesse meiner neuen Gäste einem einzigen Mann, einem Freund des Hauses, gilt. Wie mir zu Ohren gekommen ist, stellen Sie, Bruno und Max, intensive Nachforschungen über meinen Geschäftsfreund Christoph Miller an. Und mir sagt mein Gefühl, dass Sie, Bruno, dieses Gewehr gekauft haben, um Jagd auf Christoph Miller zu machen. Das kann ich nicht akzeptieren."

Bruno hatte scheinbar gleichmütig zugehört, aber jetzt musste er antworten.

„Das ist ein Missverständnis," entgegnete er ruhig. „Mit einer Büchse für Smallgame-Hunting werde ich wohl kaum einen Jäger erschrecken können! Da lachen ja die Schneehühner. Ich will weder Jagd auf Menschen noch auf Tiere machen. Ich besitze weder Munition noch ein Zielfernrohr. Es handelt sich nur

um ein Sammlerstück. Und ich will es dir gern zu treuen Händen für die Dauer unseres Aufenthalts überlassen." Die Antwort nahm Danny den Wind aus den Segeln, doch er hatte bereits einen Entschluss gefasst.
„Was wollt ihr dann von Miller? Er ist mein bester Kunde! Er schickt mehrmals im Jahr ganze Besuchergruppen aus Europa ins Haus, die lediglich kommen, um die Confusion Mine zu besichtigen. Wir sind auch anderweitig miteinander verbunden. Er ist nicht mein bester Freund, aber aufgrund der eben erwähnten Fakten betrachte ich ihn so und werde ihn auch weiter so behandeln."
Seine Stimme hatte sich inzwischen wieder normalisiert, die Spannung schien von ihm abgefallen. Doch jetzt musste er eine Entscheidung treffen, die er eigentlich schon getroffen hatte. Das bereitete ihm Bauchschmerzen.
„Ich weiß, dass Miller kein unbeschriebenes Blatt ist," fuhr er fort.
„Ich weiß, dass in Deutschland ein neues Ermittlungsverfahren gegen ihn läuft und dass er gesucht wird. Aber wir befinden uns nun mal nicht in Deutschland, sondern am Yukon. Und das macht den Unterschied."
Er blickte Zustimmung heischend in die Runde, als erwartete er Applaus von einer imaginären Zuhörerschaft.
„Auch gegen mich lief seinerzeit ein solches Verfahren in der alten Heimat. Ich habe gegenüber Paul keinen Hehl daraus gemacht, nicht wahr, Paul?"
Paul reagierte nicht.
„Aber das ist Schnee von gestern. Und soweit ich weiß, gibt es kein Auslieferungsabkommen zwischen unseren Staaten. Also, was wollt Ihr eigent-

lich?"

„Ich sage dir, was wir nicht wollen," antwortete Bruno.

„Wir wollen dir natürlich keine weiteren Unannehmlichkeiten bereiten. Sprich's doch ruhig aus: Du wünscht, dass wir unsere Koffer packen. Ich sehe darin kein Problem. Unter den gegebenen Umständen sollten wir hier unseren Aufenthalt sofort beenden."

Danny atmete durch. Man sah ihm die Erleichterung an.

„Okay, dann ist das ja geklärt. Wie wär's, wenn Bradley Euch gleich morgen nach dem Frühstück nach Dawson bringen würde? Ich kenne da eine kleine Pension mit einer charmanten Wirtin."

Bruno nickte zustimmend.

„So sei es! Aber wir fahren im eigenen Auto. Im eigenen Leihwagen," verbesserte er sich. „Und ich möchte umgehend unsere Rechnung bezahlen."

„Für den kurzen Aufenthalt schuldet Ihr mir nichts. Nehmt es als Ausdruck meines guten Willens. Apropos, Paul, wirst du hier bleiben wollen, oder würdest du uns auch sofort verlassen?"

„Darüber muss ich erst mal nachdenken. Ich bin zusammen mit Max und Bruno angereist..."

„Lass nur, Paul," unterbrach ihn Max. „Du hast dich doch hier auf den Jagdbetrieb gefreut. Und du wolltest im Camp mitarbeiten. Die Sache ist einfach dumm gelaufen...Du kannst ja, wenn du willst, zusammen mit uns zurückfliegen."

„Also, dann ist auch das geklärt," stellte Danny zufrieden fest. „Ich werde mich morgen beim Frühstück von Euch beiden verabschieden. Also in diesem Sinne und gute Nacht!"

Damit verließ er den Speisesaal.

71

„Sur le pont, D Ávignon..."
Wenn das kein Empfang ist! dachte Max, als er über die Schwelle der kleinen Pension trat. Irgendwo im Haus trällerte eine angenehme Frauenstimme eine Melodie, die auf leichten Schwingen daher kam. Er stellte seinen Koffer ab und ging, den fröhlichen Tönen folgend, langsam die Treppe zum ersten Stock hinauf. Er schritt einen hellen Flur entlang bis zu einem Zimmer, wo eine junge Frau damit beschäftigt war, alte Vorhänge gegen neue auszutauschen.
„Hallo, ich habe Sie schon erwartet," sagte sie, als sie Max erblickte. „Wenn Danny Sie geschickt hat, dann seien Sie herzlich willkommen. Gehen Sie bitte schon mal in den Diningroom, ich komme gleich nach."
„No problem," antwortete Max und stolperte die Stufen wieder hinab. Im Esszimmer traf er auf Bruno, der sich an einem großen Esstisch niedergelassen hatte, von wo er die neue Umgebung einer kritischen Würdigung unterzog.
„Schauen Sie bitte nicht so streng umher! Gerade erst habe ich Gäste verabschiedet und noch nicht wieder aufgeräumt. Ich heiße übrigens Sarah."
Normalerweise war Bruno nicht so leicht aus der Fassung zu bringen. Aber bei Sarahs Auftreten war er aufgesprungen, als habe ihn ein Blitz getroffen. Sarah war eine aparte, gertenschlanke Erscheinung mit großen, klugen Augen und hoher Stirn. Als sie Brunos Fassungslosigkeit bemerkte, hätte sie beinahe losgeprustet, besann sich aber und musterte ihn

mit strengem Blick.

„Geht's Ihnen nicht gut?" fragte sie mit unschuldiger Miene.

„Doch, doch," beeilte sich Bruno zu antworten. „Mir geht es sehr, sehr gut! So gut, wie lange nicht!" Etwas Außergewöhnliches musste mit Bruno passiert sein, dachte Max. Eine ganz neue Erfahrung, ihn derart fassungslos zu sehen. Er schien Zeit und Raum vergessen zu haben. Er stand nur da und starrte sie an, als sei sie vom Himmel gefallen.

„Meine Herren, ich sage Ihnen jetzt, wie es weiter geht," verkündete Sarah heiter, während sie nur Augen für das schmutzige Geschirr, das sie gerade abräumte, zu haben schien.

„Zuallererst sollten wir uns bei einem Begrüßungskaffee miteinander bekannt machen. Bis ich neu gedeckt habe, könnten Sie ja schon mal ihre Koffer nach oben schleppen. Ihre Zimmer dürfen Sie sich aussuchen."

„Madonna," murmelte Bruno, als sie oben angelangt waren. „Was für eine Frau! Ob sie wohl vergeben ist? Was glaubst Du?"

„Frag sie doch einfach, wenn wir wieder unten sind. Du bist doch sonst nicht feige. Etwas Courage solltest Du auch bei einer Frau aufbringen!"

„Ich bin völlig aus der Übung. Ich habe schon lange keine Frau mehr angebaggert..."

Als sie wieder am Tisch saßen, sagte Sarah: „Bevor Ihr Euch den Kopf über mich zerbrecht, hier mein Steckbrief... ich bin 27 Jahre alt, in Quebec aufgewachsen, habe mit 23 Jahren Yves geheiratet und bin vor einem Jahr Witwe geworden... Mehr müsst Ihr eigentlich nicht wissen."

„Schade!" bedauerte Bruno, der sich inzwischen wieder gefangen hatte. „Wir würden gerne mehr

über dich erfahren, nicht wahr Max?!"
Zu beider Überraschung fing sie auf Deutsch zu singen an:

„Nie sollst du mich befragen,
Noch Wissens Sorge tragen,
Woher ich kam der Fahrt,
Noch wie mein Nam´und Art..."

Eine bewundernswerte Frau voller Überraschungen, dachte Max. „Mach den Mund wieder zu!" sagte er zu Bruno gewandt und klatschte Beifall.
„Richard Wagner-Seminar am Goethe-Institut. Es war eine schöne Zeit. Parallel dazu musste ich einen Deutschkurs belegen. Also, wollen wir es so halten wie in dem Lied?"
Max hatte mehrere Urkunden an der Wand entdeckt, die ein Flieger-Emblem aufwiesen. Sarah war seinem Blick gefolgt.
„Yves war Pilot. Auf dem Weg nach Nome ist er in ein Gewitter geraten und abgestürzt. Eigentlich war er ein erfahrener Pilot..."
Sie zögerte, ehe sie fortfuhr.
„Yves war Alkoholiker. Davon gibt es einige hier. Seitdem führe ich diese kleine Pension. Sie hat mein Leben umgekrempelt, das heißt, absolut bereichert. Und seitdem lerne ich immer wieder nette, interessante Leute kennen, wobei ich euch jetzt schon einbeziehen möchte."
„Du kennst uns noch nicht," sagte Bruno. „Hat Danny denn nichts über uns verlauten lassen?"
„Warum sollte er? Er hat euch wärmstens empfohlen."
„Er wollte uns loswerden. Wahrscheinlich deshalb die Empfehlung. Wir sind ihm auf die Nerven ge-

gangen."

Sarah blickte ihn ungläubig an und lächelte.

„Wie wär's, wenn wir drei nach dem Abendessen einen Bummel durch das sogenannte Nachtleben von Dawson machten? Es ist zwar provinziell, aber dennoch recht anregend."

Sie blickte erwartungsvoll von einem zum anderen.

Noch ehe Max antworten konnte, traf ihn ein Tritt gegen sein Schienbein. Es tat weh, aber er hatte verstanden.

„Ein gut gemeinter Vorschlag," sagte er und verzog keine Miene.

„Aber alte Knaben brauchen ihren Schlaf. Bruno wird kein Problem damit haben, mit dir allein auszugehen, d´accord?"

Während er diskret sein Schienbein rieb, streiften ihn Brunos unschuldig blickende Augen.

„Ich werde dich nach dem Abendessen nochmals fragen."

Sie stand auf und räumte zum zweiten Male ab, was keine Mühe war. Sie spürte eine heimliche Freude und fühlte sich plötzlich leicht wie eine Feder, die wie von selbst die Treppe hinaufschwebte. Schon vorher hatte sie entschieden, Dannys Auftrag zu ignorieren, über Bruno und Max Bericht zu erstatten.

Gegen zwei Uhr morgens traf ein Lichtstrahl Max' Pupille. Ungläubig schlug er die Augen auf. Im Zimmer brannte die Deckenleuchte.

Bruno stand im Türrahmen, nur mit Schlafshorts bekleidet.

„Den Miller haben wir so gut wie im Sack," triumphierte er.

„Ich habe jemanden kennengelernt, der beim Bau von Millers Haus dabei war und uns morgen hin-

führen wird."
Bruno war beschwipst.
„Scusi, ich hatte geglaubt, es könnte dich interessieren. Schlaf einfach weiter."
Bruno hatte das Zimmer schon verlassen, bevor Max die Nachricht in vollem Umfang begreifen konnte. Jetzt störte ihn die Deckenleuchte, die Bruno versehentlich nicht wieder ausgeknippst hatte.
Mit einem Satz sprang er aus dem Bett und eilte auf den Flur. Bruno verschwand gerade hinter einer Zimmertür auf halbem Weg zum Bad. Max glaubte sich zu erinnern, dass Brunos Zimmer neben seinem gelegen habe.
Er ging auf nackten Sohlen weiter, weil sich jetzt seine Blase meldete. Das WC lag am Ende des Flures. Eine plötzliche Stufe wurde ihm beinahe zum Verhängnis. Er schlug mit den Zehen gegen die Kante, stolperte und fing sich leise fluchend ab.
Als er die Tür passierte, hinter der Bruno verschwunden war, hörte er verhaltenes Kichern.
Mit vor Schmerz verzerrtem Gesicht tappste er weiter durch den dunklen Korridor.
Als er ein zweites Mal aufwachte, flutete fahles Licht durch die unverhängten Fenster.

72

Tom und Henk waren nicht zu übersehen. Sie standen mit den Händen in den Hosentaschen lässig an ihrem Pickup gelehnt. Zur Zeit hatten sie keinen festen Job, sondern lebten von Gelegenheitsarbeiten. Dabei waren sie nicht wählerisch. Sarah hatte sie letzte Nacht in der „Diamond Gambling Hall" mit Bruno bekannt gemacht.

Er hupte kurz und hielt hinter dem Pickup. Tom und Henk würden sie zum Haus von Miller lotsen. So hatte man es in der vergangenen Nacht verabredet.
Die Fähre kam, nahm sie auf und legte umgehend wieder ab, da um diese Zeit wenig Andrang herrschte.
Bruno bot Zigarillos an.
„Was treiben wir hier eigentlich?" fragte Tom.
„Menschenjagd," antwortete Bruno.
„Im Ernst? Ich habe das heute Nacht für einen Scherz gehalten," meinte Tom.
„Nein, das ist kein Scherz. Wenn Ihr nicht dabei sein wollt, dann sagt es lieber sofort und gleich."
„Sehen wir denn aus wie verängstigte Chorknaben? Selbstverständlich sind wir dabei," mischte sich Henk ein. „Wenn es sich nicht um Mord und Totschlag handelt, haben wir keine Probleme."
„Es handelt sich um eine Entführung, nicht mehr und nicht weniger. Wenn uns Miller zurückgibt, was er uns schuldet, lassen wir ihn sofort wieder laufen. Dazu müssen wir ihn aber erst einmal haben."
„Okay, damit kann ich leben," sagte Tom. „Aber Ihr seid unbewaffnet. Habt Ihr denn keine Angst, dass euch dieser Mensch über den Haufen knallt?"
„Doch," antwortete Max. „Aber meines Wissens verhandelt Miller lieber."
„Also, dann sind wir uns einig?" Bruno sah sie fragend an und streckte Ihnen die Hand entgegen.
„Kommt, schlagt ein!"
„Okay, ich bin dabei," sagte Henk und drückte seine Hand. „Auf gutes Gelingen." Dann war Tom an der Reihe.
„Ich verdopple übrigens eure Gage. Und jetzt in die

Autos, los geht's!"
Sie rollten von der Fähre und steuerten nach Nordwesten in Richtung Grenze. Alaska war nicht weit. Bald schon geriet der Craig Mountain in Sichtweite, der Namensgeber von Dannys Resort.
„Sieht hier bei Schnee ganz anders aus," stellte Max fest. „Kommen wir denn an der Lodge vorbei?"
„Na, hoffentlich nicht," antwortete Bruno. „In dieser Einsamkeit würde jede Bewegung sofort auffallen. Die beiden wissen das. Tom hatte heute Nacht von einem Ort namens Clinton Creek gesprochen. Auf halbem Weg zu diesem Ort müsste Millers Haus stehen. Wait and see!"
Als sie an einer Kreuzung anlangten, sagte Bruno: „Links geht's übrigens zu Dannys Lodge. Wir halten uns rechts."
Auf der Schneedecke waren noch keine Reifenspuren zu sehen. Nach dem Schneefall in der Nacht hatte noch niemand vor ihnen die Strecke befahren. Nur Spuren von Wild deuteten einen Rest von natürlichem Leben an.
„Hoffentlich ist Miller von der Jagd zurück!" sagte Max.
„Das hoffe ich auch,"entgegnete Bruno. „Er müßte heute Nacht heimgekehrt sein. Vielleicht tut er uns den Gefallen und ist noch gar nicht aufgestanden. Ich setze auf einen Überraschungseffekt. Ist doch noch früh am Tage."
„Bist Du gar nicht aufgeregt?"
„Doch," antwortete Bruno. „Aber nur, weil wir ihn möglicherweise verpassen könnten. Dann wäre der Coup umsonst."
„Was soll eigentlich das Brennholz auf dem Pickup?"
„Das ist Show. Die beiden liefern manchmal Brenn-

holz aus. Sollte uns jemand begegnen und das Holz sehen, wird er sich nichts dabei denken. Diesmal wird eben Mister Miller beliefert. Ob der nun will oder nicht."

Ohne Vorwarnung bog Tom hinter einer Reihe von Hemlocktannen unvermittelt in eine kaum erkennbare Einfahrt und steuerte auf ein verschneites Holzhaus zu. Auf dem Platz davor stoppte er sein Fahrzeug.

Max und Bruno waren noch einen Augenblick sitzen geblieben.

Als sich nichts rührte, stiegen sie aus.

Das Haus wirkte verwaist, die Läden waren geschlossen. Rundherum herrschte winterliche Stille.

Sie gingen einige Meter weiter zu einem Holzplatz. Die Stapel waren mit Schnee bedeckt.

Henk wies auf eine frische Wildfährte hin. Lediglich ein hungriger Wolf war erst kürzlich hier vorbeigekommen. Er hatte sich von der Hinterseite des Hauses genähert und war nach eingehender Inspektion des Holzvorrats weiter gezogen.

„Tom und Henk," sagte Bruno, „legt doch mal etwas Brennholz auf den Stapel. Wir müssen den Schein wahren, wenn doch mal jemand vorbeikommt und wissen will, was wir hier treiben."

„Okay," sagte Tom. „Aber am Schluss der Veranstaltung sammeln wir unser schönes Holz wieder ein."

Bruno lachte und bat Max zu schauen, ob das Haus eine Klingel besitzt.

„Hat es," behauptete Henk. „Ich war dabei, als die Elektrik installiert wurde."

„Und woher nimmt er den Strom?"

„Fotovoltaik plus Aggregat. Die Zellen sind auf der Südseite des Dachs installiert."

„Was ist mit der Klingel, Max?"
„Also, die Klingel klingelt. Ich kann es deutlich hören. Nur, es öffnet keiner, wie man sieht."
„Klingele nochmal!" befahl Bruno.
Wieder keine Reaktion. Es blieb still im Haus. Möglicherweise waren sie längst entdeckt, und Miller spielte jetzt Verstecken mit ihnen. Oder er lag mit schussbereitem Jagdgewehr auf der Lauer. Die kanadischen Gesetze sahen kaum Sanktionen für Hausbesitzer vor, die ihre Liegenschaft gegen Eindringlinge verteidigten. Das wusste auch Bruno.
Henk trommelte mit seinen Fäusten gegen die Haustür. Gleiches Ergebnis... Stille.
Bruno eilte zum Auto und kehrte mit einer Plastiktasche zurück. Er rollte eine Schlüsselsammlung aus, die jedem Einbrecher zur Ehre gereicht hätte.
„Das kann jetzt dauern," sagte er und probierte einen Schlüssel aus. Dann den nächsten, einen nach dem anderen. Schon bald hatte er herausgefunden, dass nur ein bestimmtes Schlüsselmuster Erfolg versprach. Bei allen anderen passte der Schlüsselbart erst gar nicht in den Schlitz.
Sie standen jetzt alle gespannt daneben und verhielten sich so leise, als könne man hierdurch den vorangegangenen Lärm wieder ungeschehen machen.
„So, das ist es jetzt," sagte Bruno plötzlich und drehte den Schlüssel zweimal um. Gespannt starrten sie auf die Tür und traten einen Schritt zurück. Doch nichts tat sich. Die Tür ließ sich nicht öffnen.
„Da unten ist noch ein zweites Schloss." Tom zeigte auf eine kleine, kreisrunde Öffnung. Sie war durch eine unauffällige Leiste kaschiert, die er jetzt entfernte.
„Wäre ja sonst auch zu einfach."
Dann war auch dieses Schloss geöffnet, doch die

Tür leistete weiterhin Widerstand. Henk brach sich fast die Fingernägel ab bei dem Versuch, die Tür mit Gewalt aufzuziehen. Wieder passierte nichts.
„Entweder hat Miller den Eingang zusätzlich elektronisch gesichert, oder von innen einen Riegel davor geschoben," ließ sich Max vernehmen. „In diesem Fall könnte er noch im Hause sein."
„Tom," sagte Bruno, „wirf mal die Kettensäge an!"
„Lass das Henk machen. Der weiß am besten, wo wir die Säge ansetzen müssen, um reinzukommen. Schließlich war er beim Hausbau dabei."
Schon beim zweiten Startversuch knatterte die Säge los und überdeckte damit ein anderes Geräusch, das von der linken Hausseite herkam. Als Henk mit laufender Säge auf das Haus zuschritt, preschte plötzlich ein weißer Geländewagen mit Vollgas hinter dem Haus hervor und schleuderte über den Vorplatz. Er stob über die verschneite Schotterpiste, streifte eine Tanne, stabilisierte sich noch vor der Kurve und verschwand augenblicklich aus ihrem Gesichtsfeld.
Dann verschluckte der Schnee jedes weitere Geräusch.
Die vier standen wie vom Donner gerührt. Vor Schreck hatte Henk die Kettensäge abgewürgt.
„Schmeißt die Säge wieder auf den Pickup," sagte Bruno, als es wieder still geworden war. „Wir brauchen sie nicht mehr. Miller ist weg und sein Gold wird hier wohl auch nicht versteckt sein. Ihr könnt Euer Holz wieder einsammeln."
Als sie gerade wieder ins Auto steigen wollten, klingelte Max' Handy. Paul war dran.
„Mein Gott, Max, was macht Ihr da auf Millers Grundstück?! Der hat gerade angerufen und gesagt, er habe bereits die Mounted Police verständigt.

Kann sein, dass die gleich per Hubschrauber bei Euch aufkreuzen. Ich gebe dir den Rat... Haut sofort ab! Ich muss wieder auflegen. Ende."
„Immerhin war er so nett, uns zu warnen," fand Bruno. „Also nichts wie weg! Ab sofort greift Plan B. Tom, Ihr kennt den Weg zum Forty Mile-River?"
„Na klar. Wir werden aber nur langsam voran kommen, da wir jetzt auf die sogenannten „Mine roads" wechseln müssen. Das sind uralte Verbindungen zwischen einzelnen Claims und den aufgelassenen Minen."
„Hast du Big Joe verständigt?"
„Der wartet schon auf meinen Anruf. Mit seiner Twin Otter ist der im Handumdrehen da."
„Also, los geht's. Ihr fahrt natürlich wieder voraus."

73

Sie steuerten ein Waldgebiet an.
„Glaubst du, dass uns die Mounted Police folgen wird?" fragte Max.
„Ach was," antwortete Bruno und unterdrückte ein Gähnen. Die vergangene Nacht forderte ihren Tribut.
„Sind wir in die Hütte eingebrochen? Nein! Haben wir etwas kaputt gemacht? Nein! Also, was will man uns anhängen? Ich denke, die haben ihren Arsch nicht einen Zentimeter angehoben, als der Anruf von Miller kam. Bei Ausländern ist die Mounted Police sowieso sehr zögerlich."
„Miller ist Kanadier mit deutschen Wurzeln!"
„Wer sagt das?" Erstaunt drehte sich Bruno zu Max um.
„Paul. Er hat es von Danny."

Der Wald wurde spärlicher und gab den Blick auf eine alte Siedlung, eine Ansammlung von alten, einsturzgefährdeten Gebäuden frei. „Clinton Creek" stand auf einem kaum noch lesbaren Schild. Ein weiteres wies auf eine „Asbestos Mine" hin, die es hier vor langer Zeit einmal gegeben hatte.
Die Asbestgruben unterschieden sich nicht von den zahllosen, aufgelassenen Kratern der Goldminen in unmittelbarer Nachbarschaft. Diese hatten sich im Laufe der Zeit mit Wasser gefüllt und waren jetzt mit Schnee bedeckt. Rundherum schien der wabernde Nebel alles Leben zu ersticken.
Als sie die Claims erreichten, war es Bruno, als hielten Digger Gespenstern gleich die Abraumhalden besetzt. Sie hielten Wache und zählten ausgehungert ihre verbliebenen Nuggets.
Wie hatte es nur Jack London hier aushalten können?! Wahrscheinlich gar nicht, denn er kehrte schon bald wieder dem Klondike den Rücken. Nur fort von hier!
Wieder wurde ein verwittertes Ortsschild sichtbar. „Forty Mile - Top of the World Highway", stand kaum leserlich darauf.
In Clinton Creek hatten noch einige Menschen, die sich zwischen den herunter gekommenen Gebäuden zu schaffen machten, aufgemerkt, als sie vorbeifuhren. Aber Forty Mile toppte Clinton Creek um Längen...eine Geisterstadt wie aus dem Horrorfilm. Kein „Hello", kein flüchtiger Schrei. Kein sichtbares Leben.
Dabei wurde hier das erste Gold gefunden, noch vor dem Nuggetfund in Dawson. Der darauf einsetzende Ansturm war so heftig, dass eilig eine Polizeistation errichtet wurde, die erste im Nordwesten Kanadas.

Es sollte nicht lange dauern, bis auch das erste Dampfschiff hier verkehrte. Man hatte es in Einzelteilen über den Chicoot Pass gebracht, um es am Ufer des Flusses wieder zusammenzusetzen. Sein Erbauer war einer der wenigen, die am Yukon nachweislich zu Reichtum gelangt sind.
Bruno ließ das Autofenster herab und lauschte angestrengt. „Irgendetwas fliegt über unseren Häuptern. Hörst Du's auch?"
Max sperrte die Ohren auf.
„Ich höre nichts," sagte er. „Aber das bedeutet nichts. Am Ende werden wir nun doch verfolgt?"
Bruno stoppte, um die Fahrgeräusche des Subaru auszublenden.
„Jetzt ist das Brummen seitlich von uns. Wenn nicht die hohen Tannen wären, müssten wir es sehen. Was glaubst du...stammen die Geräusche von einem Flieger oder von einem Helikopter?"
Tom und Henk waren längst um die nächste Kurve verschwunden. Bruno ließ den Motor wieder an und fuhr langsam weiter.
„Es handelt sich um ein Motorflugzeug, keinen Hubschrauber. Ich vermute, dass sich Big Joe im Anflug befindet. Muss schon sagen... gutes Timing!"
Bruno nickte zufrieden.
„Also, keine Mounted Police! Da fällt mir ein Stein vom Herzen," sagte Max erleichtert.
„Kannst du dich an die Twin Otter, DHC- 6 erinnern?" fragte Bruno.
„Na klar. Wir sind damit von Vancouver nach Dawson geflogen. Der Pilot war doch dieser Typ mit der Zigarre im Mund, wenn ich nicht irre."
„Ja, das war er. Sie nennen ihn „Big Joe". Dieses Flugzeug kannst du bei entsprechender Umrüstung überall starten und landen... auf Land, Eis und Was-

ser. Ich bin sie selbst einige Male geflogen."

„Ach was! Du kannst auch fliegen?"

Max sollte eigentlich nichts mehr wundern. Signore Orsini musste sich ja etwas dabei gedacht haben, als er Bruno zu seinem Stellvertreter machte.

„Ich habe damit beim Aeronautica Militare begonnen. Also bei der italienischen Luftwaffe. Noch heute setzen sie die Otter ein. Sie wird übrigens hier in Kanada hergestellt."

Plötzlich war der Wald zu Ende und der Blick fiel auf eine Landzunge, die zum Mündungsgebiet des Forty Mile-River zählte. Am Ufer machte gerade ein Wasserflugzeug fest. Während Tom und Henk die Tampen hielten, war der Pilot, ein stämmiger Mittfünfziger, auf den Backbordschwimmer geklettert und winkte ihnen zu.

Sie stapften hinab zum Ufer, als plötzlich Max' Handy schrillte. Paul war in der Leitung.

„Hallo Max," Paul sprach schnell und leise.

„Als dein Freund, der ich nach wie vor bin, muss ich dir folgendes mitteilen...

Danny hat mir im Suff erzählt, wie es sich aktuell mit den Eigentumsverhältnissen bei der Confusion-Mine verhält. Also, dieser Miller hat heimlich die Anteile von sieben Miteignern aufgekauft. Danny hat es zufällig gestern erfahren und ist ziemlich sauer. Er denkt jetzt, dass Miller die Mine komplett übernehmen will."

„Das glaube ich sofort. Aber du wolltest mir die Eigentumsverhältnisse verraten..."

„Ja, natürlich. Also, der Miller besitzt jetzt 70%, Danny 20 und Walter 10%."

„Walter? Du meinst diesen deutschen Manager?"

„Ja, genau den! Aber da gibt es jetzt Zoff, weil Miller auch dessen Anteil übernehmen will. Übrigens

werden morgen alle drei in der Mine sein. Sie feiern Saisonabschluss. Dabei wird die Ausbeute des letzten Quartals bestimmt und gemäß der Anteile an alle ausgeschüttet. Das ist es, was ich dir mitteilen wollte. Ende."
Paul hatte gehetzt geklungen. Hoffentlich würde er ihretwegen nicht in Schwierigkeiten geraten!
Bruno hatte auf Max gewartet.
„Das war doch wieder Paul, oder?"
„Ja, das war er. Also, der Miller kommt morgen in die Confusion-Mine. Er hält übrigens 70% der Anteile."
„Und die anderen 30%?"
„Also, Danny besitzt 20%, und dieser Walter 10%."
„Aha, das ist interessant. Komm, lass uns an Bord gehen."
Joe stand breitbeinig auf einem Schwimmer und streckte ihnen die Hand entgegen.
„Hab ich´s nicht gesagt, dass wir uns nochmal begegnen würden?" grinste ihnen Big Joe entgegen und nahm seine Zigarre aus dem Mund. „Ihr drei habt nicht ausgesehen, als wolltet ihr nur Blaubeeren pflücken. Übrigens, wo ist der dritte im Bunde?"
„Der pflückt gerade Blaubeeren," entgegnete Bruno.
„Nein, Paul ist zum Jagen und Arbeiten hierher gekommen."
Mit seiner brennenden Zigarre zwischen den Lippen und an die Tragfläche gelehnt würde Joe eine perfekte Werbung für den Norden abgeben, dachte Max. Seine Leibesfülle hielt sich in Grenzen. Man durfte sich dadurch nicht hinsichtlich seiner Beweglichkeit täuschen lassen.
„Also Jungs, willkommen an Bord! Ich freue mich ehrlich, für euch arbeiten zu dürfen."

Sarah hatte Bruno von Joes Steckenpferd erzählt. Ein Hobby, das ihn immer wieder in finanzielle Engpässe getrieben hatte. Neben dem Fliegen war Pokern seine Leidenschaft, und daher war Joe fast immer klamm. Regelmäßig fiel er unter „die Räuber". Oder andersherum... weil er Poker spielte, besaß er am folgenden Tag keine Barmittel mehr.
„Haben wir es eilig?" fragte Joe. „Wenn es denn nach Anchorage gehen soll, müssten wir noch irgendwo zwischenlanden. Es war keine Zeit mehr zum Tanken."
Da sagte er nur die halbe Wahrheit, denn aufgrund der mäßigen Auftragslage hatte er Zeit in Hülle und Fülle. Nur wieder kein Geld. Ausgerechnet am Vorabend, als er ein fast perfektes Blatt spielte, hatte sein Gegenüber vier Könige und ein Ass auf den Tisch gezaubert.
„Nein," sagte Bruno, „wir haben es nicht eilig. Wir müssen unseren Plan ohnehin ändern und zurück nach Dawson fliegen, okay?"
Bruno hatte ursprünglich einen weiteren Passagier einkalkuliert, aber wohlweislich gegenüber Joe nichts davon erwähnt.
„Alles weitere werden wir unterwegs besprechen. In Dawson gibt es sicherlich Sprit, oder?"
„Ja, das passt schon. Also, dann mal los!"
Über einen seitlich angebrachten Tritt kletterten sie ins Innere des Fliegers.
„Tom hat mir gesagt, du wolltest eine Einweisung auf meiner Otter...Dann mal ran ans Steuer! Pass auf Strömung und Wind auf. Ein Tip...starte immer mit der Fließrichtung des Wassers, wenn machbar. Der Zeitpunkt ist gerade optimal, weil der Wind von vorne kommt."
Es war ausgemacht, dass Tom und Henk mit den

beiden Autos zurückfahren und sich dann bereit halten sollten. Bruno sagte, dass er mit ihrer bisherigen Arbeit sehr zufrieden sei.

Auf Schwimmern zu starten, war Neuland für Bruno. Aber mit Joe an seiner Seite kein Problem.

Als sie hinter Dawson zur Landung ansetzten, sahen sie Sarah hutschwenkend auf der Ladefläche ihres Pickups stehen. Bruno zog die Maschine knapp über sie hinweg, flog eine eindrucksvolle Kehre, richtete den Flieger auf und tauchte sanft in das gekräuselte Wasser des Yukon ein. Sarah war vom Auto herabgesprungen und hatte die Festmacherleinen entgegen genommen.

„Nicht schlecht," sagt Joe. „Es ist nicht zu übersehen...Du bist ein Profi. Übrigens, hättest du etwas Spritgeld für mich?"

„Ich hätte es nicht vergessen," antwortete Bruno und zog aus seiner Tasche ein Bündel 100 Dollarscheine. „Fürs erste okay?"

„Bestens," entgegnete Joe dankbar. „Ab morgen 8 Uhr stehe ich wieder zur Verfügung. Macht wirklich Spaß, für euch zu arbeiten."

„Wait and see," warnte Bruno. „Also bis dann."

74

Sarah war vorausgefahren. Vorher hatte sie von Luigis und Robertos Ankunft in der Pension berichtet. Max war überrascht, weil ihm Bruno nichts darüber mitgeteilt hatte.

„Wo seid Ihr beiden Halunken?" rief Bruno, als sie das Haus betraten.

In diesem Moment kamen Luigi und Roberto die Treppe herunter. Beide waren frisch rasiert und geduscht. Ein aufdringlicher Deo-Duft strömte ihnen entgegen.

„Eine Tour der Leiden. Und wozu? Um endlich am Arsch der Welt anzukommen und sich denselben abzufrieren," klagte Luigi. „Saukalt ist es hier! Wo sind wir hier denn hingeraten?"

„Ihr seid hier jedenfalls nicht in Bella Italia," entgegnete Bruno. „Höchste Zeit, dass Ihr beiden wieder flottgemacht werdet, bevor ihr Rost ansetzt! Apropos, gleich morgen geht's los."

„Wir sind doch noch gar nicht angekommen," maulte Roberto, der die kalten Platten auf dem Esstisch inspizierte, wo Sarah gerade ein Abendessen auftrug.

Sie hatte Rotwein eingeschenkt, hob nun lächelnd ihr Glas und sagte „Cheerio! And have a good time in Dawson!"

Nach dem „Briefing", wie Bruno es nannte, hatte Sarah ihm eröffnet, dass er und Max umgehend ihr Quartier räumen sollten. Bruno war sprachlos.

„Nein, nein, es ist nicht so, wie es ausschaut," sagte Sarah und gab ihm einen Kuss.

„Jederzeit kann die Mounted Police bei uns aufkreuzen und dich und Max wegen versuchten Einbruchs in Millers Haus festnehmen."

Dawson sei eben ein Ort, wo sich alles in Windeseile herumspreche. Ganz sicher hätten sie auch schon Kenntnis von ihrer Anwesenheit bei ihr.

Als Danny anrief, um sich nach den beiden zu erkundigen, hatte sie die Unwahrheit gesagt. Max und Bruno seien mit unbekanntem Ziel abgereist. Umgehend organisierte sie ein Privat-Quartier bei Bekannten am Rande der Stadt.

„Zieht heute Abend nicht mehr durch die Spelunken," mahnte Bruno beim Verlassen des Hauses.

„Wir müssen jedes Aufsehen vermeiden!"
Vor der neuen Unterkunft nahm Bruno Sarah in den Arm und drückte sie.
„Du bist eine großartige Frau! Hab' tausend Dank! Wegen der beiden Abbruzzen-Räuber musst du dir keine Gedanken machen. Die wissen schon, wo's langgeht. Und sie können sich sogar benehmen. Außerdem sind sie müde von der langen Reise und werden freiwillig ins Bett fallen."
Er drückte sie abermals und gab ihr einen Kuss.
„Ach, du willst nicht mehr auf ein Gute Nacht-Gläschen bei mir vorbeikommen?" Sarah klang enttäuscht. „Aber wenn du möchtest, hole ich Dich später ab. Aber nur, wenn du möchtest..."
Bruno lag auf der Zunge zu sagen, dass er immer möchte. Aber klugerweise verschluckte er diesen Einfall.
„Natürlich will ich. Ich werde dir entgegen kommen."
Max hatte inzwischen die Koffer ins Haus geschleppt.
Minuten später, als er sich ins Bad begeben wollte, sagte Bruno:
„Auf ein Wort, Max. Ich möchte mich schnell mal bei dir für alles bedanken. Du hast dich zu einem echten Freund gemausert. Also, das ist es, was ich dir mal sagen wollte."
Es klang, als habe Max gerade einen Ritterschlag erhalten. Und so war es auch gemeint.
„By the way, noch etwas liegt mir auf dem Herzen," fuhr Bruno fort.
„Wir dürfen nicht ohne Ergebnis zurückkehren. Unser Coup muss klappen. Vom Ausgang dieses Abenteuers hängt alles ab. Auch für dich."
„Wie das?" Max sah ihn überrascht an.

Bruno strich sich über sein Kinn. Vor dem Treffen mit Sarah würde er sich nochmal rasieren müssen.
„Morgen greifen wir an, wenn ich es mal so ausdrücken darf. Hoffentlich erwartet uns kein Waterloo! Wenn wir dies einigermaßen hinbekommen, hast du deine Reifeprüfung bestanden."
„Reifeprüfung?" fragte Max irritiert.
„Ja, ich betrachte dich jetzt als einen von uns. Mein Wort hat Gewicht bei Orsini. Ein „Capo locale" für München springt dann sicherlich dabei heraus!"
„Ach wirklich?" staunte Max, der diesen Begriff zum erstenmal hörte.
„Ja," fuhr Bruno eifrig fort. „Du wärest mit einem Schlag in einer anderen Liga. Der Boss würdigt und belohnt zuallererst den Erfolg."
„Eigentlich habe ich nur einen Wunsch," antwortete Max müde.
„Und der wäre?" fragte Bruno.
„Dass Herwig und Miller in einem Alter, in dem andere die Früchte ihrer Arbeit ernten, arm wie Kirchenmäuse sind..."
„Also glaub mir, der Herwig ist schon auf dem Weg dahin. Wenn wir zurück sind, werde ich diesen Vorgang beschleunigen."

75

In der Nacht hatte es erwartungsgemäß geschneit. Am Morgen trieben kalte Polarwinde feine Schneeflocken vor sich her und bedeckten die am Vortag von der Sonne abgetauten Flächen mit einem weißen Tuch.
Brunos erster Gedanke galt an diesem Morgen der Twin Otter. Er wählte die Nummer von Joe. Der

meldete sich nach wenigen Sekunden.
„No problem here ," sagte er in seinem ruhigen Ton. „Der Tank ist voll, die Tragflächen frei von Schnee, und der Fluss ist noch lange nicht zugefroren. Also, was willst du mehr..."
„Bitte durchhalten und nicht einschlafen! Es kann noch etwas dauern, bis wir dich brauchen," sagte Bruno zufrieden und wählte die Nummer von Tom. Auch der war sofort am Apparat.
„Wo seid Ihr jetzt?" wollte Bruno wissen.
„Na, wie verabredet vor der Confusion Mine. Hinter einem kleinen Birkenwald mit Blick auf die Einfahrt. Hier ist soweit alles okay."
Sie hatten die Schotterpiste gemieden, um keine Aufmerksamkeit zu erregen, und waren über gefrorene Tundra querfeldein zu ihrem Beobachtungsposten gefahren. Als Kleinwildjäger kannten Tom und Henk jeden Pfad und Steg, ein Glücksfall. Bruno hätte keinen besseren Spähtrupp finden können.
Rechtzeitig hatten sie Stellung bezogen, um zu beobachten, wie eine Handvoll Mitarbeiter das Tor während der darauf folgenden Stunde passierte. Es handelte sich um jene, welche die Fahrzeuge und Geräte winterfest zu machen hatten.
Bruno hatte noch beim Kaffee auf seinem Zimmer gesessen. Sein „Befehlsstand" umfasste lediglich zwei Handys, die vor ihm auf dem Tisch lagen. Max war schon unterwegs, um zusammen mit Luigi ein weiteres Auto zu besorgen.
Kurz nach 10 meldete Tom, ein Auto mit Walter am Steuer habe die Einfahrt passiert. Das Tor sei danach offen geblieben.
Kurze Zeit später war es Danny, auf dessen grauen Toyota SUV die Beschreibung passte.
Jetzt hielt es Bruno nicht mehr auf seinem Platz. Er

beglich die Rechnung für die Unterbringung und rief Sarah an. Roberto und Luigi warteten bereits in einem Pickup auf ihn, als er zusammen mit Max vor der Pension eintraf. Umgehend fuhren sie weiter zur Fähre.
Als diese in Sicht kam, fiel als erstes ein weißer Geländewagen auf. Sofort hatte Max die Szene vor Augen, als Miller mit hoher Geschwindigkeit aus dem Schatten seines Hauses hervorgeschossen kam. So etwas durfte sich nicht wiederholen.
Bruno wartete, bis Luigi und Roberto längsseits waren.
„Seht Ihr dort den weißen SUV auf der Fähre? Vermutlich ist das Miller. Er könnte Max und mich wiedererkennen. Deshalb setzt Ihr zuerst allein über und wartet drüben auf uns."
Eine halbe Stunde später waren auch Bruno und Max auf der anderen Flussseite.
Der kleine Konvoi setzte sich wieder in Bewegung und kam nach wenigen Minuten zu der Stelle am Fluss, wo Joe mit seinem Flieger auf sie wartete. Joe war gerade damit beschäftigt, die Tragflächen seiner Twin-Otter mit einer Flüssigkeit gegen Vereisung zu präparieren. „Für alle Fälle," sagte er.
Man sah ihm die voraus gegangene Pokernacht nicht an. Dergleichen hinterließ bei ihm keine sichtbaren Spuren.
„Hey guys," rief er, als Luigi und Roberto ausgestiegen waren, um sich mit Joe bekannt zu machen.
Er bot ihnen seine unvermeidlichen Zigarren an, die sie aber höflich ablehnten.
„Ist das deine Privatarmee, Bruno?"
„Ja, kann man so sagen... Joe, ich muss dich um etwas bitten. Also, wie soll ich's ausdrücken... Du bist ja auch kein Kind von Traurigkeit. Jetzt wird es

nämlich ernst. Es könnten einige Dinge passieren, die sogar für dich, na sagen wir, gewöhnungsbedürftig sind. Ich möchte, dass du in diesem Fall beide Augen zudrückst."
„No problem," sagte Joe. „Hauptsache, du weißt, was du tust.
Ich vermute mal, dass mein Risiko dabei angemessen gewürdigt wird."
Bruno griff in eine seiner Jackentaschen und holte wieder ein Bündel Dollarnoten hervor.
„Diese Summe sofort. Das Doppelte nochmal am Ende der Veranstaltung."
Joe blickte mit hoch gezogenen Brauen auf die Scheine in seiner Hand. Fast wäre ihm die brennende Zigarre herunter gefallen.
„Incredible!"
Beinahe andächtig nahm er die Zigarre aus dem Mund.
„Also, für solche Summen gewöhne ich mich sofort an ...tja, an was eigentlich?"
„Das wirst du bald erfahren. Nur Geduld."
Sie stiegen wieder in ihre Fahrzeuge und setzten ihren Weg fort. Nach wenigen Meilen kam der Abzweig, der direkt zur Confusion-Mine führte.
„Langsam solltest du mir einmal mitteilen, was du eigentlich im Schilde führst," ließ sich Max vernehmen.
„Ich mag nicht immer blind in Ereignisse stolpern, die ich nicht verstehe."
Bruno blickte Max verständnisvoll an und nickte.
„Ganz ehrlich, Max, ich weiß es selbst noch nicht. Aber im Prinzip hat sich unsere Aufgabe nicht geändert. Miller ist unser Thema. Ich möchte ihn zu fassen kriegen. Und dann müssen wir sehen, wie wir ihn über die Grenze bringen."

„Und wie soll das gehen?"
„Naja, in Anchorage wartet ein Trawler im Hafen. Da wird gerade ein Raum präpariert, wo wir ihn vorübergehend festsetzen können. Dann müssen wir uns entscheiden, wie es weitergehen soll... ich habe da mehrere Optionen..."
Bruno sah ihn prüfend an.
„Weißt du, im Falle, dass es schief geht, soll niemand in Versuchung kommen, den Mund aufzutun. Plaudern wäre Verrat an der Sache. So sieht es jedenfalls Orsini."
„Aber ich will nicht in irgendeiner Zelle vertrocknen. Die Aussicht, meine letzten Jahre in einem kanadischen Knast zu verbringen, gefällt mir nicht!"
„Also, ganz ohne Risiko geht gar nichts," klärte Bruno auf. „Wie heißt es doch so schön auf Deutsch?"
„Ich weiß nicht, worauf du hinauswillst...."
Bruno grinste: „Mitgefangen, mitgehangen! Wir müssen cool bleiben, die Nerven behalten. Du wirst sehen, da geht nichts schief. Übrigens, greif mal unter deinen Sitz!"
Max holte eine Plastiktasche mit einer Handvoll Gesichtsmasken hervor.
„Respekt," staunte er, nachdem er eine Maske untersucht hatte. „Die sieht ja lebensecht aus. Damit fällt kaum auf, dass der Träger maskiert ist!"
„Das ist Sinn der Übung. Also, es fällt schon auf, aber nicht sofort. Die sollst du gleich an alle verteilen. Auch du wirst eine Maske tragen, sobald wir auf dem Gelände sind. Übrigens, du sagst kein Wort, egal, was passiert!"
„Verstanden," antwortete Max ergeben. Jetzt gab es kein Zurück mehr.
Der Nordwind hatte zugelegt. Die frischen Reifenspuren vor ihnen wehten gerade wieder zu.

Bruno rief Tom an. „Sag mal, wieviele Leute sind denn inzwischen vorbeigekommen?"

„Nur drei, die Minenarbeiter nicht gerechnet. Die sind schon lange vorher durch. Mit dem Fernglas ist mir keiner entgangen, es sei denn, er hätte sich im Auto versteckt."

„Warum sollte das jemand? Wenn man Euch nicht gesehen hat, dürfte niemand ahnen, dass etwas ungewöhnlich ist, oder?"

„Nein, uns hat niemand entdeckt. Garantiert ahnt keiner etwas! Aber Euch sehe ich jetzt im Fernglas. Ihr solltet mehr auf die linke Seite der Birken zuhalten. Es könnte zufällig jemand am Fenster stehen."

76

Walters Büro war spartanisch, aber funktionell eingerichtet. Bei dem Gegenstand, der wie ein großer Geldschrank aussah, handelte es sich in Wahrheit um einen Kühlschrank mit großem Eisfach. Die aufgeklebte 3D-Folie war der letzte Schrei im Cyber-Markt, eigentlich nur ein Gag.

Was nur wenigen bekannt war... Es gab neben einem Safe in Walters Büro einen weiteren Geldschrank. Er stand eine Etage tiefer im Permafrostbereich. Hier wurde das bislang nicht verkaufte Gold aufbewahrt, und da kam einiges zusammen! Bei dem Modell handelte es sich um eine kaum transportable Ausgabe der vorletzten Generation. Ein Al Capone hätte sich noch die Zähne daran ausgebissen.

Nur unter großen Anstrengungen hatte man den Schrank hinunter schaffen können. Zu diesem Raum selbst, der keine Be- oder Entlüftung besaß und in dem folglich nicht geraucht werden durfte, führte eine roh gezimmerte Treppe, an deren Ende eine Stahltür den Durchgang versperrte. Ursprünglich war aus Sicherheitsgründen eine zweite Stahltür geplant. Angesichts des scheinbar unverrückbaren Stahlklotzes hatte man aber auf diese bauliche Maßnahme verzichtet. Zumal das Ganze zusätzlich durch ein elektronisches System abgesichert war.

Zur Zeit aber hatte man es außer Betrieb gesetzt und die Tür entriegelt. Warum man sich so sicher fühlte, wird das Geheimnis von Miller, Walter und Danny bleiben. Vielleicht, so hätte man annehmen können, warteten sie noch auf einen weiteren Anteilseigner. Aber angesichts der aktuellen Besitzverhältnisse war es unwahrscheinlich, dass noch jemand zu ihnen stoßen würde.

Jetzt saßen alle drei Götzenanbetern gleich vor dem weit geöffneten Stahlschrank und starrten auf dessen matt glänzenden Inhalt. Jeder hatte schon mindestens einmal die kleinen und großen Barren in die Hand genommen, sie in der Hand gewogen oder zärtlich gestreichelt.

Auf einem Tisch standen umfunktionierte Marmeladengläser, die mit Nuggets bzw. Goldstaub gefüllt waren, offenbar das Ergebnis der letzten Tage und Wochen. Man hatte noch keine Zeit gefunden, diese in Barren zu gießen.

„Es bleibt dabei," sagte Miller. „Ich beanspruche fünf Prozent mehr an dieser Mine. Ich bin sogar bereit, den doppelten Buchpreis zu zahlen. Für mich macht nur die absolute Mehrheit Sinn. Das ist nun wirklich mein letztes Angebot. Gebt euch einen Ruck!"

„Du verdammter, alter Gierhals!" schimpfte Danny, der vor Aufregung wieder einen knallroten Kopf

bekommen hatte.
„Hör doch erst mal zu!" versuchte Miller zu beschwichtigen. „Im Falle Eurer Zustimmung würde ich sofort den Kauf der Nachbarmine in Angriff nehmen! Meinen gesamten Anteil am Cleanout würde ich reinvestieren. Ein Risiko, das ich dann ganz allein tragen müsste. Aber Ihr wäret im gleichen Verhältnis an der Nachbarmine beteiligt. Das ist doch wohl ein Angebot, oder?"
„Du besitzt doch schon fast drei Viertel der Mine. Und Walter soll seine zehn Prozent behalten. In seiner Eigenschaft als Geschäftsführer soll er beteiligt bleiben. Das hat schon seinen tieferen Sinn!"
„Wie wär's dann mit dir, Danny? Nur fünf Prozent! Mein allerletztes Wort... Ich biete dir den dreifachen Buchwert!"
Jetzt erhob sich Walter. „Ich hole uns erstmal einen Schnaps, das entspannt die Gemüter..."
Er stieg die Holztreppe hinauf. Im Büro angekommen, öffnete er den großen Kühlschrank und entnahm ihm eine Flasche Bourbon. Dann zögerte er einen Augenblick und tauschte den Whiskey gegen eine Flasche Champagner aus. Whiskey könnte eine kontraproduktive Wirkung haben, argwöhnte er. In diesem Moment vernahm er ein ungewohntes Geräusch und fuhr herum. Als er die drei unbekannten Männer vor dem Fenster sah, hätte er beinahe die Flasche fallen gelassen.
Er wollte aus dem Raum eilen, aber da stand Bruno plötzlich vor ihm, eine Kalaschnikow in den Händen.
„Das ist kein Spaß," sagte dieser kühl. „ Stell die Flasche ab und gib keinen Laut von dir! Dann passiert dir nichts. Und jetzt auf den Boden und die Hände auf den Rücken - Nimm es nicht persön-

lich!"

Walter tat, wie ihm befohlen und legte sich mit dem Bauch auf die Fliesen. Im Nu war er an Händen und Füßen gefesselt. Er war derart überrumpelt, dass es ihm die Sprache verschlagen hatte.

„Und nun hinsetzen!" befahl Bruno. Er steckte ihm einen Knebel in den Mund, der ein Schreien unmöglich machte. Schließlich wurden Arme und Beine miteinander auf dem Rücken fixiert.

Die drei Maskenträger hatten inzwischen das Büro betreten. Auch sie waren mit je einer Kalaschnikow ausgestattet.

Bruno bedeutete Max, im Büro zu bleiben, um auf Walter aufzupassen.

Mit dem Champagner in der Hand ging er auf leisen Sohlen zur Treppe, die nach unten führte. Vor der Stahltür lockerte er den Flaschenkorken soweit, dass es nur noch einer leichten Drehung zum Öffnen der Flasche bedurfte...

Er riss die Tür auf und blickte in zwei ungläubige Gesichter. Vor den entsetzten Augen der beiden schüttelte er die Flasche, bis der Korken herausschoss und sich der Schaumwein in einer Fontäne auf die Gesichter der Götzenanbeter ergoss.

„Es ist serviert, meine Herren," sagte Bruno und ließ die leere Flasche in eine Ecke kullern. „Sitzen bleiben!"befahl er.

Dann wich er zur Seite, um Luigi und Roberto durchzulassen.

Die hielten ihre Kalaschnikow schussbereit auf Danny und Miller gerichtet.

„Und nun auf den Boden, mit der Visage zuerst!" brüllte Bruno.

Sie hatten keine Wahl, erkannte Miller. Der Boden vor ihm war nass von dem klebrigen Champagner,

und er zögerte einen Augenblick.
„Hinlegen, sonst knallt's," schrie Bruno, um seinem Befehl Nachdruck zu verleihen. Seine Stimme überschlug sich fast. Miller gehorchte und kam direkt vor dem Schrank mit dem Gold zu liegen.
Er riskierte einen Blick auf die Goldbarren, die nun ungeschützt dem Zugriff der Eindringlinge preisgegeben waren. Eine wahrhaft niederschmetternde Erkenntnis.
Während Danny sich widerborstig zeigte und die Aufmerksamkeit der drei auf sich zog, drückte er gedankenschnell die schwere Tür sanft, aber entschlossen zu. Das Schließgeräusch ging in dem Lärm unter, der durch Dannys Sturz entstanden war, als Luigi ihm blitzschnell ein Bein gestellt hatte.
Danny fluchte wie ein Kesselflicker und weigerte sich immer noch, dem Befehl Folge zu leisten... er war wieder aufgesprungen und wehrte sich mit Händen und Füßen dagegen, ein weiteres Mal zu Boden zu gehen. Er wollte sich nun mal nicht mit dem Bauch in den Champagner legen.
Roberto trat ihm mit Wucht in den Hintern. Als das nicht half, schoss Bruno gegen die Wand, um den Ernst der Lage zu unterstreichen. Die abgeprallte Kugel pfiff quer durch den Raum, ohne jemanden zu verletzen.
In dieser chaotischen Situation bewies Miller abermals seine angestammte Kaltblütigkeit. Er griff nach dem unteren Schlüssel des Stahlschranks, um ihn unauffällig in den Mund zu stecken. Als er ihn hinunterschlucken wollte, wurde das allerdings zum Problem. Die Bauchlage war dazu denkbar ungeeignet.
Doch direkt vor seinem Mund hatte sich eine Cham-

pagnerpfütze gebildet. Er saugte die Flüssigkeit vom Boden auf und schluckte entschlossen einige Male. Er hatte Angst, der Schlüssel könnte in der Speiseröhre stecken bleiben. Aber dann sorgte die natürliche Peristaltik dafür, dass der Schlüssel Zentimeter um Zentimeter zum Magen hinabglitt. Mit dem Wiederauftauchen des Schlüssels wollte er sich erst befassen, wenn es die unappetitliche Notwendigkeit erforderte.

Inzwischen lag auch der wuchtige Danny fachgerecht verschnürt am Boden. Zähneknirschend hatte er die Überlegenheit seiner Gegner akzeptieren müssen.

„Liegen die Rucksäcke noch im Auto?" fragte Bruno.

„Max hat sie doch mitgebracht! Luigi, du weißt wo sie sind," entgegnete Roberto

Bruno dachte, nicht richtig gehört zu haben.

Jetzt waren die Namen Max und Luigi gefallen. Das aber hatte man unbedingt vermeiden wollen. Nun schützten wohl auch die Masken nicht mehr.

Bruno ging zum Geldschrank, um diesen zu öffnen. Er drehte die in der Tür verbliebenen Schlüssel um, doch die Tür blieb verschlossen. Als Luigi mit den Rucksäcken zurückkehrte, befahl er ihm, Walter herbeizuschaffen. Der behauptete, dass sie einen dritten Schlüssel benötigten.

„Da stecken aber nur zwei in der Tür! Ich kann schließlich nicht zaubern," stellte er fest.

„Als wir den Raum betraten, war der Schrank geöffnet," sagte Bruno. „Signore Miller, nur Sie können die Tür zugeschlagen haben, sagt mir mein Verstand. Wo ist der dritte Schlüssel?"

„Ich weiß es nicht," log Miller. „Aber ich weiß, dass man ohne diesen Schlüssel keine Chance hat."

Bruno betrachtete diesen Hinweis als Provokation.
Er ergriff Miller und stellte ihn unsanft auf die Beine. „Luigi, schau mal nach, wo er den Schlüssel versteckt haben könnte. Er kann nicht weit sein."
Luigi tastete Miller ab. „Ausziehen!" befahl er barsch, „Aber subito!"
Um seinem Befehl Nachdruck zu verleihen, trat er Miller in den knochigen Hintern. Offenbar sein Erfolgsrezept.
Als dieser schließlich nackt und mager wie ein Gerippe vor ihm stand, nahm er sich jedes Kleidungsstück einzeln vor, schüttelte es und griff in jede Tasche. Er fand eine Brieftasche, die aber keinen Schlüssel enthielt. Er steckte sie wieder zurück.
„Sofort anziehen," sagte er rüde und suchte den Betonboden ab.
„Porca miseria!" fluchte er. „ Ich kann den verdammten Schlüssel nicht finden."
Dann ergriff er mit seinen Pranken Millers dünnen Hals und würgte ihn.
„E sufficiente!" schrie Bruno. „Stop it subito! Du bringst ihn ja um. Das können wir immer noch, wenn er uns nicht helfen will."
Miller rang nach Atem. Das war knapp. Einen Augenblick glaubte er, dass sein Adamsapfel sich verformt hätte.
Miller wurde nach oben gebracht. Bruno rief Tom an, der gleich darauf im Pickup zusammen mit Henk um die Ecke bog. Auch sie trugen Masken. Ihr Autokennzeichen hatten sie mit einer Plastiktasche unkenntlich gemacht.
Luigi führte Miller zum Wagen und hievte ihn auf die Ladefläche.
Dort schnürte er ihn zu einem Päckchen zusammen.
„Eigentlich sollte ich dich noch am Wagen festbin-

den, damit du uns unterwegs nicht davonfliegst, du halbe Portion," höhnte er.

„Lass es gut sein," sagte Bruno. „Wir sollten uns jetzt beeilen." Und dann mit leiser Stimme, als könne Miller mithören und vielleicht doch wieder Schaden anrichten:

„Versuch doch mal, ob du nicht irgendwo eine Brechstange auftreiben kannst. Der Stahlschrank ist doch schon zu zwei Dritteln geöffnet...Aber warte, bis ich zurück bin. Und paß auf diesen Walter auf."

Er informierte Joe, den Piloten, dass es gleich losginge. Er könne schon mal die Motoren anwerfen.

Zwanzig Minuten später waren sie wieder bei ihm. Joe lag gefesselt auf dem Cockpitboden, um vorzugaukeln, dass auch er Opfer dieser Kidnapper sei.

Miller saß jetzt angeschnallt zwischen Tom und Henk. Man hatte ihm lediglich die Fußfesseln abgenommen.

„Was soll das werden," fragte Miller. „Ein Ausflug?".

„Ja, ein Ausflug," antwortete Henk.

„Darf ich fragen, wohin es gehen soll?"

„Fragen dürfen Sie alles," antwortete Bruno und schob den Gashebel kräftig nach vorn. Die Motoren heulten auf und das Flugzeug machte einen Sprung.

„Weniger ist mehr," ließ sich Joe vernehmen. Doch Bruno hatte bereits gedrosselt.

„Wer ist hier eigentlich der Pilot?" wollte Miller wissen und starrte auf Joes Outfit, auf dessen Jacke in großen Lettern „Black Sheep Aviation" stand.

„Der da," antwortete Tom und zeigte mit der Hand auf Joe, der immer noch gefesselt auf dem Boden lag.

Für eine Weile schwieg Miller und dachte nach.

Immer schneller glitten die Schwimmer über die

Wasserfläche, bis der Flieger schließlich abhob. Rasch gewann er an Höhe, und schon bald hatte er die Stelle erreicht, wo der Fluss einen Schwenk nach Nordwesten macht.

Miller wurde zusehends unruhiger und zerrte an seinen Fesseln.

„Was habt Ihr vor, Ihr Banditen?" schrie er plötzlich und wollte aufspringen. Doch gegen die Gurte war er machtlos.

„Wait and see," sagte Tom lakonisch. „Du solltest langsam fromm werden und zu beten anfangen."

Max stand auf, in der Hand ein Messer, beugte sich zu Joe herab und schnitt dessen Fesseln durch. Miller verfolgte das Geschehen mit ängstlichem Interesse. Joe übernahm wieder das Steuer, während Max ihn mit einer Pistole in Schach hielt. Das war natürlich Theater und nur für Miller inszeniert.

„Flieg auf 900 Fuß," sagte Bruno. Dann befahl er Henk, Millers Gurt zu lösen.

„Was wird das jetzt?" schrie Miller.

Wie auf Kommando ergriffen Tom und Henk den kleinen Mann, um ihn auf die Füße zu stellen. Miller hielt dagegen und versuchte, sich fallen zu lassen. Aber alles Sträuben half nicht. Miller war leicht wie eine Feder. Sie schleppten ihn vor die Tür, die ins Nichts führte. Dort hielten sie ihn fest und warteten auf Brunos Weisungen.

Bis jetzt lief alles wie nach einem Drehbuch, dachte Max.

„Miller, Sie wissen immer noch nicht, wo der Schlüssel vom Goldschrank geblieben ist?"

„Nein. Und wenn ich's wüsste, ich würde es nicht verraten!" „Auch dann nicht, wenn davon Ihr Leben abhängt?"

Miller schwieg trotzig.

„Auch dann nicht," quetschte er schließlich hervor, während sein Blick etwas anderes aussagte. „Ihr wollt mir doch nur Angst einjagen."
Bruno befahl, die Geschwindigkeit auf ein Minimum zu drosseln, ansonsten den Kurs beizubehalten. Joe verfolgte stur den Lauf des Yukon. Bruno suchte Millers Blick. Der aber schaute weg.
„Umdrehen!" befahl Bruno.
Miller stand jetzt mit dem Gesicht zur Schiebetür. Bruno drückte auf einen Knopf, der über der Tür angebracht war. Diese bewegte sich nach links und gab einen 50 Zentimeter breiten Spalt frei. Ein eiskalter Fahrtwind drang ins Innere des Fliegers.
„Festhalten!" schrie Bruno. Aber Tom und Henk hatten Miller keine Sekunde losgelassen, um seinen Absturz ins Bodenlose zu verhindern.
„Das sind nur 300 Meter hinunter," schrie Bruno Miller ins Ohr. „Das sollte aber reichen. Wenn Sie auf dem Wasser aufklatschen, sind Sie sofort tot. Wenn Sie auf das Ufer knallen, ebenfalls. Es macht keinen Unterschied. Außer, dass der Fluss uns die Mühe, Ihre Leiche zu entsorgen, abnehmen würde."
Dann fügte er hinzu:
„Ich meine es ernst, Miller, sehr ernst. An ihrer Stelle würde ich es nicht darauf ankommen lassen. Ich mache mir wirklich nichts aus ihrem schäbigen Leben. Also, wo ist der Schlüssel?"
Für alle schien der Ausgang beschlossene Sache, sollte Miller nicht einlenken. Nur Max war sich nicht sicher. Trotzdem, es war ihm gleichgültig, was mit Miller geschah. Doch spätestens jetzt müsste dieser fliegen lernen, sollte er sich abermals seinem Los durch Flucht entziehen wollen.
Doch dann knickte Mister Miller ein, nicht unerwar-

tet. Offenbar hatte Brunos kalte Entschlossenheit seine Wirkung gezeigt.
„Den Schlüssel habe ich verschluckt," gestand er plötzlich und bekam Angst, dass Bruno ihn wegen des Fahrtwindes nicht verstanden haben könnte. „Der Manager besitzt einen Ersatzschlüssel."
„Walter? Das hätten wir doch einfacher haben können," sagte Bruno und drückte auf den Knopf. Miller sackte in sich zusammen. Das Flugzeug beschrieb eine weite Kurve über dem Yukon, verlor wieder an Höhe und setzte wenig später zur Landung an.

77

Eine Stunde später waren sie wieder in der Luft. Die Zeit drängte. Da die Twin Otter nicht über eine Nachtflug-Installation verfügte, war man auf Tageslicht angewiesen. Joe saß am Steuer, denn schließlich wurde er dafür bezahlt, fand Bruno.
Luigi und Roberto sollten noch eine Nacht in der Pension bleiben und am folgenden Tag zu ihnen stoßen. Gemeinsam mit Sarah.
„Passt gut auf sie auf!" mahnte er. „Und macht keinen Ärger in den Spelunken!
Miller lag sorgfältig verschnürt auf dem Boden im Gepäckteil des Flugzeuges. Eine Orientierung war für ihn praktisch nicht möglich. Er sollte zu keiner Zeit in der Lage sein, Auskunft über die Stationen seiner Entführung geben zu können.
Bruno ließ die letzten Stunden Revue passieren. Alles Gold, dessen man habhaft werden konnte, befand sich nun in seinem Besitz. Gewicht und Gegenwert hatte er im Kopf überschlagen. Es waren

ca. 120 kg. Nach aktueller Börsennotiz betrug der Wert etwa viereinhalb Millionen Dollar. Nicht schlecht, aber bei weitem nicht ausreichend, um Millers Verbindlichkeiten zu decken.
Dennoch, der Coup war gelungen. Sie hatten ihr eigentliches Ziel, Millers habhaft zu werden, erreicht. Orsini konnte nicht behaupten, „außer Spesen nichts gewesen."
Mit der Konfiszierung des Goldes hatten sie mehr gewonnen als erhofft.
Damit war man dem Wunsch nach Legalisierung ihrer Geschäfte wieder ein Stück näher gekommen. Bei seiner Rückkehr wollte er Orsini vorschlagen, umgehend ins Goldgeschäft einzusteigen. Sicherlich war hier Überzeugungsarbeit nötig, aber der Chef hatte immer ein offenes Ohr für seine Geschäftsideen. Da war der 70 Prozent-Anteil des Mister Miller ein willkommener Einstieg. Zwar müsste man einen Vertrag mit diesem abschließen, aber letztlich würde Miller sich auch hier wieder einsichtig zeigen.
Er holte sein Handy hervor und rief Sarah an.
„Gut, dass du dich meldest," sagte sie. „Ich befürchtete schon, es sei etwas schief gelaufen. Ist alles okay?"
„Ja, selbstredend," antwortete er selbstbewusst. „Hast du alles geregelt?"
„Ja, habe ich. Bisher ist vom Überfall auf die Confusion-Mine noch nichts nach draußen gedrungen. Jedenfalls habe ich nichts in den Nachrichten gehört. Was ist mit Tom und Henk?"
„Die befinden sich im Flieger. Henk soll zunächst in Anchorage bleiben, Tom fliegt umgehend mit Joe zurück. Tom sorgt für den Rücktransport der beiden Autos."
„Und ich komme dann morgen zu dir?"

„Ja, Joe wird dich bringen. Er ist ein guter Pilot. Luigi und Roberto werden mitkommen."
„Und was wird aus dem Gold?" fragte Sarah neugierig.
„Das wird verkauft. Und zwar an eine Privatbank in Anchorage, zu der die Familie Orsini Beziehungen unterhält," sagte er nicht ohne Stolz.
„Dann hat ja Napoleon seine Schlacht gewonnen. Ich bin stolz auf dich."
„Danke, aber wir sind noch nicht durch. Nach meinem Geschmack lief alles zu glatt."
„Was soll noch passieren? Also, wenn du den Sieg noch nicht feiern willst, feiern wir ersatzweise unsere Verlobung... Was meinst du?" fragte Sarah fröhlich.
„Okay, mein Schatz. Von mir aus gleich morgen Abend auf dem Trawler. Aber da befindet sich dann auch Miller. Wenn du willst, kann der ja mitfeiern," sagte er scherzhaft.
Sarah schwieg einen Augenblick.
„Das muss ich nicht haben. Die Verlobung kann warten, bis wir in Italien sind. Weiß deine Mutter eigentlich schon von mir - von uns?"
„Natürlich, sie freut sich riesig. Aber ohne ihren Segen geht gar nichts!"

78

Es war später Nachmittag und noch hell, als die Twin Otter auf der trüben Wasserfläche des Hafenbeckens landete. Um diese Zeit herrschte kein Betrieb mehr. Nur vereinzelt kamen noch Fischer zurück, die ihren nächtlichen Liegeplatz ansteuerten. Für Joe war es nicht schwierig, den Trawler am

Rande des zweiten Hafenbeckens auszumachen. Er war nicht zum erstenmal hier, eine Abbildung des Schiffes nebst Lageplan hatte er vor sich ausgebreitet.

Nachdem er gewassert hatte, glitt die Twin Otter mit letztem Schwung und laufendem Motor zu ihrem Ziel. Der Captain des Trawlers, ein drahtiger Mittsechziger, hatte sie schon erwartet und machte den Flieger an der Heckaufschleppe des Schiffes fest.

Als sie in der kleinen Mannschaftsmesse waren, reichte er zur Begrüßung jedem seiner Gäste ein Glas Sekt.

„Was geschieht mit Miller?" fragte Max.

„Den holen wir, wenn's dunkel geworden ist," antwortete Bruno.

„Es hat keine Eile mit ihm. Es ist noch zu früh. Wir könnten beobachtet werden."

„Soll ich ihn vorsichtshalber am Sitz festbinden? Sonst kriecht er uns am Ende noch ins Hafenbecken und schwimmt davon."

Max war von ständiger Furcht erfüllt, Miller könnte ihnen in letzter Sekunde noch abhanden kommen.

„Das kann Henk erledigen, ich sag ihm Bescheid."

„Eigentlich müsste ich jetzt schon wieder starten, wenn ich noch bei Tageslicht zurück sein will," meldete sich Joe zu Wort.

„Captain, haben wir eine Koje für unseren Piloten übrig? Es wäre sinnvoll, wenn er erst morgen zurück fliegen würde," schlug Bruno vor.

„Weil der Schiffsdiesel überholt wird, hat die Mannschaft frei bekommen. Es sind genügend Kojen für alle da," sagte der Captain.

„Einverstanden, Joe?" Bruno blickte ihn fragend an.

„Ja, warum eigentlich nicht? Dann muss ich einmal

auf meine Pokerrunde verzichten. Aber sobald es hell ist, fliege ich zurück. Vergesst die Rucksäcke nicht!"
Er hatte das Gold in den Rucksäcken nicht erwähnt. Das war loyal, fand Max, denn Gold weckt nun mal Begehrlichkeiten.
Obwohl dieser Captain Jaque in seiner vornehm freundlichen Art doch weit entfernt von solchen Gelüsten zu sein schien. In der Mannschaftsmesse hatte er eine wunderbare Abendtafel mit warmen und kalten Gerichten aufgebaut und sogar Kerzen angezündet.
Als Tom und Henk auf Weisung Brunos nach Miller schauten, blaffte sie dieser zornig an. „Wollt Ihr mich etwa verhungern lassen?" fragte er wütend.
„Immer schön der Reihe nach," antwortete Tom und schwang einen Rucksack auf seinen Rücken. „Du bist noch lange nicht dran."
Er stellte den Rucksack wieder ab, um Millers Mund mit einem Tape zu verkleben. Dabei fiel ihm auf, dass dieser vor Kälte mit den Zähnen klapperte.
Auf der eisglatten Rampe geriet Tom ins Rutschen und konnte nur mit viel Geschick einen Sturz vermeiden. Insgesamt waren es vier Rucksäcke mit purem Gold, die sie vorläufig in Sicherheit brachten. Soviel Gold auf einem Haufen hatten selbst sie als ehemalige Digger noch nicht erlebt. Aber schon morgen sollte dieser Schatz das Schiff wieder verlassen, hatte Bruno angedeutet.
Max probierte auf Empfehlung Jaques einen kanadischen Rotwein. Dieser Rebensaft stamme vom familieneigenen Weingut. War er doch selbst Spross einer altfranzösischen Winzerfamilie aus Quebec, den schon früh der Ruf zur See ereilt hatte.
Angesichts der Beute war von Bruno der Druck der

letzten Tage abgefallen, und Max hatte sich zu einer verhalten optimistischen Einschätzung der Lage bekannt. Er dachte an Lena, die nun auch wieder hoffen durfte. Er sollte ihr morgen eine Nachricht senden!

Auch Joe und die beiden Jungen waren in glänzender Verfassung. Angesichts der fürstlichen Entlohnungen hatten sie allen Grund dazu. O ja, Bruno war großzügig, wenn sich der Erfolg erst einmal eingestellt hatte. Was für ein Leben in diesem weiten Land, dachte Max.

Niemand wäre auf die Idee gekommen, dass jetzt noch etwas hätte schief gehen können... Wäre da nicht das unbarmherzige Schicksal, das in Gestalt zweier Männer im Zwielicht des zu Ende gehenden Tages daherkam. Zwei Augenpaare hielten angestrengt Ausschau nach einem Wasserflugzeug, das hier vor kurzem gelandet sein sollte.

Das Boot näherte sich leise dem im Abendnebel versinkenden Trawler, dessen Besatzung in völliger Ahnungslosigkeit ihren vermeintlichen Triumph genoss. Bei den Männern im Boot handelte es sich um sogenannte Inkassopiloten, die einen Auftrag zu erfüllen hatten.

„Wenn wir jetzt wieder daneben greifen, machen wir für heute Schluss," flüsterte einer von beiden und machte einen letzten Ruderschlag. „Ich habe keine Lust, mir bei dieser Kälte den Arsch abzufrieren."

Das Boot kam einige Meter vor den Schwimmern der Twin Otter zum Stillstand. Der Flieger wirkte leer und verlassen. Auch vom Schiff drang kein Laut herüber, lediglich ein matter Lichtstrahl aus der Mannschaftsmesse zeichnete sich vage im Nebel ab.

„Mach mal die Lampe an," befahl der große Mann an den Riemen. „Ich muss die Nummer sehen!"
Der Lichtkegel einer Taschenlampe tastete den Rumpf des Flugzeugs ab und blieb an der Kennzeichnung hängen.
„Das ist er!" sagte der kleinere der beiden aufgeregt. „Das ist unser Flieger, tatsächlich! Schau, das ist zweifelsfrei..."
Er hielt dem Langen seinen Zettel mit der Kennung hin.
„Mann o Mann! Jetzt haben wir ihn," frohlockte der Kleine wieder.
„Noch nicht ganz," erwiderte der Lange. „Pass auf...ich gehe jetzt an Bord und checke den Flieger. Du machst inzwischen die Festmacher los. Dann ziehst du uns langsam ins Hafenbecken. Aber geräuschlos und ohne Motor, wenn ich bitten darf!"
„Was ist, wenn kein Schlüssel steckt?"
„Unwahrscheinlich! Aber für den Fall hat mir die Bank einen Ersatzschlüssel mitgegeben. Also los!"
„Um welche Summe geht es eigentlich?"
„Knapp 150.000,- Dollar, eigentlich Peanuts. Aber er zahlt schon länger seine Raten nicht mehr. Für die Wiederbeschaffung habe ich einen hohen Spesenanteil ausgehandelt."
„Na denn... Den können wir ja heute Nacht draufhauen. Übrigens, wir fliegen 50 Meilen Küstenlinie zurück und noch mal 100 Meilen nach Nuchek auf Hinchinbrook. Da übernachten wir."
„Was übers Wetter gehört?"
„Kein Regen, kein Schnee heute Nacht. Nur etwas Schiebewind, also perfekt. Aber eventuell ein Kälteeinbruch von bis zu minus 30 Grad... unüblich um diese Jahreszeit."
Wenige Meter vom Geschehen entfernt war Max

unruhig geworden. Jaque hatte gemeint, dass es saukalt in dieser Nacht werden könnte. Miller ließ ihm keine Ruhe. Wenn der erfror, konnte er keine Wiedergutmachung mehr leisten. Zum zweiten Mal erinnerte er Bruno an ihre Geisel.
„Okay," sagte Bruno. „Den hätte ich fast vergessen."
Mit einer Handbewegung brachte er die Runde zum Schweigen.
„Bevor wir alle besoffen sind, sollten wir den Miller in sein Quartier einweisen... Freiwillige vor!"
Henk und Tom leerten ihre Gläser, verließen den Raum und kehrten nach kurzer Zeit mit bleichen Gesichtern zurück.
„Was ist?" fragte Bruno ahnungsvoll. „Wo habt ihr Miller?"
„Weg! Er ist weg! Der Flieger ist auch weg. Und mit ihm Miller!"
Joe blickte mit glasigen Augen verständnislos in die Runde. Er riss den Mund auf, wobei die unvermeidliche Zigarre auf den Schiffsboden fiel. Jaques bemühte sich reflexartig, die Funken auszutreten.
„Der Flieger ist weg? Meine Twin Otter? Das glaube ich nicht!"
Er stand auf und torkelte in die Dunkelheit hinaus. Auf der glatten. schrägen Rampe rutschte er weg und schlug mit dem Hinterkopf auf eine vereiste Bohle. Um ein Haar wäre er mit Schwung ins Hafenbecken geschossen, hätte ihn nicht die Reling am Ende der Rampe aufgefangen. Exakt an der Stelle, wo noch vor wenigen Minuten seine Twin Otter sachte im Hafenwasser dümpelte.

79

Die beiden Inkassopiloten hatten am Vorabend ihren Erfolg an der Hotelbar begossen. Diese hatte sich kurz vor ihrem Saisonende befunden und wollte zwei Tage später endgültig schließen. Trotz der Kälte war sie kaum noch beheizt worden.
Nach der Landung hatten sie das Flugzeug in einer der geschützten Boxen festgemacht. Niemand war auf die Idee gekommen, das Licht im Gepäckraum noch einmal anzuknipsen, geschweige denn den Flieger vor dem Verlassen gründlich zu inspizieren. Und so kam es, wie es kommen musste... Miller war noch in dieser Nacht erfroren. Einfach so. Er hatte sich nicht bemerkbar machen können. Sein Mund war verklebt, und der Körper mit Gurten am Gestühl fixiert.
Und am Morgen, als man das Versäumte nachholen wollte, mochten die Piloten ihren Augen nicht trauen. Sie waren starr vor Schreck...
Aber wie gewöhnlich in kritischen Situationen gingen sie auch diesmal mit akribischer Ruhe zu Werke. Man besorgte ein stabiles Netz, legte diversen Schrott hinein und fixierte schließlich die Leiche mittendrin. Umgehend flogen sie wieder aufs Meer hinaus. Als sie sicher waren, dass sie niemand mehr beobachten konnte, wasserte der Flieger, und man stellte den Motor ab. „So, was nun?" fragte der Lange.
„Eigentlich müssten jetzt die Glocken läuten und eine himmlische Engelsschar zu singen anfangen."
„Wie wär's, wenn du ein paar freundliche Worte sprechen würdest?" schlug der kleine Dicke vor.

„Ich? Wieso ich? Wer war denn erst kürzlich auf einer Beerdigung? Wenn sich einer damit auskennt, dann doch wohl eher du!" konterte der Lange.
„Aber wenn du nicht reden willst, dann machen wir halt kurzen Prozess. Also komm, fass mit an!"
„Einen Moment," bat der Kleine und blickte vorwurfsvoll auf die erstarrten Gesichtszüge von Miller, dessen Schädel scheinbar trotzig zwischen zwei verrosteten Eisenstangen aus dem Schrott herausragte.
„Immer ich!" klagte er. „Aber was soll ich denn in Gottes Namen sagen?"
„Sag, was du willst, aber sag etwas! Und heute noch, wenn ich bitten darf!"
Der andere schaute ratlos zum Himmel und schob die Brille zurecht. Dann schlug er das Kreuz und begann mit...
"Lieber Gott, nimm diese arme Seele in dein Reich..."
Es folgten ein paar artige Sätze, von denen er glaubte, sie schon einmal bei einer solchen Gelegenheit gehört zu haben. Als er geendet hatte, blickte er erwartungsvoll zu seinem Partner auf.
„Nur der Ordnung halber," sagte dieser, der mit halbem Ohr zugehört hatte. „Es muss am Ende heißen... "Gott möge dich in Frieden ruhen lassen"!
„Was hab' ich denn gesagt?"
„Du hast gesagt: Gott möge dich in Ruhe lassen!"
„Kein großer Unterschied," befand der kleine Dicke.
Vom Schwimmer aus ließen sie das schwere Bündel ins Meer gleiten.
Sie fühlten sich weder schuldig, noch hatten sie ein schlechtes Gewissen.
„Was war das jetzt?" fragte der Lange.
„Das war eine Seebestattung. Übrigens keine

schlechte Geschäftsidee. Wenn alle Stricke reißen..."
„Lass es gut sein," sagte der andere. „Wir müssen weiter. Werden wir im Protokoll diesen Vorfall erwähnen?"
„Natürlich nicht," sagte der kleine Dicke.

80

Herwig durfte zum erstenmal das „Haus unter dem Haus" verlassen und im Innenhof spazieren gehen. Er hatte früher einmal von solchen Mafiafestungen gelesen, und nun hatte er eine davon kennengelernt. Es handelte sich um ein Konstrukt ohne Türen und Fenster mit unterirdischen Gängen und bizarren Grotten, die zugleich als Fluchtwege dienten. Er aber hatte seine Gefangenschaft in einer komfortabel eingerichteten Wohnung verbracht. Es gab sogar eine videoüberwachte Gegensprechanlage und zwei von außen nicht erkennbare Eingänge, die aber für ihn nicht zugänglich gewesen waren.
Obwohl es ihm an nichts gemangelt hatte, konnte er nicht behaupten, diesen Aufenthalt genossen zu haben. Das Gegenteil traf zu.
Inzwischen waren Wochen vergangen, dass er zum letzten Mal den Himmel gesehen und frische Luft geatmet hatte. Er konnte nicht einmal sagen, wo er sich aufhielt, denn er war blind, nämlich mit verbundenen Augen hierher gebracht worden.
In Abwesenheit Brunos hatte der alte Orsini, Chef des gleichnamigen Clans, zunächst allein mit ihm verhandelt. Darauf hätte er sich etwas einbilden dürfen, wenn er die Gepflogenheiten der Camorra bei „Geschäften dieser Art" gekannt hätte.
Beim zweiten Treffen aber war Orsini gleich mit

zwei Advokaten angerückt. Es war auch ein Bodygard anwesend, wohl wegen seiner gelegentlichen Widerborstigkeit.
Ob Herwig nun wirklich eingeschüchtert war, sei dahingestellt. Jedenfalls wirkte er gefügiger als bei der ersten Verhandlung.
Man hielt auch gleich die deutsche Übersetzung des Vertragstextes bereit- Erpressung bei allerfeinster Wortwahl.
Tatsächlich wollte man ihm die Realinvest zum Nulltarif abnehmen. Als Äquivalent für die Schäden, die er der Familie Orsini im Laufe der Jahre zugefügt haben sollte. Da er keine Wahl hatte, akzeptierte er nach anfänglichem Zaudern. Orsini hatte ursprünglich mit mehr Widerstand gerechnet. Eigentlich hätte ihn das stutzig machen sollen.
„Das heißt nicht, dass wir jetzt quitt wären," bemerkte Signore Orsini schließlich.
„Wir werden umgehend Wirtschaftsprüfer mit der Durchleuchtung der Gesellschaft beauftragen. Auf Ihre Kosten! Unahängig davon werden Sie noch im Laufe dieser Woche freikommen."
Insgeheim hoffte Orsini, dass ihn Herwig auf die Spur von Miller führen könnte.
Nun stand er also zum erstenmal innerhalb der hohen Mauern draußen im Freien und blickte auf das rustikale Portal, das einen merkwürdigen Kontrast zu den übrigen architektonischen Auffälligkeiten bildete. Die beiden neuklassizistischen Säulen vor dem Eingang etwa wollten so gar nicht zu der übrigen Gestaltung passen. Jedes Element war für sich um Effekthascherei bemüht und lief dem eigentlichen Zweck von Architektur, ein harmonisches Ganzes zu bilden, zuwider.
Der Vorbesitzer hatte seinerzeit seinem Architekten

eine Filmkassette in die Hand gedrückt, wo exakt dieses Monstrum von einem Gebäude zu sehen war. Die Handlung des Streifens war im Cosa Nostra-Milieu angesiedelt.
Herwig betrachtete seine verbliebenen Optionen.
Wenn er nach München zurückkehrte, würde er ziemlich abgerissen dastehen, jedenfalls für seine Verhältnisse. Ein düsterer Ausblick.Vergeblich forschte er nach einem verborgenen Aktivposten.
Seiner Ex glaubte er die traurige Nachricht, dass Miller den Erlös für ihre Villa in seine Kanäle hatte fließen lassen. Sie war zu naiv, um ihn zu belügen. Wo Miller Werte witterte, wechselten diese im Handumdrehen ihren Besitzer. Doch dieser war nicht habgieriger als er selbst, lediglich abgezockter. Natürlich gab es Orte, wo noch Vermögen auf ihn wartete. Wenn er zurück in München wäre, wollte er beim Notar einen Hinweis für seine Kinder hinterlegen. Dass sein Geld im Falle seines Ablebens unentdeckt verschimmeln könnte, war seine größte Sorge.
An das Konto der Schweizer Bank kam er allein nicht ran. Ohne Miller ging nichts. Aber wo war der Kerl?

81

Auf dem Flug nach Bali gingen Max die unterschiedlichsten Gedanken durch den Kopf. Einer davon galt Lilli. Sie war nach Jahr und Tag ihrer großen Jugendliebe wieder begegnet. Zum erstenmal empfinde sie wieder so etwas wie Geborgenheit. Im Gegensatz dazu wirke er, Max, wie eine „unbehauste Seele". Natürlich könnten sie „be-

freundet" bleiben...
Ein paar Tage später hatte sie noch einmal angerufen. „Ein Wunder, dass ich dich mal zu Hause erreiche," hatte sie das Gespräch eröffnet.
„Bist du immer noch für diese Camorra unterwegs?"
Max schluckte, atmete durch und bejahte die Frage.
„Warum hältst du dich nicht an deinen Anwalt? Der achtet wenigstens Recht und Gesetz und hat schon einiges herausgefunden."
„Aber noch nichts erreicht! Er wirft mir vor, ich sei der einzige, mit dem er auf Erfolgsbasis verkehren müsse. Das trifft wohl zu, denn die übrigen wird er jetzt munter abzocken. Die verlieren auch noch den Rest ihres Geldes, nebst ihrer Selbstachtung. "
Erst kürzlich war er zu einem sogenannten Gütetermin überredet worden, der in der Tat auch sein letztes Geld gekostet hatte. Dabei war es um einen Verjährungsaufschub gegangen. Aber Herwig hatte auf die Einladung zum Gütetermin nicht einmal reagiert. Ohne einen Handschlag zu leisten, hatte dieser „Vermittler" sein Restgeld eingesackt!
„Max, du darfst aber nicht mit der Mafia zusammenarbeiten!" ließ Lilli ihn wissen.
Da war ihm der Kragen geplatzt.
„Wenn nicht glücklicherweise die Orsinis mit im Boot gesessen hätten," Max drosselte die Stimme, „wäre bis heute überhaupt nichts passiert. Anlegeranwälte? Das sind die Aasfresser am Ende der Kette. Es sind die Geier, die alles nehmen, was ihnen Herwig, Miller und Co. übrig gelassen haben. Sicherlich wären sie in der Reihenfolge gern weiter vorn angesiedelt!"
Er wusste nicht, ob er übertrieb, aber das Gespräch mit Lilli war schon wieder zu Ende. „Du solltest

sachlich bleiben," gab sie ihm mit auf den Weg. Jetzt saß er wieder im Flugzeug, und immer noch ging es darum, Miller wieder einzufangen. Langsam nervte ihn diese nicht enden wollende Jagd. Der alte Schwung war hin, und er drohte, in die Resignation abzugleiten.
Noch einmal hatte Bruno ihn überredet, mitzumachen. Ein letztes Mal. Doch er glaubte nicht mehr daran, Millers jemals habhaft zu werden. Für ihn war er endgültig zum Phantom mutiert.
Er ließ sich von der Stewardess einen Kaffee bringen. „Vorsicht, er ist heiß," warnte sie.
Zerstreut dachte er über Lenas kürzlichen Vorschlag nach, zusammen mit ihm und den Kindern eine Wohngemeinschaft zu bilden.
„Lass die Finger von den alten Witwen," hatte sie gemeint. „Sie träumen insgeheim noch von ihren verflossenen Ehemännern. Zu Lande, zu Wasser und im Bett. Jaja, solltest du fälschlicherweise annehmen, du selber seiest das Objekt der Begierde, so ist das ein Irrtum. Sie machen die Augen zu und denken nur an ihren verblichenen Helden. Daneben schrumpfst du zum Zwerg."
Wenn er es recht betrachtete, besaß die Idee der Wohngemeinschaft einen gewissen Charme. Aber dann erinnerte er sich, dass seine Kraftreserven endlich waren. Einen Vier- Personen-Haushalt traute er sich nicht mehr zu.
Überdies hatte Luccha, Annas behinderter Bruder, Lena einen Heiratsantrag gemacht. Denn Luccha war eine Arbeitsstelle im Veneto angeboten worden. Er sollte Hausmeister in einer Art Vereinsheim von „Duces Erben" werden. Eine Belohnung für seine Loyalität, hieß es. Vermutlich aber war es eine Art Wiedergutmachung für einst erfahrenes Un-

recht. Lena aber hatte Lucchas Avancen brüsk abgelehnt. Doch Luccha hatte noch nicht aufgegeben. Vielleicht war es noch nicht ihr letztes Wort.

Lilli rief überraschenderweise einen Tag später nochmal an. Das Gespräch war in moderatem Ton verlaufen, obwohl sie „auf hundertachtzig" war. Wieder hatte sie Federn lassen müssen, finanztechnisch, wohlbemerkt. Es schien ihr, als hätten sich alle Finanzhaie gegen sie verschworen. Wenn man dachte, die Entwicklung habe nun ihrenTiefpunkt erreicht, ging es noch einmal bergab.

Der Fall Herwig schien abgeschlossen. Den hatte Orsini nach allen Regeln der Camorra abgearbeitet. Tatsächlich war es noch Miller, der auf der Agenda der meist gesuchten Bösewichte stand. Für Bruno war der Fall Miller noch keineswegs erledigt. Orsini hatte ihm zugesetzt. Jetzt wollte Bruno mit doppelter Anstrengung die Sache endlich zu Ende bringen. Max war über die Entwicklung in Sachen Herwig im Bilde. Nach dessen Freilassung hatte man ihn rund um die Uhr beschatten lassen. Und da dieser einen Flug nach Bali gebucht hatte, sollte jetzt Max den Stab übernehmen und seiner Spur folgen. Man nahm an, dass Herwig sie schnurstracks zu Miller führen würde.

Herwig seinerseits ging davon aus, dass Miller Bali als seine letzte Bastion betrachtete und für diese Insel so etwas wie ein Heimatgefühl entwickelt hatte. Doch das war nur eine vage Hoffnung. Aber wenn nicht dort, wo sollte man sonst nach ihm suchen... Sobald Herwig angekommen war, begann er, seine eigenen Spuren zu verwischen. Mit falschen Papieren war er in einer kleinen Pension abgestiegen. Er wusste, dass Miller es als erster erfahren würde, wenn sich unerwünschte Personen seinem Dunst-

kreis auf der Insel nähern würden...
Listigerweise hatte sich Herwig während seines unfreiwilligen Aufenthalts in Italien Haar und Bart sprießen lassen. Dazu hatte er drei Monate Zeit gehabt. Jetzt sah er aus wie ein „Hippie-Spätlese". Er empfand sich selber als fremd, wenn er in den Spiegel schaute.
Max seinerseits war Herwig auf den Fersen, hatte ihn aber vorübergehend aus den Augen verloren. Ohne es zu wissen, war er in dessen Nähe in einem kleinen Hotel untergekommen. Dieses lag in einer ruhigen Nebenstraße ohne Blick aufs Meer oder spektakuläre Highlights. Nach seiner Ankunft verbrachte er den Nachmittag abwechselnd mit Lesen und Ruhen. Nur einmal gegen Abend war er vor die Tür getreten, hatte sich dann aber vor der grellen Exotik Balis wieder zurückgezogen. Er fühlte sich ausgelaugt und hatte so gar keine Lust mehr auf konspirative Aktivitäten.
Trotzdem stand er am folgenden Tag abwechselnd hinter Büschen oder Götterstatuen, wo seinerzeit schon Florian gelauert haben mochte.
Er beobachtete, wie Herwig zweimal das Traumhotel betrat und es nach kurzem Aufenthalt wieder verließ. Trotz dessen Tarnung hatte er ihn sofort erkannt. Gegen bestimmte Merkmale wie Körperhaltung und Länge war kein Kraut gewachsen. Max durfte ihm nicht begegnen. Er sollte nicht auffallen, sondern lediglich beobachten und etwaige Erkenntnisse an Bruno weiterleiten. Nur... es gab keine neuen Erkenntnisse.
Am übernächsten Tag erschien Herwig nicht mehr. Max erhielt die Weisung, nun seinerseits im Hotel nach dem Verbleib von Miller zu forschen. An der Rezeption wurde er an einen pockennarbigen Ma-

laien verwiesen, der offenbar als Millers Stellvertreter galt. Dieser Mister - er konnte den Namen nicht verstehen - grinste ihn auf unangenehme Art an:
„Sie sind jetzt der Hundertste, der wissen will, wo Mister Miller abgeblieben ist. Ich sage allen, er ist noch nicht zurück. Und wenn Sie fragen, wie lange es noch dauert, bis er zurückkehrt...dann antworte ich: Es dauert solange, wie es dauert. Er ist geschäftlich unterwegs. Aber eigenartigerweise glaubt mir das keiner..."
Max hielt ihm eine Hundert Dollarnote hin. „Vielleicht können Sie ihre Aussage präzisieren..."
„Behalten Sie Ihr Trinkgeld, das bringt auch nicht mehr Klarheit!"
Kopfschüttelnd wandte sich der Malaie ab. Offenbar hatte er diesen in seiner Ehre verletzt. Nicht jeder Malaie ist käuflich, hieß die Lektion.
Max verließ das Hotel und informierte Bruno. Der bat ihn, noch einen Tag zu bleiben und dann zurückzukehren.
Max fragte höflicherweise nach Sarah.
„Oh, die befindet sich zur Zeit auf Elba in der Obhut meiner Mama - es geht ihr gut. Sie hilft ihr in der Pension. Mama ist begeistert."

82

Bruno schäumte vor Wut. Dieser deutsche Obergangster hatte sie alle reingelegt, wieder einmal. Er wählte die Handynummer von Herwig. Überraschenderweise nahm dieser das Gespräch sofort entgegen.
„Sag mal, Herwig, warum hast du eigentlich Realinvest zweimal verkauft? Erst an die Schweizer, und

dann nochmal an uns!"
"Weil ich mich nicht getraut hatte, die Wahrheit zu sagen. Ihr hättet mich doch massakriert. Im übrigen, warum habt Ihr nicht im Handelsregister nachgefragt? Die Schweizer waren eben schneller. Und sie hatten die besseren Argumente. Ihr wolltet mir doch sowieso nichts zahlen."
"Weißt du eigentlich, dass gegen dich inzwischen ein Haftbefehl vorliegt?"
"Ja, weiß ich. Aber das geht mir am Arsch vorbei."
"Magst du mir vielleicht mitteilen, ob du inzwischen deinem Freund Miller begegnet bist?"
"Nein, bin ich nicht."
"Hast du eine Idee, wo er sich aufhalten könnte?"
"Vielleicht in Kanada. Aber zu dieser Jahreszeit nicht sehr wahrscheinlich."
"Willst du mir nicht sagen, wo du dich jetzt befindest?"
"Wirke ich denn lebensmüde?"
"Ein wenig schon."
Bruno beendete das Gespräch.
Orsini hatte mitgehört. "Ein tougher Kerl. Meinst du, den sehen wir nochmal wieder?"
"Colonello Semalfini hat ihn heute morgen, beziehungsweise sein Handy, im Golf von Salerno geortet."
"Was macht er dort?"
"Ich vermute, er hat die Suche nach Miller aufgegeben. Nachdem in Deutschland ein Haftbefehl gegen ihn läuft und auch wir ihn wieder einsammeln wollen, ist es eng für ihn geworden. Er befindet sich auf der Flucht. Wieder einmal. Und zwar wieder mit einem Boot. Vermutlich mit einem Segelboot."
"Eine unendliche Geschichte," stöhnte Orsini. "Und wann schlagen wir zu?"

„Es sieht ganz so aus, als wollte er das Festland ansteuern. Ich dachte, wir warten noch ein wenig, bis wir es genau wissen. Wenn sein erster Landgang ansteht, fliegen wir mit der Otter hin."

„D áccordo, Bruno. Bleib ihm auf den Fersen! Verlier ihn nicht aus den Augen... Was macht die Familienplanung?"

„Grazie, bestens. Wenn nichts dagegen steht, werden wir zur Mandelblüte Ende Februar auf Elba heiraten."

„Dafür werden wir sorgen, dass nichts dagegen steht. Es wird höchste Zeit für dich! Im übrigen möchte ich meinen ersten Enkel noch erleben."

Orsini betrachtete seinen Sohn, der seine Existenz einem seiner eher seltenen Seitensprünge zu verdanken hatte, mit hochgezogenen Augenbrauen, aber offensichtlichem Wohlwollen. „Und noch eins... wenn es dir nicht zu albern ist, darfst du ab sofort Papa zu mir sagen."

„Findest du nicht, dass diese Sprachregelung ein wenig zu spät kommt? Aber ich werde den Namen Orsini annehmen, wenn du nichts dagegen hast."

Orsini blickte Bruno an und nickte.

„Bekomme ich denn eine Einladung zur Hochzeit?"

„Nein, gewiss nicht. Familienmitglieder erhalten keine Einladungen. Deren Teilnahme ist obligatorisch."

„Vergiss nicht, deine Mutter herzlich von mir zu grüßen, wenn du zurück bist."

83

Das Wetter war überraschend umgeschlagen. Aus der leichten war eine steife Brise geworden. Der

Wind kam jetzt aus Ost-Süd-Ost, und er hatte vorsichtshalber ein Reff ins Groß gemacht. Die Fahrt wurde langsamer, die Krängung geringer und die Yacht nahm kaum noch Wasser über.
Aus Bali zurück war Herwig klar geworden, dass sein ständiger Aufenthalt in München die falsche Entscheidung wäre. Der Wind blies ihm von vorn ins Gesicht, nicht nur auf See. Und Argwohn hatte ihn beschlichen, dass sich die Dinge von nun an nur noch gegen ihn entwickelten. Er hätte gern noch einiges geklärt, mochte jedoch seinen Anwalt nicht beanspruchen. Diesem war er noch eine erhebliche Summe Geldes schuldig geblieben.
Unter falschem Namen wandte er sich selbst an die Münchner Staatsanwaltschaft. Er wolle Strafanzeige gegen einen gewissen Hagen Herwig stellen, gab er vor. Dabei wurde ihm das bestätigt, was die Spatzen längst von den Dächern pfiffen...es lag bereits ein Haftbefehl gegen diesen „gewissen" Hagen Herwig vor.
Er räumte sein Bargeldversteck. Dann legte er den Brief seiner Tochter rein, den er bei seiner Rückkehr vorgefunden hatte. Sie wolle nicht in seine Machenschaften einbezogen werden, hatte sie geschrieben. Sie wolle auch nichts von all dem Geld, das er vermutlich mit krimineller Energie zusammengerafft habe. Sie wolle überhaupt nichts von ihm, und er solle sie bis in alle Ewigkeit in Ruhe lassen!
Das hatte ihn schwer getroffen. In dem Maße, in dem er sämtliche sozialen Grundregeln missachtete, so verletzlich war er seinerseits.
Also, jetzt galt es zunächst, wieder einmal unterzutauchen. Auf der Flucht vor verzweifelten Anlegern hatte er eine gewisse Übung darin.
Doch der Gedanke an die Orsinis machte ihm zu

schaffen... Sobald diese dahinter kämen, abermals reingelegt worden zu sein, musste er vom gleichnamigen Clan ungleich Schlimmeres als von „normal" Geschädigten befürchten. Keine Frage, die Familie Orsini hatte ihm Respekt abgenötigt.

Nach einigem Zögern war er von München nach Neapel geflogen in der Annahme, dass man ihn hier zuallerletzt vermutete. Dann hatte er die nächste Fähre nach Procida genommen, wo der Eigner einer 38 Fuß-Yacht bereits auf ihn wartete.

Ratio war Niederländer, mit dem er bereits am Telefon handelseinig geworden war, sofern das Boot seinen Erwartungen entsprach. Es sollte vor allem einhandtauglich sein. Und sofort segelklar. Ratio hatte ursprünglich den Rest seiner Tage auf See verbringen wollen, verlor dann aber nach wenigen Touren die Lust an dieser Idee. Niemand aus seinem Umfeld war bereit, seinen Entwurf von einem Ruhestand auf hoher See mit ihm zu teilen. Keiner wollte die verbleibende Zeit auf wenigen Quadratmetern verbringen und ihm auf Gedeih und Verderb ausgeliefert sein. Er hatte das zur Kenntnis genommen und sich damit abgefunden.

Somit war er mit einer Annonce ins Internet gegangen, wo er auf einen gleichfalls segelverrückten Nachfolger hoffte. Und er musste nicht lange warten.

Nach einem Probeschlag im Golf von Neapel, zugleich als Einweisung gedacht, wechselten Yacht und Geld den Besitzer.

Noch eine Nacht wollte Herwig in der Marina verbringen und dann am nächsten Morgen aufbrechen. Doch am nächsten Tag fühlte er sich plötzlich zu schlapp, um abzulegen. Als sich sein Zustand am darauf folgenden Tag nicht besserte, verlor er die

Geduld mit sich selber und segelte los.
Aber er hatte die Anstrengungen des Einhandsegelns unterschätzt, und nach wenigen Meilen wäre er am liebsten wieder umgekehrt.
Da rief dieser Bruno Orsini plötzlich an. Wenn der geahnt hätte, dass er nicht weit entfernt war...
Trotz Thermounterwäsche und Parka fing er zu frösteln an. Das Außenthermometer aber zeigte Wärmegrade an. Die Kälte kam von innen. Als die Umrisse Capris am Horizont auftauchten, hatte er gerade einen Anfall von Schüttelfrost. Wie ein Schemen glitt es vorbei, ohne eine Assoziation, geschweige denn zu den „Capri-Fischern" auszulösen.
Der Autopilot war auf die Marina di Ascea eingestellt. Weiter wollte er nicht mehr an diesem Tag. Das sollte es dann gewesen sein.
Er grübelte eine Weile und wählte die Nummer von Susanne, die ihm seine Eskapaden inzwischen verziehen hatte. Immer noch himmelte sie ihren Ritter Blaubart an.
„Sag, was kann ich gegen eine Grippe unternehmen? Ich habe nicht mal einen Hustentee an Bord."
„Schau mal in deinen Kulturbeutel. Irgendetwas hat doch jeder bei sich."
Herwig holte seine Waschtasche.
„Da ist etwas gegen fiebrige Kopfschmerzen. Es heißt „Ramizol 100 plus C."
„Klingt bis auf das C nicht besonders gesund. Aber egal, in der Not frisst der Teufel Fliegen."
„Du meinst, ich soll das nehmen?"
Die kreisrunden Brausetabletten wiesen eine braune Farbe auf. Er hatte sie weiß in Erinnerung und blickte auf das Ablaufdatum. Die farbliche Umwandlung zu diesem Endprodukt hatte bereits viele

Jahre in Anspruch genommen. Er warf die Tabletten einzeln über Bord und bereitete sich einen Grog, dann noch einen. Als danach die Kopfschmerzen immer noch nicht verschwunden waren, nahm er noch einen dritten Grog. Aber jetzt wurde ihm schlecht, und am liebsten hätte er sich übergeben, wenn er gekonnt hätte.

Als Wind und Wellen gegen Abend zunahmen, klickte er den Karabinerhaken seines Lifebelts ein. Zeitweise war er in Sichtweite des Ufers gesegelt, das sich aber jetzt im Nebel verabschiedete. Etwa 6 Knoten Speed signalisierte das Navi, und nach seiner Schätzung würde er in ca. einer Stunde den kleinen Hafen erreicht haben.

Ihm war immer noch flau im Magen, die Kopfschmerzen quälten ihn nach wie vor. Beinahe apathisch saß er in der Plicht. Der Wind frischte weiter auf, und das Boot nahm wieder Wasser über. Er gab sich einen Ruck, um ein zweites Reff anzubringen.

Aber bevor er sich aufgerichtet hatte, klappte er wieder zusammen und schlug auf den harten Teakbrettern auf. Trotz heftiger Schmerzen in der Hüfte zog er sich an der Großschoot hoch, bekam die Kajütreling zu fassen und arbeitete sich an dieser bis zum Masten vor.

Doch hier überfiel ihn ein heftiger Schwindel, und er verlor wieder den Halt. Im gleichen Moment traf ihn ein Brecher von Steuerbord und schleuderte ihn über die Reling, wo er außenbords am Rumpf hängen blieb. Als der nächste Brecher über Deck fegte, löste sich der verhedderte Karabinerhaken und ließ ihn kopfüber in das kalte Wasser stürzen. Der Lifebelt zog ihn unter die Wasseroberfläche.

84

Bis auf seine Anonymität hatte das sogenannte Schweizer Nummernkonto im Grundsatz die Eigenschaften eines normalen Girokontos. Im Falle des Auftauchens einer Enthüllungs-CD hätte dies keinen Erkenntnisgewinn zur Folge gehabt.
Allein der Kenner der jeweiligen Kennzeichnung dieses Kontos durfte über die dort gehorteten Beträge verfügen. War diese aus irgendeinem Grunde abhanden gekommen, so waren auch die dort eingezahlten Beträge verloren. Und zwar für immer.
Ein Zugriff auf dieses Konto sollte nur im beiderseitigem Einvernehmen geschehen. Daher hatte es Herwig bislang vermieden, über diese Schwelle zu schreiten, denn das wäre dem Partner unmittelbar aufgefallen.
Dieser Vorsatz aber hatte nur Gültigkeit bis zu dem Zeitpunkt, wo er in die Fänge der Familie Orsini geraten war. Orsini hatte die richtige Nase und ließ nicht locker, bis Herwig die Zürcher Nummer endlich herausrückte. Aber dann musste man erfahren, dass diese nicht funktionierte. Wäre ja auch zu einfach gewesen.
Bruno rief Max an, der inzwischen wieder tageweise bei Antonio beschäftigt war.
„Übrigens, Max, der Herwig kann keine Grundsicherung mehr beantragen... er ist tot. Hat sich selbst zur Strecke gebracht. Vermutlich ist er über Bord gefallen und ertrunken."
„Das ist hier schon bekannt. Luccha, der Schwager von Tonio, hat es berichtet. Aber die Leiche von Herwig ist noch nicht gefunden worden."

„Nein, aber das Boot. Es ist am Ufer angetrieben worden."

„Hast du nicht mal erzählt, dass Herwig ein sehr guter Schwimmer sei?"

„Ja, das habe ich. Das war im Zusammenhang mit Gorgona, der Gefängnisinsel. Ich bin mir aber so gut wie sicher, dass es ihn diesmal erwischt hat."

„Dein Wort in Gottes Ohr. Aber solange man die Leiche nicht gefunden hat, gilt er für mich als verschollen. Genauso wie Miller."

„Ja, da sind Parallelen.

Aber nochmal zu Miller... An dem Abend, als man uns den Kerl zusammen mit dem Flieger geklaut hatte, war es doch saukalt, richtig?"

„Ja, das war es. Joe sagte noch, da jage man keinen Hund vor die Tür. Laut dem Captain herrschten um die 30 Grad minus in dieser Nacht."

„Übrigens habe ich gestern noch mit Joe telefoniert. Er hat seine Twin Otter zurückbekommen."

„Das freut mich für ihn. Hat er das seiner Versicherung zu verdanken? Die setzen doch oft hohe Summen zur Wiederbeschaffung aus."

„Nein. Er hat sie von der Bank zurückbekommen.

Beim Pokern hatte er Glück und konnte die fälligen Raten zahlen."

„Wie muss ich das verstehen? Steckt etwa seine Bank hinter dem Diebstahl?"

„Ja, genauso ist es. Also, es gibt in den Staaten die sogenannten Inkasso-Piloten. Diese arbeiten im Auftrag von Gläubigerbanken. Wenn fällige Raten mehrfach nicht beglichen werden, nehmen sie ihren säumigen Kunden ihr Spielzeug wieder weg. In unserem Fall das Flugzeug. Und dieses war so ein Fall."

„Vielleicht haben die Helden gar nicht bemerkt,

dass Miller an Bord war?"
„Ja, das denke ich auch. Sie sind doch weggeflogen, unmittelbar, nachdem sie uns das Flugzeug stibitzt hatten. Aber sie können nicht weit gekommen sein, weil es schon dunkel wurde. Also mussten sie einen Stopp einlegen. In dieser Nacht ist Miller erfroren, weil man ihn nicht bemerkt hatte!"
„Und die Leiche? Was ist damit passiert?"
„Die hat man natürlich entsorgt."
„Vermutlich über dem Meer, das bietet sich an. Und nun?"
„Ich hatte Joe gebeten, sich nach dem Piloten zu erkundigen. Seine Bank aber wollte keine Auskunft geben. Die Identität dieser Piloten sei geschützt. Man dürfe keine Namen nennen."
„Also, du bist noch nicht überzeugt, dass Miller nicht mehr lebt?"
„Ich schon, aber Orsini will Gewissheit haben. Er besteht auf Klärung."
„Was willst du jetzt machen?"
„Nun, ich werde Annoncen schalten. Im Umkeis von Anchorage. Und eine Belohnung aussetzen für Hinweise zu Millers Verbleib."
„Aber du glaubst, dass er in die „ewigen Jagdgründe" geflüchtet ist?"
„Ja, das nehme ich an! Aber nicht freiwillig, sondern gegen seinen Willen."
„Dann wäre unser Geld ein für allemal verloren?"
„Ja, möglicherweise. Aber ein Fünkchen Hoffnung habe ich noch. Eventuell ist ja noch etwas von Miller übrig geblieben. Wir hatten ihm seinerzeit seine Brieftasche nicht abgenommen. Ein Fehler! Vielleicht, aber nur vielleicht enthält diese einen Hinweis auf ein Schweizer Konto, von dem Herwig berichtet hatte. Übrigens hatten wir bei Herwig an

Bord noch ein stolzes Sümmchen Bargeld gefunden... Ich glaube, dass der Leichen-Dieb ganz genau hingesehen hat, bevor er Miller entsorgte. Garantiert hatte er die Brieftasche entdeckt. Vielleicht meldet sich ja einer auf unsere Anzeigen."
Max seufzte. „Zuviele „Vielleichts". Wäre zu schön, um wahr zu sein."

85

Der Anwalt mit dem Namen Domingo Fernandez, ursprünglich in jungen Jahren illegal aus Mexico eingewandert, hatte sich im Laufe der Jahre eine gewisse Reputation erarbeitet. Seine kleine Sozietät mit nur einem Assistenten und einer Sekretärin fand ausreichend Platz in einem ehemaligen Schreibwarenladen in einer Seitenstraße von Anchorage. Sichtbares Zeichen seiner zunehmenden Prosperität war sein kugelförmiger Bauch, den er unter einer viel zu knappen Weste zu verbergen trachtete. Essen war sein Hobby, was man zu seinem Bedauern auf den ersten Blick erkennen konnte.
Sein Klientel war vielfältig und ein Querschnitt durch alle Bevölkerungsschichten. Ebenso vielfältig waren die Bereiche der Jurisprudenz, die er abzudecken trachtete, leider nicht immer mit Erfolg. Deshalb waren sein Spezialgebiet heikle Sonderaufgaben, wo er nur seinen Verstand einsetzen musste...
Als er diesen unerwarteten Anruf von einem gewissen Bruno Orsini aus Italien erhielt, war das endlich wieder so ein Fall, wo er seine wahren Fähigkeiten unter Beweis stellen konnte. Die gestellte Aufgabe war eine Herausforderung, und er mochte Herausforderungen.

Bruno Orsini wollte etwas über den zuletzt bekannten Aufenthaltsort eines gewissen Christoph Miller erfahren. Es schien ihm allein um eine letzte Gewissheit zu gehen. Er fürchtete offenbar, dass dieser nicht mehr unter den Lebenden weilte. Sollte das zutreffen, bestand er darauf, den Verbleib seiner sterblichen Überreste in Erfahrung zu bringen.
Fernandez hatte gefragt, was ihn denn zur Annahme eines „Worst Case"- Szenario veranlasse. Daraufhin hatte sich Bruno entschlossen, Fernandez ins Vertrauen zu ziehen, und hatte ihn mit den näheren Umständen des Verschwindens von Miller bekannt machte.
Bruno, hoch geschätzt als Ideenlieferant, schlug eine Anzeigen-Kampagne in der Lokalpresse vor und erläuterte sein Konzept von einem weit gefächertes Annoncenfeld. Die Anzeigen sollten in konzentrischen Kreisen geschaltet werden, mit Anchorage als Mittelpunkt. Ergänzend könne man Radio und TV hinzuziehen.
Gewiß war das eine Maßnahme, die er gern im Hinterkopf behalten wolle, bemerkte Fernandez. Doch könne eine öffentliche Aktion dieses Ausmaßes viel Staub aufwirbeln.
Nach eingehender Prüfung des Sachverhalts entschied er sich für einen anderen Weg.
Er legte ein Bankenraster an und filterte über eine Spezialauskunft namens „Special Studies on Creditors" diejenigen Kreditinstitute heraus, die für den Einsatz von Inkasso-Piloten infrage kamen. Schon diese Recherche erwies sich als schwierig, weil oftmals schon im Vorfeld gemauert und jede Auskunft verweigert wurde. Es half auch nicht, dass er vorgab, im Auftrag ebenfalls geschädigter Gläubigerbanken unterwegs zu sein und lediglich an einem

Erfahrungsaustausch interessiert sei.

Während ihm Sekretärin und Assistent die laufenden Geschäfte vom Leibe hielten, gelang es ihm während der folgenden Tage dennoch, eine erhebliche Anzahl solcher Inkasso-Piloten ausfindig zu machen.

Nun stand die eigentliche, delikatere Aufgabe an, sich mit diesen Piloten in Verbindung zu setzen, was sich als äußerst zeitraubend erwies. Doch akribische Recherchen gehörten nun einmal zu seinem Handwerk. Und so tastete er sich in zäher Langsamkeit weiter vor, bis er schließlich alle gewünschten Adressaten aufgestöbert und gesprochen hatte. Zu seiner Erleichterung duckte sich keiner weg oder verweigerte die Auskunft. In seiner ruhigen Art erläuterte er sein Anliegen und schilderte den Sachverhalt, soweit dieser der Information diente und strafrechtlich unbedenklich schien. Er verwies auf das große Interesse seines Klienten am Verbleib des verschollenen Mister Miller.

Schließlich erwähnte er die Auslobung einer Erfolgsprämie, deren Höhe den meisten die Sprache verschlug. Und mancher wollte wissen, ob er die Höhe der Summe richtig verstanden habe.

Doch Advokat Fernandez verlangte einen Beweis. Und hier endeten alle Gespräche. Das Bedauern war greifbar und allgemein.

Es vergingen mehrere Wochen ohne konkreten Hinweis. Als er fast schon resignieren wollte, meldete ihm seine Sekretärin den Besuch zweier Herren, die sie gebeten hatte, vorläufig im Vorzimmer Platz zu nehmen. Fast hätte sie diese beiden, einen langen Dürren und einen kurzen Dicken, wieder weggeschickt. Mit dem Hinweis, dass ihr Boss mit einer dringenden Angelegenheit befasst sei.

Aber sie wollten sich nicht abwimmeln lassen. Sie hätten einen wichtigen Beitrag zur Aufklärung einer aktuellen Affäre zu leisten, behaupteten sie. Jetzt sofort, oder nie!
Fernandez ließ sie augenblicklich ins Allerheiligste herein und bat sie höflich, Platz zu nehmen. Die Sekretärin musste umgehend frischen Kaffee machen, und auch ein guter Cognac stand im Angebot.
Die beiden Männer stellten sich nicht vor. Aus gutem Grunde wollten sie anonym bleiben. Andernfalls bestand die Gefahr, sich doch noch Schwierigkeiten einzuhandeln.
Aber sie seien exakt die Piloten, die Auskunft über den Verbleib dieses Mister Miller erteilen könnten.
Fernandez zeigte sofort Verständnis und nickte.
„Das ist gut, das ist sehr gut," sagte er und rieb sich die kleinen, rundlichen Hände. „Aber ich komme gern immer gleich zur Sache...Hand aufs Herz, was ist mit Miller passiert?"
Der Kleine mit der Brille blickte unsicher seinen Kollegen an.
„Ich will nur wissen... ist Miller tot, oder lebt er noch? Ich denke mal, dass er erfroren ist."
Tatsächlich war es Bruno, der dem Anwalt gegenüber genau diese Vermutung geäußert hatte. Aber Fernandez hielt dies inzwischen für seinen eigenen Einfall.
„Ja, er ist erfroren," gab der lange Pilot zu. „Wir haben die Leiche vor Hinchinbrook im Meer versenkt."
„Einfach so?" fragte Fernandez mit künstlicher Entrüstung.
„Nein," sagte der kleine Dicke, „ich habe ihm vorher eine Messe gelesen."
„Trug der Tote noch irgendetwas bei sich?"

Sie kramten eine lederne Brieftasche hervor und legten diese Fernandez auf den Schreibtisch. Dieser nahm sie mit spitzen Fingern auf, roch daran und hielt sie unter seine dicke Hornbrille.

„Haben sie keine dieser Kreditkarten benutzt? Nein, wirklich nicht? Warum nicht?"

Auf allen Karten war der Name Christoph Miller vermerkt. Bevor einer von beiden antworten konnte, sagte er:

„Sie wollten nicht auffallen, nicht wahr? Das hätte für Sie riskant werden können."

Er baute seinen Klienten gerne Brücken.

„Tja, das trifft wohl zu. Aber... wir sind ja keine Strauchdiebe!"

„Und das Geld? Wo ist das Geld geblieben? Da war doch Geld, oder?"

„Ja," antwortete der Dicke kleinlaut. „Da war etwas, und das haben wir ehrlich geteilt!" Er grinste verlegen und schwieg.

„Na klar," räumte Fernandez ein, „was sonst!"

Er blickte in die einzelnen Fächer und zog beschriftete Zettel hervor. Auf einem dieser Zettel waren hohe Summen addiert.

„Hier gibt es einen ungeöffneten Brief... an meine geliebte Sarah geb. Timmons, steht darauf. Warum haben Sie den nicht geöffnet?"

„Weil der nicht an uns gerichtet war und uns nichts anging," sagte der Hochgewachsene.

„Außerdem... wir haben irgendwie mit einer Suchaktion gerechnet."

„Und mit einer Belohnung!" Fernandez blickte Verständnis signalisierend über die Brille hinweg. „Na, egal, Ihr habt jedenfalls alles richtig gemacht. Jetzt will ich mal in Europa anrufen und hören, was der Auftraggeber sagt. Ihr könnt solange sitzen bleiben

und zuhören."
Fernandez wählte Brunos Handynummer. Der meldete sich augenblicklich.
„Bingo," sagte Fernandez. „Es hat sich genauso zugetragen, wie wir vermutet hatten. Millers Leiche treibt im Pazifik. Als Beweis halte ich seine Brieftasche in der Hand. Die beiden Piloten sind gerade hier."
„Mama mia!" platzte Bruno heraus, „Dann ist ja alles klar. Könnte ich sie sprechen?"
„Sicherlich. Ich reiche mal weiter." Fernandez übergab das Telefon an den großen Langen.
„Hi, hier ist Albert. Was kann ich noch für Sie tun? Übrigens, es tut uns leid, dass wir ihn zu spät entdeckt haben. Das konnten wir nicht ahnen."
„Es ist nicht schade um ihn," antwortete Bruno. „Ich habe nur eine Frage... Es geht um Ihren Finderlohn. Ich muss sichergehen, dass Sie es waren, der uns diesen Kerl geklaut hat. An besagtem Abend... was war das für ein Schiff und was für ein Flugzeugtyp?"
„Eine Quizfrage. Nun, wenn das alles ist... es handelte sich um eine Twin Otter DHC-6 von de Havilland mit bis zu 19 Sitzen, fliegt Maximum 350 km/h und hat einen Radius..."
„Okay, okay," bremste ihn Bruno aus. „Und das Schiff?"
„Das war ein ca. 30 Meter langer Trawler, mit schräger Rampe am Heck. Ein sogenannter Heckfänger. Der Flieger war mit einem einzigen Tampen am Schiff befestigt."
„Stimmt! Stimmt auffallend! Lassen Sie sich den Scheck geben, das Geld gehört Ihnen. Halt! Bitte hinterlassen Sie noch ihre Anschrift nebst Telefonnummer und Email-Adresse, falls ich noch Fragen

habe."

„Genau das wollten wir eigentlich vermeiden, um möglichem Ärger aus dem Weg zu gehen," entgegnete der Lange.

„Sie bekommen keinen Ärger," sagte Bruno. „Jedenfalls nicht durch mich. Aber es könnte sein, dass wir ihre Aussage nochmal brauchen. Fernandez soll ihren Ausweis kopieren. Anonym ist das ganz schlecht. Also, keine Adresse, keinen Scheck!"

„Was sagst du, John?" Albert sah seinen Partner, der mitgehört hatte, fragend an.

„Ich will den Scheck," sagte der kleine Dicke.

„Gut," sagte Albert, „dann bin ich einverstanden. Und danke für das viele Geld. Geld ist immer ein verdammt gutes Argument!"

Er gab den Hörer an Fernandez zurück, der gerade damit beschäftigt war, seine eigene Provision im Kopf zu auszurechnen.

86

Es waren die ersten Märztage, und die Mandelblüte war in vollem Gange. Eine spürbare Heiterkeit lag über den grünen Hügeln von Elba. Die Hochzeit sollte in wenigen Tagen stattfinden, im kleinen Kreis, versteht sich. Immerhin umfasste dieser fünfzig geladene Gäste, die im eigenen Hotel und in den umliegenden Pensionen untergebracht werden sollten.

Die Hochzeitsvorbereitung war die gemeinsame Aufgabe von Mutter Isabell und Sarah, die längst so etwas wie ziemlich beste Freundinnen geworden waren.

Doch kurz zuvor gab es ein Ereignis, das alles plötzlich infrage stellte.

Bruno hatte aus seiner Jackentasche einen Brief gezogen.

„Hast du jemals Timmons geheißen?" fragte er.

„Ja, bis zu meiner Heirat hieß ich so. Warum fragst du?"

Bruno hielt einen Brief zwischen zwei Fingern wie einen schmutzigen Gegenstand.

„Hier auf dem Umschlag steht...Für meine geliebte Sarah geb. Timmons... Du warst die Geliebte von diesem Miller?" Brunos Gesichtszüge waren entgleist, sein Pokerface dahin. Mit misstrauischem Blick suchte er nach verdächtigen Regungen in ihrem Gesicht.

Sarah war trotz ihrer gerade auf Elba erworbenen Bräune bleich geworden.

„Reich mir mal das Schreiben. Er ist doch offenbar an mich gerichtet!"

Blitzschnell entriss sie Bruno den Umschlag.

„Woher hast du diesen Brief?" fragte sie.

„Das tut nichts zur Sache. Sag mir, hast du etwa diesen Miller geliebt? Bitte, sag die Wahrheit! Auch wenn sie vielleicht nur schwer zu verdauen ist," bat er.

„Nie sollst du mich befragen... aber du hast es so gewollt! Die Antwort lautet... Ja, das habe ich! Wie man als kleines Kind halt liebt...Miller war mein Vater."

Bruno fiel die Kinnlade herunter.

„Er hat uns verlassen, als ich fünf Jahre alt war. So, nun kennst du mein Geheimnis!"

„Es war doch kein Zufall, dass man uns in deiner Pension unterbrachte, oder?"

„Nein, das war es nicht. Ich sollte Euch beschatten und Bericht über alles erstatten, was ihr gerade im

Schilde führt."
„Und, hast du..."
„Nein, das habe ich nicht! Wie du wohl mitbekommen hast, habe ich mich unsterblich in dich verliebt. Den Rest kennst du ja..."

Über den Autor

Nur am Rande von Studium und Beruf hat sich Volker Mittelmann seinerzeit literarisch betätigt.
Anfang der sechziger Jahre erschien in der Buchhandlung Adalbert Carl in Bad Laasphe ein kleiner Band mit Erzählungen in und um die Universitätsstadt Marburg. Titel: „Marburg an der Schranke und andere Meditationen" (Auflage ca. 1200 Bändchen). Später übernahm die Universitätsbuchhandlung Elwert in Marburg die weitere Vermarktung. Erst viele Jahrzehnte danach erschien der Erzählband „Ein Mann und sein Boot" mit dem Untertitel: „Eine traumhafte Bootsreise in den Frühling und durch die Gezeiten der herbstlichen Seele".
Thomas Lawall schrieb im Internet u.a.:
„Volker Mittelmann ist ein Sinn-Sucher und Träumer. In jedem Hafen findet er Menschen, die in einer ähnlichen Angelegenheit unterwegs sind. Sie stellen die Masten, setzen die Segel und machen sich mit all ihren Hoffnungen und Illusionen auf den Weg. Ob wir jemals ankommen werden, können wir, ob Segler oder nicht, kaum erahnen. Vielleicht ist ja auch der Weg das Ziel...oder Bücher wie dieses hier!"
Die ursprüngliche Planung sah einen Fortsetzungs-Band vor, zumal einige Leser das vermeintlich abrupte Ende des Erzählstroms nicht akzeptieren wollten. Sie waren angetan von einer suggestiven Sprache, die zugleich leichtfüßig und augenzwinkernd daherkam. Ein Sportunfall mit Folgen für den Autor verhinderte jedoch in den darauffolgenden Jahren psychisch bedingt jede litararische Betätigung. Ausnahme: Ca. 2 Jahre später nahm er an einer Ausschreibung für einen litararischen Wettbewerb teil. Die besten Erzählungen wurden in einer Anthologie mit dem Titel: „Kneipengeschichten von A-Z" im Holzheimer-Verlag veröffentlicht. Die Geschichte des Autors trägt den Titel: „In einem Wirtshaus an der Lahn." Währenddessen war der Autor in die Fänge von kriminellen Finanzhaien geraten. Dieses, für ihn ruinöse Geschehen floss in die vorliegende Geschichte mit ein.